小学館文庫

エアー2.0

榎本憲男

小学館

エアー2.0

1

　持ち場に戻る途中で、自販機からスポーツドリンクを買った。吐き出し口からボトルを取り上げると〈東京オリンピックを成功させよう〉と書かれたラベルが巻き付いている。栓を切ってボトルの底を天に向けて呷（あお）ると、新国立競技場の巨大なスタジアムが陽光の中でゆらめいた。かすかな甘みと酸味が混じった液体がひんやりと喉を落ちていく。

「おい、おっさん、いい加減にしろよ！」

　その声に振り返った。ネコと呼ばれる一輪手押し車を横倒しにしたそばで、大柄な作業員が老いた小男を小突いていた。中谷（なかたに）は舌打ちして、空になったペットボトルをゴミ箱に放り込んだ。

「なにやってんだよ、このくそ忙しいときに、足ひっぱんじゃねーよ」

　おっさんの肩を押している男は確か小柴（こしば）といった。中谷は、ふたりの間に分け入り、横倒しになったネコを起こして、またやっちまったのかとおっさんに笑いかけた。

「すみません、ありがとうございます」とおっさんは恐縮している。

「たのむぞ、おい。こんなことじゃ開会式の日にまだ俺たちこの辺うろうろしているぜ」と小柴はねちっこく笑った。

いちいち大げさなんだよ、と中谷は近くにあったシャベルを拾い上げ、地面に撒かれた土をネコの荷台に盛り始めた。小柴はそのシャベルにつばを吐いた。そして、これ見よがしに肩を揺らしながら去って行った。

「すみません、ありがとうございます」

「別にいいよ。けどさ、こんなに一度に盛ることはないんだ。そのぶん小まめに往復しな」

「いや、このくらい一遍に運べって言われまして」

こりゃいじめだな、と中谷はうんざりした。少し離れたところから、ネコも満足に転がせないくせに土方やってんじゃねーよ、という小柴の声がして、昼のサイレンが鳴った。

あいつとその周辺の連中はおっさんを標的にしているフシがあった。作業の捗がいかないのは、おっさんのせいだといわんばかりだが、そうして自分たちは裏で手を抜いているのは、みんなが知っている。

「気にすることねーぞ」

はいと言って、おっさんもシャベルを取ってきて、深底の荷台に土を戻し始めた。

おっさんはこんな現場ではなかなかお目にかかれないほどの高齢である。もう六十はとっくに越えていそうだ。それだけに体力的にはかなり見劣りした。しかし、作業の手はずなどは要領がいい。無駄な工程が発表されると、現場監督に修正案を提案したりして、それがまたいちいち的を射ていた。そこもまた、小柴たちを下手に刺激するのだろう。

翻って、ほどほどには機転の利く、ひょっとしたら七十歳にも届きそうな高齢の男が、なんの因果で建築現場の日雇いにまで身を持ち崩したのかは、さっぱり見当がつかなかった。

バラックの食堂で昼飯をかき込んでいると、おっさんが焼き魚定食のトレイを持って隣に座った。

「さきほどはありがとうございました」

中谷は苦笑した。こんなにまともで丁寧な口をきく人間はここではおっさんだけだ。

「あのさ、午後からは中に回っていいよ」

昼飯前、日雇いの契約を週ごとに更新するため事務所に立ち寄ったときに、おっさんのスタジアム内部への配置換えを提案してみたら、意外にも受け入れられた。

「三階の北の方。あそこはもうあらかた片づいているから、重いもの担いだりしなくてもいいらしいぜ」中谷は硬い豚肉を咀嚼（そしゃく）しながら言った。

「いつも気にかけてもらって、すみません」とおっさんも頭を下げた。

気にかけているってのとはちょっとちがうかなあと中谷は思いつつ、薄い茶が入ったプラスチックの茶碗(ちゃわん)を口に運んだ。妙に丁寧な口調といい、物腰といい、このおっさんにはなにか油断がならないようなところがあった。元々それなりの地位にいながら、しくじったにせよ悲運に泣いたにせよ、こういうところに落ちて来た人間はかならず落魄(らくはく)した者のわびしさを身に纏(まと)っているものだ。しかし、この老人にはまったくそれが感じられなかった。それが不思議であり、なんとなく気にもなった。

名前を呼ばれた。振り向くと集金係の色川(いろかわ)が立っていた。

「どうだ、明日のメインレース。たまにはつきあえよ」

建築現場の末端には、博打(ばくち)好きが高じて生活がままならなくなり流れてきた者が多い。これを見込んで、作業員を差配する業者はノミ行為を取り仕切る連中を現場に送り込んでいる。そうして汗水垂らして稼いだ金をまた吸い上げるわけだ。

「やらねえよ」中谷はにべもなく突き返した。

色川はすぐに引き下がった。なんどか誘われているが、てんで相手にしないからだろう。

「あんたは行くよな」色川はおっさんの肩を叩いた。

「馬柱表、見せてもらえますか」とおっさんはまともに相手をして、「じゃあこれとこれを」と指さした。

色川はヒューっと口笛を吹き、

「相変わらず、チャレンジャーだねー。もっとも賭け金はしみったれてるけどな」とおっさんが差し出した二千円をつまみ上げた。

「そのうちどーんと行きますよ」とおっさんは焼き魚をつついている。

そうかい期待してるぜ、と色川は受け取りをテーブルに置いて立ち去った。

「あのさ」おせっかいだと知りつつも、中谷は言った。「おっさんの金だからどう使おうと自由だけど、それって金をドブに捨ててるようなもんだぜ」

おっさんはうなずき、

「どうも、夢やロマンを捨てきれなくて」と笑っている。

なにが夢だよ、ロマンが聞いて呆れるぜ、と中谷は心中で毒づいた。

その日の午後、スタジアムの内側で、手先を使うような比較的楽な仕事をしているはずだったおっさんは、外で重い資材を運ばされてまた転んだ。

あーあ、またやっちまってるよ、と声がした。

視線を送ると、案の定小柴に胸ぐらを摑まれている。

「いい加減にしろよ、ジジイ。てめえ、わざとやってるだろ」

まずいなと中谷が動いたときには、おっさんはもう殴られていた。

地面に転がりながらも起き上がり、距離をとろうとするのだが、小柴の取り巻きが三人、逃がさないようにその先をふさいでいる。

「おい、そろそろ迷惑賃でも出しな。大穴に賭ける余裕があるんだったら、こっちに回せって言ってんだよ」

そびやかした小柴の肩を中谷が摑んだ。

「妙な理屈だな」

「なんだ、関係ねえだろてめえは」

「あんたの持ち場は向こうだろう、関係ないところで油売ってるのはどっちだ」

小柴はわざとらしくかぶりを振った。

「だめだわ、こいつ、もう我慢できねえわ」

わざわざそう言ってから殴ってきた。その拳を払って踏み込んで距離をつぶし、フックをレバーに入れた。空手の鉤突き(かぎづ)だ。真下に小柴は崩れた。

一八五センチはある巨漢が沈み、仲間は唖然(あぜん)として見ている。

「ちっ、テメエ、なんかやってるだろ」脇腹を押さえながら、呻く(うめ)ように小柴は声を出した。

「ああ、次は鎖骨でも折ってやろうか」

「こんなことしてただですむと思うなよ」

「じゃあ、今日のところは引き下がって仕返しの計画でも練るんだな。——おい連れて行けよ」

中谷は小柴の仲間に顎をしゃくった。連中はのそのそと小柴を助け起こして退却した。

「だから、裏に回れって言っただろ」

散乱したアルミパイプを拾い集めながら、中谷はたしなめた。

おっさんは申し訳なさそうに笑った。

「そうしたかったんですが、周りから不公平だと言われて駄目になったみたいで」

そうか、どうやら最初から狙ってやがったなと中谷はため息をついた。

「だいたい、おっさん、なんでこんなところで働いてんの」中谷はビールを注ぎながらそう訊いた。

汚れた作業着を鞄に詰め込んで、飯場に引き上げようとしていたら、おっさんが声をかけてきた。世話になったので一杯奢らせてくれと言う。別に奢られるようなことはしてないつもりだったが、どちらにしても夕飯は食うんだしついでにビールも飲みたいから、一緒に現場近くの居酒屋の暖簾をくぐることにしたのだった。

「まあ、いろいろありまして」

そりゃそうだろうな、と中谷はグラスを呷った。

「けどさ、向いてないんじゃないの」

「中谷さんはどうなんですか」と逆におっさんに訊かれた。

「まあ、色々あったんだけど」

「あったんですか」

「まあなあ、人生ってのはありえねえってことがずいぶん起こるもんなんだよ」

「それはわかります。アリストテレスも言ってますね」

「なんだそれは」

「ボクサーを目指してたんだけど、拳をいためたとか？」

「ありゃ空手だ」

中谷は構えから腕をゆっくり振って鉤突きの軌道を見せた。ほほうとおっさんは感心したように見ている。

いやねえまた喧嘩したの、と隣のテーブルを拭いていた居酒屋の娘が振り返った。中谷は悪さが見つかった小学生のように首をすくめると、アサリバターひとつ、と厨房の主人に声を張り上げた。

一か月ほど過ぎた。あのあと小柴と再びもめることはなかった。落成が迫るにつれて、現場に顔を出す人種が少しずつ変わって、スーツ姿の人間をちらほら見かけるようになり、労働者たちの移動も始まった。面倒を起こせば放り出される。そういう空気が現場を支配していた。とうぜん小柴たちもその空気を読んでいた。そのことが中谷はなんとなくいまいましかった。

おっさんとはこれまで以上によく話すようになった。夜はせんべい布団が並べられた飯場で、他の連中が缶ビール片手に、小さなテレビの前に思い思いに寝転んで、ひな壇芸人たちの話に笑っているときには、少し離れた場所でおっさんと粗末な将棋盤を挟むことが多くなった。勝負はいつも接戦だったが、たいていは中谷が勝った。

ある夜、中谷が攻勢をかけ、おっさんの次の一手を待っていた。ぱちりと駒が打たれたとき、中谷は、持ち駒を手の中でちゃらちゃらと鳴らしながら、にやりと笑った。

「いいのかよ、角道だぜ、そこ」

おっさんは、あっと言って、また駒を動かした。

「まっ、そこだよな。んじゃ俺はと――」

中谷は掌（てのひら）から飛車を取りだして敵陣の深いところに置いた。

おっさんはしばらく将棋盤の上を眺めていたが、やがて駒を盤の上に投げた。

「ふふふ、なめていたな、俺を。これで五連勝だぜ」

お見それしましたとおっさんが小さなバッグから財布を取り出そうとしたのを、中谷は止めた。

「いいよ」

「どうしてですか。一局千円って話だったじゃないですか」

「けれど、いいよ、金は」

「でも」

「いいんだよ」

「中谷さんにとって金は大事じゃないんですか」

妙にあらたまった訊きかただなと中谷は笑った。

「大事かもしれないけどさ。いいんだ」

でも、とおっさんはまた言った。

「金だけを大事にするとえらいことになるんだよ」

「そうなんですか」

「ああ、俺の故郷がそうだったんだ」

「どういうことでしょう」

「まあ、いいじゃないか。賭けたほうが緊迫感がでるからそうしただけだから」

「じゃあ、これは出世払いにしてもらいます」

中谷は思わず缶ビールを吹いた。

「これから出世する気でいるんだ」

「ええ、夢とロマンは捨ててませんよ」

「夢とロマンときたか。じゃあ、万馬券が当たったら、ソープでも奢ってくれよ」

お安い御用ですとおっさんは請け合った。

「ホントだな。言っとくけど、薬局で石鹸(せっけん)買ってくれって言ってんじゃないぞ」

「ええ、ご婦人と泡にまみれて踊るやつですよね」

「わかってるじゃねえか」

缶ビールで乾杯した。

中谷はソープランドにまだ行ったことがなかった。


その数日後の金曜日、おっさんは解雇された。

休憩時間に地面に尻をつけて缶コーヒーを飲んでいる時、中谷はそれを聞いた。藪(やぶ)から棒な話だが、こういうところでは珍しくない。新国立競技場が完成に近づくにつれて、作業現場は日増しに人員削減の傾向にあった。

「まあ、順当ですね。小人数で回すのなら、私のような者を置いておくよりも」

おっさんは暢気(のんき)に分析なんかしているが、中谷は心配になった。

期待されたオリンピック景気はさほどでもなかったし、旧態依然の産業構造は温存され、画期的なイノベーションは日本から出ていなかった。そのしわ寄せは中小企業に回され、さらに零細企業を痛めつけている。おっさんの次の職場がそう簡単に見つかるとは想像しにくかった。閉塞した空気がじわじわとこの国を覆いはじめていて、中谷はときどき名状しがたい苛立ちを覚え、なぜだと心の中で叫んだ。

――なぜ、未来や希望を語れないんだ。

――なぜ、重荷を弱い連中に乗っけてすましているんだ。

――なぜ、あんなことがあったのに変われないんだ。

しかし、自分がなにかを変えられるとは思っていなかった。自分はそういう大それたことをやるような人間ではない、と分をわきまえているつもりだった。聖人のような誰かが現れて、公平で正義による政治を行ってくれないかと期待するのがせいぜいだった。

――それも半ば諦め気分で。

と同時に、太陽の下でとことん身体を酷使して、夕方に大飯を食らい、夜は安酒かっ食らって安普請の宿所で泥のように寝るのは嫌いではなかったものの、それだけでこれからの人生を染め上げてしまうのは悔しくもあり淋しくもあった。なにかを変えることはできないかもしれないが、自分自身は変わりたかったのである。

「まあ、なんとかするしかないでしょ」おっさんは鷹揚に構えている。

「明日からどうやって食っていくんだよ」

「食えないことはないんじゃないんですか」

この落ち着きは、人生を諦めた者だけが持つ強さなのかも知れないと中谷は解釈した。

砂利を踏む音が近づいてきた。

「どうだ、おっさん明日の11レース」

ノミ屋の色川が手帳とペンを手に立っていた。

だめだよ、おっさん、もう終わりなんだよ、と退けてやろうとした。しかし、当人は
「ああ、最後だから、遊ばせてもらいますよ」なんて愛想を振りまいている。

中谷は呆れた。

「おお、最後なのか、じゃあどーんと張ってくれよ。どうだいこれなんか。おっさんの好きな大穴だよ。コウオンシッソウ、名前がいいじゃないか」

「じゃあ、コウオンシッソウでいきましょう」

「おお、最後まで攻めるねー。じゃあ、二着はバタイユニュウモンとの馬単でどうだい」

よろしくお願いしますと言っておっさんは作業着の胸ポケットから茶封筒を出すと色川に差し出した。

「十万円、確かに」

冗談だろ！

「ここらで派手に散っておこうと思いまして」おっさんは落ち着いている。

「よせよ、だいいち明日はあんたはいねえだろうが」

おっさんは色川に向き直ってこう言った。「もし当たったら配当金は中谷さんが受け取るってことでいいでしょうか」

その声がかなり大きくはっきりしていたので、近くの労働者たちがこちらを見た。

「へっ、全然問題ねえよ、それは」

色川はペンを動かして、集金欄に書き込んでいる。

「じゃあ、お願いします」

「おい、ちょっと待てよ、なんで俺が預かるんだよ」

中谷の作業着のポケットに、二頭の馬名と馬券の種類、金額を書いた書き付けがねじ込まれた。

「預かっといて下さい。配当の十五パーセントは差し上げます。好きに使ってくれてかまいません」

「おい、いっしょにソープに行く話はどうなったんだ」

「中谷さんおひとりでどうぞ。私は信仰上そういうところへは行けないのです」

「はあ、信仰？　なに言ってんだよ」

「おい中谷、うるさいぞ。商売の妨害するんじゃないよ。じゃあな、おっさん達者でな」

　色川は行ってしまった。現場監督がそろそろ持ち場に戻れと声を張り上げたので、中谷はしかたなく腰を上げた。おっさんも立ち上がった。その表情は意外なほどに晴れやかだった。

　数時間後、小さなバッグだけを肩から提げて、おっさんは飯場を出た。持ち場を抜け出した中谷が見送った。

「色々と世話になりました」

「ああ、元気でな、カラダ大事にしろよ。ニンゲン大病さえしなければなんとかなるからな」

「はい」

「それから、もう工事現場はやめとけ」

「そうします」

「なあ、あんた色々あったんだろうが、戻れるならもとのところに戻ったほうがいいぞ」

　おっさんは黙った。ふたりが舗装前の砂利道を踏むざらついた足音だけが聞こえた。

「中谷さんは戻らないんですか」

「俺はもう戻れないんだよ」中谷は自分の言葉を嚙（か）みしめた。

「まあ色々あったんでしょうね」

ありすぎだ、と中谷は思った。

「じゃあ、次の場所へ行くのはどうでしょうか」

そりゃあ行きたい。行きたいに決まっている。けれど、そんな場所があるんだろうか。

「行きましょう。たとえそこが荒野であっても」

どうもおおげさな言いぐさだなと思ったが、中谷は黙っていた。ふたりは車通りの多い幹線道路に出た。

「駅まで送ろうか」

「いや、ここで結構です」

「金、多少は残ってるんだろうな、なんだったら貸してやってもいいぞ」

ええ、と言っておっさんは手を挙げた。タクシーが停まった。日雇い労働者の身分でタクシーを使うおっさんの余裕に中谷は驚いた。乗り込んだおっさんは、サイドウインドウを下ろして、手を差し出してきた。中谷もなんとなく出した。その手首が摑まれた。掌になにかが押しつけられるのを感じた。おっさんはウインドウを閉めて目配せした。すぐにタクシーは走り出した。

中谷は自分の手に残された小さくて分厚い書物を見た。そこには〈聖書〉と書かれていた。

クリスチャンだったのか。けれど、これが信仰への勧誘だとしたらずいぶんあっさりしてるなと中谷はいぶかしんだ。聖書のところどころに付箋が貼り付けてある。そのひとつを中谷は開いた。

〈主は言われた。私が来たのは、地上に火を投げこむためである。あなた方は、私が地上に平和をもたらすために来たと思ったか。そうではない。むしろ、分裂をもたらしに来たのだ。一家に五人がいるならば、三人はふたりと、ふたりは三人と対立し、また父と子が、母と娘が、娘と母が、しゅうとめと嫁が、それぞれ争うだろう〉


おっさんが工事現場を去った一時間後、火は投げ込まれた。

巨大なコンクリートミキサーのドラムの横で、生コンの攪拌（かくはん）が終わるのを待っていると、突然けたたましい音がした。そして、粉砕された瓦礫がばらばらと降ってきた。中谷ら作業員は爆音がした方に振り返った。すり鉢状のスタジアムの縁を越えて黒煙があふれ出ていた。

電気系統から発火してガスに引火した、というのが訳知り顔の仲間による説明だった。しかし、そんな単純な事故にしてはパトカーの数がやたらと多かった。現場には瞬く間に立ち入り禁止のテープが張り巡らされた。その外でぶらぶらしていると、この日の作業はすべて中止となった。

「冗談じゃねえぞ、こんなピーカンに油売るわけにいくか」

お約束のように小柴が嚙みついた。

「そうだ、手当が出るんならまた話はべつだけどな」

「明日は作業できるのかよ」

口々にわめき散らす作業員たちを前に困惑している現場監督のそばへ、助手がひとりやってきた。そして、なにやら耳打ちした。とたんに、現場監督はこの場をほったらかしにして行ってしまった。

おい、なめてんのか、この野郎！　と小柴が叫んでもおかまいなしである。

次の日も作業は行われなかった。

どうやら爆発物がスタジアムに仕込まれていたらしい。X線で探索したところ、爆弾は基礎部分のあちらこちらに埋め込まれているという噂が立った。

「だけど、なんでそんなことができるんだよ」

「基礎工事の段階でコンクリートを流し込む前に仕込んだらしいぜ」

「だとしたら大変だな。取り外すんなら根っこから掘り返さなきゃなんねえぞ」

「だから上はもう大騒ぎさ」

そんな作業員たちのささやきを聞くともなく聞きながら、中谷は食堂で朝飯を食っていた。

現場監督が青い顔をしてやってきて作業の中止を告げた。けれど、警察が来て話を聞きたいと言ってるので、しばらくはこの辺にいてくれと付け加えた。中谷は飯場に戻り、小一時間ほどひとりで将棋を指した。定跡の本を片手にぱちりぱちりと駒を置いていると、携帯が鳴って事務所に来るように言われた。

刑事はふたり組だった。ひとりはずんぐりとしていて、六十歳近くに見える。ベテランの部類だろう。上着を脱ぎワイシャツのボタンを三つはずして、中谷の履歴書をじっと眺めている。

もうひとりは中谷と同じくらいの年格好で、お手間取らせてすみません、と愛想よく挨拶してきた。

「こちらが鬼塚(おにづか)です。私は野々宮(ののみや)といいます。よろしくお願いします。――どうぞ」

椅子を勧められたので中谷は座った。初老の刑事はまだ履歴書を見つめている。鬼塚という名前にふさわしい面構えだ。

「東京に出て来て、どのくらいになる」ようやく鬼塚が口を開いた。

「あのあと、一年くらいでこっちに来たから、かれこれ七年になるかな」

「そうか、大変だったな」

どうも、と中谷は言った。

「工業高校出身だね」

どこか意味ありげな問いに、とりあえず中谷はうなずいた。

「じゃあ、無線の知識はあるんだな」

中谷は呆れた。

「どうした？　授業でやっただろ」

「教壇で教師が喋(しゃべ)ってることがすんなり理解できるんなら、もうちょっとましなとこに行ってるさ」

若い刑事の方は屈託なく笑った。ベテランは冷たい視線を中谷に投げた。

「ここの現場はいつから」

「ここは割と最近だよ。一年くらい前かな。その前まで別の現場にいたんだけど、ラストスパートでこっちに回されて」

若い刑事のポケットが鳴った。野々宮です、とスマートフォンを耳に当てながら事務所を出て行った。

「なんで、あっちを辞めたんだね」

残った鬼塚が煙草(たばこ)を咥(くわ)え、開け口を中谷に向けて箱を差し出した。中谷は掌を向けて断った。

「けど、にいさん、なんだかんだあっても、こういうところで日雇いで暮らしてるよりはいいんじゃないのか」

すぐには質問の意図が摑めなかった。

「前の仕事。辞めるより続けてたほうがいいって考えはなかったのかね」

「まあ、そう言う仲間もいたよ」

「普通はそうだろ」

その普通がどこかおかしいんだと言おうとしたら、野々宮が戻ってきた。鬼塚のそばに立って、なにか耳打ちした。とたんに、鬼塚の表情がこわばったと思ったら麻の上着を摑んで腰を上げた。そして、挨拶もなしに慌ただしく出て行った。後を追う野々宮は部屋を出るときに、中谷に笑いかけ、

「すみません、今日はこれで結構です」と頭を下げた。

若いほうがよっぽど礼儀がまともじゃないか、と中谷は思った。

鬼塚の後を歩きながら、野々宮はあの若い作業員のことを考えた。建築現場でこの手の作業をこの種の雇用形態で働いているような人間が醸し出す匂いはしなかった。履歴書で確認したところ、自分と同い年だった。以前は福島の原発で働いていたらしい。色々あったことは想像に難くない。原発事故とオリンピック。前首相が事故後の安全性を断言してこの大会の誘致に成功したことを考えると、動機として結びつけることはた

やすかった。しかし、あの男には思想犯の気配さえもない。

追いついて、野々宮は鬼塚の背中に訊いた。「彼はもういいんでしょうか」

「ありゃ、完全にシロだ」

野々宮はうなずき、鬼塚の横に並んだ。

「で、なんだって。犯人の要求ってのは」

「ですから、それを解析しているんだそうです」

「解析している？」鬼塚は怪訝な顔をした。

「暗号で送られてきたそうです。ものすごく長い数字だそうですが」

砂利を踏みならし、野々宮は車のドアに電子キーを向けた。鬼塚が助手席に乗り込み、

「で、解けるのか、その暗号」

野々宮がエンジンをかけた。

鬼塚が煙草を咥えたので、野々宮はサイドウインドウを開け、アクセルを踏んだ。走り出した車は初夏の風を車内に招き入れた。

「それがですね、ちゃんと解き方も添えてあったっていうんですよ」

「そりゃ丁寧だな」

「ただ、やたら面倒なシロモノらしく、いまコンピューターを動かしてるんですが、もうちょっとかかるそうです」

鬼塚はため息をついた。野々宮はその疲れた横顔を盗み見た。解き方がわかった上で、コンピューターに計算させたら瞬時に答えが出そうなものだと思っているのだろう。

「……で、爆弾処理班はなんて言ってる」

「やはり、取り除くとなると、オリンピックを延期するしかないと」

鬼塚は苦笑し、

「そりゃ、できっこないな」

「それが狙いなんでしょうね。要求をのめば解除用のパスワードを送ると言っています」

「こっちでそのパスワードが解けないのかよ。うちのキャリア組にだって東大卒はいくらもいるだろ」

同じことを野々宮も署にいる同僚に先ほど訊いたのだった。しかし、訊かれた相手もそのへんは要領を得ないまま、上から聞いたことをそのまま伝えるしかないようすだった。だから、野々宮もそのまま話すしかないのである。

「そうおいそれとは解けないらしいんですよ。そのパスワードってのがやたらと長くて、二百五十六桁もあるらしいんです」

鬼塚は黙り込んだ。そして、そろそろ俺も引退だなと嘆息した。

気が早いですよと慰めたが、そうしてもらえるとありがたくもあった。鬼塚とのコンビは教えられることも多いが、ついていけないと思う事も少なくない。自分でストーリーを作り上げると、その枠に無理矢理にも事件をはめ込もうとするような強引さが目立った。

「昔はなあ、事件があると、なんとなく筋ってやつが浮かんだものだったよ。これはこのパターンだな、動機はこれだなって感じでさ。最近は犯人が自白しても、ピンとこない事件が多くて、自信なくしちまうよ」と鬼塚は紫煙(しえん)を吐いた。

コンソールボックスの中でスマートフォンが鳴った。野々宮は着信表示を見て鬼塚に差し出した。

「本署からです。出てもらえますか」

吸いさしを窓の外へはじき出して鬼塚はスマホを摑んだ。

「――もしもし、ああ、そうだ。野々宮は運転中だ。……なに、犯人の要求がわかった？」

どうやら暗号を解き終わったらしい。

「それで……、……ええ、なんだって……」

爆発が起こった翌日の土曜午後三時まで、つまり二十四時間以内に要求をのまなければスタジアムを爆破する。そう犯人は予告してきた。

スタジアムの基礎部分に深く埋め込まれた爆弾は、建築が始まった初期に犯人が現場作業員として潜入し、セットしたものだと捜査当局は推察していた。であるならば、現場作業員を雇用している会社を徹底的に洗うのが順当だ。しかし、日雇い作業員の雇用は流動性が高く、これをつぶさに追うのは大量の捜査員を動員しても時間がかかる。二十四時間という制限時間はあまりにも短すぎた。

エックス線を使って探査した科捜研によれば、仕込まれているのは、爆発したものよりもはるかに強力なプラスチック爆弾で、無線による遠隔操作によって引火する。スクランブル電波によって遠隔操作を阻止する方法も検討されたが、そのような干渉やこしらえにはただちに反応してたちまち爆発することもわかった。つまり、爆破をパーフェクトに阻止することは技術的に不可能である。

テロに屈することはあってはならないのは当然だが、ずるずるとタイムリミットが来て新国立競技場が瓦礫の山にされてしまうような間抜けは絶対に許されなかった。

それは単にメイン会場を失うことを意味しない。今大会の誘致に際して、JOCと時の総理大臣は、東京から約二百キロの地点で起こった福島第一原発のメルトダウンについて、「完全にコントロールされている」と言い切った上で、東京の安全性をさかんに売り込んだ。しかし、大会開催直前のスタジアムで、テロリストが仕込んだ爆弾が爆発したとなれば——昨日の爆発は小火(ぼや)騒ぎだと喧伝(けんでん)している——国際社会に向かって大恥をさらすことになり、日本の国際的地位は急落し、ましてやオリンピックが開催できないということにでもなれば、国際的な信用問題にまで発展し、円安には歯止めがかからず、日本の国債を買ってくれる国などはなくなり、さらにオリンピック需要を当て込んでいる各企業に甚大な損失を出し、現政権は大きく揺らぎ、政局は混乱どころの騒ぎではなくなる。

以上が、野々宮らが本署の会議でまず聞かされた内容である。次に捜査方針が発表された。政府は犯人の要求をのむ方向で手はずを整えている。これは極秘事項だ。そして、この要求をのんだ直後におそらく、犯人を捕獲するチャンスが生まれるはずだ。このチャンスは絶対に逃してはならない、と。以上のような中身を特別捜査本部長は怒鳴るような口調で言った。で、その犯人の要求だが——、

土曜日に行われる東京競馬場の11レースでコウオンシッソウとバタイユニュウモンを一二着(いちにちゃく)にしろ。

対策室からどよめきが起こった。

「いいか、まちがってもこの馬券を買うんじゃないぞ。知人を使って儲(もう)けるのも御法度だ。わかったな！」

東京都府中市東京競馬場。観覧席には、熱狂する観客に混じって、私服刑事たちが身

を潜めていた。野々宮はスタンドの外側に配置され、平底のプラスチック容器から焼きそばをすすりながら、馬券売り場の窓口付近を注視していた。張り込んでいるのは東京競馬場だけではない。全国の場外馬券売り場には、競馬新聞を小脇に耳に赤鉛筆を挟んだ刑事がうろついているはずだった。

この朝、農林水産大臣が日本中央競馬会理事長と直接交渉した。理事長は一年前まで農林水産省の事務次官であった。つまりこれは事実上の強要である。ＪＲＡは四苦八苦しつつ、短時間のうちに馬主や騎手や調教師らの調整をなんとか執り行った。昼過ぎになってようやく、計画通りにレースを実施するという連絡がＪＲＡから政府にあった。そう野々宮は聞いていた。

スタンドのどよめきが、野々宮の耳に届いた。競走馬が本馬場に入ってきたらしい。カナル型イヤホンをしっかり耳に入れ、携帯ラジオに見せかけた警察無線のボリュームを上げた。刑事たちへの指示が、スタンド近くに設置された対策室から、実況中継の音声とミキシングされて送られるようになっている。

またひときわ歓声が大きくなった。

〈知らないのか。競技場では皆が走る。しかし賞を得る者はひとりだけである。走りなさい、賞を得られるように〉

第一コリント九章二十四節を読んでいた中谷は聖書を閉じ、畳んだ布団の上に放り出してため息をついた。どうしてこんなページに付箋が貼ってあるのかわからなかった。内容も当たり前すぎてありがたみがない。

テレビを取り囲んでいた飯場の仲間が騒ぎ出したけれど、あまり気にしなかった。連中がテレビを前に興奮し、大声を出すのには慣れていた。けれど「なんだよ、こりゃ、マジかよっ！」「ぶっ殺すぞ、この野郎！」などという罵声に混じって、自分の名前がしきりに呼ばれ始めたのでふと連中の方に顔を向けた。

「中谷、お前、大変だぞ」とひとりが膝を進め、にじり寄って指さした。

中谷はその指の先のテレビを見た。アナウンサーが絶叫していた。

「一着はコウオンシッソウ！　二着にはバタイユニュウモン！　大番狂わせになりました。これは、大方の予想を覆す展開です！」

野々宮は走った。

窓口の係員は大口の当たり馬券が差し出されると、さりげなく手元の警報スイッチを押すように指示されていた。その信号は対策室が受信し、刑事たちに指示が送られた。

刑事たちは換金に来た大口的中者すべてに声をかけ、手帳を見せた。まず、配当金狙いのひったくりではないと安心させる必要があった。そして任意同行を求めた。皆が怪訝な顔をした。中には機嫌を損ねて抗う者もいたが、なんだかんだといいくるめ、車に押し込んで連れ去った。

署の全取調室では刑事たちが手ぐすね引いて待っていた。すぐに取り調べが始まった。

しかし、彼らの誰ひとりとして一着二着に集中して張ってはいなかった。右翼団体、暴力団や反社会的勢力、北朝鮮などとの接点も見いだせなかった。派手な借金もない。鬼塚をはじめとする強面で知られる刑事たちも机を叩いて怒声をあげるところまで駒を進めることができず、勾留はとうてい不可能だった。警察は時間と手間を取らせたことを詫び、全参考人をいったんは帰さざるを得なかった。

おかしい。なにかがおかしい、空になった取調室で番茶をすすりながら、野々宮はそう思った。

11レースが波乱のうちに幕を閉じた後、中谷は飯場をひとり飛び出して、飲食スペースのあるコンビニに飛び込んだ。アイスコーヒーを買い、トイレの前に設置されたカウンターに陣取ってボールペンでレシートの裏に手計算を始めた。なんども確認し、数字を見てため息をついた。約五千万円。自分の取り分の手数料十五パーセントをかけてみる。七百五十万。六畳一間のアパートを借りて三年は寝て暮らせそうな金額である。

しかし、胴元はこの配当金を払ってくれるのだろうかと中谷は疑った。ノミ行為の背後に控えているのは暴力団だと相場が決まっている。

中谷はこうも考えてみた。あのおっさんが日頃から無謀な馬券の買い方をしていたことはみんなが知っている。今回のレースでコウオンシッソウとバタイユニュウモンに十万円張ったことは現場では話題の的だ。しかも、先払いである。こんな状況の中で、払いたくないものは払わないという態度に出るならば、今後、誰もこの元締めからは買わなくなるだろう。中谷はカウンターにほおづえをつき、暖かい日差しのさす窓の外の往来を眺めた。

五千万円というのは一万円で揃えたとしていったいどのくらいの嵩になるのだろうか。とにかく裸で持ち運び出来るような量でないことは確かだった。なにか容れ物がいるなと思いながら、ストローでアイスコーヒーの残りを吸い上げ、空になったプラスチックのカップをゴミ箱に放り込んで中谷はコンビニを出た。

陽はまだ高く、都心部の空としてはこれが精一杯というような青空が広がっていた。近くの公園を突っ切っていくとフリーマーケットが開かれていた。そこで中谷は少し大きめのリュックサックを見つけた。そして三百円でそれを買った。

週が明けると、現場に来た色川を捕まえ、換金はいつしてくれるのかとわざとみんなの前で問いただした。

ノミ屋の集金人は少し待ってくれとその場を去り、数時間後に再び現れ、ついてこいと顎をしゃくった。十五分ほど歩いて、色川は繁華街の車道に面した雑居ビルに中谷を連れて行った。一階入り口付近で、ノーネクタイにスーツという出で立ちで煙草をふかしている男たちにじろりと見られながら、ふたりは観音開きのガラス戸を押した。そして薄暗い階段を三階へと上っていった。

階段の近くに、特別あつらえに違いない重そうな鉄扉があり、「木嶋興業」と書かれたプレートが貼ってあった。色川が暗証番号を押して解錠し、ノブを回した。

「連れてきました」という色川に続いて部屋に入ると、でかい机に向かっていたかっぷくのいい、どこか脂ぎった男がこちらに鋭いまなざしを投げて来た。

「おお、お前か」

大きな机の背後には神棚がしつらえられていて、その下には甲冑が飾ってあった。その隣にソファーが置かれ、派手な色のワイシャツを着たスーツ姿の男が四人、向かい合って座り、花札をいじっている。絵に描いたようなやくざの事務所である。

「世界一運のいい野郎だな。おかげでこっちは商売あがったりだよ、まあこっちへ来い」

男は自分は座ったまま低い声で中谷を手前に呼び寄せた。こいつがおそらく組長もしくは幹部なんだろう。おい持って来いと怒鳴ると、ソファーに座っていたひとりが札を伏せて立ち上がり、部屋の隅に置かれた金庫のダイヤルを回した。そして、帯封で束ねられた札束を抱えてやって来て、机の上に積み上げた。

「数えろ」

その声はいっそう低かった。

中谷は帯封をはずして数え始めた。一束数えると、一万円札で百枚あった。次に束を数えた。全部で五十。

「で、その金、どうするんだ」男が訊いた。

「さあ、わかりません」中谷は次の束の帯封を解いて指を動かし始めた。

「まさか、勝ち逃げするんじゃねえだろうな」

中谷は数えている。

「またどんとかけてもらわないとな。だろ色川」

「はい、組長」

集金人はしおらしく部屋の隅に控えていた。

「お前の顔は覚えさせてもらったからな」

うつむき数えながら、中谷はつめたい視線を頰に感じた。

「まあ、長いつきあいにしようじゃないか」

中谷は数え終わり、札束をリュックサックに放り込み始めた。

「おまえ、こっち無視してなにやってんだ、ええ！」

事務所に怒声が響いた。花札の四人組が手を止めてこっちを見た。

「俺が決めることじゃないんで」中谷はリュックサックのファスナーを引き上げて背負い、書き付けを机の上に置いた。「五千万円ちょうど受け取った。本来ならば五千七十万円もらわなければならない計算だけど、話がややこしくなりそうなので、もういい、これで」

踵を返した。その背中に、なんだその口の利き方はと怒鳴り声が飛んで来た。視界の隅で四人組が立ち上がる。ノブに手をかけた。ひょっとしたらと思ったが、ノブは回り、扉は開いた。階段に向かって下を覗くと、見張りの影が見えた。この階段を逆に上った。そして、踊り場の窓から下の様子を確認してから、手すりの陰に身を潜めた。ほどなく、色川が仲間をふたり連れて出てきて、下に向かって叫んだ。

「捕まえてるか⁉」

「なんだって」

声は湿っぽく反響した。

床を蹴って中谷が跳んだ。宙に浮いた中谷は、体格のいい男が振り向きこちらを見上げるのを見た。そのこわばった表情に自分の影が落ちていく。

肘は男の頸部にめりこんだ。一瞬で昏倒した。もうひとりの金的を蹴り上げて、突きく。

飛ばした。丸っこい身体が堅いコンクリートの階段をバウンドしながら転がり落ちていく。

泡を食って事務所に戻ろうとする色川の髪を摑んで引き戻し、顎に膝蹴りを当てた。とたんに力が抜けた相手の体を振り回して、これも階下に投げ飛ばした。下で見張りをしていた連中が上がってこようとしているが、折り重なっている身体が行く手をふさぎ、立ち往生している。すかさず、三階の踊り場の窓を開けて、下を覗いた。いけると思い、窓枠に身体をくぐらせた。

窓枠からぶら下がって下を見ると、黄色い布地が揺れている。一階の中華料理屋は舗道にまでテーブルと椅子を置き、天幕を張っていた。あまり丈夫そうには見えない。ままよと思い手を離した。身体は天幕の上に落下した。アクション映画のようにきれいにバウンドするというわけにはいかなかった。支柱が衝撃を支えきれずに倒れた。それでも、落下の衝撃はいくぶん緩和され、中谷はテントが崩れ落ちた先の車道に転がった。車が慌ててハンドルを切ってこれを避けた。さいわい下には客はいなかったものの、けたたましい物音はした。

雑居ビル一階の出入り口の見張りに立っていた連中が振り返った。ふたり組は慌てて吸いさしを捨てて身構えた。中谷は頭を低くして突進し、伸び上がるようにして揚げ突きを顎に見舞った。たちまち失神した。残ったもうひとりが店先に積み上げていたビール箱から空き瓶を抜いた。モーションがのろくなるのでかえって好都合だった。がら空きになった顔面に正拳を入れ、倒れた相手の側頭部を足底で地面に押しつけて腕をひねりあげ、踏蹴りを落とした。足の底に後悔がわだかまった。

走った。大通りへ出て、強引にタクシーを停めた。転がり込むように乗り込んで、とにかく出してくれと叫んだ。リアウインドウを振り返ると、大通りに出てきた色川が辺りをきょろきょろ見回している姿が小さくなっていった。

タクシーを降り、繁華街の雑踏をうろつきながら、中谷は携帯で事務所に電話した。主任の斎藤が出ると、今日で辞めさせてもらいたいと申し入れた。

「困るな。さっき、警察からまもなく工事が再開できるって知らせがあったらしいんだ」

中谷は割り込み着信音を聞いた。

「勝手言ってすみません、飯場にある荷物は適当に処分してください」

一方的に切って通話ボタンを押したとたんに色川の怒声が飛び出してきた。

「なにやってんだ！　殺されるぞ馬鹿野郎！　戻ってこい！　いまならなかったことにしてやる！」

ガラケーをへし折って、路上に停めてあったママチャリの前かごに放り込んで歩き出した。

夕方になった。緊張がいくぶん緩み、胃袋が空腹を訴えだした。ラーメン屋に入り、カウンターに座った。リュックサックを胸に抱えるようにして塩ラーメンをすすっていると、自動ドアが開く音がして「見つけたぞ、テメエ！」という怒声とともに、体格のいい男がふたりずかずかと入ってきた。

中谷は割り箸を握り直し、スツールから降りて身構えた。ふたりはその横を抜けて奥へ進んだ。そして、カウンターの奥の方で餃子（ギョーザ）を肴（さかな）にビールを飲んでいるオヤジの首根っこをつまみ上げた。

「手間かけやがって、この野郎」

ふたりがかりでカウンターからオヤジを引きはがした。そして、「利子ぐらい入れやがれ」と玄関へ突き飛ばすようにして引っ立てた。

オヤジは抵抗もせずにおとなしく中谷の横を拉致されて行った。標的が自分ではなかったことに安堵しつつ、捕まったオヤジの顔を見た。その表情には無気力だけが張り付いていた。あっ、代金がまだですと濃紺の作務衣（さむえ）を着た店員が三人の後を追った。自動ドアが閉まるのを見て、ようやく中谷はスツールに上って残りのラーメンをすすり始めた。

さて、どうしよう。自分は胸に自分の金ではない五千万円を抱いている。しかし、十五パーセントは取っていいという約束である。同時に、この金のせいで元の場所には戻れなくなった。もっとも、さほど戻りたい場所でもなかった。そして、これだけあれば、しばらくはどこででも暮らせるはずだ。けれど、どこへ行けばいい？

「どちらまで」

ラーメン屋を出てまたタクシーに乗り込んだ中谷はオープンしたばかりのシティホテルの名前を告げた。オリンピック開催を当て込んで建てられた外資系の高級ホテルだ。着工当初に建築現場で働いていたのでふと思い出したのである。

「はい、客室フロアーには宿泊のお客様以外は上がれないようになっております」

「どの部屋も」中谷は確認した。

さようです、と答える表情はどこか誇らしげだった。今夜の宿泊を申し込んだ。フロントマンはうつむいて手許のディスプレイを確認していたが、申し訳なさそうな表情を作った。

「生憎（あいにく）とシングルはデラックスタイプしか空きがございませんが」

じゃあ、それでいいよと中谷は言ったが、フロントマンは手を動かさずに中谷の顔を見つめた。

「五万八千円にサービス料金と税がかかりますが……」

言いよどんでいる理由は察しがついた。くたびれたジーンズを穿き、Tシャツの上によれよれの薄手のパーカーを羽織って、汚れたリュックサックひとつを提げた中谷はリュックから、十万円を抜いてカウンターに置いた。フロントマンは大変失礼しました、と慌てて手続きを始めた。

客室係がついてきてお持ちしますと言ったけれど、中谷はリュックサックを離さなかった。部屋に入ると、客室係を追い出してファスナーを開き、すぐに札束をセーフティボックスに押し込んだ。少しほっとして、ベッドの上に身を投げると、柔らかく包み込むように高級マットレスが全身を受け止め、しっかりと支えてくれた。

天井を見上げ、中谷は考えた。五千万円のうち、自分が使えるのは七百五十万円。残りはあのおっさんのものだ。しかし、どうやって連絡を取ればいいのか。あの馬券が当たったと知ったら（当然もう知っている）、おっさんはあの現場に自分を訪ねてくるだろう。そして、急に自分がいなくなったと知れば、当然持ち逃げしたと考える。それは口惜しかった。しかし、対応策はにわかには浮かんでこない。そのうち寝心地のいいベッドと引きずって来た疲労に誘われるまま、中谷はうとうとまどろみ始めた。

電子音が鳴った。ぎょっとして身を起こし、枕元の電話を見ると、ランプが点滅している。

誰だろう。宿泊するところを誰かに見られたのだろうか？　ひょっとしたら明朝の飯はどうするのかなんていうフロントからの問い合わせなのかもしれない。しかし、観光地の旅館じゃあるまいし、こんなシティホテルでそれは不自然だ。考えていたがわからない。電話は鳴り続けている。うるさいのと面倒なのとで中谷は受話器を取った。

「外線が入っております」

「……外線。……なにかのまちがいじゃ」

「中谷様でいらっしゃいますね」

「ああ」

「おつなぎしてよろしいでしょうか」

居場所がバレているのなら、ジタバタしてもしょうがない。つないでくれと中谷は言った。

やあ、私だというその穏やかな声には聞き覚えがあった。

「ホテルに逃げ込むのはいいアイディアだよ」

「おっさん……」

「一杯やろう」

「……あんた今どこだよ」

「上にいる」

「上……?」宿泊客以外は上がれないはずだと言いかけて中谷は口をつぐんだ。

「バーだ。支度ができたら来てくれ」

ガチャリと切れた。ツーツーと話中音が流れる受話器を戻すと、今度はノックの音がした。

魚眼レンズの中にボーイが立っている。ドアを開けてやると、失礼しますと入ってきてベッドの上にスーツを広げた。その上にワイシャツとネクタイを重ね、最後にベッドの脇に小箱を置くとサインをもらって出て行った。

襟を返して裏地に縫い付けられたタグを見ると、大変な高級ブランドである。下に置かれた小箱には革靴が入っていた。ズボンには靴下も添えられていた。

バーの入り口で中谷がラウンジを見渡すとやはりスーツ姿のおっさんがグラスを傾けているのが見えた。

「似合うじゃないか」

座った中谷を目の前にしておっさんは言った。もう以前のような敬語ではなくなっている。

「そんなことより、ひどい目にあったぜ」中谷は口をとがらせた。

「なにか軽いものでもつまむかい」おっさんは詫びるかわりにただ笑った。

「腹は減ってねえよ」

「ラーメンだけだともたないだろう」

中谷がぎょっとした時、ボーイがやって来てメニューを差し出した。受け取ることなくバーボンを注文した。

「いつから見てたんだ」

「いまはよそう。それに大しておもしろい話でもないさ」

「どこかちがうと感じてたけど、あんたただ者じゃないな」

おっさんは楽しそうに笑ってグラスを傾けた。その余裕綽々(しゃくしゃく)な態度に中谷は少しむっとした。

「とにかく、あとで俺の部屋に来てくれ。金を渡す。但(ただ)し、ここの宿代は抜かせてもらうからな」

「もちろん。あと、十五パーセントは君のものだ。それと泡にまみれてご婦人と遊ぶ金も抜いていい」

「覚えてたのか」中谷の口元も思わず緩んだ。

「約束だからね」

「……しかし、あんたは本当に運がいいんだな」

中谷のグラスが運ばれてきた。

「運だと思うのか？」

　中谷はグラスを持ち上げ琥珀色の液体を口に含んだ。確かに、この一連の出来ごとはなんだか現実離れしすぎている。バーボンのかすかな甘みが口腔に広がった。舌と鼻腔から伝わるウィスキーの味と香りが中谷の意識を支配しようとしていたさなかに、とつぜん腑に落ちた気がした。

「あんた、まさか。あんたがアレを埋めたのか？」

　スタジアムの基礎部分にプラスチック爆弾を埋め込む。それは着工当初に現場にいた人間ならさほど難しい作業ではない。

「……まあ、あれはただの実験だよ」おっさんはのんびりとした調子で言った。

「それは、なんのための？」

「能力を検証するためだ。ちょうどよかった」

　よけいにわからなくなった。おっさんは座り直して、中谷の目を見据えた。

「あのスタジアムの爆発事故直後から今日までに、ちょっとした為替や株の動きがあったね」

　しらねえよと中谷は言い放った。

「それは失礼。あの爆発は小火という建前だったが、こんな安全管理ではオリンピック開催も危ういんじゃないかってマスコミが騒いだだろ」

「まあ、騒ぐだろうな」

「そういう噂は当然、株価やレートに反映される。その変動をあいつはほぼ正確に予期してくれたんだ」

「あいつって」

「君は民主主義を信じてるか」

おっさんは急に話を変えた。

「なんの話してんだよ」

「私は信じない」

「民主主義を、どうして」

「人間なんてものはそれほど頭がよくない。ありていに言えばバカだ」

「あのさ、そういうエラそうなことは将棋で俺に勝ってから言ったほうがいいんじゃないか」

とたんにおっさんが破顔した。

「なるほど。そうだったね。人は愚かな手を指す。しかも、愚にもつかない議論を延々したあげくの果てに。けれど、そのつまらん一手を打とうとするときに、名人がそっと寄って来て、『そこは角道が利いているから桂馬を張ったほうがいい』と耳打ちしてくれたとしたら、どうなる」

「ヘボ将棋に名人を出すな」

「ものはたとえ、だよ」

ふむと中谷は律儀に考えて、そして口を開いた。

「でも、それじゃあ、つまんねーだろうな。負けてもいいから、自分で考えた手を指したいじゃないか」

「かもしれない。しかし、もし、その一局に全財産がかかっているとしたらどうだろう」

中谷はまた考え込んだ。今度は答えがなかなか出なかった。

「まあ、君が言うことももっともだ。人は誰も自分の自由意思によって自分の人生を選択したいと思う。だったら、その手があたかも自分で思いついたような気持ちにさせてやるのはどうかな。そうすれば誰のプライドも傷つかない。しかも勝てる。ここが大事だ」

たとえ話に現実感がなさすぎて、答えようがなかった。

「私が最終的に作りたいのはそういう美しいシステムなんだよ」

システム。たぶん複雑でややこしいなにかなんだろう。いろんなことが複雑にこんがらがって結びついているその全体が、人々を傷つけず、やさしく、おまけに美しいのならとりあえず文句はない。ただ、そんなものがあるのだろうか。

「どうだい、一緒に作ってみないか」

おっさんはグラスを捧げ持って笑った。いい笑顔だと思った。こうして人は騙されるんだろうなとも思った。理屈じゃなくて、最後は好ましさみたいなもので。

電話の音で起こされた。もそもそと毛布から顔を出し時計を見ると、もう十時を少し回っている。

「いけね」

慌てて受話器を取り、ごめんチェックアウトの時間だよなと謝った。昨日一日いろんなことがありすぎた。酔いの回った頭を抱えるようにしてベッドに潜り込んだのが何時だったかも思い出せない。

「はい、お伺いしております」

え、なにを？　と戸惑っている中谷に、いまご案内致しますので少々お待ちください、とだけ告げて電話が切れた。要領を得ないままとにかく着替えていると、ノックの音がした。魚眼レンズにはまたボーイが身体を傾げて立っている。ドアを開けると、用意はおできになられましたかと訊く。三分だけ待ってくれと言い、急いで札束をセーフティボックスからリュックサックに詰め替えて、部屋を出た。エレベーターに乗り込むと、ボーイはフロントの階ではなく、上階のボタンを押した。扉が開いて通路に出てみればそこにはドアが並んでいなかった。ただ、奥の方にシックで重厚なのが一枚、たいそうな威厳をもってはめこまれていた。ボーイがインターホンを押した。ややあって、カチャリと電子錠が外れる音がした。ボーイはドアを押し開けて、どうぞと言った。中谷が立っているところからその先はなにも見えなかった。促されるままに中に入ると、またドアがあった。すかさずボーイが中谷を追い越し、また開けてくれた。こんどは一気に視界が開けた。

部屋の角を直角に広く切り取った窓が外光をふんだんに招き入れ、外には都心の風景が広がっていた。この視界の片隅に新国立競技場が見える。窓を背中に、大きなソファーがくの字に配置され、その前には大理石の天板を持ったテーブルが据えられていた。フルーツをあふれるほど盛りつけた朝食を客室係がこの上に並べている。先ほどのボーイが顔を出し、スーツはクローゼットに掛けておきましたので、と退いた。

やあ、いらっしゃい。バスローブを羽織ったおっさんが奥の部屋から出てきた。

「いったいどうなってんだよ」

「どうなってるって、昨日から宿泊しているんだ」

「じゃあとにかく俺は金を置いていくよ」

ま、急ぐことはないさ、とおっさんはソファーに座って、ライ麦パンにバターを塗り始めた。

「座ったらどうだ。どっちにしても朝飯は食べるだろ」

客室係がもうひとつのカップにコーヒーを注いで退いた。断るのも野暮な気がして座り、エッグスタンドに乗った卵の殻をフォークで叩いた。

「それでその金だけれどね」おっさんはおもむろに切り出した。「私の取り分はしばらく君に預けておこうと思う。ついてはF銀行に君の名義で口座を開いて欲しい。午後から散歩ついでに行って来たらどうだ。運転免許証は持ってるか」

中谷はうなずいた。じゃあパスワードはこれにしてくれとおっさんはメモを渡し、それと、口座が開けたら電話をよこすようにと言った。

「あんな大金を現金で持ち歩くのは物騒だな」

「ホテルの前からタクシーに乗って銀行の前に横付けすれば問題ないさ」

「散歩のついでじゃないのかよ、それじゃあただの使いっぱしりだぜ」

「散歩なら預金した後にすればいいだろ。ついでにひとっ風呂浴びてきたらどうかな」

2

口座開設の申請用紙の記入欄を埋めて、免許証、そして途中の文房具屋で買った三文判と一緒に窓口につきだした。リュックサックから札束を抜き出してカウンターの上に積み上げた。それは四十九あった。残りのうち十五枚は中谷のポケットに、残りはホテルのテーブルの上に置いてきた。自分の取り分は別の口座に入れるのがスジであるが、おっさんに名前を使わせたので、同じ名前でもうひとつ口座を作らなければならない。となると銀行への説明が面倒になる気がして一緒くたに預金することにした。インターネットでの操作で金が動かせるようにしろとおっさんから言われたので、そのように手続きした。となるとおっさんが中谷の金も勝手に動かしてしまうかもしれないのはわかっていた。しかし、彼には人間をむやみに信じるような甘いところがあった。

「お待たせしました」

中谷は顔を上げた。年配の男性行員が満面の笑みをたたえて立っていた。

「このたびは大口のご預金ありがとうございます」

行員は通帳を渡した。それを受け取り、銀行の公衆電話から口座番号を伝えると街に出た。

繁華街を少しうろついた末に決心して、中谷はソープランドに上った。呼ばれるまでソファーで待っていると、目の前のガラステーブルに飴が盛られた皿があった。なにげなくひとつつまむと「甘露飴」という文字が目に入った。セロハンを脱がせて、琥珀色の丸飴を口に含み舌の上で転がすと、甘いものをしばらく口にしていなかったせいか、その甘みがいっそう強く中谷の意識に訴えてきて、少し酔ったようになった。

しかし、「接客」してくれた「コンパニオン」との情交は期待したほど魅惑的ではなかった。まあ、こんなものかとさびしくもあったがどこか安堵もした。この世にはそんな大した快楽などないんだと諦めたほうが得策な気もする。そう確信するためが半分、いやそんなはずがない、目まいのするような、めくるめく快感があっていいはずだという思いが半分で、中谷はもう一軒上った。次は高級店を選び、こうなったら羽目を外してやるんだと意気込んだ。これはいいぞ、少なくとも前よりもいいと、中谷は女の上で動きながら自分を励ました。

そして終わった後には、ああやっぱり大したことはないのだと思った。そう思おうとした。愛のない情交に支配されてはいけないという古めかしい倫理感からなのか、そういう快楽の虜になっては金銭的にどうにもならなくなることを恐れたからなのか、そこのところがどうにもよく整理できない頭を乗せて、狭い階段を降りると外は黄昏時だった。中谷は流しのタクシーに向かって手を挙げた。

タクシーが最近できた商業ビルの前を通った時、壁面のLEDビジョンが最新ニュースを映し出していた。スーツ姿の小さな男が林立するマイクの前で喋っている。音声はミュートされているが、テロップが画面の下に右から左へと流れた。

〈官房長官は記者団に対し「新国立競技場の安全が再確認された」と述べました〉

この数時間前、野々宮刑事は五十名の刑事を動員した合同捜査会議の末席にいた。壇上では指揮を執る本庁の刑事部長が参考人の尋問が捜査になんら進展をもたらしていないことを伝えている。その表情には焦りの色がありありと見て取れた。

このあと、参考人が当たり馬券によって手にした金額が発表された。それは意外と少額だった。

「尋問の結果、今のところ犯人を特定できるものがなにも挙がっていない」と部長はまた怒鳴った。

野々宮は少し離れた席に座っている鬼塚が遠慮なくあくびするのを見た。

「一方、昨日の夕刻、犯人と思しきものから警視総監宛でハガキが一通送られてきた」

天井からつるされたスクリーンに一枚の写真が映された。そこにはごく普通のフォン

トで、

〈ご協力に感謝 パスワードは甘露〉

野々宮は思わず手を上げた。

「パスワードは二百五十六桁じゃないんですか」

「この言葉にまた別の関数を通すと数字に化けるんだそうだ」

「化けたんですか」別の刑事が言った。

「ああ、解くのに一晩かかったがな。コンピューターからの放熱がすごくて冷房入れても部屋が暑かったそうだ」

「で、そのパスワードは利いたということでしょうか」

「科研の連中と処理班によれば、これで爆弾の起爆装置は完璧に解除されたらしい。しかし、事件はまだなんら解決していない。引き続き捜査を続行し、なんとしてでもオリンピック開幕までに犯人を捕まえるんだ、いいな」

しかし、話が捜査方針に及ぶとなると、とたんに要領を得なくなった。オリンピック開催までに犯人を挙げられないと警察の沽券にかかわるんだとだけ言われても、現場の刑事は動きようがない。

「でも、おかしくないですか」

野々宮は遅い昼飯を食いに蕎麦屋に入ったとき、鬼塚に言ってみた。

「なにもかもがおかしくて、いったいどこがおかしいのかよくわからんよ」

憮然とした顔をして鬼塚はざる蕎麦をすすっている。嫌いな会議が長引いた上に実がなかったので機嫌が悪いようだ。

「で、なんだ」ややあってから鬼塚が先を促した。

「いいですか。連中は全員複数の馬券を買っていました。その何本かのなかに当たり馬券が入っていた。それが万馬券だった。でも、本来ならば、コウオンシッソウとバタイユニュウモンの馬単をまとめ買いすればいいんですよね」

「それじゃあ払戻所で、私が犯人ですって言ってるようなもんじゃないか」

「確かに。けれど、こうも考えてみてください。国を脅迫してまでそんなショボい金摑んでどうすんですか」

「ああ、まあそうだな」

野々宮は箸で蕎麦を持ち上げたまま続けた。

「大穴を当ててはいるけれど、これで手にしたのは最高で一千万くらいです。競馬で稼いだ金としては大金ですが、これだけ周到な計画を練り、国を敵に回して手に入れる額にしては安すぎませんか」

鬼塚は猪口に蕎麦湯を注いだ。

「ワンレース勝たせてもらって、あっさりパスワードをよこすのも親切すぎますよ、ね」

「のびるぞ」

「え」

「蕎麦」

野々宮は我に返って、箸をつゆにつけた。鬼塚はゆっくり蕎麦湯を飲んでから「甘露」とつぶやいた。野々宮は蕎麦をすすりながら、鬼塚を見た。

「……甘露ってなんだ」

たしか起爆装置を解除するパスワードが甘露だった。

野々宮にもわからない。しょうがないのでまた蕎麦をすすった。

メインロビーを横切ってエレベーターに向かっていると、中谷はボーイに呼び止められた。預かり物があるという。じゃあ、もらっていくよと言うと、個数が多いので運びますといって聞かない。取りに行ってきますので少々お待ちください、と行ってしまった。

ボーイはラゲージカートと一緒に戻ってきた。そこには大手インターネットショッピングサイトの箱がいくつも積み上げられている。その後ろを中谷がついて歩いた。スイートルームがある階で降りると、通路の向こうからやはりカートを押したボーイとすれちがった。そのカートには畳まれた段ボールが積まれている。しかもぎっしりと。どうやら、ひっきりなしに荷物が運び込まれているらしい。

部屋に入ると、レイアウトが大胆に変更されていた。オーク材のがっしりした机がフロアの中央に置かれて、座っていたおっさんが、やあおかえりと言った。

床にはメーカー名のわからない多面体のパソコンが置かれている。机の上にはマルチ・ディスプレイがセットされ、おっさんはそれを睨んでキーボードの上で指を踊らせていた。

気取ったグラスが収まっていたキャビネットは撤去されたようだ。そのかわり壁一面に木製の本棚がしつらえられ、夥しい本が床に積み上げられたまま棚に並べられるのを待っている。

部屋の隅には高そうなオーディオスピーカーがスタンドの上にのせられて、そこから低く流れるチェロの音が部屋を浸していた。朝飯のときにおっさんはしばらくこのホテルを根城にするんだと言っていたが、本気らしい。やくざに追われる身としてはこの上なく安心でありがたいが、五千万円程度でこんな生活がそう長く続けられるわけはないと思った。

中谷は机の上に通帳を置いた。お疲れ様と言っておっさんが目の前のディスプレイを指差すと、そこには口座の残高が載っていた。

「夕飯はどうした」とおっさんが訊いた。

「なんだ、知らないのか。昨日みたいに見張ってるのかと思ったよ」

「ああ、今日は忙しくてね。探偵ごっこはおやすみにした」

おっさんはディスプレイを見つめたままだ。

「俺が金を持ち逃げしたらどうするんだ」

おっさんはそれはそうだなと笑った。俺も甘いがこのおっさんも甘いな、と中谷は共感のような安堵のような思いにとらわれた。まだだと言うとルームサービスに電話してくれと言われ、中谷はメニューを手に受話器を取った。

「これを頼まれてくれないか？」

包み終えた北京(ペキン)ダックを片手に、おっさんは四つ折りの紙切れを一枚差し出した。

「ひと休みしたら、その通りに本棚に本を並べていってくれ」

開くと書名がずらりと並んでいる。リストの頭には『スティグリッツ入門経済学』とあった。

食後のコーヒーを飲んでから取りかかった。しかし、なにしろ床には相当な数の本が散らばっているので、発見するまで結構な手間を食った。

重てえ本だな。ぶつぶつ言いながら本棚に押し込もうとして、中谷はなにげなくページをぱらぱらとめくった。おっさんの興味がどこらへんにあるのかが気になったので、とりあえず序章を読んでみた。意外なことに、概ねその内容が理解できた。つまり、新しい技術革新が、財とかサービスとか呼ばれるものを、そしてそれらをやりとりする方法さえも一変させてしまったと言いたいわけだ。まあこのくらいなら俺にもわかる。中谷は本を持ったままソファーに移動して腰を下ろした。

たとえばこの本にしたってインターネットショッピングサイトの倉庫からホテルに配送されてきた。故郷の友人の中にはネットオークションで車を買った奴もいた。こんなことは俺が幼い頃にはなかったものだ。中谷は両手で本を広げたままソファーに寝転んだ。そして、そのまま読み続けた。

さくらんぼを盛ったガラスの皿が大理石の天板に置かれた。

直角に置かれたソファーのもう一辺におっさんが腰を下ろして、ひと粒口に放り込んでいる。

「まあ、少し休憩したらどうだ。うまいぞ」

スピーカーから流れている曲はいつのまにかおだやかなジャズに変わっている。

「やっぱり山形産は絶品だよ」

中谷も半身を起こしてひとつつまんだ。佐藤錦の薄皮を噛み破ると、柔らかい果肉があふれ、舌にまとわりつくような甘い果汁が口中に広がった。

「ずいぶん熱心に読んでるな」

中谷は時計を見た。午前三時。作業をほったらかしにして、あれから五時間も読んでいたらしい。

「ああ、これ食ったらかたづけるよ」

「いや、読んでいればいい。おもしろいか」

「そうだな。どの程度理解してるかはよくわかんないけど」

中谷は読み続けた。その間、おっさんは大きな机でせっせとキーボードを叩き続けていた。スピーカーから低く流れている音楽はジャズから静かな電子音のポップミュージックへ変わり、そして夜明けにはハープシコードで奏でるバロック音楽へ、そして昼前にカントリー調のロックに変わった。さすがに眠くなったので、寝室に本を抱えて行き、枕元の明かりで読み続け、やがて眠った。翌朝起きた時、最初に耳にしたのはやはりおっさんが叩くキーボードの音だった。シャワーを浴びて出ると、朝食が来ていた。ソファーでトーストを齧(かじ)りながら読み続け、夕方には最後の頁(ページ)をめくった。

なあ、いま一応読み終わったんだけど、と中谷はキーボードを打っているおっさんに声をかけ、内容についてある疑問を口にした。

「こういう計算ってなんか型みたいなものはあんのかよ」

「じゃあ、まずその本を棚に置いてこようか」おっさんはキーボードの上で指を踊らせながら言った。

中谷は素直に従った。

「リストの二番目の本を探してくれ」

中谷はポケットから紙片を出して確認し、『現代経済学の数学基礎』の上巻を拾い上げた。

「疑問に対する答えはそこに書いてあるよ。読んだら、棚に並べておいてくれ」

「なに、これ、ひょっとして俺の本棚？」

おっさんは、笑って、キーボードを叩き続けた。


一週間が経った。タイマーがセットされた寝室のオーディオ装置が、おだやかな弦楽四重奏曲で中谷を起こしたのは午前九時だった。完全に夜型だった生活は乱読と耽読(たんどく)によってどんどんずれていき、また朝型に戻っていた。

広々としたベッドの上に起き上がり、隣を見るとおっさんも寝ている。ここ数日、中谷が眠りに落ちる直前にも机に向かっていたこの男は、目を覚ましたときにはもうキーボードを鳴らしていて、中谷の隣のベッドの毛布はいっこうに乱れるようすがなかった。いったいいつ寝るのだろうかと不思議に思っていたが、いまはパジャマに着替え、モーツァルトの『狩』の調べにもぴくりとも動かず眠りこけている。

中谷はアンプを眠らせ、寝室を出た。リビングに抜けると、机の上に置かれたホテルの大判封筒が目に留まった。付箋が添えられ〈郵送の手配願います。速達で〉と万年筆で走り書きされていた。

封筒を小脇に抱えてフロントに降り郵送を頼んでいるうちに、中谷はむしょうに身体を動かしたくなった。もう何日も部屋に籠もって読書に耽る日が続いていた。フロントマンにジムのあるフロアを教えてもらい、本を一冊携えて上がった。受付でトレーニングウエアとシューズを購入し、エアロバイクに跨った。

一時間ほどペダルを廻した。少し休んだあと、ウエイトで上腕筋を、マシンで腹筋と背筋をいじめてから、サウナに入って、汗をだらだら流しながら、『これからの「正義」の話をしよう』を読んだ。どうしてこんな古いベストセラーを読ませるのか不思議だったが、読んでみると面白い。

サウナを出てシャワーを浴び、バスローブをまとってリクライニングチェアーに移動してまた読んだ。ややこしくなると遠慮なくページを飛ばした。

部屋に戻るとおっさんも起きてパソコンのディスプレイで横文字のサイトを読んでいた。

中谷がマイケル・サンデルを本棚に押し込み内村鑑三の『代表的日本人』を床から拾い上げていると、背中で「ずいぶん読んだな」というおっさんの声がした。

しかし、床にはまだかなりの本が積み上がっている。床上の課題図書を拾い上げ、読み終わると本棚に並べていく。中谷はそんなルールを作っていた。

「起きてからなにか食べたのか」とおっさんが言った。

中谷はいやまだだと言った。じゃあ、下に降りて一緒になにか食べようと、おっさんはコットンのジャケットを羽織った。

ふたりはホテルの中にあるフレンチレストランのテーブルについた。

「こんな生活してたら金がいくらあっても足りないな」

目玉が飛び出るほど高いランチセットを注文したあとで、中谷が言った。おっさんはただ笑っていた。そして、ジャケットのポケットからなにか取り出してテーブルに置いた。スマートフォンだった。

「使ってくれ。新型だ。しかも改造してある」

おっさんはもうひとつ、きれいにセラミック加工された豆粒大の物体を置いた。

「マイク付きのイヤホンだ。これを使えば本体を耳に当てる必要もない」

へえ、と中谷は感心して、手に取った。

預金もそいつで見られるんだ、とおっさんはその手からスマホを取りあげると少し操作してから、また中谷に返した。そこには中谷名義の銀行口座の残高が映っていて、金額が倍近くになっている。

「増やしておいた」

運ばれてきたサラダに手をつけておっさんはこともなげにそう言った。

「どうやって」

「証券口座に移してレバレッジをかけ、違法ギリギリの超高速で取引プログラムを数日間走らせてから、またこの口座に戻したんだ」

なにを言っているかわからない。

「口座の履歴を見てごらん、一度残高がゼロになっているだろ」

見ると確かに、一カ所だけゼロという数字が刻印されている。おそらく、金をいったん海外に送り、金融テクニックとやらを使って金が金を生むように細工したんだろうなと中谷は漠然と解釈した。

思わずため息が漏れた。

「あんたがキレる奴だってことはよーくわかったよ」中谷はソーセージにフォークを突き立てておっさんを睨んだ。「よくもまあ、みごとに騙してくれたもんだよな」

おっさんも薄く笑った。

「けど、間違ってないか、こういうの」

「というと？」

「この種銭(たねせん)そのものがイカサマ競馬でむしり取った金だぜ。それを小手先で操作して増やすなんて、人をバカにしてやしないか」

おっさんはナプキンで口を拭いて、確かに、とうなずいた。

そう素直に肯定されても困るんだけれどなと思いつつ、中谷は続けた。

「俺はさ、肉体労働ってのは嫌いじゃない。自分の力で土を掘り返したり埋めたりしてると、少しずつなにかデカいものが建っていく、そういうのは楽しいんだ。でも、あんたのやっていることにはそんな実感がないじゃないか」

「疎外論だな」

「なんだそりゃ」

「マルクスだ」

「ああ、共産党の親玉ね。名前は聞いたことあるな」

「まあそうだが、正確にいえば資本主義から共産主義へ移行する必然性を主張したんだ」

「はあ。で、疎外論ってのは、いったいなんだ」

「まあ、私もそこは専門じゃないから、よく知らないんだが」

「なんだよ、そういう謙遜も嫌みだぜ」

「じゃあ、かまわず続けさせてもらおう。まず資本主義ってやつはひたすら金を増殖させ、労働や人にまで値札を貼り付けていく、そういう性格を持っている」

「俺にはおなじみの光景だよ、ものごころついてからの」

「その結果、ものが人間を支配するようになった。つまり、一部の金持ち以外は喜びを感じられないような世の中になってしまった。そんな世の中を生きるというのは人間のあるべき姿じゃないってことをマルクスは言いたかったんだと思うね」

「俺も言いたいね、それは」

「じゃあ、君はマルキストだな」

「そこはわかんないけど。とにかく、金がすべてって言われるのが嫌なんだよ、俺は」

「マルクスもそう思ったに違いない。そこでマルクスは共産主義という仕組みを主張した。主張って言うとちがうな、もうまさしく運命みたいに、これしかないって宣言したんだ」

「その場にいたら拍手喝采しそうだよ、俺は」

「実際、若くて正義感にあふれる連中はみんなしたんだ。けれど、残念なことに共産主義には、結構大きな穴が空いていた」

「どんな?」

「それはリストにある次の次を読めばわかるよ」

「なんだよ、そりゃ」

まんまと敵の術中にハマったのを自覚し、中谷は歯嚙みした。

「しかし、いまのはいい議論だった」

「そうですか。どうも。一応褒められたってことで礼を言っとくよ」

「とにかく、そろそろ新しいシステムが必要なんだ」

「でも、それって、あんたらインテリの仕事だろ。俺には関係ないよ」

でもないさ、とおっさんは首を振りながらチキンの香草焼きにナイフを入れている。

「だってバカな俺ができることっていったら、機動隊に突入することくらいだぜ」

「そんなことはしなくていい」

「俺だってしたくないよ」

「かといってバカもよくない」

「そんなこと言われたって」

「バカはシステムに従うしかないからな」

「人は大抵バカなんだろ」

システムなんて言葉を使うやつは大抵インテリだ。おっさんが頭がいいということは充分にわかった。すくなくとも、頭がいいふりをすることくらいはできるようだ。けれど、他人を冷笑するような利口者ほど鼻持ちならないものはない。

「そうだ」おっさんはあっさりと言った。「バカは出鱈目なことを得意げに吹聴してまわり、間違った判断をする。だから民主主義は間違うんだ。けれど、バカはみんな死んでしまえっていうわけにはいかない。君とちがって大抵のバカはバカだって言われると怒ったりするからな」

「俺だって、人に言われれば怒るよ」

「だから、バカでも正しい判断ができるようなシステムを作るんだよ」

またシステムが出てきた。どうやら民主主義の悪口とシステムはセットになっているらしい。

「でも、俺は工業高校出身だぜ」

「大学なんてどうでもいい」

「大学じゃなくて高校だよ」

「とにかく君はこれから賢くなる」

「おいおい、勝手に決められても期待に応えられないぞ」

「大丈夫だ。そして、そろそろある人間と会って欲しいんだ」

「俺が誰と会うっていうんだ」

「頭のいい奴らだよ」

3

内線のランプが光り、福田は受話器を取り上げた。

「大臣がお呼びだ」

福田は腰を上げた。通路に出ると菅原事務次官はもう先を歩いていた。

「どちらですか」

「官邸の方にいらっしゃるそうだ」

財務省の建物を出て、ふたりは大通りを渡った。

飯塚財務大臣は官房長官を兼任している。前の財務大臣が心不全で急死したので、財務大臣を務めたことのある飯塚が経験を買われて兼任することになったのである。

「いいか、福田、今日のことは極秘だ」

はい、と返事して例のことだなと福田は思った。一週間ほど前に事務次官に呼ばれて、ホテルの名入りの分厚い封筒を手渡されたあの件だ。宛名は財務大臣、差出人の名前はなかった。

「一応、こいつの中身を検証しておいてくれ」

そう言われて、福田は一週間じっくりデータと照らし合わせそれを精読した。そして昨日徹夜して報告書を書き上げ、今朝ほど事務次官に提出した。それを踏まえての呼び出しにちがいなかった。

「では、大臣には報告を」

「ああ、一応耳に入れておいたほうがいいと思ってな」

その表情には困惑の色が浮かんでいた。

無理もない。レポートを電子メールで送信した後になって福田も急に不安を感じた。もう少し玉虫色の結論を書いてお茶を濁すべきだったのではないか。

しかし、内容があまりにも衝撃的だった。慎重さは大事だが、あなどるのは得策ではない。データと現実を照合して導き出されたものについては鮮明に記述したほうがいい、福田はそう思った。とは言うものの、菅原事務次官は相当な慎重派だ。思慮深いとも言えるが、単に保身としか思えない言動も多かった。今回のこの件も「バカな雑音を吹き込むな」と揶揄（やゆ）嘲弄されるのを避けたい一方で、「こんな大事なことをなぜ知らせなかった」という叱責（しっせき）を免れようとする気持ちがあったのだろう。

警備員に身分証明書を提示して官邸に入った。

「万が一、この件が前に動くようなことがあれば」エレベーターのボタンを押しながら事務次官は言った。「福田、おまえが担当だ」

承知しましたと福田は言った。

「大臣も褒めてたからな」

なにを言っていいかわからないので福田は黙っていた。

飯塚財務大臣とは郷里が同じで、大学のゼミの先輩後輩に当たる。一昔前の政治家にはよくいたらしいが、おもだった官僚の個人データを頭に入れていて、労(ねぎら)うような調子でそれぞれの話題を振ることが多い人だ。福田も酒席の末席に座していたときに急に近くにやってきて、「そろそろねぶただなあ。この時分は帰りたくなるよなあ」といきなり肩を叩かれたことがあった。しかし、その一方で気性も激しく官僚の人事にもかなり露骨に口を出すという話も聞いている。

エレベーターを降りて通路を行き、ふたりは官房長官室のドアの前に立った。

「さて、どう出るかな」

事務次官はノックした。

一週間後、寝室で中谷はスーツに袖を通し、おっさんが先日渡してくれたカナル式のイヤホンを耳に入れた。それは耳にかぶった髪の下にきれいに隠れた。ネクタイを締めて寝室からリビングへ抜けると、おっさんがヘッドセットを装着してパソコンに向かっている。

「自信ないなあ、俺」中谷はまだ尻込みしている。

「大丈夫だ、練習した通りに答えればいい。さあ、これを持って行ってこい」

分厚い封筒を渡されて背中を叩かれた。どうにも許してもらえそうにない。

中谷はそのまま通路に出て、いったい誰なんだよとマイクテストも兼ねて小声でつぶやいた。

「会えばわかる」おっさんの声は乗り込んだエレベーターの中でもきれいに聞こえた。

人と会ってもらうからと言われて、その予習としてこの一週間はみっちりと経済学やら政治哲学やらの勉強をやらされた。堂々と接することが肝心だと再三念を押されたが、かといって尊大に振る舞ってはいけないという難しい注文もついてきた。さらに喋らされる内容がまたややこしい。中谷はエレベーターを降りて、ホテルのエグゼクティブ・ラウンジに向かった。

車中、飯塚官房長官兼財務大臣は隣に若い福田を座らせて、秘書を驚かせた。そして改めて考えを聞かせてくれと福田の膝を叩いた。直属の上司であり慎重派の事務次官の前だと遠慮して率直な意見が言えないだろうという配慮かららしい。実際、先日は官房長官室を辞したすぐ後に「ちょっと喋りすぎだな」と釘(くぎ)を刺された。しかし、大臣が事務次官を買っていることも確かである。進言が裏目に出て「福田ってのは軽率なところがある」と裏から報告がいく可能性も大だった。

「私としては、前向きに検討するに足る重大な事案だと考えます」と福田は言った。

結局、いつものように率直すぎる自分が顔を出した。飯塚は笑った。そして、葉巻を取り出して、かまわんかと訊いた。もちろんですと福田はうなずいた。大臣に嫌煙権を主張できるほど日本の官僚組織はリベラルではない。

「しかし、そんなことが可能なのかね」飯塚は紫煙を吐き出した。「福田君は、そのへん勉強しているらしいが」

「多少ですが」

ほお、と飯塚は感心した表情になった。

「とにかく、もう一度データを照らし合わせるチャンスをいただければと思います」と福田は言った。

キャリア組のご多分に漏れず福田も法学部出身だった。経済学の基礎は公務員試験に出るので学生時代に身につけていたし、ある思いがあって、経済学の教室にも出入りしていた。しかし、最新の理論となると日々の激務をこなしながら独自に学ぶしかない。そこで最近は仲間を集めて勉強会も開いていた。

「なかなか熱心だな」

「いえ」

「まあ、どんな奴なのか楽しみだよ」

「今日会うのは、開発者のパートナーでプロジェクトの代表とのことです」

代表者は中谷祐喜（ゆうき）、三十二歳。今朝、写真と一緒に事務次官にもらった情報はこれだけだった。


慣れないスーツに身を包み、中谷はエグゼクティブ・ラウンジのソファーでコーヒーを飲んでいた。入り口で平身低頭するスタッフの前を、壮年の小柄な男がまだ三十代と見受けられる若いのを連れてこちらにやってくるのが見えた。あれかなと思っているうちにどんどんふたりは近づき、若い方が破顔して「中谷さんですね、どうも」と言いながら、小柄な男に先に席を勧めると、自分はその横に座った。中谷の方は腰を上げて迎える暇がなかった。ひとつおいて隣の席に屈強な男がふたり浅く腰を掛けた。肩が片方下がって膨らんでいる。

一方の福田は、相手が若いというのはわかっていたものの、そのいでたちから受ける印象が予想とてんでちがったのに驚いていた。一応スーツは着ているものの、ぼさぼさの髪は、カフェにノートパソコンを持ち込んで一日中プログラムを書いているような人種を連想させた。

「いただいた資料には目を通しました」

中谷はその内容を把握していないので、どうもとだけ言った。

福田はあまりにも簡単な返事に不意を突かれた気がした。

「大変興味深い内容でした」隣の飯塚を少々気にしながら福田は言った。

中谷にはそれがどう興味深いのかはわからない。

「最近はこのような経済学の考え方も徐々に広まってますね。どちらで勉強されたのですか」

「まあ、本を読んだり、人に聞いたりかな」

中谷のイヤホンからおっさんの笑い声が聞こえた。

「着想としては、これまでの金融工学に感情情報も入力して、市場予知を現実に近づけるということですか？」

おっさんの声が割り込んだ。「答えなくていい」

中谷はほっとしてうなずき、半分に減ったコーヒーにミルクを入れた。

福田の目には、このしぐさはこちらの知識を試しているように映った。福田は口を切った。

「感情の数値化に用いているものは、世間に出ている文字情報、放映されている映像、ラジオなどの音声、ネットに浮かんでいる動画、それらの発行部数、視聴率、聴取率、アクセス数やクリック数、視聴時間、その時間帯などをすべてインプットし、それを元にあるアルゴリズムで感情を数値化する。それを金融工学とミックスすることによってほぼ完璧な市場予知システムを構築するという理解でよろしいでしょうか」

中谷は、この解説を飾っている難しげな単語をざっと洗い流し、その骨格を捉えると、おっさんから受けた説明から大きく外れてなさそうだと判断した。

「まあ、大筋では」

おっさんの笑いを含んだ声がした。「実際はもう少し複雑だ」

福田は、どうものらりくらりとかわされているような気になった。

「で、情報提供の契約をしたいと」

きたな、と中谷は思った。

「いや、マシンそのものを渡したいんだよ」

福田は隣の飯塚を見た。飯塚は軽くうなずいた。先へ進めろというサインである。

「情報提供ではなくて市場予測マシンを販売するという契約ですね」

「販売じゃないよ。ただだから」

「……ただとおっしゃいますと」

「えっと、その前にさ」中谷は頭の横を人差し指でかきながら言った。「このマシンに対するそちらの評価を教えて欲しいんだけど」

早い段階でここを確認しろと中谷はおっさんからしつこく注意を受けていたのだ。

福田は飯塚を見た。こればかりは自分が答えるわけにはいかない。飯塚はソファーに深々と身を沈めたまま、おもむろに口を開いた。

「難しいですな」

「どこが」と中谷が訊いた。

財務大臣に対してピンポン球を軽く打ち返すような遠慮のなさに福田は冷や汗をかいた。

「同じような売り込みは他の研究機関からもあるのでね。ビッグデータの研究なんてのはもうあちこちでやっている」

福田にとってこれは初耳だった。

中谷の左耳でおっさんの声がした。「はったりだ」

「なるほど」

中谷はおっさんに答えたのだが、奇しくも返事としては一応まともなものになった。

「かまわず進めろ」とおっさんが促した。

「まあ、受け取る受け取らないは、そちらの自由かもしれないけど、日本人としては受け取って欲しいんだよね」

福田はさきほどから先方の荒っぽい口調が気になっていたが、言葉遣いよりも確認したいことがあった。

「日本人としては、と仰いますのは？」

「ああ、もし受け取ってもらえない場合は、残念だけど、よそに渡すことになるよ」

「よそとは」福田は聞いた。

　中谷はおっさんの指示を待った。しかし、イヤホンからはなにも聞こえてこない。

「アメリカですか」と福田はまた聞いた。

　その時、中谷の耳にティーカップが鳴る音とおっさんがお茶を注いでいるらしい音が響いた。なにやってんだ教えてくれよ、と中谷は心の中で叫んだ。

　福田はこれは答える気がないなと判断し、話頭を転じた。

「現状で、マシンの存在を知っている者は？」

「国内にはいません」

「海外にはいるわけですか」

「ああ、世界で五名ほどがこのマシンの存在を知ってる。おたくたちが断ればそっちと交渉することになるよ」

　差し支えなければ、という福田の要望に応えて、中谷は二つ折りの紙片を福田に差し出した。福田はそれを飯塚の前に寄せて開いた。大臣は両腕を肘掛けに置いたままそれを見た。とたんに顔が硬直した。横から自分ものぞき込んだあとで、福田が言った。

「こちらでも確かめさせて下さい。いや、これは確かめざるを得ませんから」

その声はほんの少し怒気を帯びていた。

「好きにして」と中谷は言った。

福田は心底呆れた。同時にすごい肝っ玉だと感心した。

「よし、そろそろ終わりにしよう」とおっさんが言った。

最後にひと言いいかな、と中谷はふたりの注意を求めた。相手はいいとも悪いとも言わない。

「このマシンは、空気を読むことからエアーって名づけたんだ」

「空気を読む？」飯塚が言った。

「そう。世の中に漂っている感情、それが空気。そしてそれを読むこのマシンの名前がエアーだ」

「雰囲気って意味も込めて、エアーですね」福田が言った。

「ああ。で、そちらがエアーを運用すれば、この存在を知っている連中、さっきのリストにあった五名が投資をする。これを合図に、海外から、とくにヨーロッパからの資金が雪崩を打って押し寄せてくる。それをあんたらが運用する。もちろんそのときにもエアーは確実な予測を出す。また儲かる。笑いが止まらない。こういう目論見だ」

飯塚はむっつりと黙り込んでいる。

「で、このようにして生み出された、えーっと運用益だっけ、その十五パーセントをこちらにいただくって感じかな」

飯塚が冷笑気味に笑ってみせた。福田は後で叱られることは承知の上で思いきった。

「考えられないことではないと思いますが」

大臣の鋭い視線を頰に感じた。

「じゃあ、マジで考えてよ」

「しかし、運用益の十五パーセントといえばかなりの金額になりますから、それを政府を経由して出すとなると、これはおそらく機密費扱いになると思いますが、ま、それはともかく、その金がどのような使われ方をするのか、我々も一応知っておかなければなりません」

おっさんの声がした。「もっともな意見だな」

「そうなんだ」

中谷はおっさんに答えたつもりだったが、福田の方はシラを切っていると解釈した。

「はい。――で、どのような使われ方をするご予定ですか」

中谷はイヤホンが押し込まれている耳に手を当てておっさんの言葉を待った。

ティーカップを置く音がしておっさんが猛烈なことを言った。「この質問の返答はまかせる」

「なんだって……」中谷は唸るように言った。

福田が怪訝な顔をした。

「あ、いや、なんだって投資できるとは思うんだけど、なにに投資されるとまずいの?」

「例えば、外交や安全保障の観点からは、海外への莫大な投資は控えていただかなければならないこともあるかと思います。有り体にいえば、北朝鮮に送られると我々も困る」

「中国ならいいわけ?」と中谷はためしに聞いてみた。

「当然、困るだろう」おっさんの声がした。

福田は、微妙なところを突いてきますねという具合に苦笑いをして見せた。笑いに誘ったつもりだったが、先方は真顔で返事を待っている。どうもいっこうに呼吸が合わない。

「……じゃあ、それは次のミーティングでゆっくり話しましょうか」

福田は自分が勝手に次の機会があると決めてしまってもいいのだろうかと思ったが、さいわい大臣もかすかにうなずいている。

中谷は封筒を差し出した。それは前にホテルから出した郵便物と同じくらいに分厚かった。

「今日から一週間の、株と為替の動きを中心にエアーが出した諸々の予測なんだ。このあいだのがまぐれじゃない証拠に第二弾を渡しておくよ」

ありがとうございますと福田が受け取った。

中谷はもうひとつ言っておかなければならないことを思い出した。

「それから、エアーがそちらで稼働すれば、予知の精度はいまよりも断然高くなるからね」

「どういうことでしょう」福田が聞いた。

「いまはそれだけ伝えておく。詳しいことは、そちらがもう少し前向きに検討してくれるようになったら話すよ」

福田が飯塚を見た。大臣はかすかにうなずいた。継続案件にしていいという合図だと解釈した。

「次の連絡はどうしましょう」福田が言った。

「こちらからさせてもらえるかな。どこに連絡すればいい?」

「それでは私の方に」

福田は胸ポケットから名刺入れを取りだして、一枚抜くとボールペンで携帯の番号を追記した。

そこには「財務事務次官補佐　福田義雄(よしお)」とあった。この字面から、自分と同じ年格好の男はかなりの地位らしいと中谷は判断した。

「携帯のほうが捕まると思います」

「いま、かけてみろ」とおっさんの声がした。

中谷はスマートフォンを取り出そうと胸のポケットに手を入れた。その瞬間、隣の席の屈強な男がふたり、かすかに腰を浮かせた。中谷はおっさんからもらったスマートフォンを取りだした。使うのはこれがはじめてだ。バイブ音がかすかに聞こえ、福田が胸のポケットからスマホを取り出し、着信を確認して「来ました」と笑顔を見せた。そして飯塚を見た。

「では、最後に官房長官、いや財務大臣からなにかありますか？」

官房長官だって⁉

飯塚は無言で立ち上がり、エントランスに向かった。すぐに隣の大男ふたりがこれに続いた。

ご連絡をお待ちします、と言いおいて福田もその後を追った。警護のひとりが振り返り福田から封筒を受け取った。中身の安全性を確認するのだろう。四人の人影がエントランスの向こうに消えるのを見届けて、中谷も腰を上げた。

「おい、死ぬかと思ったぞ」リビングへ続くドアを開けて中谷は悪たれ口を叩いた。

「あの無愛想なオヤジ、どこかで見たことあると思ったら官房長官じゃねえかよ、どうりでがたいのいいのが近くで見張ってると思ったぜ」

耳からイヤホンをはずして机の上に投げた。すると、おっさんはこちらをみて唇に指を当てた。

中谷はなにごとかと思った。耳を澄ますと、スピーカーから男ふたりの会話が流れている。

〈しかし、なんなんだ、あの口の利き方は〉

〈さあ、戦略でしょうか〉

〈まさか。ありゃあ、金融ゴロだよ〉

その声は官房長官と、福田という若い官僚だった。

〈しかし、ヨーロッパ金融界の大物の名前を並べてきたのにはビックリしましたね〉

〈名前くらいはいくらだって並べられるだろ〉

〈でも、ただの金融ゴロじゃああいう黒幕は知らないはずです〉

ドアが閉まる音がした。車に乗り込んだらしい。

〈万が一でも、あの方面の大物たちとコネクションがあるとなると、慎重にことを運ばねばなりませんよ〉

〈大丈夫だとは思うが一応な。とにかく、今日もらった数字も含めて、どの程度信憑性があるのか調べてくれ〉

〈かしこまりました。官房長官はこれから？〉

〈日銀の白石と飯を食う。とにかく、財政が逼迫してるんでな。あとどのくらい刷れるのか相談だ〉

〈総裁はこれ以上の金融緩和には慎重ですね〉

〈他に手があればいいんだが。これ以上消費税を上げると、暴動が起きかねないよ。今日のことも話しておく。おい、財務省の前で下ろしてやってくれ〉

おっさんは、接続を切って中谷に向き直り、顔をほころばせた。

「たしかに口の利き方は直さんとな」

中谷と福田のふたつのスマートフォンが接近したチャンスに、おっさんはこの部屋でパソコンから遠隔操作し、福田のスマートフォンをペアリングしたらしい。

それにこの福田ってのはいい奴だよと言っておっさんがキーボードに向き直りぱちぱちと叩くと、さきほどスマートフォンから盗んだ情報がディスプレイにずらずらと出てきた。

「三十二歳。入省して十年か。いろいろと悩む頃だろうな」

福田のスマートフォンから抜き取った情報には文字だけでなく写真も含まれていた。同世代の仲間と楽しそうに酒場で飲んでいるものの中に、若い女と肩を並べて笑っている一枚が目を引いた。ふたりの背後には威容を備えた西洋の城がある。

「きれいだな」

女の顔に中谷は惹きつけられた。

「モン・サン＝ミシェルという修道院だ」おっさんは的外れの注釈を施してくれた。

「あんた一体なにものなんだ」と中谷はおっさんに向き直った。

「いい質問だ」おっさんは福田のデータを閉じた。「一緒に考えてくれ」

「なにを」

「私はなにものか、君はなにものか。その質問に答えるにはなにについて考えたらいいんだ」とおっさんが問い返した。

「質問してるのは俺だよ」

「だから、なにを答えれば答えになるんだと聞いているんだ」

「あんたの職業は？」

「無職だ」

「学歴」

「それはトップクラスだろうな」

「東大かよ」

「まあ、そのあたりだ。他には？　趣味を答えればいいのかな。読書とオーディオでの音楽鑑賞だ。他には軽装備での登山も好きだがここしばらくやっていない。それで答えになっているかね」

「なってるわけないだろ」

「そう、なってない。なぜだ？」

駄目だと中谷は思った。理屈をこねられればこのおっさんにはかなわない。

「私はなにものか？　なにものでもない、いまは。では君はなにものなんだ、いま」

労働者だよという言葉を呑み込んだ。都内の一流ホテルのスイートルームで寝起きして、ホテルのレストランで飯を食っているような日雇い労働者はいない。

「じゃあ、質問を少しだけ変えよう。君はなにになりたい？」

またしても難題を振ってきやがったなと思った。高校に入ってからは、なにになりたいかと考えたことはなかった。なにになれば食っていけるのかということだけをぼんやり思い巡らしていただけだ。そして、そのとき最適解だと思った選択はあの日に瓦解した。過去を捨てて、東京の建築現場を転々としながらその日暮らしを続けていたが、いまはもうそこにすら戻れない。さらにこれからのことなど、どう想像していいのかさっぱりわからなかった。

「つまり、いったいなにをしたいのかってことだ。なにになりたいのかってことは、なにをしたいのかってことと大いに関係があるだろ」

たしかにそうかもしれない、中谷は感心した。

「君はなにになりたい。なにがしたいんだ」

中谷は答えられなかった。

秘密裏に特別捜査本部が設置されたものの、捜査の進展についてはあいかわらずだった。あまりに手がかりが少ないため、レースの勝ち組についても、完全に捜査の対象から外すというわけにはいかなかった。思い出したように訪ねていっては身辺をそれとなく探るのだが、いっこうに匂ってこない。

この日も澱（よど）んだような気分で上着をとって捜査本部を出ようとしたとき、野々宮を鬼塚が呼び止めた。老刑事は猪口をつまむしぐさをして、どうだと言った。

年の離れたふたりの刑事は居酒屋の暖簾（のれん）をくぐった。店の横はいつのまにか空き家が取り壊されて更地になっていた。それで開け放した店の窓からは、夏風がよく通った。

「だから、最近の事件は、一体なにをしたいのかがわからないんだよ」

また始まったなと思いつつ、野々宮は薄い笑いを浮かべて串に刺さった肉のかけらをほおばった。

「いいか、お前が言うとおり、あいつらが犯人じゃないとすると、真犯人は金を受け取ってないことになる、そうだよな」

安っぽい化粧板を張ったテーブルに肘をつき、鬼塚は揺れる肩先に憤懣（ふんまん）を表している。

「なんでだ」

なんでですかねと野々宮はオウム返しに答えて、鬼塚にもう少し喋ってもらうことにした。

「あそこまで周到に計画しておいて、一銭ももらわないなんてことがあるかね」

愉快犯ですか、と野々宮はとりあえず言ってみた。

「そう思うのか？」

「いや、まったく」

「なぜだ」

「警察をあざ笑って楽しむような、世間を挑発するような、そういう愉快犯にありがちなところがまるでないでしょう。緻密な計画の上で確実に駒を進めているような気がしてならないんです」

鬼塚は舌打ちして冷奴を箸で崩し始めた。「愉快犯」というとりあえずなじみのある言葉で納得したかったんだろう。

ガラス戸が開く音がした。スーツを着ているがどことなくガラの悪そうな男たちがどやどやと入ってきて、近くのテーブルを占領した。暑くなったなと中のひとりが小さなタオルで顔を拭き、とりあえずビール四本と怒鳴った。その顔がカウンターの方に向いたとき、鬼塚を見つけて「おう、鬼塚さん、どうだ爆弾魔の方は」と声を掛けた。

「もう引退したいよ」

鬼塚はふてくされ、小さなグラスをもてあそんでいる。そして野々宮に向かって「こちらは四課、いまは組織犯罪対策部っていうんだっけ、まあマル暴のおじさんたちだ」と紹介した。

野々宮は頭を下げて自己紹介した。

「なんだよー、鬼さんらしくないな」と冷やかすような口調で別のひとりが言い、やってきた店員に、焼き鳥の盛り合わせだの、枝豆だの、薩摩揚げだのを注文しはじめた。

「そっちはいまなにを追ってんだ」

注文をもらった店員が去った後に、鬼塚が声をかけた。

「ああ、オリンピック開催を契機に東京都がカジノを作ったじゃないか。それで闇カジノをいっきに潰せってお達しが来てな、今日は新宿と池袋で大捕物だ。あー疲れたよ、まったく」

あっ、と野々宮は思った。

そして鬼塚の顔を見た。鬼塚もこちらを見てうなずいた。おもむろにコップを持って腰を浮かせた。忠実な部下のように野々宮もそれに倣った。もう片方の手で、椅子の背もたれを掴んで引きずりながらふたりは刑事仲間のテーブルへと移動した。いきなり男がふたり椅子を並べてきたので、テーブルは急に狭苦しくなった。マル暴の男たちは怪訝な顔をしている。

「闇カジノか。そうか、闇か……」鬼塚はかまわず感心している。

「おい、なんかあるのか」

「いやあ、武勇伝を聞かせてもらおうと思ってな。どうだ、敵はおとなしくしょっ引かれたのか」

「とんでもない、往生際悪いったらありゃしねえ」

「聞いてねえとか言ってたな」

運ばれてきた枝豆をつまみながら別の刑事が愉快そうに言った。

「そうか、大変だったな。まっ、おつかれさん」

鬼塚はビールを刑事たちに注ぎ始めた。そして今日は奢るぜと請け合った。先ほどとは打って変わった愛想のよさに、マル暴の四人は顔を見合わせた。

「すみません、ここ、あとビール二本！」

野々宮は店員に声を張り上げた。

「犯人はスタジアムの基礎部分に強力なプラスチック爆弾を多数埋め込んだ。故に、初期からこの建築現場で働いていたことはほぼ間違いない。しかし、この点においては、現場作業員の雇用形態があまりにも流動的であること、身元確認を徹底する習慣がないことによって、捜査が暗礁に乗り上げているのが現状である。まずこれが第一点」

捜査本部の刑事たちの態度に少し真剣味が増していた。会議となると部屋の後方であくびをかみ殺している鬼塚が今日は前に出て熱弁を振るっているからである。

野々宮も授業参観の保護者のような気分で前方を見つめている。

「第二点、言うまでもなく、建築現場での人員の手配に暴力団が関わっていることはめずらしくない。そして、このような現場では、おうおうにして闇賭博、つまりノミ行為が横行している」

昨夜は途中から酒をなるべく控えて、先輩刑事たちにイジられつつ楽しく飲んでいるふりをしながらメモを取った。アパートに帰ったときには日付が変わっていた。シャワーで汗と煙草の匂いを洗い落とし、コーヒーで神経にビンタを入れ、ノートパソコンを立ち上げて、今日の緊急会議のための書類作成に取りかかった。今朝方、鬼塚に手渡すと、驚き、俺うまく喋れるかなと苦笑していたが、ここまでやってくれたんだからチャンとせんといかんなと野々宮の肩を叩いた。

「この現場の人員の手配と現場の土木作業の一部を請け負っているのは十社以上に上る。その中で暴力団との関わりが深いのは、というかやくざ組織そのものと言っていいと思うが、それは上綱組系の木嶋組と岡山組だ。特に木嶋組に注目したい。というのは、四課から入っている情報では、木嶋組は、こっち方面、つまり闇賭博の元締めが組の大きな財源になっているそうだ。実際、先月には、西日暮里で営業していた地下カジノに捜査が入っているという報告が上がっている。さて、ここで第一点と第二点を交差させてみる。つまり、次の捜査方針として、新国立競技場の現場作業員を対象にしたノミ屋でコウオンシッソウとバタイユニュウモンに賭けた男、こいつを探し出すことが有効ではないかと思われるのである。つまり犯人は払戻窓口や電話、ネットの投票では払い戻しを受けていない。別のルートから大金を手に入れたのだと考えるほうが自然である」

とりあえず、これが当面の捜査方針となった。もし、この仮説が正しければ、犯人は最近まで建築現場にいたことになる。四課からさらに情報をもらい、野々宮は鬼塚に連れられて新宿歌舞伎町にある雑居ビルの薄暗い階段を上った。

「面白いこと言うなあ、うちは綺麗な商売しているんだ。へんな言いがかりはよしてもらいたいね」

益子という組長は楽しそうに笑った。はらわたが煮えくりかえっているのだがとりあえず笑ってやるというような、芝居がかった、威圧するような笑い声が事務所に響いた。益子の背後には子分が扇状に立って、鬼塚と野々宮を睨めつけている。しかし、彼らのほとんどが顔に痣があったり、手を吊っていたり、腕に包帯を巻いたりしてなんだか頼りない。

「まあまあ、そう仰らずに」と鬼塚はソファーに座ってのんびりと出された茶を飲んでいる。なだめるような言葉を口にしてはいるが、気にしている様子はまったくない。

「大体、なんか証拠でもあるのか」

「いやいや、ですからね。今日のところはあくまでも相談ってことでこちらに出向いてるんですよ」

「相談？　これは相談なのか」益子は大げさに声を張り上げた。

「ええ、そのつもりで上がったんですが」

「人に相談するときにはそれなりの態度ってものがあるだろう、ええ」

鬼塚は、どうもすみません、とわざとらしく頭をかいたりしている。

「新宿署長の勝俣に聞いてみろ」

「なんか、お知り合いだそうで」

「お知り合いもなにも、あの野郎がまだ巡査だった頃からこっちは色々教えてやってたんだ。この辺でもめ事があったときにあいつが真っ先に相談に来るのが俺だよ。あいつはそんなときにはちゃーんと、手土産」

「おい！」

いい気分で垂れていた講釈は突然の怒声によってたたき切られた。さっきまで大人しくしていた若い刑事が険しい表情で益子を睨み付けている。益子はきょとんとするばかりである。

「さっきからなに調子こいてんだよ、ジジイ」

益子の顔が青ざめた。「なんだと!」

「こら、よさんか」鬼塚が茶碗を口に運びながら言った。

野々宮は眼前の益子の目を射抜くように見て一喝した。

「テメエはノミ屋の件を認めて情報を出せばいいんだよ」

「誰にむかってそんな口きいてんだ」益子の声は前よりいっそう低くなった。

「ほかのことをあれこれほじくり返すつもりはすくなくとも俺たちにはないんだ。だからテメエも聞かれたことに素直に答えてろ、ボケが」

「こ、この野郎」

「けれどな、あくまでもしらを切るなら、徹底的に絞り上げるぞ、こんな組潰してやるぞ、おい、聞いてんのか、コラ!」

益子が鬼塚を見た。鬼塚はやはりのんびり茶碗に口をつけていた。益子が叫んだ。

「おい、勝俣に電話しろ」

後ろに控えていた子分がひとり「へい」と言って受話器を取り上げた。

「いないよ」

鬼塚は茶碗を置いた。益子の表情がこわばった。

「今日付で懲戒免職だ」

子分は受話器を握ったまま益子を見た。

「まあ、オリンピックも始まるし、外国からもお客さんにどんどん来てもらわなきゃならないんでね、闇賭博やってる組の頭と料亭で飲んでる署長はまずいんだよ」

益子の視線がうつろにさまよい始めた。

「おい、こっち見ろテメエ！」野々宮が叫んだ。

益子は視線を野々宮に戻した。しかし、そこには先ほどまでの鋭さはなかった。そのうつろな瞳に映る自分の姿を野々宮は見た。やさぐれた刑事の姿があった。野々宮は満足した。

「俺たちはそんなに暇じゃねえんだよ。先月のレースでコウオンシッソウとバタイユニュウモンに張った奴は誰なんだ、ああ！　五つ数えるうちに答えないと、この組もテメエも終わりだぞ！」

鬼塚が胸ポケットから煙草を取り出して咥えた。益子の配下は動かなかった。

「五！」

益子の額に汗がうっすらとにじみ出すのを野々宮は見た。

野々宮の額からも汗が噴き出した。

作業道具を収納する倉庫の横に固定された急な狭い鉄階段を上り、途中で振り返ると、鬼塚もハンカチで額をぬぐいながら大儀そうな息を吐いている。

階段を上りきり、その突きあたりにあるプレハブの事務所のドアを野々宮はノックした。

「いやあ、一応、雇うときにもらうんですが、まともに書いてよこすやつのほうが少なくて」

対応してくれたのは斎藤という主任だった。ずんぐりとした人なつっこそうな丸顔の男は口元に笑みを残したまま立ち上がり、事務所の一角を占領しているスチール製の収納棚の引き出しに手を入れて、見出し付きの事務封筒をつまみ上げ始めた。

あのとき、木嶋組の益子は観念して、色川を呼んでこいと怒鳴った。ノミ屋の手駒として事務所に出入りしている男の口から、中谷という名字が出た。しかしそれ以上のことはなにも知らないようだった。

「あったあった、これだ」

斎藤は封筒から履歴書を一枚引っ張り出した。そして、それを見て、おっ、あいつはちゃんと書いてるなと感心してから持って来て、こちらですと差し出した。

「一度、会ってるな」鬼塚は口惜しそうにつぶやいた。

野々宮も覚えていた。福島県の工業高校出のやんちゃ坊主、どこか気のよさそうなところがにじんでいた自分と同い年の男。あいつはシロだよと鬼塚が言ったことも思い出した。

「どうして辞めたんです」野々宮が斎藤に訊いた。

「さあ。電話をよこして、今日で辞めますって、それっきりです」

「いつですか、その電話は」

斎藤は首を回して、壁に貼ってある工程表を見た。

「作業再開の日から来てないので、電話は十七日ですね」

野々宮はシャツの下にじんわりと汗がにじむのを感じた。

鬼塚は斎藤に向き直った。

「それでこの中谷なんですが、寝起きはどこでしていたんですか」

「ああ、こいつの場合は、ここの裏手に飯場があるので、そこで寝てました」

「ちょっと覗かせてもらっていいですか」相手の返事を待たずに鬼塚は立ち上がった。

作業員は現場に出ているので、飯場は空っぽだった。

入るとすぐに靴脱ぎ場となっていて、その横に汚れた洗面台、その奥にはトイレの戸があった。

あがりかまちを跨ぐと、二十枚ほど畳が敷かれており、部屋の隅には布団が畳んで積んである。中には乱れたまま敷きっぱなしになっているものもあった。部屋に渡された細いロープに洗濯物が吊ってあった。澱んだ空気の中で、汗ばんだ生き物が身を寄せ合って湿っぽい息をしている匂いがした。

「なにもないと思いますよ。大荷物と一緒にここに来る奴はいないんで」

斎藤は窓を開けた。それになにか残していったとしてももう誰かが懐に入れてますよと注釈した。

部屋の隅には、小さなテレビが、ラワン合板に釘を打って組んだだけの台に乗っていた。画面に付着している埃が、窓から差し込んでくる西日の中でわびしく目についた。畳の上にできた日溜まりで、なにかが光を跳ね返していた。野々宮が近づくと、それはプラスチック製の安っぽい将棋盤だった。

日向榧から切り出した盤を前に中谷は難しい顔をして腕組みをしていた。先ほどから十分はその姿勢のままでいる。そしてついに、自分の陣地にある銀を斜め前にぴしりと指した。それは最高級の将棋盤の上でしまりのあるいい音を立てた。

「おい、おっさんの番だぞ」

そう言う中谷の向かいは無人だった。おっさんは離れたところで洋書を読んでいる。

「銀を動かしたか」ページに視線を落としたままおっさんは言った。

中谷はいやな予感がした。そして、ああと言った。

「5三に桂馬、成り」

中谷はおっさんが言うとおりに敵陣の駒を動かした。

そして将棋盤をじっと見た。

「詰みだよ」おっさんは本を見つめたまま言った。

中谷がおっさんを見ると、向こうもこちらを見た。そして笑った。

「……くっそう、飯場で指したとき、わざと負けただろ。きたねえなあ」と中谷は毒づいた。

部屋にスマホの着信音が鳴った。このスマホにかけてくる者はひとりしかいない。

福田ですと名乗るその声は努めて明るくしようという心積もりが感じられた。最後の詰めでバタバタしておりまして、といつもの台詞が繰り返された。

実際、あれから福田はなんども連絡をよこしてきたし、ホテルのエグゼクティブ・ラウンジまでやってくることもあった。けれど、どうなっているのかという質問に対しての答えはいつも曖昧である。

エアーの件については検討事項の最上位に置いている。しかし、実行するとなると政府でも整理しなければならない事案がいろいろと出てくるので待って欲しいということを、毎回表現を変えて伝えてきた。いつまで待てばいいのかと問い詰めても、そこはいつもお茶を濁された。

「それで、ちょっとお願いしたいことが」

「またか」と中谷は言った。「こんどはなんの資料を出せっていうんだ」

　これまでにも福田は、かくかくしかじかの数値を予測してみて欲しいという要望をなんどかしてきた。そのたびにおっさんは「エアーの性能を確かめたいんだろうな」と言って、すぐに用意した。それを中谷がフロントに持っていき、財務省福田事務次官補佐宛のバイク便を手配するように頼んだ。しかし、実行するのかしないのか、一体いつまで待たせる気なのかについては、のらりくらりとかわされ続けた。しだいに中谷は腹が立ってきた。しかし、おっさんの方は「まあ、福田君は大変だろうね」と寛大に振る舞っている。おそらくエアーの件は総理大臣と日銀総裁の決裁案件になる。しかし、こんなややこしい話を呑み込めるほど総理は経済学に明るくない。となると、ここで官僚や経済の専門家の出番となるのだが、エアーを動かしている理屈は現在の経済学の最先端のさらに先にあるものなので、彼らといえども真偽のほどを確認することは難しい。畢竟(ひっきょう)、いろんな意見が出て収拾がつかなくなっているんだろう、こう推測しておっさんは笑っていた。

　しかし、今日の福田の態度はこれまでとはちがっていた。

「いえ、もう資料は結構です。ありがとうございました」

「じゃあ、頼みってなんだよ」

「こちらにご足労いただけないでしょうか」

　その口ぶりには思い切ったような調子があった。

「こちらってのは？」

「財務省です。明日の十七時に。お忙しい中、申し訳ありませんがご都合つかないでしょうか」

「忙しくないよ、暇をもてあましてるくらいだ。けれど、エアーの細かい点については俺からは説明できないぜ」

「いや、そのしくみについては不透明なところがありますが、性能の精度は充分確認させていただきました。ですので、おそらくこれが最後になります」

「最後ってどういう意味だ」

「これで駄目なら私も諦めます」

　おっさんがうなずいた。

「了解。いくよ」

「お待ちしております」

　中谷が先に切った。おっさんもモニター用のイヤホンをはずして中谷に向き直った。

「たぶん次のミーティングが正念場だ。予行演習しよう。ついでにその言葉遣いも直そうな」

福田はスマホを置いて、すぐに内線電話をかけ、仮押さえしておいた会議室の予約を固めた。次に出席者の秘書を次々捕まえてこちらのスケジュールも確保した。

そして、遅すぎるランチに出て、近くの喫茶店でサンドウィッチとコーヒーを頼んだ。ここのところエアーの件でほとんど寝ていないような日が続き、頭が混濁している。

あの日のあと、財務大臣兼官房長官から総理にエアーの件が伝えられた。

意外にも総理は敏感に反応した。景気回復と金融政策路線を引き継いだものの、オリンピックを目前に控えたいまとなっても日本経済の立て直しのひな形すら提示できていない。そういう焦りが総理にはあった。総理が数名の大臣、そしてトップクラスの官僚を選択し、日銀総裁も交え、検討会が組織された。

ところが、というか案の定、議論は入り乱れた。わからないというもの。ありえないというもの。本当に取り組まなければならないのは真の構造改革の方ではないかというまっとうなもの、そんなものを導入したら主権国家としての日本が危ないというよくわからないもの、これは日本に仕掛けられた爆弾の一種だという曖昧な比喩、有名な秘密結社の陰謀論もひとつの可能性として出た。しかし、中谷の方から、五人のヨーロッパ金融界の大物の名前（しかも、一般の金融ジャーナリズムへのアクセスでは決して知り得ないような）が上がったことなどを福田が伝えると、逆にヨーロッパの金融ネットワークの中でこんな裏技が使われたとなると一大事どころではなくなるという方向に傾いた。

様々な可能性を検証する時期を過ぎても、誰も旗幟鮮明な態度を取らなかった。と同時に、日本経済はこのままでは徐々に沈没するという危機感とそれに対して決定的な方策を打ち出せないという焦燥感、そして、それもまあしかたがない、という無責任な諦念を皆が抱えていた。

政治家はつねに票田を気にした。官僚は政治家が構造改革に対してどれだけ本気なのかを疑っていた。両者ともに現在の産業構造や既得権益集団をかなりの程度痛めつけずには改革などあり得ないということに苦慮していたが、わかっちゃいるけれどどうしようもないじゃないかという空気がじわじわと支配しはじめていた。そんな中で、エアーという案件が突如として浮上したのである。

ありえない派の意見も、次々と提出される恐ろしいほど正確な市場予測を前に徐々に声が小さくなっていった。日本政府が使う場合はさらに予測の精度が増すそうですと中谷の言葉を伝えると、総理は「それはありがたいね」と言った。思わず漏れた本音だと福田は思った。

もうひとつの問題は中谷祐喜という人間の素性だった。探ってもまったくデータが出てこない。郵便物は都内の一流ホテルの名入りのものが利用されている。バイク便もホテルが手配したものだった。これから会いに行ってもいいですかと言うとホテルのエグゼクティブ・ラウンジを指定してきた。

しかし、二度目からもうスーツを着てこなくなった中谷は、高級ホテルに長期逗留している富裕層にはまったく見えなくなった。インテリなら当然知っているはずのことを知らなかったりした。言葉遣いはぞんざいすぎた。しかし、突然するどく切り込んできたり、知らないはずだと思っていたことについてふんふんとうなずいたりと、意外な面も覗かせた。

たしかに、一見するとがさつでひょうきんな人物が実は高度で複雑な思想をかいくぐって来ているということは、ある。しかし、福田の経験では、大抵そういう人物は人文系の知を経由した者だった。エアーを開発してこのような大がかりな交渉を政府とするのならば、その人間からは必ず政治と金の匂いがするはずだ。だが、中谷にはそういう情調がまったくと言っていいほど見あたらなかった。

まあ、わからないものはしかたがない。明日、本人と会って判断してもらおう。コーヒーを飲んで一息ついていたら、スマホが鳴った。中谷だったので慌てて出た。明日、プロジェクターがある部屋を用意して欲しいと言われたので、当然そうしてあると答えた。

おっさんからエアーについて講義をみっちり聞かされたあと、中谷はいったんジムに逃げ出した。しかし、そのときにもスマートフォンを腕に巻き付け、マイク付きのイヤホンを装着するように言われた。トレッドミルの上を走りながら、またしても明日の流れを確認することになった。

「現実の市場を決定している要因に人間の感情がある」と中谷は言った。

「そうだ」とおっさんの声がする。

「特に日本人は空気に支配される」

「けれど」

「けれど、空気は合理的ではない」

「その一方で」

「その一方で、経済学は人間を合理的なものとみなしてきた」

「だから」

「だから経済学の理論は現実から乖離（かいり）する」

「どうしたらいい？」

「乖離させないためには感情を記号化する演算プログラムが必要である」

「そんなものがあるのか」

「ある。われわれがそれを開発したからだ」

「それはどんなものなんだ」

「そのプログラムの詳細は明かすわけにはいかない」

「そうだ、そこの論理だけは立て板に水にしておいてくれ」

中谷は走りながら、くそ、ややこしいなとつぶやいた。

しかし、おっさんのいうことがまったくの念仏だとも思わなかった。市場というのはとどのつまりは誰かが売り、誰かが買うことによって回っている。つまり、人間の売りと買いで市場は決まる。なのに経済学はこの行動の動機や心理、気分、社会的な風潮を計算に入れることはない。どう考えても無理がある。

「で、ほんとうにあんたは来ないのかよ」走りながら中谷が聞いた。

「ああ、君が立派にやってくれるさ」

そういうのを無茶ぶりって言うんだぜ、と中谷はラスト三キロを全力で走り、サウナで汗を絞り出してからシャワーを浴びて部屋に戻った。夕飯に出ようとおっさんが言うのでいつものようにホテルのレストランへ降りることになった。肉が食べたいと中谷がリクエストし、じゃあステーキにするかとおっさんが言って、ふたりは銀色の鉄板の前に並んで掛けた。

メニューを開くと目に飛び込んでくる馬鹿高い値段に、中谷はいまだ肝を冷やす思いがする。しかし、預金通帳の金はたいして減ってはいないどころか増えていた。いったん減ったと思ったら、それ以上の金額が口座に入ってくる。これが何度か繰り返され、口座には元金の三倍近くの金が貯まっていた。たぶんこのおっさんはあんないかさま競馬をやらなくても、造作なく金を作れる技量の持ち主なのかも知れない。しかし、そんなおっさんの相棒がはたして自分に務まるのかという疑いが中谷の胸中にわだかまった。

「けど、向こうだって俺みたいなヤンキーがエアーのプログラムを作ったとは思わねえだろ」

「そんなことはどうでもいい」前菜のホタテを口に運びながらおっさんが言った。「スティーブ・ジョブズがマッキントッシュのプログラムを書いたわけじゃないだろ。いいか、君はプログラマーの代理人でありパートナーだ。そして、君がエアーを代表しているんだ」

「代表？　俺が？　冗談言うなよ」

相棒でさえこころもとないのに、代表としてエアーの旗を揚げて行進するのはいくらなんでも大役すぎると思った。

いや、そういう自信をもって臨んでくれ、そうおっさんはきっぱりと言った。

「それと明日はたぶん、かなりキビシい所持品のチェックがあると思う。だから、僕は会議の様子をモニターして助言することはできない。頼むぞ」

大変なことになりそうだと思いながら、中谷は目の前に盛り付けられたヒレ肉にナイフを入れた。

タクシーの窓からはオリンピックがらみの広告がいくつも見えた。中谷にはそれが、躍起になって躁状態を作り出そうとしている各メディアの空しい努力の徴のように思えた。〈東京オリンピックで感動のシャワーを浴びよう〉と書かれた巨大看板広告を掲げるビルの足元に広がる公園には、段ボールハウスが群をなし、ボランティアが行っている炊き出しの前には長い行列が出来ていた。

スマホが鳴った。福田が現在地を確認してきたので、ちょうどいま到着したと答えたら、入り口では、IDカードを首から提げ、スマホを耳に当てて手を振っている福田が見えた。

入り口では、入念なボディチェックを受けた。鞄の中身はすべてトレイに載せられ、タブレット端末、財布、スマートフォン、そしてバインダーで綴じられた分厚い書類が赤外線に通された。スマートフォンは退庁まで没収だと言う。そして福田から通行パスを渡された。

廊下の突き当たりに、重そうな扉があり、その両側に警備員が立哨していた。中に入ると、大きな会議室に男が六人座っていた。六人ともがどこかで見覚えのある顔だった。エアープロジェクトの中谷さんですと福田が紹介した。中谷はよろしくお願いしますと頭を下げた。しかし、六人の男たちは誰もなにも言わない。ただかすかに頭を動かした者がいただけだった。その必要もないとは思いますがと断って、福田が紹介した。六名は、高木（たかぎ）総理大臣、飯塚官房長官兼財務大臣、菅原財務事務次官、染谷（そめや）外務大臣、高見沢（たかみざわ）経済産業大臣、そして白石日銀総裁という面々である。

福田に促され、中谷はまずエアーの仕組みの概略を説明した。市場に漂う空気を計算して完璧な市場予測をはじき出す、そのようなことがなぜ可能なのかということについては自分は詳説できない。これが可能だと信じるかどうかは、これまで提出した資料に目を通して判断して欲しいと述べた。

六名の男たちはいっこうになにも言わない。これを見て福田が口を開いた。

「確かにいただいた資料はこちらも検証しております。そこで当然でてくる疑問なのですが、エアーの市場予測がここまで正確ならば、なぜ投機で儲けないで、政府に提供しようとするのでしょうか」

福田のこの質問は想定問答に入っていた。

「エアーを完璧にするためですね」

「それも福田君から聞いているが、いまよりも予想の精度があがるというんですか」

こうおもむろに口を切ったのは日銀総裁の白石だった。総理が軽くうなずくのが福田の目に映った。その様子を官房長官も横目で見た。本当ならば今の総理は喉から手が出るほどこいつが欲しいはずだ。

淀みのない返答のあと六人はまた沈黙した。

「エアーは、感情や空気を演算処理して、正確な市場予測をするということは先ほど言いました。できればこの感情のインプットをもっと正確にしたい。現状では、演算プログラムは完璧なんだけど、入力する情報が不足している」

福田は大いに興味をそそられた。ネット上には確かに膨大な情報があるが、それがすべてではない。すると中谷はとんでもないことを言い出した。

「オリンピック開催を前に、政府は当然安全対策を強化しているはずです。オリンピック招致のプレゼンテーションで前総理自らが東京の安全をあそこまでアピールしたのですから、やってないわけないじゃんね。そこで政府が傍受しているすべての電話や電子メールの情報をエアーにぶち込んでやるんですよ」そう言って中谷はにこやかに笑ってみた。

おっさんからこの説明を受けたとき、政府が携帯電話や電子メールを傍受しているという確信はあるのかと中谷が問い詰めると、おっさんはうなずいた。そして、大きな湯飲み茶碗から茶を飲んだ。

法律違反じゃないかと中谷が思わず大きな声を出すと、店内の客の何人かがその声に振り返った。ホテルに店を構える寿司屋は外国人の客が多かった。

「格段に」

「もちろんそうさ」おっさんは笑って、目の前の板前に鮪の赤身を注文した。「けれど、安全対策には極めて有効だとしたらどうだろうか」

「だったら国民にそう説明して理解を求めるのがスジだろ」

「安全は欲しいけれど、盗聴はいやだと国民は言うだろうな」

「だったら、多少安全でなくてもしょうがないじゃないか、国民がそう言うんだから」

「多少ってのはどの程度のことを指しているんだ」

「たとえば、オリンピックが近くなって街のあちこちに監視カメラが設置されただろ、あれ俺は気に入らないな」

「そうかい。犯罪の検挙には大変役立っていることは確かだよ」

「だから、検挙率なんか落ちてもかまわないと俺は思うんだ」

「君の意見には賛同する人もいるだろうな。けれど、通り魔殺人事件が起こった直後はどうかな」

　中谷は考え込んだ。

「本当に自分たちが大切にしたいものを皆がわかっていればいい。しかし、現実はそうとは限らないんじゃないか」とおっさんは言った。

　中谷は我が身を振り返ってこの言葉を嚙みしめた。

「じゃあ、もっと巨大な危険から安全を確保する場合はどうだろう。そのためならプライバシーは明け渡してもいいかい」とおっさんは聞いた。「原発事故が盗聴でかなりの程度防げると仮定しよう」

「どんな理屈だよ」

「あくまでも仮定だ」

「原発をやめる」中谷はきっぱり言った。

「それはひとつの選択肢だ」おっさんは楽しそうに笑った。

「じゃあ、盗聴によって第二の9・11事件を防止できるとしたら？　これはどうだ」

中谷は黙り込んだ。板前が付け台に赤身をふたつ置いた。

「テロを起こされないような国づくりをする」

その口ぶりはまるで宣言のようだ。

おっさんはまた笑った。

「なるほど。それは素晴らしい」と鮪をひとつつまみ「夢だな」と言って口の中に投げ込んだ。「切実に安全が欲しいと思うようになれば、盗聴でもなんでもやってくれと国民は言い出す可能性は高いだろうね。ただ、そうなると、自分は盗聴されているかもしれないという意識で会話を交わさなければならなくなる。当然、不愉快で薄気味悪い思いがするだろう。今の政権に批判的な人や組織や市民運動団体や政治団体が監視対象になると騒ぐものだって出てくる。また、そんなことはないと否定することも難しい。だったら、超法規的に盗聴はする。しかし、そのことは国民には知らせない。これならだれも不満がないし、安全は確保される。政治家ってものは、なんでもかんでも情報が国民に開かれているべきだとは考えないんだ」

これがおっさんの解説であった。

眼前の政治家と高官は押し黙ったままだ。盗聴をしているとは言わない。しかし、なにを馬鹿なことをと部屋を追い出される気配もなかった。ただ、福田が心配そうにこちらを見ていた。

中谷は持参したタブレット端末を起動した。これを見て、福田がプロジェクターの電源を入れ、Ｗｉ‐Ｆｉで接続するために、中谷のタブレットに暗証番号を打ち込んでくれた。

中谷の指があるファイルをタップするとアイコンがひとつ現れた。得体の知れない抽象的な生物を思わせるそれはモーショングラフィックスによって表現され、静かに呼吸しているようだった。

「このエアーが処理しているのは〝レベル１〟の感情情報です」

さまざまなネット上の情報をエアーが呑み込んだ。そして、市場予測の情報を吐き出した。この様子が動画で表現され、〝レベル１〟という文字が添えられた。

「これに加えて、政府が極秘にモニターしている〝レベル２〟を接続してやる。これでエアーが出す予測は完璧になります」

新たな視界が広がり、さらに大きな、しかしほとんど輪郭を持たない、ランダムなノイズのような図像が現れた。これに〝レベル2〟という文字が重なり、エアーに流れ込んでいく。するとエアーが紅く染まりながら膨らみ、まるで身もだえしているかのように激しく回転し始めた。

「ただ、ここでひとつ問題が発生します。〝レベル2〟の感情情報の演算にはどえらく巨大な電力を食う。必要な電力は」

数字が現れ、五人の男たちは経済産業相の高見沢を見た。

「まるまる地方都市ひとつ分の消費電力ですね」

「ここまで巨大な電力の安定供給は、俺たちには無理です。そこで、政府でやっていただこうということになった、まあ、こういうことです」

とりあえず、説明するべきことは説明したぞ、と中谷は相手の反応を待った。

しかし、六人の男たちは依然として黙ったままだった。中谷はタブレット端末を終了して、要人たちを見下ろした。彼らの表情からはなにも読み取れなかった。粘っこい時がじっとりと流れる。

「もし、仮に政府が引き受けたとして、エアーの市場予想の正確さはどのようなものになるのですか」こう言って沈黙を破ったのは総理だった。

「そのとき、エアーが吐きだす答えはもはや予想ではなくなります」

「予想じゃない？」

そして中谷はゆっくりはっきりこう言った。

「お告げになる」


書類を前に総理が万年筆を取り出し、サインした。その書類はおっさんが持たせたものだった。英語で数行書かれているだけのごく簡単なものである。

総理は自分がサインすると、その二枚の紙を財務大臣の飯塚に回した。飯塚がサインした。今度はそれを日銀総裁の白石に回した。白石がまたサインした。最後に紙は中谷に回ってきた。中谷がサインすると福田がそれをご大層なフォルダーの中に納め、一通を中谷の手元に置いた。

「機密文書扱いで」

官房長官がもう一通を抱えている福田に言った。かしこまりました、と福田は一歩さがった。中谷はバインダーを持ち出しテーブルに置いた。

「これがマニュアルです。感情情報レベル2の接続方法も詳しく書いてあります。読めばかならずわかります」

その分厚さは大型国語辞典ほどもあった。

「ただし、演算処理の中身に関する質問は一切お受けできません。プログラムの変更も不可です」

「それはもう聞いたよ」飯塚が机を指で叩きながら言った。

その態度といい語調といい、中谷はなにかとげとげしいものを感じた。

スマートフォンを返してもらい、財務省の前で流しのタクシーを捕まえた。福田が見送ってくれた。

ホテルの部屋に戻ると、ドアを開けてくれたおっさんが唇に手を当てた。空港で警備員が使うような器具を手に、ボディチェックをされた。またしてもスマートフォンを取り上げられ、おっさんはそれをパソコンにつないでなにか細工をされていないかどうかを点検した。

そしてふたりでソファーに腰を下ろして向き合った。おっさんは、今日のことをすべて話せと言った。どうでもいいようなことまで根掘り葉掘り訊かれたので、話はなかなか終わらなかった。途中で下の寿司屋から握りの出前を取り寄せた。すべて事細かに説明し終えると夜もかなり更けていた。

「そうか。それはお疲れ様だった」

そう言い残して、おっさんは早々に寝室に引き上げた。それから朝まで起きてこなかった。

翌日、福田が防衛省の人間を五人も連れてきた。内容はエアーの引き渡しの細かい手続きについてであった。それはすべてマニュアルに書いてあるはずだと言ったが、福田は対面して確認したがった。おっさんの声をイヤホンで聞きながらこれに応対した。

一週間後の早朝、公用車が一台ホテルにつけられ、中谷は後部座席に乗せられた。運転席では福田がハンドルを握っていた。いったん市ヶ谷に回った車は、そこで自衛隊の大型装甲トラックの列の後尾について東北自動車道を北上した。一団は途中で、福島の陸上自衛隊の駐屯地に入り、そこで小用のために休息し、また走った。

やがて右手にピラミッドのようなとがった頂をもつ山影が姿を現した。高速を降りて、国道を走り、そして、さらに細い山道にはいると、一団はつづら折りの坂道をうねうねと上っていった。

山腹にたどり着くと、そこには自衛隊の先行部隊が待ち構えていた。一団は降車し、そこからさらに細い山道を徒歩で登っていった。中谷と福田もそれに従った。両脇に巨木が生い茂る細い道を登っていくと、急に視界が開けて、大きな炭焼小屋が見えてきた。その前に作業着に長靴という出で立ちで、土地の古老が立っていた。隊長らしき男が老人に近づいて、なにか書類を見せた。

老人はうなずいた。

「電話で聞いてますね」

老人は恐縮したように頭を下げ、大きな炭焼小屋の扉にかかっている頑丈な南京錠を外した。木戸が開くと、その向こうに金属の扉があった。その横に黒い液晶パネルがあり、老人がそこに掌を置くと、重く分厚い扉はゆっくりと音もなく左右に開いた。その奥にさらにもう一枚扉がある。老人は前に歩を進め、やはり小さな黒いパネルの上に今度は自分の眼を近づけた。

開いた扉の奥へ、自衛隊員たちはゆっくり前進した。

日が山間に落ちる頃、ようやくいくつものパーツに解体されたエアーは、大型装甲トラック三台の荷台に積み込まれた。この前後を小型装甲車が固め、一団は山道を下っていった。中谷は福田とともにこれを見送った。

さあ、われわれも参りましょうかと促されて、中谷は車に乗り込んだ。ステアリングを握った福田は、このたびはいろいろとお世話になりありがとうございましたと頭を下げ、正直ほっとしましたと口元をほころばせた。福田が運転する公用車は東京へは向かわず地元の高級旅館の玄関に横着けされた。

4

靴を預けて部屋に通され、ひと風呂浴びたあと、部屋の窓辺に設えられた板の間の椅子に座って、中谷はおっさんとイヤホンマイクで通話していた。

「無事に積み込んで、二時間前にエアーは東京に向かった。再起動は明日の昼頃だってよ」

中谷は旅館の窓から夜の庭園を見た。庭は電子の光によって深緑に染め上げられ、幽玄の美を醸し出している。

じゃあ、これから福田と夕食を食べてくるからと中谷はテーブルの上に置いたスマートフォンを摑んで立ち上がり、部屋を出た。

旅館の細長い廊下を行くと、その奥に仲居が正座していた。中谷が近づくと襖を開け、いらっしゃいましたと中に声をかけた。座敷には福田をはじめとする官僚とおぼしき数人が卓を囲んで待っていた。中谷はまず皆が若いのに驚いた。なんとなく引退間際の上司をふたりほど連れてくるのではないかと思っていたからだ。

「この度はありがとうございました」

福田は座布団の上で正座して、手をついた。他の連中もこれに倣った。中谷はそのかしこまった態度に驚き、ああ、いやなどと言いながら、自分はあぐらをかいた。

「いや、逆にこちらから使ってくれとお願いした件なので、礼を言わなきゃならないのはこちらも一緒だ。でも、まあ、とにかくそんなややこしい話はおいといて、足崩してください」

そのひとことを待っていたように福田たちも一斉にあぐらをかいた、一名を除いて。

そのひとりが部屋に入ってから中谷の眼に鮮やかに映っていた。

「ありがとうございます。ではまず、御紹介します。今回のエアーの件は政治家や官僚の間でもごく一部の人間しか知りません。ここにいるのは、セレクトされた官僚連中です。と言っても、僕が主宰する勉強会のメンバーなんですが。まず、西村竜馬、外務省で事務次官補佐を務めさせていただいております」

こんな具合に福田は次々と若手エリート官僚たちを紹介していった。外務省をはじめとして、法務省、経済産業省、国土交通省、金融庁、総務省、警察庁から集ったキャリア組の面々である。

しかし、中谷にしてみれば、同じようなスーツ姿の男たちに続け様に名前と省庁と役職を言われても、とうてい覚えきれるものではなかった。だいたい各人が所属している省庁が具体的になにをするところなのかも鮮明に把握できないのである。財務省も金融庁も金をあつかうところなんだろうが、どのようにつながって守備範囲を分けているのか、いまひとつはっきりとわからない。総務省というのも正体が判然としない。会社勤めをしていた頃、経費精算の度に間違いを指摘され小言を食らったのが総務部だったが、まさかそんなことをしているわけではないだろう。

しかし、こんな中谷に顔と名前を印象づけた者がふたりいた。

「一ノ瀬昌明、警察庁警視です」

長身の背筋は伸びていて、切れ長の眼は鋭く、いかにもエリート警察官僚らしい風貌である。

中谷は自分がかかわったノミ行為を思い出してひやりとした。おっさんが新国立競技場に爆弾を仕込んで国に揺さぶりをかけて大穴を勝たせたことは、本人ははっきりと認めたわけではないがほぼ確実で、こちらはもう大犯罪である。

「最後に、本来はまだこの場に入るのはちょっと早いのを僕が肩入れして勉強させています、国土交通省の市川みどりです」と福田は、中谷の向かいに座っている若い女を紹介した。

福田と一緒にモン・サン＝ミシェルの前で微笑んでいた女に違いなかった。小さな瓜実顔の輪郭が美しい。眼がさほどくりっと大きくないことが、聡明さを醸し出している。

酒が運ばれてきて、めいめいにビールが注がれる段になって、向かいの市川が中谷のコップに注いでくれた。福田が立ち上がった。

「今日は、ここに各省庁のトップ官僚も参加したがったのですが、最初に出会った役得でエアーと中谷さんを俺たちが独占しようということになりました。それでは、この国の新たな守護神エアーに」

乾杯、と全員が唱和して酒宴がおごそかに始まった。

福田は自分が俺というくだけた一人称を使っていることに気がついた。ちょっと気が緩んでるなと自分を危ぶんだが、まあいいだろうと思いぐっと飲んだ。

「勉強会って言ってたけど、みんな畑が違うんだな」

はすむかいに座っている中谷が福田に訊いた。

「そうなんです。これからは各省を横断した形でネットワークを広げていきたいと思って俺が集めた連中です。官僚ってのはどうしてもセクト主義になりますからね」

「へえ、どうやってこのメンバーを」

「Twitter で見つけたんです。採用基準はひとつ、ノリがいい奴です」

「へえ、ノリが大事なんだ」

「大事ですね。官僚なんて十年もやってると、すれっからしになってシニシズムに陥っちゃうんですよ。なまじ幼い頃から頭がいいっておだてられることが多かった連中ばっかりですからね、あっというまにスレちゃいます」

「まあ、そんなもんだろう」

中谷は少し面倒になって調子を合わせた。すると、相手は、どうしてですかと訊いてきた。

「頭がいいから、先がいろいろ見えちゃうんだろ」とりあえず思ったとおりのことを言った。

「でも、それじゃあ、ダメじゃないですか」

「いいとは言ってないよ」

「でしょ。だから、覇気があってノリがいいってことを最重要項目にしました。でも、みんな東大出てますからね、頭はそこそこいいんですよ」

「で、勉強会ってどんなことやってるの」

「あっ、それ語らせると長いですよ」

向かいの市川が中谷のコップにビールを注ぎ足しながら、隣の福田を見て笑った。このふたりがカップルであることはほぼ間違いないなと中谷は落胆しながら、どうも、と礼を言った。

「はい、まず、われわれ官僚の悩みってなんだと思いますか？」福田が言った。

「ダメだ、始まっちゃったよ」隣のたしかこれは田川(たがわ)という法務省の男が笑った。

「給料が安いこと」と中谷は言った。

「それは、そうかもしれませんが、みな覚悟はして来てますから」

じゃあ、わかんないなと投げ捨てるように言って、中谷は飲んだ。

「政治家の先生がバカだってことなんですよ」

ああ、なるほどねとうなずき、中谷は鯵（あじ）の刺身に箸をつけた。

「あれ、ここで大抵みんな笑うか、ぎょっとするんですがね」

福田の横に座っていた男が楽しそうに言った。こいつはたしか経済産業省の堺（さかい）だったな。

「いやあ、人は大抵バカだって、最近何度も聞かされているんで」

「だれがそういうこと言うんですか」

「まあ、パートナーというか、一緒にやっているおっさんだよ」

これを聞いた福田は、なるほどやはり背後に黒幕がいるのだなと納得しつつ、でもトップの政治家がバカだと困るじゃないですかと拘（こだわ）った。総務省の長谷川（はせがわ）が、先生方には選挙という試練があるからなあ、集票のためにしょうもないことも言わなきゃならんのですわ、としたり顔で言った。

「ああ、民主主義は駄目だって話ね、それも相棒によく聞かされてる」

「流石（さすが）にわかってらっしゃる。となると、政治家に日本を任せておく訳にはいかない、俺たち官僚がなんとか行政を正しい方向に導くしかないんですよ、しかも先生方のプライドを傷つけないように配慮しながら、うまく誘導しなきゃならない」と思わず福田は意気込んだ。

中谷は、どっかで聞いたような話だなあと独り言のようにつぶやきながら、おっさんとホテルのバーで再会した夜を思い出していた。

「へぼ将棋指しているときに、そこは角道が利いているから、桂馬打ったほうがいいぞって教えてやるんだってさ、しかも本人が自分の力でその手を思いついたように」

それですそれですと一番離れた席に座っているのが、手酌でやりながらうなずいた。

こいつはたぶん金融庁の大崎だ。

「例えば、いまの総理なんて相当にバカですよ。あいつの学歴見たら、三流レストランでまずい料理をしこたま食ったような気になるね」

顔が少し赤くなっている。大物政治家の二世である総理の学歴が大したことがないことはマスコミも時々からかうので、中谷も知ってはいた。しかし、こういう冗談はあまり面白くない。

「俺の相棒は学歴はどうでもいいって言うぜ」

「まあ、そうです。学歴なんかどうでもいいんです。バカがよくないだけです」と福田が言った。

どうもおっさんの言うこととといちいち重なるなと思いつつ、おっさんも福田のことをいい奴だと言っていたのを思い出した。

「あの官房長官もバカなの」

中谷はこの政治家から、当初から淡々とした敵意を感じていたので聞いてみた。

「いや、あの人はなかなかですよ。今回のエアーの件も最終的には官房長官がまとめましたから。まあ、総理が乗り気だったというのが大きいのですが、あの人なしではまとまらなかったでしょうね」

へえ、と中谷は素直に感心した。

「実は、官房長官はここにいる市川と俺のゼミの先輩に当たるんですよ」と福田は言った。

「へえ。そんなの高卒の俺には関係ないけどね」と中谷は興味なさそうに言った。

席にちょっとした驚きが走った。やはりそうかと福田は思った。おそらくこの人は無頼漢なのだ。学歴など俗世間的価値には無頓着に自由に生きてきたんだろう。

場を取り成すように市川が酌をして、

「ところで、ひとつ大きな仕事が終わったわけですけど、これから中谷さんはどうされるんですか?」

「まあねえ、なんかやらにゃいかんとは思ってるんだけど、生憎(あいにく)と頭が悪いので、妙案が浮かばないんだよな」

「豪華客船で世界一周とかしないんですか」法務省の田川が訊いた。

「なんかそういう感じでもないみたいよ」

ホテルに日がな一日籠もっているおっさんは、金と暇に飽かせて豪遊するということはまったくしなかった。部屋で本を読んで、スピーカーから流れる音楽を聴き、パソコンに向かってせっせとキーボードを叩いた。贅沢といえばホテルのレストランで食事を摂ることだが、ときどき、中谷がネットショップで取り寄せたカップ麺をホテルの部屋ですすることもあった。

「一度、酒池肉林をきわめてみるとか」経済産業省の堺がありがちな提案をした。

「なにバカなこと言ってんの」市川が顔をしかめた。

そろそろまずい雰囲気になりつつあるなと市川は感じていた。キャリア官僚の世界は世間一般の企業よりもさらに堅固な男社会である。酒で席が乱れてくると、日頃は固い言葉で澄ましている男たちも半ば意図的に品位を落としてくる。市川の方も女子高生ではないので、ある程度はそれも致し方ないという風に鷹揚に接するようにしているが、男子ロッカールームのようなありさまになられても困る。ところが、主賓がまた変なことを言った。

「それはこのあいだやったんだよ」

おお！　と男性陣が呼応したので市川はさすがにげんなりした。

「で、どうでした」

「愛のないセックスはムナシイね」

「そうなんですか」

「特に二発目以降は」

男どもは、うなずいて妙にニヤついている。

そのとき、主賓がふいにこちらを見て、すみませんと市川の徳利をつまんで酌をした。

「日本酒が好きなんですか」

「お酒はなんでも好きです」と市川は正直に白状しておいた。

へえと中谷が感心したような声を漏らし、そこで会話は途切れてしまった。

この男は自分で話題を切り上げようとしたんだな、たぶんそれは女の私に気を遣ってのことだろう、とりあえずまだマシなほうではある、と市川は思い、一応及第点をつけた。そして、話題を戻すことにした。

「でも、具体的な案がなくても、もっと大筋でこういうことをやるんだっていうのはないんですか」

「それはあるんだよ」

市川の隣にいた福田がぜひ聞かせて下さいと言った。

「新しいシステムを作る」

この答えは、その場にいた全員の胸にある重みを持って飛び込んだように中谷には感じられた。

「まあ、共産主義ってものが駄目になったわけでしょう。で、まあ資本主義でいくしかないやってことになったんだよね。でも、やっぱり色々と弊害があるわけじゃん、資本主義ってのも」

まあ、それはそうでしょうと福田が言い、でも、とりあえずそれしかないんですよ、と外務事務次官補佐の西村が後につなげた。

「じゃあ、資本主義しかないんだとしたら、それをもっとまともにしたいんだ。資本主義のまずいところをもう少し是正するシステムってのを作りたいってことなのかなあ。たぶん」

「その通りだよ」

いきなりおっさんの声がした。

どうやら、この酒席もモニターしていたらしい。中谷は驚きつつも、この間に自分が学んだこと、そして感じたことを言葉にしてみることにした。

「俺は金がすべてだって言われるのがいやなんだよ。世の中しょせん金で回っているんだって言われると頭にくるんだよね。確かにそうなのかもしれないんだけれど、それを言葉でいちいち念を押されるとむしょうに癪に障るんだ。ちょっと前までは腹を立てて終わりだった。でも、莫大な金が手に入るならば、所詮は金なんだっていう世の中を変えたいんだよ、金の力で」

皆が黙った。

「だったら」と福田が言った。「そのシステム作りにわれわれも協力させて下さいよ」

「えっ、あんたらが」

「ええ、こうみえて、我々官僚も力を合わせれば結構なことができると自負してるんですよ」

「それは心強い。日本の政治を実際に動かしているのは官僚だからな」おっさんの声がした。

「確かに福田の言うとおりで、さっきエアーの件は飯塚官房長官がまとめたって申し上げましたが、官房長官を動かしたのは、実は福田なんですよ」と堺が言った。

「そりゃ世話になったね」と中谷は軽く頭を下げた。

「とにかく、具体的になにか動くときには是非教えて下さい」と福田は念を押した。

ここは快諾しようというおっさんの声が聞こえたので、よろしくお願いします、と中谷はまた頭を下げた。じゃあ、乾杯しようと誰かが言い出し、またそれぞれの杯に酒が注がれた。中谷には向かいの市川が注いでくれた。そうするように左右の男どもがボトルに手を出さないのがわかった。

「官僚にも美人がいるんだな」

それはどうも、とビールが注がれるグラスを見つめたまま低い声で市川は言った。

「まあ、美人なんてことはずっと言われていて、本人としてはつまんないかもな、どうぞ」

今度は中谷が徳利を摑んで市川の杯に注した。

新しいシステムと新しい日本に乾杯と福田が言い、皆が唱和した。

「そんなことはないですよ」と形のいい唇に猪口をつけながら市川が言った。

エアーを載せた自衛隊の大型装甲トラックは、夜を徹して南下し、明け方には首都圏に入り、職員たちが登庁する前に、日銀の裏手に横付けされた。

厳重な警備態勢のもとで、約二十の濃緑色のユニットは荷台から降ろされ、地下倉庫の横に作った巨大な地下室へと運ばれた。それらは固い床に並べられ、組み立てられエアーになるのを待った。この時点で、防衛省の面々はユニットの前に整列すると、敬礼して帰って行った。警視庁の科学研究班を中心として各省庁から選抜された技術者たちがこの場を引き継いだ。組み立てを担当する彼らは分厚いマニュアルを参照しつつ、作業に取りかかった。その傍らで、資源エネルギー庁のスタッフが、エアーへの電源供給の最終確認をしていた。また、総務省のスタッフは、通常の高速インターネット回線に加えて、テロ監視対策用の通信傍受システムの光ファイバーを引っ張ってきていた。世界中で通信されている電話・ファックス・電子メールの内容すべてがこのラインを通してエアーにインプットされるのである。

細心の注意を払いつつ、まず電源部が組まれた。そして演算装置の心臓部がこれに接続された。この後に順次、各ユニットがスライダーに乗せられて横にはめ込まれたり、クレーンにつるされて上部に置かれたりしながら、丁寧に接合されていった。英語で書かれたマニュアルに従ってユニットをつなげていくと、その都度エアーの方からディスプレイにOKのサインが出て、次につながるべきユニットが告げられる。組み立てそのものはプラモデルよりもずっと単純だった。

翌朝、中谷がシャワーを浴びて、バイキング形式の朝飯にありつこうと食堂に降りていくと、知った顔は市川しかなかった。福田ら他の官僚たちは始発で東京に戻り、すでに業務に就いているはずだと説明された。市川も朝食を済ませたらしく、テーブルの上にはコーヒーしか載っていなかった。

中谷はとりあえず市川の前に腰掛けた。

「今日はお休みですか」

「はい、休みを取りました。中谷さんが食事を済まされたら、私が東京までお送りすることになっています。出発の支度が出来たら部屋に電話をいただけますか」

それだけ言うと市川は席を立って、食堂を出て行った。

どうやらこの件を伝えるためにここで待っていたようだ。ひとりになった中谷は注文を取りに来たウェイトレスにコーヒーを頼んだ。

帰りの車の後尾には、レンタカーのナンバープレートが掛けられていた。政府が認める公式行事はエアーの引き渡しまでで、この旅館での宿泊も夕べの宴会も、福田たち有志が企画して用意したんだなと中谷は汲み取った。

旅館の車寄せに車を回してきた市川は中谷に後部座席を勧めた。中谷はやんわりと拒絶されているような気がした。もっとも、主賓を後ろに乗せるのは礼にかなった配置ではある。

後部座席に沈み込んで寝ることにした。まどろみの中で、遠慮がちな音量でカーステレオから流れている音楽を聴いた。曲名はわからなかったが、英語によるヒップホップだった。中谷はヒップホップが好きだ。その英語のラップに混じっておっさんの声を聞いたような気がした。

――おまえはなにがやりたいんだ。

――俺たちはなにをやればいいんだ。

思えば、高校の進路指導でなにがやりたいと訊かれて戸惑ったことがあった。別にやりたいことはなかった。昔から、やりたくないことだけが明確に意識できた。自分にふさわしくないことはやりたくなかった。教壇に立って喋るのも役所に座って判子を押すのも、取引先を転々と歩き回る営業も、大型家電店での新商品の説明も、自分に似合わない気がした。かといって、今の状況などは想像の埒外にあった。

徐々に強くなった日差しに顔をあぶられて、中谷は目を開けた。後部座席から身を起こし、手でひさしを作って窓の外を見ると、茶褐色の荒れ地が広がり、その向こうは防波堤によって途切れていた。土の中にはところどころ津波で流されずに残ったコンクリートの基礎部分がむき出しになっている。

「ここは、どのへん？」

「福島です。まだしばらくかかりますので、寝ていて結構ですよ」

ルームミラーの中でサングラスをかけた市川が言った。

眼の前に突きつけられた無残な故郷の風景が中谷をまどろみから引き離した。

寄って欲しいところがあるんだけど、と中谷は運転席に声をかけた。たぶん大丈夫でしょうと言って市川がハンドルを切った。

二十分だけ中に入りますと国土交通省の身分証明書を見せると、警備員は従順だった。

ゲートはすぐに開き、車はいまだ居住が許されない帰還困難区域へと進んだ。

手入れを怠ったままの水田はその名残りもなく、名前の知らない黄色い花が咲き乱れていた。誰もいない通りで律儀に働いている信号が奇妙な印象を放った。前方に見えてきた商店街入り口にまだ掛かっている〈原子力、照らせ日本の明るい未来〉という標語があいかわらず皮肉を飛ばしていた。時間が止まったこの一角をゆっくりと流してもらって、また中谷と市川はゲートを出た。

固い音を立てて再び閉まるゲートに振り返り、お前はなにがやりたいんだというおっさんの問いを中谷はいまいちど聞いた。その問いを自分はずっと待っていたような気がした。


「どうして帰還困難区域に」

休憩に寄ったドライブインでアイスコーヒーを飲みながら市川が尋ねた。

「あのあたりで生まれたんだよ」と中谷は言った。「地元の高校出て原発で働いてたんだ」

そうなんですか、と市川は言った。その言葉に込められた意味も感情も中谷は汲み取りかねた。そうして黙っていると市川が耳を疑うことを言った。

「そういえば、経産省の堺さんの情報ですが、今日、福島第二で一基再稼働するらしいです。あくまでもテスト稼働という名目ですが」

事故の記憶が風化し、CO2削減と地元の雇用促進を旗印に、ここのところ各地で原発がぽつぽつと再稼働し始めていた。しかし、事故現場の目と鼻の先の第二原発が動くというのはにわかには信じ難い。本当なのかと問いただすと、市川はうなずいた。そして実はまだ内緒らしいのですが、と付け加えた。

異変は突如起こった。

日銀の地下の最深部に設けられた保安室で着々とエアーが組み上げられている最中に、内閣情報調査室の人間が、エアーのとあるユニットから出ているそれらしき回路の中継部分を見つけて、その線を外部のコンピューターに引き込んだ。なんとかエアーの内部プログラムを覗こうという狙いで起こした行動だった。組み立ての途中でできるだけトライしろと上層部から言われていたからである。

とたんにディスプレイが燃えるような赤に染まり警告を発した。重い音を立ててエアーが揺れた。各ユニットの接続部分のコネクターが緩み、外れたユニットが床を打った。赤いディスプレイに浮かび上がった黒文字の英語「最初からやり直せ」がそこにいる全員を威圧した。

線をつないだ担当者は真っ青になって自分のコンピューターのモニター画面を見てい

いた。

「次に違反があれば、エアーは永久停止する」モニター画面にはそんな通達が示されていた。

「落ち着け」組み立て作業を担当する責任者が言った。「あと一回チャンスがある。もう一度最初からやり直そう。こんどはへたな手出しはなしだ」

各ユニットは最初からまた順を追って結合されていった。

約三時間かかってもういちどすべての部品が結合された。次はいよいよ、情報系の入力である。まずは通常のインターネット回線が十系統接続された。さらに、通信傍受システムの回線がつながれた。最後に莫大な電気エネルギーを受け取る巨大コンデンサーユニットに、地方都市ならすべて満たしてあまりあるほどの電力が通るラインが結ばれた。消防職員が極秘で呼ばれて、万が一の火災発生時に備えて待機した。

「十三時二十五分、送電開始」

送電が開始された。

一時間が経過した。係員はエアーの正面についている蓋を引き開け、スタートボタンを押した。

エアーは静かに再び目を覚まし始めた。

車の中で、中谷はバックシートに身を沈ませ、遠い空に視線を投げたまま、東京に服従するしかなかった故郷の風景を思い返した。土石がむき出しになった茶色い大地や、雑草が生い茂ったままの荒れた野が、やたらと神経に障り、彼の心になにかを育てつつあった。それは硬い芯を生み、深部に根を張りだした。

ホテルの車寄せに停めてもらい礼を言って降りるとき、中谷は市川にこんな問いを投げた。

「福田君って、昨日のこと覚えているかな」

市川は質問の意図を理解しかねたと見えて、運転席で首をかしげた。新しいシステム作りに協力してくれるって言ってたけれどあれは酒の席だけの話だろうか、と中谷が注釈を加えた。

「ええ、ちゃんと覚えていますよ。もちろんスーパーマンじゃないのでなんでもおまかせという訳にはいかないと思いますが、誠実に対応はしてくれると思います」

福田の人柄を保証する市川の調子に、自分の恋人を褒める女の気配が感じられた。

リビングへの扉を開けたとき、自分を包んでくれるはずの柔らかい光はなかった。室内はやたらと薄暗かった。片方の壁からおごそかに放射された光の模様は刻々と変化している。怪訝に思って部屋を見渡すと、度外れ（どはず）れに大きな液晶パネルがその壁一面にしつらえられていて、そこから放たれる光が部屋をぼんやり浮かび上がらせていた。パネルの上のそこかしこには、銀河のような模様がいくつも渦巻きながら、深海の海月のように、ゆらゆらと漂っている。

「おかえり、遅かったね」

振り向くと、おっさんが立っていた。彼の小柄な身体に光と影が落ちて、蠢いていた。

これはなんだ、と中谷は大きな液晶パネルを指さした。

「エアーの画面だ。政府が感情情報〝レベル2〟をエアーに接続して再起動した。これでエアーは完璧になった。エアー2.0の完成だ」

それにしてもこんな大型のモニターが市販されているのだろうか、といぶかしむ中谷の心中を見透かしたように、特注で作ってもらったんだとおっさんが説明した。

「エアーは政府に渡したんじゃねーのか」

「〝裏口〟を作っておいた」

「〝裏口〟……どういう意味だ」

「政府がエアーから受け取る情報を〝裏口〟から僕らも受け取るってわけだ。マニュアルには記載していない使い方もいくつかある、そのひとつが〝裏口〟だ」

液晶パネルの上には銀河が渦巻き、揺れて、その光を受けたおっさんの頬もぼんやりと揺れている。

「で、これはなにを意味してるんだ」中谷は訊いた。

「空気だよ」

空気？ 中谷は首をかしげた。

「そう、市場や世間を支配する空気をヴィジュアライズしたものだ。といってもすべての情報を視覚化すればただのノイズになるから、これはある案件に特定してある」

「なんの案件？」

「憲法改正だ」

中谷はぎくりとした。

数年前、前総理が金融緩和政策・円安・株価上昇という飴をぶらさげて、政財界からの支持を背景に強引に推し進めようとしていた再軍備と改憲への動きは、実質賃金の停滞、福祉の削減、国庫への不信の高まりなどによって、任期直前に失速し、いったん停滞した。金の切れ目が縁の切れ目ってやつだなと中谷は思った。しかし、アメリカが日本を東アジアの軍事パートナーに育成したがっているかぎりこの議論はくすぶり続けるにちがいないことも、いまの中谷には理解できた。

ほら、ここを見ろとおっさんは液晶パネルの上に揺れる銀河を指さした。おっさんによれば、この渦が憲法改正にまつわる無数のつぶやきや叫びや戸惑いやいらだちを表しているのだと言う。

「そして、空気を支配しているのは、この中心だ」

中谷は濃褐色のコーヒーに落ちたミルクのような渦をじっと見つめた。やがて、やりたいことがわかった、という決意の言葉が中谷の口からこぼれ出た。ぜひ聞きたいね、とおっさんは液晶パネルのスイッチを切った。いつもの柔らかな光で部屋が満たされると、中谷は手にしたままだったビニールの袋を差し出した。おっさんは不思議そうな顔をして袋の中身をのぞき込んだ。福島の定番土産だと解説して、中谷は備え付けの急須にティーバッグを放り込んで湯を注いだ。そして、おっさんが薄皮饅頭を箱から取り出しているソファーへ湯飲み茶碗をふたつ持っていった。

茶をすすり、饅頭をほおばりながら、中谷は帰りの座席から見た故郷の風景にかきたてられた思いと意欲について話し始めた。話の道筋は曲がりくねって、なめらかに滑走するようには行かなかったけれど、おっさんは中谷の思いをうまく引きだしてくれた。あらかた話し終わったとき、なるほどとおっさんは言った。そして三個目の饅頭をほおばった。

二週間がすぎた。

福田が週に一度の財務省官僚の定例会議に列席していると、出席者のひとりが首を傾げて言った。

「中長期国債の金利が急激に下がってます」

「まあ喜ばしいことだが」別のひとりが言った。

「しかし、原因がわからないのは問題だな。理財局はなんて説明してるんだ？」

「ただいま調査中です。複数の機関投資家に売れに売れてるとしかまだ情報は入ってきていません」

会議の席が少しざわついた。

「日銀のオペとは関係ないんだな」

「日銀が我々と相談なしにこんな大胆な金融政策をすることは考えにくいな」

「機関投資家の後ろで何か動いていそうか？」

「そこも含めて調査中です」その声は、明快な答えができず悔しそうだった。

「不思議なことに株価も回復し始めてますね」別の誰かが資料を見ながら言った。

「オリンピック景気も空振りし、財政もこんな状態で日本企業の株が買われる理由はないんだ」

「まあ、リスクを避けてトレーダブルな資産に逃げているのではないかと」

「いや、この資産の動きはそんなものじゃないな」

しかし、そう発言した者は腕組みをしたまま黙ってしまった。しばらく誰もなにも言わなくなった。そして誰かが、気味が悪いな、とつぶやいた。

「まあ、ともかく喜ばしいことだ」

それはとにかく不安を打ち消したいがために発せられた一言のようにも聞こえた。

「マスコミに流して財務省の手柄にしようじゃないか」と誰かが楽観論に乗ろうとした。

「まだ早いんじゃないかな。もしなにか仕掛けられていて、あとで大ダメージを被る事態になったら省の信用はガタ落ちだ」

「そんな大きなバックが機関投資家の裏にいるなら、もうとっくに我々の耳に入っているはずだ」

「じゃあ、この状況をどう説明する?」

「オリンピック景気がようやく来たんだろう。まだ今期の消費者信頼感や企業景況感のデータが出てないから我々の実感がないだけさ」

「いやいや、それにしてもこの急変はおかしいよ。好景気だとしたら、もう少し前からじわじわとその傾向が出るはずだろ」

慎重派と楽観派に二分された意見交換は平行線をたどった。そして、目下のところ自分たちにとって都合のいい現象を前に議論は緊迫感に欠け、いまひとつ白熱しなかった。

僥倖のような好転の理由を福田は知っていた。それ故に、この会議の混乱を、湖上のさざ波を見るような冷静さで眺めることが出来た。しかしそんな福田も、この二週間はエアーの解析能力に興奮して夜もなかなか眠れなかった。エアーの存在を知る選ばれた閣僚官僚そして日銀の上層部も、恐ろしいくらいに精緻を極めたエアーの市場予測に戦慄を覚えずにはいられなかった。いまや日銀はエアーがはじき出すデータに従ってオペレーションしている。日銀が手を下した一瞬のちには、エアーはそのオペレーションによる影響を加味してその後の市場動向をはじき出した。それはまさしく〈お告げ〉であった。

福田の胸ポケットでスマートフォンが振動した。そっと取り出し発信元を見た。会議室を抜け出し通路で耳に当てたスマホから流れてきたその声は、すこし遠慮がちだった。

「酒の席での話を持ち出すのは卑怯かもしれないんだけど」

なんのことを言っているのかわからなかった福田は、ええと曖昧に相づちを打つだけにした。

「あんた協力してくれるって言ったよな」

「なにをでしょうか」

「新しいシステムだよ」

皮膚の下で血が沸き立つような気がした。中谷の素性などはもうどうでもよかった。彼は忽然と現れ、エアーという神を連れてきた。エアーは本物だった。いまは日銀の地下の秘密金庫の奥深くに虎の子の金塊と一緒に奉られている。その中谷が新しいシステムを作る。福田は財務省の廊下を大声を上げて走り出したかった。

5

なにかよきことをやらねばという正義感と、こんな世の中はおかしいという思いが人一倍強かった福田は、銀行よりもマスコミよりもＩＴ企業よりも実効性という点ではもっとも有力であることを理由に、官僚の道に進むことにした。

大学での専攻は法学だったが、世の中をもっともダイナミックに動かしているのは金だと思った福田は、大学三年のときから経済学の教室にも顔を出した。とは言え、トップクラスの成績で財務省に入省したものの、そこではアカデミックな理論はなかなか通用しなかった。情実と不合理と野望と保身と、国民の行きあたりばったりの感情と欲望に翻弄され、しだいに気力が萎えてきた。しかし、このまま尾ヒレ胸ビレ動かさず流れに身をまかせてしまいたいと思ったことはなかった。

福田は運ばれてきたアイスコーヒーを一息に半分ほど飲み干した。中谷と落ち合うときに決まって使う奥の窓際の席に腰を下ろし、テーブルにグラスを置くと、ハンカチを取り出した。

「すぐに来てくれるとは思ってなかったよ」中谷は言った。

興奮して飛んできました、と言って福田は汗を拭いて残りのアイスコーヒーを飲み干してしまった。

中谷は給仕を呼んで福田のためにもう一杯注文した。

「おかげさまでもろもろ確実に好転してます」

「それはよかったな。まあ、うちにもびっくりするような金が振り込まれてたから」

エアーには自動振り込みの仕組みが組み込まれていると中谷はおっさんから説明を受けていた。運用益を計算すると同時に、中谷やおっさんのコミッションである十五パーセントから諸々(もろもろ)の税金を計算してさらにここに十パーセントを上乗せし、その税額を控除した後に、中谷の口座に強制的に振り込まれる。そのためとてつもない数字が中谷の個人口座に載った。慌てた支店長が銀行幹部を連れてぜひ会いに来たいと連絡してきたが断っている。

「これからやりたいことについて話してもいいかな」中谷は本題に入ることにした。

是非、と福田は身を乗り出した。

「旅館で飲んだ夜、あんたらのチームが連携すれば相当なことが出来るって言ってたじゃないか」

「少し偉そうなこと言い過ぎましたね」福田は苦笑した。「酔ってたもんで」

「この場合、偉そうで実行力があるほうが、謙虚で非力なのよりもいいんだけどな」中谷はそう言って笑った。

「で、なんでしょうか」福田はあらたまった。

「エアーで利益を出した金をあることに使って欲しい。但し、いったん拠出した分はうちが瞬時に補塡する」

福田はうなずいた。であれば、財政の出動はほんの一時的なものですむ。

「あることとは」と福田が訊いた。

「ある一画をまとめて買い上げてもらいたいんだよ」

「ほお、土地ですか」

「そう。そして、その土地を俺に売って欲しい。場合によっては借りるという形でもいい」

目的がよくわからないが、要求されている内容は明快なので福田はとりあえずうなずいた。

「たぶん問題はその先だ。そこを特別自治区に制定してくれ」

「特別自治区というのは」

「まあ、それはそちらが専門だから細かい定義は詰めてもらえばいいと思うけれど、ある程度日本の法律の埒外にある場所ってことにして欲しいんだ」

「福島の帰還困難区域だ」

困ったぞと福田は思った。対象となる土地の面積が予想以上に大きかったし、いろいろと問題も起きそうだった。

「なぜ」と福田は訊いた。

「放っておけないからだよ」

「それはわかりますが、具体的にはどうするおつもりですか」

「そこにどんどん投資して、とにかく人を戻す」

「人を戻すって言っても、ご存じのようにまだ立ち入り禁止区域ですよ」

「だから、特別自治区にしてもらいたいんだよ」

「ということは……」

「国際放射線防護委員会が定める被曝放射線量の許容値の範囲内で、この特別自治区の年間被曝放射線量の制限値を引き上げるんだ。この自治区では年間被曝量の上限値を二十ミリシーベルトにする」

「つまり、原発の作業員なみに被曝しろってことですか」

「まあそうだ」中谷は認めた。

福田はため息をついた。

「どこなんです」

中谷はアイスコーヒーで喉を潤すとまた口を開いた。

「二十ミリはありうる数字だと俺は思う。例えば国際放射線防護委員会は緊急時には線量限度の上限を年間百ミリシーベルトまでって言ってる。まあ、これは俺が原発で働いていたときに受けた講習で覚えたものだから、かなり楽観的な数字かもしれないな」

「原発で働いていたんですか」

「あれ、言ってなかったっけ」

「いま、はじめて聞きました」

「まあ、それはいいや。で、最近は線量も下がってきているからホットスポット以外なら二十ミリはかなり余裕のある数字だと思う。もちろん、どの数字に従うべきなのかは本当のところはよくわからないってことは俺も認めるよ。ひょっとしたら健康に影響があるかもしれない。だから心配なら住まないほうがいい。ただ、ここでビジネスして暮らしていこう、ここで起業しようという人間には住む自由を与える。そしてバンバン投資するんだ」

福田は黙っていた。

「当然、医療制度はできる限り充実させてカバーするようにするよ」

これは本案を話したときにおっさんが助言してくれたものである。

「どんなビジネスに投資するんですか」

「ビジネスは野心的であればあるほどいい、失敗してもかまわない。新しい福島を作るプランを提案できるのなら金に糸目をつけない」

「具体的には」

「それはこれから公募する」

「なるほど」福田はとりあえず納得した。

「その代わり、事業所はこの特別自治区に置かなきゃならない。特別自治区に登記だけして、よそにオフィスや工場を構えるようなセコい奴は許さない。自治区で寝泊まりして、自治区で商売して、福島の農作物を食うことが条件だ」

福田は黙り込んだ。

「特に自然エネルギーの開発には奮発して金を出す。除染技術の研究にも気前よく出す。農業もいい」

「農業。除染やりながら一方で農業ですか」

「ああ、もちろん汚染されたものを作るわけにはいかないけど、たとえば福島から出荷されようとしている米からは基準値を超える放射線は検出されていない。野菜だってほとんどそうだろ」

「でも、それは帰還困難区域の外の話でしょう」

「ああ、だけど、やれるって言うのならやってもらいたいんだ」

「たとえ基準値におさまっていたって福島特別自治区の産地表示がついている野菜が売れますかね」

「買う人間がいなければ、俺が買い上げちまう」

「どうするんですか。倉庫で腐らせるんですか」

「ジンバブエ、アフガニスタンなどの貧しい国に言い値で売る。まあただみたいなものだ。そのための船舶会社を福島の海岸沿いに作ってもいい。漁業が駄目なら、海運ってのはどうだろうか」

あまりにも楽観的なプランに福田はくらくらした。

「画期的なものには何でも出したい。この自治区で居住し活動するなら芸術家も支援する。この土地に戻ってきた人間、新たにやって来た人間を目当てに商売をやりたいという人間にも出す。土地を売った人間がやっぱり自分の家に住みたいと言ったら住まわせちゃう。来るのも出ていくのも自由だ」

「本気ですか」

「ああ、少し、その線で協力してくれないかな。まずは、土地の買い上げのオペレーションと特別自治区の了解を政府内で取り付けて欲しいんだけど」

これは難題だと福田は思った。そして、スマートフォンを取り出し、SNSで仲間に一斉にメッセージを送って招集をかけた。

いっぽう、中谷の方は福田に向かって喋りながら、反応の違いに少々うんざりしていた。この思いつきを述べたとき、おっさんは愉快そうに笑って饅頭をほおばっていた。それがどうだろう、このキャリア官僚は苦り切ってアイスコーヒーのストローを嚙んでやがる。もっとも、おっさんは「福田君は困るだろうな」とこの態度を予想していたけれど。

その後、若手のキャリア官僚たちの登場に備えて、エグゼクティブ・ラウンジのいつもの席の隣を取り払ってもらい、テーブルを三つ並べて置き、椅子を円形に囲ませてもらった。

若手官僚は三々五々やってきては腰を下ろし、約一時間後に勢揃いした。そして黙りこくった。

「で、どうなんだ」福田が促した。「なんとか言ってくれよ」

確かに、と経済産業省の堺がいったん口を開いたものの、また黙った。

「確かに、なんだ」福田がせっついた。

「仰ってることはわかります。政府としても、福島がただ安全だというだけじゃなくて、復興したというアピールを、できればオリンピック前に示したかった。しかし、いまだに人が住めない場所があることがいつも強調されて、うまくいかないんですね。実際、いまは帰還困難区域は福島県の約二パーセントくらいなんですが、県全体のイメージになっているようです」

それは中谷のプランへの援護射撃だと判断できるような発言だった。

「実際、線量はかなり落ちているので、そろそろここらへんで帰宅しますかというアンケートを採ってみるんですが、どうも歯切れが悪いんですよね」法務省の田川が言った。

「そりゃあ下がったとはいっても、これまでの基準値と比べたら不安になるのはしょうがない」

「平常時での設定を年間一ミリシーベルトという厳しい数字にしたのが仇になったな」

皆が口々にわかっていることだけを繰り返していた。問題はその先だ。

「でも、いま福島の帰還困難区域は国土ではあるけれど、まったく用をなさない土地、いわば廃地になってます。二パーセントといってもこのまま放置しておくわけにはいきません」

こう言ったのは市川だった。国土交通省の人間らしい意見であったが、中谷は自分に賛成してくれているようでうれしかった。

「金をたっぷりぶち込んで、人を呼び戻し、新規ビジネスに活路を見出す方法も悪くないと思う」福田も賛成した。

中谷はさっきから抱いていた疑問を口にした。「で、なにが問題なんだよ」

官僚達はまた黙った。やがて、誰とはなしに、こんな言葉が出た。

「本来は民間じゃなくて政府がやるべきことだろ、なんて意見は出るだろうな」

中谷は呆れた。「じゃあ、政府がやるのかよ」

「いや、そもそも今の線量で国民を無理矢理戻したら、それこそ大問題になります」

「まあ、可能性があるとしたら、自己責任で居住する自由を特別自治区という形で確保するってことになるんだろうなあ」

「だから、それをこっちが提案しているんだろうが、理屈が通ってないぞ」

中谷が気色ばみ、座はしんとした。

「理屈は通ってないんです」と福田が仲間に助け船を出した。

「なぜ通らないんだ」

「空気が許さないからです。わかっていただけないとは思いますが、これはかなり大きな障害です」

中谷はコーヒーを一口飲んで、若いエリート官僚たちを見渡した。

「つまり、あんたたちこそが空気に縛られてるってわけだ」

誰も反論しなかった。沈黙の後で「確かに」と法務省の田川がつぶやいた。

「あの晩、あの座敷で、バカな政治家を教育して、まともな政治をやらせてやるんだって啖呵切っていたあんた達が、空気がどうのこうのって愚にもつかないこと言って俺の提案を蹴ろうとしている、そういうことかよ」

若手官僚たちはなにも言わなかった。

やがて、福田が顔を上げた。

「わかりました、お時間を下さい」

そして、福田は自分たちだけで話し合いたいので、今日のところはここで解散にさせてくださいと言った。中谷は承知した。そして、夕飯がまだならホテルのレストランで食べればいい、料金はこちらが持つと提案した。福田はお気持ちだけいただきますと言って、若手官僚たちを連れて出て行った。エレベーターの前で中谷は見送った。

部屋に戻ると急に疲れを覚えて、中谷はソファーに身を投げた。グッジョブとおっさんはレーズンサンドを口に運びながら親指を立てた。自分にもくれと手を伸ばし、どこがだよ、さんざんじゃないかと中谷は自嘲した。まあ今日のところはあんなものだ、とおっさんは小さな洋菓子をひとつ放った。

あいつらここで食べて行けばよかったのに、と中谷が思い返してつぶやくと、利益供与になりかねないので遠慮したのだろう。官僚たちがあそこでホイホイとごちそうになったらそれもちょっと問題だとおっさんが解説を施（ほどこ）した。そんなものかと寂しい夕暮れの風に吹かれたような思いで中谷はレーズンサンドを齧（かじ）り、仲間だと思っていたのにな、と胸の内をふと漏らした。仲間だと思っていればいいじゃないかとおっさんが言った。

「それから、金のシステムについては僕にアイディアがある。いちど完全に金を情報化してみようと思う」

わかりません、と中谷がおどけてみせると、おっさんは、まあいい今度説明するといったん脇に置いてこう言い放った。

「さて、もう待つことはない、こちらも進めていこう」

福田たちの返事を待たずに？ と中谷が驚いているとおっさんはうなずいた。

「一生懸命やってくれるとは思うが、それなりに時間もかかるだろうからな。もう待つことはないさ、どんどん進めていこう」

第一アドの社長の吉田は腕時計を見た。そして両手をメガホンにして声を張り上げた。

「おーい、全員、席に戻れ。そろそろ始まるぞ」

ただっ広いフロアで、PCのディスプレイが乗ったデスクに向かっていた社員がいったん手を止めた。フロアの通路で立ち話していた社員も、席に戻って、マウスとキーボードを操作しはじめた。電話中の者も「あとで掛け直します」といちど切って、ディスプレイに向き直った。

若い吉田社長はこのようすを見て、もう一度腕時計を確認した。

第一アドは社員数五十人の小規模な広告代理店だが、昨年は当初の目標としていた売り上げ百億円を達成し、インターネット広告を中心に着実に業績を伸ばしつつある。そして、今日から第一アドが新しいステージに移ることを吉田は数回にわたって社員に通達していた。

「よし、いまから十五分は外線も留守電対応にしてくれ。携帯の電源も落とすように」

張りのある声がフロアにこだました。

四時きっかりに、各自のディスプレイに動画が出現した。社員たちはこの会社を買収した人間の顔をはじめて見た。ほとんど梳かしていない髪にカジュアルなサマーセーターを着ていた。スーツを着用しない広告代理店の人間は珍しくないが、経営陣となると珍しい。しかも若い。

〈第一アドの皆様こんにちは、新オーナーになった中谷祐喜です。これから皆さんとこの会社を発展させていくように頑張りたいと思います〉

パソコンの前の社員たちの表情は固かった。無理もない。つい二週間ほど前に自分の会社が買収されたのだ。かなり強引なやり方で株式をかき集められたと聞いた社員もいた。

〈といっても、皆さんはこれまで通りに仕事をしていただいて結構です。心配されていると思うので最初に言っておきますが、リストラや賃金カットをするつもりは一切ありません〉

社員たちは幾分ほっとしたのだろう、机の上のペットボトルに手を伸ばす者もいた。

〈ただ、社を挙げて全力で取り組んで欲しい仕事があります。それは福島での起業を募集する広告です。いまの福島でどのようなビジネスが可能なのか、このことを斬新な発想で考え提案してもらえるようなカッコイイ広告を作って下さい。露出メディアは地上波・BS・CSを問わずテレビ、そしてラジオ、ウェブ、街頭ビジョン、街貼りのポスターなどです。製作費と媒体費はすでに第一アドのメイン口座に振り込んであります。クオリティも大事ですが、スピードを優先してください。アイディアの採否は私が最終決定致します。プレゼンはすべて新しく用意した第一アドのサーバーにアップロードしてください。その他細かいことは吉田社長にお任せしてあります。私は社屋をのぞきに行くようなことはありませんのでいままで通り安心して仕事をしてください〉

動画が消えた。吉田はワイヤレスマイクを摑んだ。

「いま聞いたとおりだ。これよりプロジェクトチームを結成する。この後すぐに会議だ」

この声に何人かが、ノートパソコンやタブレットを手に席を立った。

吉田はクリエイティブ班を動画とグラフィックのふたつのチームに分け、社の中で最も優秀なスタッフを配した。CGなどの処理で手が回らないときは外注してもいいと指示を出した。いつも使っているスタジオがふさがっているときは、高くついてもいいから制作態勢をキープして、作業を停滞させるなと付け加えた。

営業チームには一か月後から露出を始めるのですぐに各媒体を押さえるように言いつけた。テレビ枠の確保に関しては吉田みずから動くと宣言した。吉田は比較的出稿費が安いBSを中心に攻めるつもりだった。さらにインターネットへの露出も積極的に行うように指示した。街貼りポスターや街頭ビジョンは応募を日本全国から募るため、今回は小規模に留めるつもりだ。

それにしても不思議な買収である。まず、第三者割当増資で新株を発行して欲しいという依頼があり、その人物に半信半疑で会いに行った。指定してきた場所は都内の一流ホテルのラウンジだった。

面会した男は若かった。高そうなスーツを着てはいたが、その着こなしはどことなくちぐはぐで、ネクタイは曲がっていた。この風体に吉田はまた不安になった。だから、いつでも退散できる態勢で聞いた。話の内容はあり得ないくらいに好都合である。聞けば聞くほど、これは詐欺にちがいないという思いが強くなった。

強烈な業務提携があるとまず提示され、もし前向きに話を聞いてもらえるならばとりあえずひとつ仕事を発注しようと若い男が言うので、それではまず開発費を先に頂戴したいと注文してみた。わかりましたと男はうなずき、その数分後に、いま御社の口座に振り込みましたと言った。この間、男は電話一本かけるでもなくただエグゼクティブ・ラウンジの椅子に座って、耳に人差し指を当てながらコーヒーを飲んでいた。

ともあれ、先方が振り込んだと言うので、吉田はその席から経理に電話をし、残高を確認するように指示した。そしていったん電話を切って、五分ほど雑談した。経理から電話がかかってきた。十五億円が中谷祐喜名義で着金していることを吉田は知らされた。開発費だけでなく製作費の満額が振り込まれていたわけである。

翌日、吉田は郷里の福岡に飛んで会長である実父や親族の了解をとりつけた。吉田と父そして何人かの親族の持ち株は希薄化することになったが、大きな業務提携が出来たことをむしろプラスだと判断してくれた。第一アドは事業が拡大するにつれて増資の必要に迫られていた。今回の件は渡りに船のタイミングだったと言える。

ただ、相手の素性がわからないというのは不安だった。検索エンジンに中谷祐喜という名前を打ち込んでも、姓名判断サイトしか引っかからない。しかし、話の流れからすると、これはマネーロンダリングなどではありえない。ともかくポンと十五億円もの大金が振り込まれたということが吉田の心を動かした。買収されたとはいえ、社長の座は確保され、代表権もそのまま吉田に残る。中谷という新オーナーは経営には口を出さないと繰り返した。第一アドの役員に名を連ねることに興味はないかと吉田が水を向けると、経営は吉田にまかせるのでオーナーということにしておいてくれないかと言ってきた。吉田はこれを承知した。これが第一アド、セカンドステージへのあらましである。

「で、社長、今回の広告制作について、もう少し詳しい内容を教えてもらっていいです福島の帰還困難区域への動員だ。またそれを日本の未来につなげることだ」
谷オーナーが理事長を務めている。大きなテーマは福島復興ビジネスの募集だ。そして
「もっともだな」と吉田は苦笑した。「発注元は『一般財団法人まほろば』という。中
ディレクターのひとりが言った。
か、でないと作業のしようもないので」

一方、福田のもとには、福島特別自治区の進捗状況について中谷から再三電話で催促があった。福田はその度、もう少し待ってくださいを繰り返した。中谷の方は、あまり待てないから出来るところから始めておく、と言って電話を切るのが常だった。福島はもう復興しているのだという体面を海外に向けて保つ、そのようなイメージを発信する必要がある、という論を猛プッシュして、福田は特別自治区の件をなんとか進めようとしていた。

オリンピックを目前に多くの外国人観光客に来てもらおうと観光庁が大々的なキャンペーンを実施していることもあって、この作戦はある程度功を奏した。まず首相がこれを前向きに考える意向を示したのも心強かった。野党第一党もおおむね調整がつきそうだった。しかし、正念場になるとかならずどこかが牽制をしてきた。反原発派の動向を気にして慎重になっているようでもあった。

「反原発の連中にとっては、いつまでもあの事故が収束しないで、被害者が悲惨な状態で置かれているのが都合がいいんだよ」

こんな意見を聞かされたときには、慣れているとはいえ、さすがにげんなりした。

省庁の地下の食堂で魚フライ定食を食べていると、またスマートフォンが鳴った。

「すみません、手こずってます。もう少々お待ちください」応答するなり福田は言った。

「いつまで待てばいいのかな」

中谷の声は、ただ率直に訊いているようにも聞こえ、また詰問しているようにも響いた。福田は少し前から中谷が非常にいい声の持ち主であることを意識していた。アナウンサーのような明快な発声というわけではなく、低い方に豊かな倍音が含まれている美声ともまたちがう。その声にどこか匂いのようなものが含まれている、そんな魅力があった。空腹感を刺激するような懐かしい匂いが混じった響きというとへんな形容だが、中谷の声には行き過ぎようとする者の足を止めるようななにかがある気がした。

「言ってもいいんですが、約束はできません」福田は矛盾しているのを承知で言った。

また笑い声が聞こえてきた。「さっさと窓を開けて、空気を入れ換えちまおうぜ」

折しも、地下の食堂のテレビが福島の空気を変えよう。新しい風を起こそう。福島で。あなたのビジネスプランに出資します。一般財団法人まほろば〉

福田は携帯を耳に当てたまま、テレビの画面に見入った。

たぶん高性能のドローンで撮ったものにCGを合成しているのだろう、カモメのように滑空するカメラが、青い海を捉え、そして復興のおぼつかない福島の海岸線に迫っていき、廃炉作業中の福島第一原発の上を通過したあと、さらに高度を下げ、帰還困難区域にある無人の商店街を抜けて、荒れた茶色い大地すれすれに進み、野良となった犬の群れをかわして、そしてもう一度高度を上げ、木々の梢を越え、再び青い空に向かって上昇していく。そこに、〈一般財団法人まほろば〉の文字が出た。

「まさか、このまほろばってのは」福田は言った。

「俺がいちおう理事長ってことになってる」

「もう始めてるんですか？」

「ああ、今日からビジネスプランナーと投資の件で面談だ」

「もうちょっと待ってくださいよ」

「別に待たないとは言ってないじゃん。そっちも急いでくれよ。なにやってんだ」

これも単なる質問なのか難詰なのかわからない。

「窓を開ける方法を模索してるんです」

福田は箸を置いてプラスチックのコップから水を飲んだ。

一方、中谷の横ではこの様子をモニターしていたおっさんが目配せした。もうそのへんで勘弁してやれという合図である。

信頼しているからな。そう言い置いて、切った。

「おっさんは福田に甘いな」からかうような調子で中谷は言った。

「あの若さでこれをまとめるのは大変だよ。財務省だけでやれるのならともかく、国土交通省や環境省と連携を取らなければならない」

国土交通省と聞いたとたんに中谷は市川を思い出した。

「結局、立法の場に持ち込まなければならないから、議員の理解も必要だ」

「でも、具体的に問題があるのなら言ってくれればこっちも対処するのにさ」

「具体的に言えるようなものじゃないんだろう」

「どういう意味だ」

「理由として口に出せないようなものだってことだよ」

「だから、なんだそれは」

「それこそが空気なんだよ」

中谷は黙った。

そろそろ時間だぞとおっさんが促した。時計を見ると約束の時間の十分前だった。

中谷はホテルのエグゼクティブ・ラウンジに降りていった。最初の面談相手がすでに待っていた。

手渡された密封用の小さなビニール袋には、おがくずのようなものが入っていた。

「それがサンプルです。細かく砕いた木を土の代わりにして、地上八十センチのところに苗床を作ります。苗床の上はビニールシートで囲みますから、これによって作物が汚染されるという恐れはほぼ完璧になくなります」

この武藤という若い男は土を全く使わない農業のアイディアを持って来た。土を使わないのなら汚染の問題はなくなる。そしてあの土地の農家を泣かせてきた塩分の問題もクリアーできるというわけだ。

「いったん農業を諦めてしまった農家にこのアイディアを提供したいと思います。腰の高さに農作物があるので、農作業で腰をかがめて痛める心配もなく、高齢者でも対応しやすいと思うんです」

なるほど。中谷も農作業を手伝ったことはあったが、体力はまだ余っているのに腰をかがめる姿勢を維持するのがつらくて音を上げたことがあった。しかも、いまや農作業の担い手の中心は圧倒的に高齢者である。

「土代わりになる木材チップってのは県内で調達することはできる?」

「はい、そう考えています」

「で、いくらいるの」

「規模にもよりますが、安いのは――」

中谷が遮った。「いや、高い方を言ってくれよ。規模も大きいほうがいい」

「となると、かなり予算は膨らみます」

「だからいくらなんだよ」

「私の試算では二十億円です」

「いいよ」

「えっ!!」

「出します」

武藤はまだ信じられないといった面持ちで黙っている。

「いいよな」中谷は言った。

武藤はきょとんとしている。

「ああ、いいアイディアだ」

中谷の耳の中でおっさんが楽しそうに笑った。

きちんとスーツを着て髪を七三に分けた喜多島は自分のキャリアを要領よく話してくれた。

内閣官房総合海洋政策本部に在籍し九年間勤めた後に退官、デンマークへ。大型風力発電機メーカーとして世界シェア第一位を誇るヴェスタスで三年間働いたあと帰国したばかりである。

喜多島の言によると、風力発電は太陽光発電に現状では後れを取っているが、きちんと開発予算をつけてやれば十五年後には発電力で太陽光発電を凌駕(りょうが)し、規模の経済性を利用すれば、発電原価も原発より低く抑えることが可能だという。

石油は中東の政治情勢や石油産出国の思惑に左右されるので、「脱石油」と地球温暖化対策としてのCO2削減が原子力発電の追い風になっていたのは確かだ。もっとも、それは太陽光発電も風力発電も同じはずだった。しかし、躍進したのは原子力だけだった。戦後の政治家たちの核兵器への思惑が影響しているという説も小耳に挟んだことはあるが、低原価で安定した高出力という点で原子力が自然エネルギーを圧倒していたことは見逃せない事実である。すくなくとも中谷はそう聞いていた。しかし、喜多島はちがうと言う。そのことについて細かく説明されると話が終わらないと思ったので、とりあえずそう信じることにした。

しかし、環境に優しいはずの風力発電は、環境破壊者のそしりを免れなくなった時期があった。風車を建てるための森林伐採や景観の破壊もあるが、風力発電の羽根が低周波を出し、近隣の住民の健康を害することが世間に知られ、忌避(きひ)されるようになったのが手痛い打撃となった。しかし、これは海上に設置することで回避できる。さらに、陸地よりも洋上のほうが風力は格段に強い。そして四方が海に囲まれた日本はこの豊かな風を活用することが可能だ。

さらに高出力実現のために、かつてない超大型機を多数建造したい。風力発電をベースロード電源にするには、実証研究などでお茶を濁すことなく、一気に規模の経済性に訴えた方が実際的だと喜多島は言う。

まず記録更新の超大型というのが中谷の気に入った。さらにそれを盛大に建てるという大きなスケールもいいと思った。でないと自然エネルギーはいつまで経っても火力や原子力にすこし場所を譲ってもらうような継子扱いの身分から抜け出せないことを、原発で働いた者として中谷は察知していたからである。

「高いのはかまわないけど、海上なんかにぶっ建てて、台風のときは大丈夫なの？　目的からして当然風をもろに受けるんだろうし。ぶっとんだ羽根が漁船の上に落ちたりしたら洒落にならないぞ」

「確かに、二〇〇三年の台風で宮古島の三基が倒壊しました。ただ、これはその後の調べで、風車の耐風性や施工に問題があったことが原因だったと明らかになっております。ここは解決可能です」

「津波はどうよ」

「それはなかなか実験が難しいのですが、東日本大震災で震度六の地震と五メートルの津波に襲われた発電所があります。これは激震と大波に耐えて電力を送り続けました」

なるほどと中谷は腕組みした。

「問題は費用ですが十年間で百基、約五百億円必要です」

とてつもない金額ですがと付け加え、喜多島は笑った。中谷が出すよと言ったときにも、喜多島の顔にはまだ笑いの余韻が漂っていた。冗談だと思っているに違いない。

「まあ今の原発より安いもんな。ただ、こちらも奮発するからそちらも出力については奮発して欲しい。高いのはしょうがないけれど、足りないのは困るぜ」

ようやく喜多島は真顔になった。

「それから、この事業をスタートしたら福島でどのくらいの雇用が発生させられると見積もってますか」

喜多島は怪訝な表情になり、首を振った。

「福島の人間をどれだけ雇えるか、この洋上発電所に関連するものすべて込みではじき出してくれ。津波で船をなくした漁師のおっちゃんを海上での建設作業員に雇うとかさ。この人たちは船酔いの心配がないのでいいと思うよ」

喜多島は薄く笑った。

「福島じゃ、船があっても汚染水流されて漁ができない、漁ができたとしてもあの辺の魚はなかなか売れないのが実情なんだけれど、それでも俺は死ぬまで漁師やるんだという意地っ張りのおっさんに、漁ができるまでのつなぎでここで働いてみませんかってことも考えて、数字だしてよ」

喜多島は笑うのをやめた。

「発電する場所は海上でも、それを受け取る陸の施設もいるだろ。そこで働く人間もどのくらい雇えるか。社員食堂のおばちゃんやジュース自販機の詰め替え作業のアルバイトも含めて算出してほしい」

次の面接に来た若者のアイディアには、福島出身の中谷はさすがに絶句した。

間宮雄大（まみやゆうだい）は、いまの帰還困難区域を中心に被災地を観光地にするという計画を披露したのである。

過去に悲惨な事件のあった場所を訪れ、過去に思いを巡らす契機にする。それは日本人にとって、いや人類にとって大事なことである。それを観光ビジネスとして成立させるのだという。

「まず、この福島第一原発事故博物館というのを作ります」

「広島の原爆ドームと平和記念資料館みたいなものを想像すればいいかな」

「似ています。ただ、いまは携帯のカメラでも動画が撮れる時代なので、記録の資料は当時の広島よりも格段に豊富です。二〇一一年三月十一日の事故の模様を出来るだけ克明に再現し、我々が記憶する手助けになるものにします」

中谷は一応うなずいた。

「そのほか、原子力の歴史、福島の歴史と原発誘致にいたった経緯、そして、例えばチェルノブイリの事例なども網羅して、なるべく視覚的に展開したものにしたいと思います。また事故現場であり、現在は廃炉作業が行われている福島第一原発の観光も実施し、現在の廃炉の工程なども見せたいので、ツアーの基本コースは日帰りから三泊四日までの三つから選べるようにしようと思います」

これは経済産業省の堺に頑張って電力会社との調整をやってもらわないといけない。

しかしその前に中谷は福島出身者として訊いておきたいことがあった。

「失礼だけど、出身はどちらですか」

「東京です」

なんとなく中谷は納得した。さっきからの理路整然とした語り口といい、利発そうな態度といい、中谷はこういうタイプを郷里で見た覚えがなかった。

「出身地がどうかしましたか」間宮が訊いた。

「いや、その原発事故の爪痕（つめあと）を観光名所にしようってアイディアだけど、それって、福島の人の反感買わないかね」

「買うと思いますよ」間宮はあっさり答えた。

「うん、買うよな。俺だってむっとするかも」

「福島出身なんですか」

ああ、そうだと中谷がうなずくと、ほう、と間宮が意外そうな顔をした。

「このプロジェクトにかかわっている人間に福島出身者はいないの」

「いませんね」

そうか、と中谷は腕組みした。

間宮は中谷の目をまっすぐに見て言った。「今回のビジネスプランの募集は全国からですよね」

そうだ、と中谷は言った。

「福島の人間がプランナーに入っていないことになにか支障がありますか」

「支障は別にないけれど、入っていれば反感を買ったときに言い訳できるんじゃないかと思って」

こう言った後すぐ中谷は、いま自分は空気を読もうとしているんだな、と苦い思いを嚙みしめた。そして、そこをみごとに衝かれた。

「反感を買ってもいいじゃないですか。それがこれからの福島にとっていいことであれば、反感くらい買いましょうよ。僕はすくなくともこの先十年間で評価をがらりと変える自信はあります」

感銘と羞恥が入り交った感情が滲むように湧いて出た。

「われわれは福島を忘れるわけにはいかないんです。けれど、したり顔で福島を忘れるべきではないなんて言ってもしょうがないでしょう」

確かにそうだ。忘却への誘惑は強い。景気はよくならないものの、オリンピックを目前に控えて日本は徐々に浮かれ出している。こんなときに福島の痛みに思いを馳せろ、あの事故を思い出せといっても詮無いことかもしれない。人はそんなに強くない。

「いまこそ、福島を見て、福島を語ることがカッコイイという空気を醸成しなければならないんですよ。そのための仕掛けが必要なんです」

空気に流されるよりも空気を醸成することを主張しているこいつは自分と同じような年格好である。立派な奴だなと中谷は思った。

「駄目ですか」

中谷は腕組みをほどいた。「出させてもらいます」

「ほんとですか」間宮は表情を明るくした。

中谷は続けて言った。「大規模にやってくれよ。宿泊施設や土産物屋も作ってくれないかな。それにツアーガイドなんかも現地の人を雇って欲しいんだ」

「もちろん、やりましょう」間宮は請け合った。

そして、さっきは実にくだらないことを言って申し訳なかったと中谷が謝ったので、これには間宮のほうがびっくりした様子だった。

そのほかにも、いろんな事業に出資を決めた。あまり細かいことは訊かずにどんどん決断した。

当然太陽光発電のプランナーには出した。地熱発電にも出すことにした。一方、除染技術の開発研究にも出し、高濃度の放射線で動くロボット開発にも出した。酪農にも養鶏にも、沿岸漁業をやっているがいまも船に乗れない漁師たちをまとめて遠洋漁業の会社を興したいという者にも出した。漁師の雇用条件については手厚いものにしてくれよ、という注文も添えて。

特別自治区になってそこに住めるようになるのなら、廃炉作業に携わる作業員用に宿泊施設を作りたいというプランを持って来た者もいた。この提案をしたのは三十代の福島県民で、自身も作業員としての経験がある男だった。中谷はいいところに目をつけたと感心した。これまで作業員は勤務地の近隣には住めなかったから、そこそこの遠距離通勤を余儀なくされていた。実際、現場に着くまでに相当体力を使う。なるべく家賃を抑えて住まわせること、宿泊施設にはコンビニと定食屋を入れることを条件にこれにも出資を決めた。一方で、最後までプランを聞かずに帰ってもらった者もいた。今後の福島のビジネスモデルになりにくいようなものはすべて後回しにした。確実な利回りが見込めるというふれこみの信託基金のプランなどは秒殺された。

しかし、中谷には不安もあった。投資を決めた者の中には、プレゼンした事業を興す気などさらさらなく、ただ金目当てで口先だけの奴がいないだろうか。そんな輩（やから）に金を持ち逃げされたりしたらどうしよう。そんなことを気にしていたら、そこはシステムでカバーするから安心していいとおっさんが保証した。だから、面白いと思ったものにはどんどん出資しろと逆に励まされた。

だったら、と中谷は別の提案をした。コンビニや小規模なスーパーを買収したい、医療施設もさらなる充実が早期に必要だと言った。事業者だけでは町の体をなさないのを、仮設暮らしを経験した中谷は知っていた。これもおっさんは了解した。

あとはゴーサインを待つばかりである。しかし、福田の返事は相変わらず曖昧なままだった。

「いいところまで行くんですが」福田の声は沈んでいた。

中谷はスポーツジムのトレッドミルの上を走りながら訊いた。「結論が出ない原因はなんなの」

「それも調査中です」

冗談じゃない。何が原因で暗礁に乗り上げているのかもわからないのか、中谷はかなりむかついた。

福田は、がんばりますとだけ言って早々に電話を切った。

「くそう、なにがいけないっていうんだよ」

中谷はトレッドミルの設定スピードを上げて走った。

シャワーを浴びてとりあえずビールでも飲もうと思い部屋に戻ったら、おっさんが先に一本空けていた。おっさんの視線の先にある巨大な液晶パネルには、美しい海岸線の落陽が映っていた。その高画質な映像風景に中谷も思わず見とれた。

「カナリア諸島のエル・イエロ島だ」おっさんが注釈を加えた。

きれいだな、どこの番組だよと中谷が聞くと、いやこれはライブカメラの映像なんだと言う。

「へえ、そんなところにもライブカメラって設置されてんのか」

「私が置いたんだよ。小さくて耐久性の高い4Kのカメラで撮っているらしい」

中谷は驚いた。「これ、おっさん用に送ってる映像なの」

「ああ、イギリスのドキュメンタリー制作会社にオーダーした」

いやはやと首を振り、中谷も冷蔵庫からビールを取り出してプルリングを引いた。

「自家用ジェット買って、行ってきたほうがいいんじゃねえの」

「そのうち行くさ」

「ところで、さっき福田から連絡あったんだけど、自治区の件はもう無理なんじゃないかって気になったね、俺は」

「そうか、難儀しているんだな」

「そもそもぐずついている理由が俺にはわからないんだ」

「硬直化した組織じゃ新しくて突飛なことは嫌がられるからな、たとえ合理的な選択であってもね」

「だから、もう進まないんじゃないかって言ってんの」

中谷はふてくされてソファーに寝転んだ。

無理にでも進めるさとおっさんは言って、机の上のリモコンを取り上げた。液晶パネルの画面が切り替わり、コーヒーに落ちたクリームのような渦があちこちに浮かぶ暗い水面のようになった。

「これが福島特別自治区の案件に関する空気だ」

おっさんは画面の正面に立った。中谷もソファーから身を起こし、ビール片手におっさんの隣に肩を並べた。

「マニュアルに書いていない使い方を披露するよ」

おっさんは一番大きな渦に両手をかざした。そのふたつの手がパネル上の渦に置かれ、左右にかき分けるような動作を示した。すると、渦が開き、中からまたいくつもの渦が出現した。その一番大きなものの中心をまた同じように押し広げた。この動作を繰り返していくと、渦の中心から小さな文字が現れた。

「このへんだな」

おっさんはこの文字を拡大した。漢字で表記された日本人の名前が浮かび上がった。

法務省事務次官　湊寛爾
金融庁長官　島田荘二
財務省事務次官　菅原泰介
経産省事務次官　高畑和男
総務省事務次官　堀北学
復興庁事務次官　矢川良治

「こいつらが自治区の案件が進まないような空気を作り出しているってことなの」と中谷は訊いた。

おっさんは黙ってゆらゆら揺れる文字列を見ている。

どうなんだよと中谷はおっさんの顔を見た。シミュレーションしてみようと言っておっさんはそれらの名前のひとつを選択して削除した。すると、ふいに画面はズームアウトし、大きな渦をとらえたと思うと、その渦は泡のようになってはかなく消えかけた。しかし、また、わき上がり逆巻いて、もとの通りに渦を作った。

「何も変わらないんですけど」中谷は少しおどけて缶に口をつけた。

「だからこれが空気なんだ」

中谷は肩をすくめてみせた。

「大ボスひとりを倒せば万事解決ってわけにはいかないのさ」とおっさんは机について、キーボードを操作し始めた。「ただ、狙うとしたらここだろうな。さあ、どいつだ」

おっさんがキーボードを鳴らすと、今度は幾何学模様のようなもので画面が覆われた。その波のような山のような谷のような線や面が刻々と変化する複雑きわまりない入り交じりを凝視していたおっさんは、ここだと画面の一点に当たりをつけて、また叩いた。するとと、ひとりの男の顔が画面に浮かび上がった。はしっこくて神経質そうな顔をしていた。

〈財務省事務次官　菅原泰介〉

「あれ、財務省の事務次官っていったら福田の上司じゃないか。なにやってんだ、あいつ」

「灯台もと暗しだな。このへんの情報を徹底的に洗っておこう」

おっさんは気楽そうに笑っていた。

中谷から電話で催促された数日後、福田は事務次官の部屋を訪ねていた。

「それをどうして僕に言うんだね」

菅原は不思議そうに福田を眺めた。

「少し難渋を示されているということを小耳に挟んだものですから」と福田は言った。

福田が異変に気がついたのは、帰還困難区域の特別自治区については調査が必要なので待って欲しいと環境省のほうから待ったがかかったときだった。環境省の方面は十分根回しがすんでいたので、おかしいなと思って内偵したところ、どうやら菅原事務次官つまりは自分の上司が、環境省に働きかけていたらしいという情報を国交省の市川経由で摑んだ。反対であるならば、上司としてみずから止めてしまえばいいと思うが、それもなにか思惑があってためらわれるので、環境省からバリアを張らせたらしい。

「いや、僕はやらないとは言ってない」

「待たせておけとおっしゃるんですね」

「そうだな、そう受け取ってもらってもいい」

「しかし、これ以上待たせることは難しいと思います。いっそはっきりとNGを出したほうがいいと思うのですが」

「だから、そのために、君が担当しているんじゃないか」

「仰ってることがよくわかりませんが」

「ノーと言うリスクも考えないといけないだろ」

「お言葉を返すようですが、結論を保留していることが国益を毀損（きそん）していると思います」

「ノーと言わないほうがまずいというんだな」

「はい」

「それは君の私見かね？」

「確信です」

「君の信念だと言い換えてもいいね？」

「はい」

「だったらそれは自分の胸にしまっておきなさい。いいか、福田君、個人的な信念で国を動かすなんてのは幼稚な考えだぞ」

なにを言っているのかわからないから、とりあえずもう少し喋ってもらうことにした。

「国家がおのずとそちらの方向に向かうまで待つんだ」

やっぱりそうかと思った。待たせるだけ待たせて、自然消滅させようという腹だ。しかし、この男がそう覚悟を決めているとなると非常にやっかいである。電話が鳴った。

菅原はスピーカーフォンのボタンを押した。

「ウディ・コーエン長官から緊急電話が入っています」

秘書の声である。福田は緊張した。ウディ・コーエンはアメリカの財務長官だ。菅原は少し黙った後、緊急なのかと改めて確認した。そのようですという返事があって菅原はまた考え込んだ。出るべきかどうか悩んでいるのがわかった。福田は腕時計を見た。

「向こうは深夜の筈ですが」

よっぽどの緊急かもしれない。

回してくれと菅原は言った。すぐに東部の白人が使う綺麗なアメリカ英語が聞こえてきた。

「ミスター・スガワラ、こちらは財務省のコーエンだ。ベルギーでは色々と世話になった」

「とんでもない。こちらこそ」と菅原も英語で答えた。菅原の英語もなかなか流暢である。

「ところでミスター・スガワラ、先月には届いているはずのIMF拠出金一千億ドルがまだこないらしい。ゴールドバーグにそうぼやかれたよ」

まずいな、と福田は思った。

ここ数年、IMF管理下に入る国家が増えている。それらの国のほとんどは財政が破綻し、IMFからの支援融資と引換に、IMFが策定する経済再建政策に従うことでなんとかしのぐしかなくなっているからだ。そのIMFがリードする政策の主な内容は、規制緩和、公共事業の国際入札、公的機関の民営化だ。つまり、その恩恵を最も受けるのは、困窮する国の国民ではなく、市場拡大を狙う多国籍企業なのである。コーエンは

ＩＭＦの盟友を引き合いに出しつつも、実はこれら国際市場を舞台に暗躍する実業家たちの肩を持っているというわけだ。

翻って、そのＩＭＦの融資の財源はどこから来るのか。それは各国の拠出金にほかならない。中でも長年にわたり、巨額の外貨保有を原資に大盤振る舞いしてきたのが日本であった。しかしこのアジアの大国も、最近では貿易赤字が膨らみ、外国国債は償還が遅延し、いままでのように気前よく出すわけにはいかなくなっている。米国債を市場で売りさばいていいなら、いつでも出してやるぞこの野郎、という菅原の本音が福田には聞こえるようだった。しかし、菅原は泰然自若として、いつものように玉虫色の言葉をちりばめだした。

「ああ、その件についてはこちらも努力をしているところだ。もう少し待っていただきたい」

「あとどのくらい待てばいいんだ」

「いまは答えられないな。明確な時期については、またあらためて私から説明させてもらうよ」

「とにかく、日本が支払うことになっていた当初の期限からかれこれもう一年以上経過しているので、そろそろ結論をだしてもらわないと困るんだ」

「しかし、われわれも年金問題を含めさまざまな財政上の問題を抱えているのでね」

「自国の経済状況だけを理由にするのは深刻な問題に発展する可能性があることはわかっているね」

「もちろん。同盟国なら相手の財政状況にも理解を示すべきだということも含めて」

「こちらの状況はかなりシリアスだ」

「理解している」

「その辺も考慮して、早急に解決することを希望するよ」

「全力をつくそう」

切れた。菅原はスピーカーをオフにした。

「まあ、こういうことだ」

「大丈夫ですか、相手はアメリカの財務長官ですよ」

「大丈夫じゃないと判断したら対応を変えるまでだ」

福田はもうこれは無理かもなと思った。あれほどの大物を相手にこんな腹芸ができる上司を説得する自信はなかった。

えっと、なんだったかな、と事務次官は福田に向き直り、

「とにかく、先方には待たせられるだけ待たせておいたほうがいい」と結論を押しつけてきた。

「失礼ですよ、それは。エアーを提供した人物ですよ」とそれでも福田は抵抗した。

「失礼だってかまわないさ。そのうち待ちくたびれて、特別自治区なんて妙な提案は諦めるよ」

「諦めねーよ、ぼけ」中谷は吐き捨てるように言った。

スピーカーから、定年退職間近のエリート官僚が説教を垂れている様子が聞こえていた。

〈それと福田君、少し立ち振る舞いが派手すぎるな〉

〈派手と言いますと?〉

〈それ以上の説明はいらんだろ〉

福田のスマートフォンから拾った音声は予想以上にクリアーだった。その分、菅原の言いぐさがいかにも聞き苦しかった。失礼します、という福田の声に続いて、ドアの開閉音がした。リノリウムの床を叩く靴音がこれに続いた。中谷はスマートフォンを取り出して、メールを送った。

〈お疲れ様です。そちらの都合もあることは理解しています。しかし、ここらでいちど会って話しておきましょう。仲間にも声を掛けてください。なるべく早いタイミングでお願いします〉

〈了解しました〉とだけ記した返信が十秒後に来た。

6

二日後の土曜日の昼下がり。

福田をはじめとする官僚チームが連れだってやってきた。休日だというのに男たちはスーツを着ていたが、市川は夏らしい半袖ブラウスに薄手のショールを掛け、裾に向かってシェイプされたコットンパンツを穿(は)いてきた。姿勢がいいからか、ウエストが細くヒップがきれいに、胸が大きく見えた。

このときのエグゼクティブ・ラウンジはいつになく混み合っていた。じゃあ飲茶(ヤムチャ)にしようと言って中谷は半ば強引にホテルの中華料理店に連れて行った。

「いや、面目ない」

普洱(プーアル)茶を一服したあと、福田はいきなり恐縮した。そして、自分の上司がこの流れをせき止めている主たる原因であることを打ち明けた。

「けれど事務次官ともなると、それを動かすとしたら、その上の財務大臣ってことにならないか」

「飯塚大臣の菅原さんに対する評価は非常に高いので、これは難しいんですよ」

福田はますます立場がない風であった。

「となると、総理に直接働きかけるしかないな」

「それはそうなんですが、総理に直談判っていうのは、われわれの力ではほぼ不可能です」

「じゃあ、総理は官僚の中では誰の言うことに耳を傾けるんだ」

「うちの菅原事務次官です」

力のない笑い声が漏れた。まあ、予算握ってるからなあ、という声も聞こえた。

「もっと頭使えよ、お前ら東大出てんだろうが」中谷は前から一度言ってみたかった台詞を吐いた。

東大卒業生たちは怒りもせずに本気であれこれ考えている様子である。さてと、と中谷は鞄の中からホチキス止めの書類の束を取り出した。

「じゃあ、僭越ながら俺のアイディアを聞いてもらえるかな。今から資料回すから、目を通してくれ、読んだらすぐシュレッダーにかける」

皆が手にした書類はおっさんが作成したものだ。特別自治区に関して空気を支配していると思われる人物の周辺情報が網羅されている。若手の官僚たちは点心をぱくつきながら、熱心に読んでいた。

折を見て中谷がこのメンバーのひとりの名を呼んだ。

「市川さん」

いまほおばった桃饅頭を口の中でもぐもぐさせながら紅一点のキャリア官僚が顔を上げた。

「俺とつきあってくれない?」

市川は腕時計に目をやった。確かもう少しで来るはずだ。折しも、議員会館の廊下にハイヒールの音が大きくなり、隣に秘書を歩かせてスケジュールを確認している女性議員の姿が見えてきた。相変わらず若い。「園田議員」と曲がり角で声を掛けると足を止めてくれた。

「あら、市川さん」

「いま、お部屋にこれを届けようとしていたところでした」

「なになに」

「和歌山県田辺駅前再開発に関する地域住民のアンケート調査とその分析結果です」

「おっ、ありがとう、助かるわ」

「それからこれ。個人的に」と市川は小箱を手渡した。

「なあに、これ」

「お誕生日おめでとうございます」

「えー、ありがとう」

「あんまり期待しないで下さい。安物なんで」

「ランチすんだの？　もしよかったら一緒にどう？」

「いいんですか」

園田は秘書に向かって、じゃあ二時に現地で、と言いおいて、市川を連れて歩き出した。

議員会館の食堂では人目もあるからと言って園田が近くのイタリアンレストランに案内し、ふたりは窓際のテーブルを挟んだ。

「北陸トンネルの補修工事の件では色々ととりまとめをありがとう。助かったわ」

「いいえ、お役に立てたなら幸いです」

「国交省は何年目になるの」

「七年になります」

ってことは、と園田はからかうように笑って市川を見つめた。

「もう二十九です」はにかんだように市川は言ってサラダボウルにフォークを刺した。

「まだ二十代か。いいわね、若くて。どう、おじさん達にセクハラとかされてない？」

「そのへんはうまくやってるつもりですが」

「やっぱり色々あるでしょう」

多少は、と市川は笑ってみせた。

「独身だったよね。しないの、結婚？　あなたならモテないわけないとは思うけど、気をつけないと私みたいになっちゃうよ」

「議員はもうご結婚は」

「そうねえ。もういいかなって感じかな、色々あったしね」

園田聖子(せいこ)自身が議員の中ではそうとうに美女の部類である。少なくともマスコミではそういう扱いをされることが多い。ただし、もともと国土交通省で大臣の補佐まで務めた才女であるので、タレント議員と並べられてその美貌をうんぬんされると、一緒にするなという態度がいささか露骨に表に出てしまうきらいがあり、ときどきそれを揶揄(やゆ)された。

「あ、あの方とは」口の端につけたカルボナーラのソースをナプキンで拭って市川は言った。

「あの方なんて。いいわよ、そんな持って回った言い方しなくても」と園田は苦笑した。

「まあ、いい関係だったし、いまも応援してるわよ、政策的にどうなんだとか、もっとしっかりしろよとか言いたいことは山ほどあるけれどね」

「いまでも会われたりしてますか」

「当たり前じゃない」

「プライベートでって意味ですよ。まあ親しい友人としてでも」

「それは難しいわねえ、いまは」

　ですよね、と市川はうなずいた。

「私もあの人がまさか首相になるとは思わなかったから」

「そうなんですか」

「だって、バカでしょあの人」

　思わず、そうですねと言いかけて市川はひやりとした。

　園田議員と首相との長きにわたる秘めやかなパートナーシップは、政界では周知の事実である。園田議員は官僚時代から、若手議員であった現首相の家庭教師のような存在とも言えた。

「人はいいのよ。でも人がいいだけで首相をやられちゃたまんないわよね」

　いまだ、と市川は思った。

「私の彼もバカですから」

「そうなの」とボンゴレビアンコをフォークで巻き上げながら園田が興味を示した。

「高卒ですし」

「まあ、別に大学出てもねえってところはあるけど、なにしてる人なの」

市川はグラスの水を飲んだ。さて、ここからが勝負どころだと気を引き締めた。

「いま、福島の自治区の話がでてますよね」

「ああ、あれね」

「そこで事業を立ち上げようとしてるんです」

「建築業？」

「根はヤンキーで、もともとは肉体労働やってたみたいなんですけど」

「それはバカかもね」

「バカなんですよ」

さんざんにバカと呼ばれた中谷は、奥のテーブルに座ってランチビールを飲んでいた。

「私もバカを可愛いと思っちゃう駄目なところがあるんだけど。で、どこで知り合ったの？」

「居酒屋で。隣のテーブルから口説いてきたんです」

「バカねえ」

「バカなんですよお」

ふたりは笑った。中谷の耳に突っ込まれたイヤホンからふたりの笑い声がかすかに漏れていた。ペアリングさせてもらった市川の携帯からここまでの会話はすべてモニターしている。

笑い声がやんだ。そして、改まった調子の園田の声が聞こえた。

〈えっと、その自治区の話ってどうなってるんだったっけ〉


その数日後、国会にほど近いホテルの会議室で総理を中心とした派閥の議員たちが勉強会を開いていた。園田議員もこの席を共にしていた。

この日の議題と報告は、中東情勢の情報をアップデートし、日経平均株価と実質賃金の動向の解釈、アメリカ大統領を国賓として招待する件についての進捗状況、さらなる消費税アップのタイミングと、これが選挙にどのように影響するのかについてかいつまんで報告と意見交換がなされ、そして最後に件の案についても軽く触れられた。

「ということで、福島の帰還困難区域の特別自治区の件につきましては、引き続き審議を継続するということです。では、お時間になりましたので、選挙も近いことですし、今日のところはこの辺で――」

司会を担当していた若手議員がこう告げると、忙しい議員達はそそくさと腰を上げた。

園田議員も席を離れ、つかつかと出入り口に向かう髙木総理のそばに歩みよった。

「総理、一分だけお時間よろしいでしょうか」

「ああ、どうぞ」と総理は言った。

総理は入り口の脇に立ち、ほかの議員の退出を促した。園田はさらに一歩総理に近づき声を潜めた。

「福島の特別自治区の話ですが、あれそろそろ動かしたほうがいいんじゃないでしょうか」

「ああ、あれね。事務方の方で調整中だと聞いていますが」

園田はゆっくり首を振った。総理が怪訝(けげん)な顔をした。

「総理がプッシュしないと動かないと思います」

そのキッパリとした物言いに、総理は口元に歪(ゆが)んだ笑みを浮かべた。

「ただ、僕が旗振りするのはねえ」

それはちがいますよねと園田は同意しつつも、さらに半歩前に出て、いっそう声を低くした。

「昔、あれだけ言ったでしょ。官僚を甘やかすとあいつらの操り人形になるわよ」

その声は奇妙な親しさと威厳に染められていた。

「元官僚の私が言ってるのよ、少しは真剣に聞いてちょうだい」

もちろん聞きますよ、と総理はとりなすように笑った。

園田はじっと総理を見つめた。

「菅原よ」

総理が園田を見返した。「財務省の」

　園田はうなずいた。

「それにね、これ、うまく行けば、次の選挙には確実に追い風になるから。決断したあなたの信用は絶対にあがるわ」

　総理の顔から笑いが消え、真剣なまなざしが園田に注がれた。これからの日本の政治家は国民に不人気な政策をいかにして実行していくかが腕の見せ所となっていく。しかし選挙を勝ち抜かないと政策実行者としてのポジションはない。

　園田はふっと身体を離して、頭を下げた。

「ありがとうございました。よろしくお願いします」

　入り口で総理を見送った園田議員は自分も廊下に出た。その時、タイミングよく書類を両手に抱えた市川が向こうからやってくる。すれ違いざまに、園田はウインクして唇だけ動かし「言っといたからね」と伝えた。市川も会釈で返した。廊下の角で待っていた甲斐があった。市川は歩きながらスーツのポケットからスマートフォンを取り出して耳に当てた。

「総理の耳に入りました」

　財務省の机でパソコンに向かっていた福田は、受話器を取り上げ、内線ボタンを押した。そして、いまから伺います、と確認を入れてから机の脇に畳んでおいた上着を摑んだ。

福田を前にした菅原は不思議そうな顔をした。

「また特別自治区の件か。それはこのあいだ話したばかりじゃないか」

「とはいえ、あれから一週間ほどたちましたので」

「なにをそんなに急いでいる。それに君の本筋の仕事でもないのに、そんなに熱心なのは妙だぞ」

「いいえ、財務大臣からエアーの交渉窓口を任されているのは私です。そのエアーの提供者から出された案件が特別自治区の制定です。私が調整するのは不自然ではないと思われます。また私自身も良案だと信じておりますので」

「よし、それはわかった」菅原は大げさにうなずいた。「じゃあ、待ってもらえ」

「こちらが前進させようとして取りかかっているのなら待ってもらうのもわかりますが、ただ相手が諦めるのを待っているのは交渉ではないと思います」

菅原の表情がこわばった。「それはまた子供っぽい意見だな」

「そうでしょうか」

「ものごとは白黒つければいいってもんじゃない、そのくらいの道理は心得てくれよ」

その時、電話が鳴った。内線の鳴り方だった。菅原はスピーカーフォンにして、あとでいいかなと言った。しかし、秘書は、電話を切らなかった。電話を掛けてきたのが米国財務長官のコーエンだからである。
「すみません。在席かどうかを先に確認されたので」と秘書は恐縮した。
回しなさいと菅原が言うと、お待ちくださいという秘書の声に続いてコーエンの低い
声が聞こえた。
「こちらはコーエンだ。僕からの用件はもうわかっているね」
「もちろん。いま、予算をいじっているところなんだ」
「では、その作業がいつ終わるのかを、いまここで正確に教えてくれ」
その声は間違いなく前よりも怒気を帯びていた。
「それは答えられないんだ。前も言ったように年金問題などで、われわれは財政再建の
必要に迫られているからね」
菅原は極めて平静な声を出した。さすがに西洋人相手にこんな時に場を和ませようと
笑って、墓穴を掘るほど馬鹿ではない。
その言い訳はもう聞かないよとコーエンが妙に剣呑（けんのん）なことを言い、言い訳じゃない事
実なんだと菅原が抗弁したあとに沈黙が訪れた。それは福田にはかなり長く感じられた。
「スガワラ、率直に言おう。さっさと払ったほうがいい」
菅原は肘をついて考えた。ここから先は勘の勝負だと福田も横で聞いていて固唾（かたず）を呑（の）
んだ。

「わかった、君がそこまで言うのなら、スケジュールを繰り上げられないか、総理に相談してみよう」と菅原は言った。

一歩引きつつもやはり明確な日付は言わずにあくまでも粘るつもりだ。さすがだなと福田はへんな感心をした。

「スガワラ、その必要はないよ。この件について、大統領を通じてタカギ総理大臣に話した。君たちの総理はなんて言ったと思う。了解した、あとは君と僕とで詰めてくれと話したそうだよ」

それは、初耳だな。菅原の口からこぼれたつぶやきは、ただ机の上にコロンと転がった。

「じゃあ聞くがいい。初耳なのは総理も同じだ。タカギ総理はこの金のやりとりが停滞していることを知って驚いていたそうだ。それはタカギ総理が君がちゃんと処理してくれるものと信じているからだろう。電話でのやりとりからして総理が君を信頼しているということは受け取れたそうだ。しかし、総理が君を信頼するのは間違いだ」

福田は肝を冷やした。これはそうとうな怒りの表現である。

「我が国では、いやヨーロッパでも、日本のタカギが経済音痴で、プロフェッショナルな官僚に頼り切っているということはもう常識だ。まあ、それはいい。しかし、そのプロの選定において、タカギは致命的なミスを犯している」

たまらず菅原は口を開いた。

「コーエン、君が言っていることはほとんど内政干渉だぞ」

確かにその通りだ、と福田も同意した。しかし、そんなことはいまに始まったことじゃない。過去にアメリカの意向で官僚の首などなんどもすげ替えられていることは菅原だって知っているはずだ。

「わかった。じゃあ、タカギ総理にそう言うんだな。いいか、スガワラ、国益という観点から君がこの件をなるべく引き延ばそうとしてることを僕らは知っている。それが官僚としての手柄になると君が考えているということも知っている。知っているという言いかたが気に入らないのなら、そう判断しているとでも言い直そうか。ともかく、だから僕はもう君と交渉する気はない。僕はこの電話を切ったら大統領に、送金を止めているのは総理のタカギの意志ではなくてスガワラのタクティクスだと報告する。大統領は二十四時間以内にホットラインでタカギ総理に電話をするだろう。そして日米関係に亀裂を入れ、国際金融市場のルールを乱す張本人として日本財務省スガワラ事務次官の名前を挙げる」

菅原の額に汗がじっとりとにじみ出ている。ここまで米国高官に怒りを露(あら)わにされたら誰だって平常心ではいられない。日頃は白洲次郎を気取っているが、いまやそんな余裕は消し飛んでいるだろう。

まさにこの時、都内の某ホテルのスイートルームでは、通信用のヘッドセットを装着したおっさんが流暢（りゅうちょう）な英語を喋（しゃべ）っていた。

「スガワラ、ホワイトハウスでの君のあだ名を知っているか。ストッパーだ。このミドルネームを返上したいのなら、さっさと例の金を動かすんだな、ストッパー・スガワラ。これが最後の警告だよ」

中谷がクリックして通信を切った。そして、ふたりはスピーカーに耳を澄ませた。

沈黙のあと聞こえて来たのは福田の声だった。

〈あの、総理に連絡を取られたほうがいいと思いますが〉

菅原からの反応はない。

ややあってから、机上の電話がプッシュされる音がした。コール音。そして受話器が上がる音。

〈ああ、菅原だ。今日どこかで総理と時間を取れないか至急調整してくれないか〉

〈はい、いま、ちょうど、総理から電話が入っていますので、お話し下さい〉

絶妙のタイミングだなと中谷は思った。

ああ、私です、と総理の声が聞こえた。

〈菅原です〉

事務次官はとりあえず神妙に構えている。

〈ああ。この電話ね、一番慎重派の君に言っとくのがいいと思うんで電話してます〉

〈はい〉

〈僕は別に君が止めていると思ってるわけじゃないんだけれどね〉

〈いえ、決して止めているわけでは。そのような誤解があるのなら訂正させていただきます〉

止めてるだろ、と中谷は思わずつぶやいた。

〈いや、とにかくオリンピックの開催前までに、懸案事項の中で進められるものについては進めておきたいと思っています、わかりますね〉

〈はい、それはもう〉

〈まあ、なにかあったら僕が責任取るから〉

〈ありがとうございます。かしこまりました〉

受話器を置く音が続いた。

事務次官の執務室で、菅原は受話器から手を離し、その手でハンカチを取り出して、額の脂汗をぬぐい、暑いなとつぶやいた。福田にはそれが苦しい言い訳のように聞こえた。

「話の途中だったな、すまなかった」と事務次官が福田に向き直った。「僕の意見は伝えたね」

「なんども伺いました。国益のためならいくらでも待たせておけと」

「いくらでもとは言ってないさ」事務次官は余裕を示すように笑ってみせた。

「待たせられるだけ待たせておけでした、申し訳ございません」と言いながら少し嫌味が過ぎるなと福田は思った。

「まあ、君の言うとおり、待たすことによるリスクも考えなければならない。待たせることのメリットとを天秤に掛けたときに一番難しいのがここだな」

ええ、と相づちを打ち、福田はじっと事務次官を見た。

「君がそこまで言うのなら、そろそろ僕がまとめてあげてもいい」

そのようにお願いできれば、と福田は頭を下げた。この従順な態度がとりあえず菅原を満足させた。

「君の目には僕がグズってことが進まないように見えるだろうが、現実はそう単純なものじゃない。環境省や経産省も口先だけは推進だが、実際は総理の方に色々とつまらん雑音を入れているみたいだ。近日中に総理に報告しなければならないことがあるので、この件も僕の方からうまく言っておくよ」

ホテルの部屋では中谷とおっさんが哄笑（こうしょう）していた。

翌日、巨大な液晶パネルをエアーに切り替えると、一番大きな渦は消えていた。


数日後のTBC地上波の夕方のニュース。

〈政府はこの度、福島の帰還困難区域ならびに居住制限区域の一部を特別自治区として認め、年間に被曝（ひばく）する放射線量の基準値をこれまでの一ミリシーベルトから二十ミリシーベルトに引き上げ、ここに居住することを認める方針を出しました。これによってこの地に人が戻り、新しいビジネスが生まれる可能性も出て来る一方で、住民の健康への被害を懸念する声も聞かれています〉

国土交通省の食堂では、残業を覚悟した市川が野菜炒め定食が載ったトレイを前に、スマートフォンを耳に当てていた。「ええ、いま私も見ています」という市川の視線の先ではニュースに続いて、まほろばのテレビスポットが流れている。同じ映像をホテルの部屋では中谷が液晶パネル上に見ていた。

「ああ、ありがとう。近いうちに乾杯しようぜ」

ぜひ、と市川は快諾した。

でも、面と向かってはあまりバカバカ言わないでくれよな、と中谷がすねてみせると、お芝居ですよあれは、と市川は笑った。そして、じゃあとふたりは電話を切った。

「いよいよだな」

そう言って、おっさんは巨大液晶パネルの映像をまたどこかの海岸線に切り替えた。

「いよいよだ」おっさんが海を見ながらまた言った。

「ようやく金を渡してやれるぞ」と中谷は意気込んだ。

「どんどん使ってくれ」

「ところで、あんたが言っていた、新しい金の仕組みってのはできたのか」

「ああ、完成した。我ながら美しい情報システムだと思うよ。それを説明しなきゃいけない。食事でもしながら話そうか」

中谷はちょっとためらった。どうかしたのか、とおっさんは怪訝な顔をした。

「こんなこと言うのは贅沢（ぜいたく）の極みっていうか、いやらしいんだけどさ。ホテルのやたら高級な飯につかれたんだ」と中谷は正直なところを言った。

「なんだ、そうか」とおっさんは笑った。

「ちょっと、ぷらりと外に出て、食ってくるよ。帰ったら話そう」

おっさんは少しためらいがちに、じゃあ、あとでと送り出した。

エントランスホールでボーイに見送られ、中谷は繁華街に出た。空にはまだ陽（ひ）があった。交差点に立って信号を待つあいだ、傾いた陽の光を背に巨大な街頭ビジョンがオリンピックに資金提供（スポンサー）する食品会社のCMを映しているのを見た。スタジアムの工事現場でよく飲んだ飲料水だった。喉に流し込んだその水が瞬く間に汗となって肌に浮き上がり、乾いた土に落ちていったのが遠い昔のことのように思えた。その現場はすぐそこなのに中谷はずいぶん遠くに来たような気がした。また、遠くまで来られたようでうれしかった。

人々は歩いていた。皆目的地に向かって確かな足取りで歩いているように見えた。子供が母親に手を引かれていた。この幼子が大人になったとき、日本がいまよりも繁栄していればいいと思う。繁栄の外に幸せが育つのであればもちろんそれでいい。けれど、それは中谷には想像し難いものだった。それもまた遠くへ来てしまった故のことなのかもしれない。こうなったら、おっさんと一緒にいくしかない、荒れ地でもどこでも。中谷はそう意気込んだ。

路上にトルコ人とおぼしき外国人がケバブの屋台を出していた。日本が繁栄するのなら、その恵みが日本にいる人間にあまねく落ちればいいとも思った。屋台でひとつ求め、ほおばりながら歩いた。香辛料に染まった肉の味と匂いがさらに食欲を刺激した。食べ終わると、今度はラーメン屋に入った。

コの字形のカウンターに腰掛けると、中で配膳をしている店員が眼の前に水を置いた。腹はまだ十分減っていた。醤油ラーメンとライスに餃子ですねとメモを取りながら店員が引き上げた。中谷は店内を見渡して、確かここはノミ屋を仕切っているやくざの事務所から逃げてきたときに入った店だと気がついた。あのときはびくびくしながら食べていたので味もよくわからなかった。いまは隣の席から漂ってくる濃厚なスープの匂いにちゃんと食欲を刺激されている。よしよしと中谷の顔から笑みがこぼれた。

しかし、その笑いはすぐ凍り付いた。カウンターの向こう側に座っているふたりの男がじっとこちらを見つめていた。彼らの顔にも不意打ちの驚きが張り付いている。

その顔には見覚えがあった。やくざじゃない。ずんぐりしたごま塩頭のジジイと背の高いがっしりした若い男。刑事だ！ 中谷はさりげなく視線をはずした。そして店の隅にある漫画雑誌に目をやった。そいつを取りに行くそぶりで、さりげなくスツールを降りた。

「動くな！」

その声の大きさに店中が振り向いた。

老刑事が銃を抜いた。あまりの予想外の展開に店中がぶったまげたまま凍り付いた。

「手を挙げろ！」鬼塚は叫んだ。

隣にいた野々宮は驚いた。刑事になってはじめて銃が街中で抜かれるのを見た。いくらなんでも逮捕は無理なんじゃないかとも思った。鬼塚さんと声を掛けたが、

「手を挙げるんだ！」

鬼塚の絶叫がこれをかき消した。

中谷は手を挙げた。

銃を両手で支え、腰を落とし、鬼塚はじりじりと、詰め寄っていく。

「中谷祐喜だな」と鬼塚は中谷を壁に向かって立たせた。

ああ、と認めた。

「重要参考人として署まで来るんだ」

なんのだよと訊いたが、答えはなかった。

鬼塚は野々宮に向かって顎をしゃくった。手錠を掛けろと促している。野々宮はためらった。

なんの参考人だって聞いてるんだ！　と中谷が鋭く振り返ると、首根っこを摑まれ、そのまま壁に額を打ち付けられた。鈍い音がした。

「公務執行妨害の現行犯だ！　おい、早くしろ！」鬼塚は怒鳴った。

野々宮は手錠を出し、中谷に近づき腕を取った。

後ろに回された手首にひんやりとした金属の感触が伝わり、歯車がかみ合う音と「十八時十七分」という若い刑事の張りのない声を中谷は聞いた。

ホテルの部屋で男がひとり、液晶パネルの上の都内の地図を見ていた。地図の上に赤い光が点滅しながら動いていた。それがふと消えた。消えた地点の地図を拡大してみると、警察署の中だった。

お食事の支度ができましたとルームサービスに呼ばれて、男はその画面を夕暮れの渚に切り替えてソファーに移り、スプーンを取った。ホテルのレストランから届いたブイヤベースをすくい、口に運び始めた。

背にした窓の向こうはもうとっぷりと暮れ、やがてガラスを雨が叩(たた)き始めた。男はパンをちぎりながら画面が切り替わった巨大液晶パネルを見ている。おびただしい図形が何本もの線で複雑に結びつけられ相互に関連していた。このパネルの上に文字が浮かび上がった。

〈New Money System Kanro〉

7

昨日いた収容者は今朝出ていった。房の中でひとりになった中谷は急に心細くなった。おっさんにいまの状況を伝えたいが、スマートフォンは取り上げられている。また、おっさんに連絡を取ることが賢明なのかどうかもわからない。昨夜の取り調べはとりあえず完全黙秘を通した。

狭くて固いベッドの上で寝転んで天井を見つめていると、通路にひんやりした足音が響き、警官がドアを開け、取り調べだと言った。

「でさ、俺はいったいなんの容疑でここに勾留されているんだ」

歳取ったほうの刑事は馬鹿にしたように笑った。

「ふん、新国立競技場爆破事件に決まっているだろうが」

スタジアムで爆弾騒ぎがあったとき、このふたりに面談されたことを中谷は覚えていた。その時は、途中で中谷をほったらかしにして、そそくさと帰っていったではないか。

それが、あのラーメン屋では、銃まで抜いて手錠をかけてきた。あきらかに慌てていた。この変貌ぶりはなぜだ。

「木嶋組が仕切っているノミ屋で張っただろう」

「俺が張ったんじゃないよ」

「じゃあ誰だ」

中谷は黙った。中谷はおっさんの名前を知らなかった。訊く必要がないから、ではない。なんとなく知りたくなかったのである。

「だけど、なんで競馬が競技場の件に絡むんだよ」中谷の方から逆に訊いた。

「馬鹿野郎、ノミ行為は買った側も処罰の対象になるんだ」

「ちょっと待ってくれよ、俺が勾留されているのは新国立競技場の件だろ。ノミ屋と爆弾がどう結びつくんだ?」

「おいおい、俺に言わせるつもりか。じゃあ教えてやるよ」

身を乗り出した初老の刑事を若いほうが、鬼塚さんちょっとと止めた。そして袖を引いて連れて行った。

野々宮は、腑に落ちない面持ちの鬼塚を廊下に引っ張り出すと、

「あれは、まずいです」と言った。

「なにが」

「政府の介入でコウオンシッソウとバタイユニュウモンを勝たせたことは表に出せないので」

「しかし、突くとしたらそこだろ」

わかってないな、と野々宮は心の中で舌打ちした。この人は容疑者を追い込んで犯人の烙印（らくいん）を押すことしか頭にないらしい。

「裁判になって八百長が明るみに出たら、大変なことになりますよ。警察が払い戻しをするんですか」

鬼塚は意表を突かれたような顔をした。そして、くそややこしいな、と舌打ちしてドアの把手（とって）を摑んだ。

「ところで、なんであそこをいきなり辞めたんだ」

席に戻ってきた初老の刑事がまた訊いた。いつのまにか尋問の方向が変わっている。

「いきなりっていっても、俺は日雇い労働者だぜ。いきなり切られたり辞めたりのその日暮らしだよ」

「じゃあ、飯場を出た後、どこをほっつき歩いていたんだ」

中谷はホテルの名前を言った。若い刑事はすぐにスマートフォンを取り出し、電話番号を検索するとその場でかけた。スマホから先方の細い音声が漏れてきたが、中谷には聞き取れない。

　えっ、たったいましがたですか？　と若い刑事は驚いたような声を上げた。そして、ええ、ええと何度かうなずいた後、電話を切り、中谷に向き直ると、おい裏切られたみたいだな、とさも愉快そうに口元を歪めた。

「中谷祐喜はついさきほどチェックアウトしているぜ」

　このひと言は激しい一撃となって中谷をぐらつかせた。

「相棒は仲間を見捨ててトンズラだ。さあ、そろそろ潮時だぞ、なにもかも吐いちまえよ」

　弁護士を、というか細い声が中谷の口から漏れた。

「ああ、呼んでやる。顧問弁護士の電話番号を言いな」ベテラン刑事が笑った。

「そんなものいるかよ。とにかくスマホを持って来てくれ」

「ばか、勾留中に携帯なんか触らせるわけないだろう」若い刑事は一蹴した。

　初老の刑事が身を乗り出して愉快そうに口を歪めた。

「となると国選だ。ただ、おまえはまだ被疑者だからなあ。もうちょっとしないと先生呼べないぜ」

　その口が臭った。絶望のニオイだと思った。

取り調べを終え、被疑者を留置房へ帰した後、野々宮は件のホテルを訪ねると警察手帳を見せて、支配人を呼んでもらった。

確かに、中谷祐喜の名前で宿泊の記録はあった。初日はデラックスシングル、二日目からはスイートに宿泊している。ここを宿にし始めたのは、中谷が辞めますと電話をした日だ。そして、昨日、急にチェックアウトしたいという申し出があり、今朝引っ越し業者が来て、すべての荷物を慌ただしく引き上げたらしい。

ところが、チェックアウトした者の人相などをさらに詳しく尋ねようとすると、支配人の口は急に重くなった。お客様の個人情報に関わることですので、と繰り返した。

大した収穫を得られずに、野々宮はホテルを後にした。署に戻ると、鬼塚はさんざんに散らかした机の上を払ってわずかばかりの空きスペースを作り、出前で取り寄せた天津飯を食っていた。ホテルの聞き込みではなかなか思うような情報を手に入れられなかったと野々宮は報告した。

「めんどくせえなあ。昔は手帳見せれば一発でみんなべらべら喋ってくれたんだけどなあ」

そんなことを言われても困るなと思いながら、野々宮は机に向かって近くのコンビニで買ってきたレギュラーコーヒーを飲み始めた。

「しかし、お馬さんの件をつつけないのは痛えよ」

空になった皿の上に蓮華(れんげ)を投げ、鬼塚がまた愚痴をこぼした。

「それはそうなんですが。絶対にこの件を外に漏らさないってことでJRAとは話をつけたので」

「じゃあ、どうすんだ」

ああいう風にしょっ引くべきではなかったんですよ、と野々宮は思ったが、口にしなかった。

勾留中の中谷ですがと声がして、振り返ると、刑事部屋の入り口に制服警官が立っていた。

「弁護人になりたいってのが来てるんですが、本人に知らせてもいいですかね」

「〝押しかけ〟ですか?」

押しかけというのは、勾留の情報をキャッチした弁護士が、自分を弁護人として雇わないかと営業することをいう。

「素早いな、日弁連の先生方は」

湯飲み茶碗を摑んだまま、鬼塚はいぶかしげに顔を曇らせた。

「いや、日弁連からじゃないらしいんですよ」そういう警官の方も不思議そうである。

鬼塚と野々宮は顔を見合わせた。

「いまは会わせたくないんだよなあ。へんに入れ知恵されると、な」

鬼塚は野々宮を見て笑った。野々宮は笑えなかった。弁護士が面会したいと来ているのに無断で帰すわけにはいかない。

「なんて説明します？　相手は弁護士ですよ」

「本人が会いたくないって言ってることにして、追っ払っちまうってのはどうだ」

野々宮は慌てた。「やめてください。裁判になったときに、そこつつかれたら、アウトですよ」

「そんなもの、自白取っちまえば、大丈夫だろ」

「駄目です、それは」野々宮は叫んだ。

その声は思いのほか刑事部屋に大きく響いた。

「だからあんちゃん、先に手ェ出したら負けなんだよ。逆に相手に一発殴らせてからでないと」

同房のチンピラ風の男がさっきからぺらぺらと喋っている。週刊誌に目を落としたまま適当にうなずくだけにしていると、足音が近づいてきて名前を呼ばれた。中谷は顔を上げた。お前の弁護人になりたいって先生が来てるんだが会うか、と警官は言った。誰ですかと訊くと、「さあ。杉原（すぎはら）って言ってるが」と言ったきり突っ立っている。その名前には心当たりはなかった。

「お前が会いたくないのなら、帰ってもらうよ」

そりゃ会っておいたほうがいいぞ、と同房の男がやけにでかい声を出した。

中谷は腰を上げ、スリッパを鳴らしながら、警官のあとに付いて廊下を歩いて行った。

面会室に入ると、小さな男がスーツを着て座っていた。

「杉原と申します」

男は立ち上がり名刺を差し出した。中谷は受け取ってこれを見た。そこには杉原知聡(ちさと)という文字だけが厚手の上質紙に漆黒のインクで印字されていた。住所も電話番号もない。裏返しても空白だった。

「あんた、杉原っていうのか」中谷は面会人に言った。

「色々ある名前のひとつだけどね」とまた、おっさんは訳のわからないことを言う。

「おまけに弁護士ときたか」中谷は呆(あき)れて笑った。そういえば、笑うのは久しぶりのような気がした。

「いや、本業は数学と哲学、それに言語学だよ」

「数学、哲学、言語学。まったく役に立たなそうだな」

「そうでもないさ」

「弁護したことあるのかよ」

「資格はもってるが、実戦はこれがはじめてだ」おっさんはまたとぼけたことを言った。

「たよりねえなあ、杉原さんよ」

「とにかく私を雇ってくれ」

杉原はブリーフケースから書類を取り出すと署名して拇印を押すようにと差し出した。

「さて、これを当局に提出すれば、晴れて君の弁護人だ。それまでは事件の話はできない。こんど会うときまで頑張ってくれ」

中谷が押印すると杉原はすぐに書類をブリーフケースにしまって立ち上がろうとした。

「おい、ちょっと待てよ。まだ時間は大丈夫だろ」

杉原は腰を下ろし、中谷に向き直った。

「正直、あんたに裏切られたと思った」

「罠だったと思ったわけだ」杉原は楽しそうに笑っている。

「ああ、ホテルを引き払ったって聞いたときは、さすがにな」と中谷は正直なところを言った。

「遅すぎるよ。それまでなぜ罠だと思わなかったんだ。爆発、競馬の大穴、ホテルの部屋にかかってきた電話……怪しいと思ってもよかった筈だ」

確かにそうだ。中谷は積極的に信じようとしたことを認めた。

「目的がわからなかった。俺をハメてどんな得があるのかって考えても思いつかなかった」

「おもしろがるってこともある」

おもしろがる、と復唱し、中谷は首を傾げた。

「そうだ、おもしろいじゃないか」

「おもしろいかよ」中谷はさすがにむっとした。

「じゃあ、君が私と行動をともにした理由はなんだ。罠かもしれないと思ったのになぜ逃げなかった」

中谷は考えた。すると、意外な答えが口からこぼれた。

「おもしろそうだったから」

杉原は口元に満足そうな笑みを浮かべた。そして、これからもっともっとおもしろくなるよと言い残し、もう一度腰を上げた。


耳に当てていたスマホを切って、机の上に置いた。ここのところ何度か中谷に電話をかけたが、コール音さえしない。福田はかすかな胸騒ぎを覚えつつ、金融政策のレポートに取りかかった。

ふと、机の上のスマホが振動した。メールが一件届いていた。件名はMOVEDである。引っ越し通知だろうか。スパムメールの危険を察知して削除しようとした。しかし、差出人の名前を見てその手を止めた。YUKI NAKATANI 中谷祐喜? これまでこのアドレスでメールをもらったことはない。本文欄にはURLが記載され、その下にHEREとだけ書かれていた。福田がそのURLをクリックすると、インターネット上で地図が開いた。都内、それも都心部だった。地図上に刺さったピンにズームしてみる。すると、妙なものが現れた。

警察署だった。

福田は机の上に頬づえをついて、一分ほどその地図を眺めていた。そして、スマホを摑むと住所録からひとつ選んで発信した。

「一ノ瀬です」

どうだ、忙しいかと福田は言った。

「ああ、来年にアメリカ大統領の来日が決まりそうなんで、それでなんだかんだと駆り出されている」

「そうか、決まりそうか」

「ああ、政府としてはぜひ国賓として来てもらいたいらしいので、そのへんはまだ調整中だが、来日自体はほぼ間違いないらしいな。どうした、なんかあったか?」

「ちょっと、調べて欲しいことがあるんだけど」

「うむ。できるかどうかわからんが、言ってみな」

「港区のA署に留置されてる人間って調べられるか」

「ああ、それならわけないな。誰だ」

「実は、中谷さんだ」

ちょっとした間があった。それはまたおかしなことになってるなと一ノ瀬がつぶやいた。まあ、間違いだと思うんだが念のため、と取り繕うように福田が言うと、一ノ瀬は承知して、切った。机に置いた半時間後にスマートフォンが鳴った。一ノ瀬からだった。退勤後にどこかで落ち合おうと言われて、福田は近くの喫茶店の名前を言った。

「確かに勾留されてるな」

コーヒーを注文した後、ウェイトレスが遠くまで退くのを確認してから一ノ瀬は言った。

「容疑はなんだ」

「新国立競技場の爆破だそうだ」

福田は耳を疑った。

「あの人が自分のこと肉体労働者だと名乗ってたのを聞いたことあるだろ」

「ああ、時々そんなこと言うよな、あの人」

「実は新国立競技場の建築現場の作業員だったらしい」

「マジかよ」

「ああ、それは裏がとれてるし、本人も認めている」

「なんでそんなところで働いてたんだ」

「わからんな。ひとつは人生なにごとも経験だってことでやってみたのかもしれない」

わかったようなわからないような理由だなと福田は思った。

「で、なんで出てこれないんだ」

「そこなんだよ。シロにしては勾留されている期間が長すぎる」

「七十二時間以上になるのか」

一ノ瀬は首を振った。「もう、十日だ。これは外に出したくない、なんとか起訴したいってことだ」

「でも、叩いてなにも出なかった場合は最大七十二時間と十日以内に釈放しなければならないだろ」

「まあ、そうだが、そこは粘るだろうな、メンツもあるし」

「よせよ、日本の警察の悪い癖だぞ、それは」

一ノ瀬は運ばれてきたコーヒーをひとくち飲んで、その話はいまは横におこうやと言った。そのおごそかな調子に、それどころではないという情調を感じ取って、福田はうなずいた。

「今回の件はそれだけじゃない気がする。多分ほかになにかある。けれど、そいつの正体は俺もまだ掴めてない。あまり首を突っ込むとやばそうなので、今日はこの辺にしておいた。とにかくお前に会って注意しておきたかったのは、エアーの提供者だからってことで、へたに釈放に向けて動いたりするなってことだ。俺が調べるから待ってろ」

もっともな意見に聞こえたので福田は礼を言った。

店を出て、どうだ飯でも、と誘ったが、一ノ瀬は今日は家で食うと言ってあるから、と遠慮した。

それで駅までふたりで歩きながら話すことになった。

「どうだ、結婚生活は」福田が訊いた。

「ああ、いいもんだな。けれど、勉強にしろ遊びにしろ、家庭の時間ってものを大事にすると、昔みたいにぶっ通しに無我夢中でってのはもう難しいな」

「いいことを教えてもらったよ」福田は言った。

「お前は、どうするんだ」

「ああ、そろそろだと思ってるんだけどな」

「ずっとそう言ってるな、お前は」

「あいつもおとなしく家庭に入るってタイプでもないんで」

一ノ瀬の顔が曇った。

「そうだ、それでその市川なんだが、ちょっとまずいことになってるらしい」

別れ際のことだったので、ターミナル駅の改札の前で立ち止まり、一ノ瀬は手短に事情を説明した。それを聞いた福田の顔がにわかに険しくなった。一ノ瀬は先に言っとくべきだったなと詫びてから改札をくぐっていった。福田はその場で市川に電話を掛けたが、これもまた通じなかった。

取り調べは日に日に厳しさを増していた。さんざんいたぶられたあげくさらに十日間の勾留延長が決まりそうだと揺さぶりをかけられ、激しい不安にさいなまれた翌日に杉原が面会にやってきた。

「どうだ、いじめられてるか」

「ああ、もう面倒くさくなって好きにしろって気持ちになるな」

「それが手なんだ」とまた杉原は笑っている。

「こっちもそれはわかっているんだけどさ」中谷はふて腐れた。

「ところで、逮捕されたとき逮捕状は見せられたか」

「ぜんぜん」

「ははん、出会い頭に舞い上がって手錠かけたんだな。容疑はなんて聞かされてる」

ドッカーン！　と中谷は叫んで、爆発し炸裂するさまを両手で表現してみせた。

「あの爆破なら、いくらでもアリバイがあるだろう」杉原は首を傾げた。

「共犯者がいるって話になってんだよ」

そうか、と杉原はまた笑った。「競馬の話は出たのか」

「それがさ、いちど出たんだけどツッコんでこないんだよ」

「だろうな。まあ、大体わかったよ」杉原は楽しそうにうなずいた。「とにかく、もう少し頑張れ。めんどくさくなったら容疑を認めてもいい」

中谷は驚いた。

「強情張るのも大変だろう。向こうの機嫌をとって適当なこと喋ってればいいよ。そうすれば喜んで調書を取るだろうから」

「おいおい、じゃあ、もろに起訴されて有罪じゃないか」

「供述調書にサインさえしなければいいんだよ」

相変わらず杉原は笑っている。とてもそんなやばい橋は渡れないよ、と中谷は呆れた。

まもなく中谷は正式に勾留延長を聞かされた。どんどん遠ざかるゴール地点にいやおうなく不安が募り、取り調べはますます長く厳しくなった。杉原からの接触もない。正体の知れない不気味な力でじわじわ締め付けられている気分だ。もう観念してしまおうかと思った頃、面会者がひとり訪れた。

「一体どうしたんですか」そう言って法務省の田川は呆れたが、それ以上は追及してこなかった。しかし、田川からの報告は中谷の心に痛烈な打撃を与えた。

──市川が辞職する。

あの時、中谷とは恋人どうしの間柄だと芝居を打って市川が園田議員に相談を持ちかけ、議員を通じて総理を動かした。このことが、今回の逮捕によって、省内の市川の立場を悪くしたようだ、と説明された。

房に戻った後も中谷はうじうじと悩んだ。身の程知らずの大それたことをしでかした報いが身内にも及んだようで怖くなった。もうここらへんが潮時なのかも知れないと考えた。と同時に、ここで自分が犯罪者になってしまったら、彼女の未来にますます暗い影を投げかけることは疑いない、だからこそ、ここは踏ん張りどころなのだとも思った。

どちらが正しい選択なのかまるでわからない。

ネットの上に跳ねたボールはかろうじて後者の陣地に落ちた。中谷はあと少しハードな取り調べに耐えようと自分を励ました。


昼食時に会おうと一ノ瀬からSNSで連絡があった。

福田は庁舎を出るとファーストフードの専門店で棒状のサンドウィッチとアイスコーヒーを買って、同業者の目を避けるために、指定された公園に向かった。

一ノ瀬は噴水のふちに腰掛け、噴き上がる水柱を背にサンドウィッチにかぶりついていた。やあと声をかけ、福田も隣に座って包装紙を解いて囓った。

「しかし、なんでこんなにしつこく勾留されてるんだ」

「やっぱり工事現場で働いていたことがネックなんだ」身体の大きな一ノ瀬は長椅円形のパン一本をまるまる囓っている。「あの爆発のあと、政府に脅迫が入り犯人側から条件が提示されてな」

「どんな」

「ある競馬のレースで大穴を勝たせろと」

初耳だった。

「どうしたんだ」

一ノ瀬はコーラをストローで飲んでから言った。「勝たせた」

「てことは」

「ああ、八百長だ」

福田は言葉を失った。絶対に口外するなよ、と一ノ瀬は念を押した。

「犯人は新国立競技場の基礎部分にたんまりプラスチック爆弾をしかけ、遠隔操作ではじけるようにしてた。あと四、五発も食らったら、オリンピックはアウトだった」

「しかし、JRAはよく呑んだな」

「ここのところ中央競馬会の理事長には続けざまに農林水産省の出身者が天下ってたん

だ。それで、次期から三期間は生え抜きを抜擢（ばってき）するって餌（えさ）をぶら下げた」

ありそうなことだ、と福田は思いつつ、まだ犯人（ホシ）は挙げられてないんだよな、と確認した。

「そこだよ。犯人がパスワードよこしてきて、爆弾の起爆装置は全部解除されたんだが、それで一件落着ってわけにはいかない」

それはそうだろうと福田は思った。

「実は中谷さんはそのレースをノミ屋から買って当ててるんだ」

福田はどうも呑み込めなかった。

「容疑はなんだ、ノミ行為でしょっぴいたのか」

「いや、容疑はあくまで新国立競技場の爆弾テロだ」

では本人は自白したのかと聞くと、福田は黙って首を振った。それはいくらなんでも無茶すぎないかと追求すると、一ノ瀬は棒状サンドウィッチのしっぽを口の中に押し込んでひとこと「うまかった」とつぶやいた。福田は質問を変えた。

「起訴するのか」

「今のままでは無理だ。だから、できるまで締め上げろって指示が出ている」

「あくまでも自白を取ろうとしているんだな」

「そうだ。拘束が解かれないのはそのせいだよ」

ひどい話じゃないか、という福田の抗議がスピーカーから流れた。

ホテルに置いてあった、スピーカーや本棚、コンピューター、巨大な液晶パネルまでもが、ここに運び込まれていた。この部屋の隅に置かれたソファーだけは新調したものらしかった。杉原がそのソファーに腰掛けて、福田と一ノ瀬のやりとりを聞いている。

〈本人がだんまりを通したらどうする〉

〈別件でまた勾留するかもな〉

〈なぜそんな穴だらけの捜査でそこまでできるんだ〉

〈だから、誰かがやらせてるんだよ〉

〈誰だ〉

〈それがよくわからないんだが、かなり上のほうからの指示だ〉

杉原はソファーに座ったまま、リモコンで液晶パネルをつけ、エアーの空気醸成ポイント検索のモーショングラフィック画面を呼び出した。いちばん大きな渦の前に立つと、拡げた両手を渦の中心に置いた。そして、繰り返しその手をかき分けるようにして画面をズームさせ、渦の奥へと進んだ。やがて、その深奥に、ある人物の像がぼんやり小さく現れ、徐々にイメージが鮮明になっていった。

張本人の顔を見つけて、杉原は笑いかけた。

「なるほど。あんたか」

ちょうどその頃、東京の公園では、噴水のふちに掛けていた一ノ瀬が腰を上げ、歩きながら話そうと言って先を行った。追いついて肩を並べた福田に、エアーの調子はどうだと一ノ瀬が聞いた。絶好調だと答えた福田の声に快活な色はなかった。

そうして、ふたりの男は紙コップから冷たい飲料をストローで吸いながら、昼間の公園をぶらぶらと歩いた。やがて思い切った調子で、一ノ瀬がこう言った。

「俺は、今回の強引な勾留にはエアーのことが絡んでいると思う」

福田は驚いて、これだけ日本政府に貢献しているデバイスを提供した人物をそんな風に勾留するわけがない。知らないからじゃないのか、と反論した。

「現場の刑事はともかく、うちの上は知っていたぞ」と一ノ瀬は首を振った。

福田は混乱した。彼の明晰な頭脳も瞬時に仮説を組み立てることはできなかった。

「つまり、エアーの提供者だと知っていて、檻から出すな締め上げろ、と指示を出しているんだ」

「なぜだ」

「だからエアーがらみじゃないのか、そう考えるのが普通だろ」

「だからなんだそれは」

「エアーのオプションが問題なんじゃないか」

なるほど、と福田がうなずくと同時に、胸のスマートフォンが振動した。見ると、またメールが一件着信していた。差出人はまたYUKI NAKATANIとなっている。件名はMOVE こんどは過去形ではなかった。本文欄にはまたURLと日時だけがあった。

福田は思った。たぶんこれは命令文だ。

翌日、ランチタイムをずらし、一ノ瀬を連れて指定された都心の大きな公園に行った。平日なので人影もまばらで、芝生の上では学生風の男女がのんびりとフリスビーをしている。

「あれかな」一ノ瀬が言った。

プラタナスの並木道に置かれたベンチに、スーツを着た男が座っていた。その風情は平日の昼間の公園にはいかにも似つかわしくなかった。近づいていくとお忙しいところどうも、と男は会釈した。

「中谷のパートナーです。杉原と申します」

「杉原さんがエアーの開発者なんですか」

「そうです」男はあっさり認めた。

謎がひとつ氷解した。中谷の背後でなにものかが糸を引いていることは間違いないとは思っていた。中谷自身もそれをほのめかすようなことを言っていた。黒幕の登場に福田は緊張した。

ところで――、と一ノ瀬が先を促した。

「中谷の件は冤罪です」杉原はきっぱりと言った。「裁判で争って無罪を勝ちとるというのがまともなのかもしれないが、どうやら彼を檻の中に閉じこめておきたいと思っている人間がいるらしい。先方もこちらと交渉したがっていると思うのでアレンジをお願いしたい」

男の言うことの合点がいくまで少しの間が必要だった。どうやら無茶な勾留の首謀者と引き合わせろと言うことらしい。

「ちょっと待ってください」と一ノ瀬が言った。「仮に中谷さんにかけられている容疑が根拠のないものだとして、さらにどこかから圧力がかかり釈放がままならない状況にあるとしても、その首謀者を特定するのはそんなに簡単なことではありません」

「いや、それは心配ご無用だ。その手間は省いておいたから」

杉原は立ち上がり、スーツの胸ポケットから封筒を一通取り出して差し出すと、プラタナスの並木道を遠ざかっていった。

福田の手に西洋封筒が残った。開封すると、一枚の写真が出てきた。そこには、飯塚官房長官兼財務大臣が軽く手を上げて微笑(ほほえ)んでいた。

福田がデスクに着いて書類に目を通していると、スマホが振動した。見覚えのない番号だった。

福田ですと出ると、

「いつ交渉ができるのかを聞きたくてね」あの老紳士の声が聞こえた。

「あれは、本気ですか」福田は声を潜めた。

もちろん、と言った老紳士の声にはなんの淀みもなかった。

「正直申し上げて、官房長官に引き合わせるというのは、無理難題です」

「そんなことはない。先方は要求を出したくてうずうずしてるはずだ」

「その要求がなんであっても聞くんですか」

「いや、交渉が始まりさえすれば結構。そうなったら、必ずこちらが勝つ」

「そうでしょうか、相手は官房長官、つまり国相手ですよ」

「国の威信をかけて、どうしてもこちらに勝たせたくないということがあるかね」

「あり得ますね、大いに」

「なるほど。国の威信をかけて勝てるはずのない戦争を始めて、国が滅びかけたのが太平洋戦争だったね。それと同じ間違いを繰り返す可能性が大いにあるということだ」

「喩(たと)えが飛躍していませんか」

「そう、してる。但(ただ)し、すこし、すこしだけだ」

福田は黙った。

「いいか、保身を第一に考えるのではなく国を思う官僚だと君を見込んだ上で相談しているんだよ」

突然、電話は切れた。痛いところを突かれたなと福田は苦笑した。

しかし、杉原という男の言うことも今ひとつ呑み込みにくかった。無罪の中谷を官房長官が無理矢理勾留させているのだと、杉原は言う。このこと自体が信じ難いが、仮にもしそうだとしても、交渉の席に着きさえすれば、必ず覆せるという自信はどこから来るのだろうか。

まず、中谷が冤罪かどうかについては、中谷が新国立競技場を爆破する理由が福田にはわからなかった。但し、工事現場で働いていたことは事実らしい。このことは、中谷が爆弾を仕込むチャンスがあったという可能性を示唆する。しかし、それだけだと言えばそれだけだ。

一方、爆破のあと、とあるレースで特定の馬を勝たせろという脅迫を国は受け取り、中谷は闇でこの馬に賭けていた。こういう風に事実を並べてみると、かなり怪しく思われてくる。と同時に、単なる偶然の可能性も充分にあると福田は思った。

次に、杉原を飯塚と引き合わせるべきかどうかを考えた。やがて、引き合わせるべきだという結論を福田は出した。この結論には直感が強く作用した。問題は、どのように事務次官をすっとばして飯塚と接点をもち、この件をどう打ち明ければいいかだ。上司にあとで大目玉を食うのはしょうがないとしても、飯塚に近づくためにはなにか方便が必要だった。

じっと考えた末、福田は机上の受話器を取った。

足音が近づいてきたので、福田は正座した。

障子が開いて飯塚が秘書も連れずに入ってきた。向かいに腰を降ろすなり、何か食えないものはあるのかと福田に聞いた。ありませんと答えると、じゃあ面倒だからまかせるよと隣に控えている仲居に言った。仲居はそれぞれの杯に注いで退いた。福田は卓に手を添えて頭を下げた。

「私のほうがご相談させていただこうとしていたのに、こんな形で席を設けていただきまして」

実際、あまりにも好都合な状況に逆に福田は気味が悪かった。青森県人会のことで相談があるから、近々五分ほど時間をもらえないだろうかと電話で秘書に伝えると、受話器をおいてほどなくして内線が鳴り、先ほどの件ですが今夜七時に来てくださいと言われた場所がこの料亭だった。ひとりで来るようにとのことです、と電話を切る前に秘書は付け加えた。

「いやなに、ちょっと頼まれごとがあってね。おい、いつまでそんな格好してる。崩していい」

恐縮ですとあぐらをかき、「頼まれごと、ですか」とオウム返しに福田は訊いた。

飯塚はうなずき、猪口をぐっと飲み干してから、うん、君、嫁をもらわんか、と言った。嫁をもらうという言いかたがいかにも前時代的な響きを帯びていた。福田が黙っていると、やりたまえと徳利を持ち上げた。

「独身貴族を気取るのももういいだろ」

「そういうわけでは」杯を受けながら福田は言葉を濁した。

「誰かいるのか」

「いちおう」

「そうか。じゃあなぜ結婚しない」

「なぜ、というわけでもないんですが」

あまり乗り気がせんからだろ、と飯塚は勝手に決めつけ、どうだ俺にまかせてみないか、と笑った。

「実はA電力の会長の孫娘なんだ」飯塚は相手の正体を明かしてまた笑った。「まだ二十歳だそうだが、お転婆すぎるんで両親は早く結婚させたがっているらしい」

それは先方の都合じゃないか、と福田は呆れながら猪口を口につけた。

「写真を見せてもらったが器量はまあ十人並みだ。けれど、君もその年になって器量で女房のえり好みをするのも、いやらしいだろ」

見くびられているなと内心憤った時、市川の顔が目に浮かんだ。

「まあ、悪いようにはしないよ」そう言って飯塚は杯を呷(あお)った。

福田もだまって飲んだ。

で、君の相談ってのはと飯塚が急に改まった。福田は杯から顔を上げて飯塚を見た。

「県人会のこと以外にもなにかあるんじゃないのか」と刺身に箸を伸ばしながら飯塚は言った。

たいした勘だと福田は恐れ入った。しかし、この話の流れでは、見合いの件と取引になるのではないか。そう思い、福田は中谷の話を持ち出すのを一瞬ためらった。しかし、なんでもありませんと答えればもうこんなチャンスはなくなる。福田は思いきって打ち明けた。

「ああ、あれか。しかし、エアーの代理人だと言いながら、実のところは闇賭博に手を出すようなチンピラだったっていうのが笑えるな」

飯塚はさして関心がないそぶりである。

「どうみても立件はむつかしいのに、いたずらに勾留してるんですよ、まあ、よくある話といえばそれまでですが」

福田もようやく料理に手をつけた。

「立件はするよ」

福田は驚いた。「どうして」

「俺がそうしろと言ってるからさ」

「官房長官が……」

飯塚は、うなずいた。福田は身構えて待った。飯塚は座敷に面した夜の庭園にぼんやりとした視線を投げながら、やがて口を開いた。

「俺は立件しろと言った。起訴するからにはやつらも絶対に有罪にするつもりでやるだろう」

「官房長官はやっているとお考えですか」

「そんなことはどうでもいい。けれど、あいつは、といってもあれはただのガキの使いで、その後ろにはもっと悪賢いのが控えてるんだろうが」

福田はうなずいた。

「ともかく目障りだ」

「目障り」

「君はそう思わんか」

福田は黙って手酌で一杯飲んだ。

「それが、あまりにかわいそうだというのなら」飯塚は庭園を見たまま言った。その視線はさほど深々としたものではなかった。「あいつらが受け取っている運用益の十五パーセントのうちの十パーセントをうちの財団に小分けにして流してもらえば、考え直してもいい」

目の前に鮮やかな絵巻物が広げられたような気がした。飯塚はエアーが吐き出した金をもう一度自分の資金として環流させるつもりなのだ。

「どう考えたって、十五パーセントはないだろうよ」

飯塚は暗緑色の庭園に向かって独り言のようにつぶやいた。そして、ふと顔を福田の方に向け、たちまちにこやかな表情を作った。

「まあ、そんなことより身ぎれいにしておけ。向こうにもそう言っておく」

東京ブロードキャストセンター。略称ＴＢＣ。資本金三億円、売上高二千二百五十億円、営業利益五十五億三千万円、関東エリアを対象としたキーステーションのひとつである。

岸見伶羅(きしみれいら)は大学を卒業後、アナウンサーとしてこの放送局に入社し、バラエティ番組などで愛嬌(あいきょう)を振りまいていたが、数年前にみずから志願して報道企画部に異動した。その理由のひとつとして、アナウンサーとしての自分の技量に限界を感じたことがあった。いままでは若い女のあでやかさでおぎなってきたつもりだったが、次々に入社してくる後輩たちにその点ではもうかなわないと思い始めた。しかし、いちばん大きな理由は、タレントと一緒に旅番組やクイズ番組などをやることがなんだかつまらなくなったからである。プロデューサーから入ってくる芸能界の情報をもとにタレント事務所に気配りするのもばかばかしくなった。

もとより自分は、もっと知的な、文化的な、そして少しばかりアカデミックな雰囲気も好きな、つまりそういう人間なのだという自覚から、岸見は放送局を受験した。出身大学の偏差値は高くなかったが、かといってまるで話にならないというわけでもなく、容姿に恵まれ、きれいな声を持っていた。在学中に養成所でボイストレーニングを受講するなど本人の努力の甲斐もあって、みごとキー局に就職が決まり、学友からはうらやましがられた。しかし、八年間働き、なにかちがうという思いが募りはじめ、思い切ってディレクターとして再出発したいと申し出ると、アナウンス部も岸見をもてあまし気味だったこともあって、この異動願いは受け入れられた。

もともと岸見は政治や政情にさほど詳しいわけではなかった。「ちょっと知的で文化的」「少し意識の高い」という自己イメージを愛しているにすぎないという反省もあった。岸見は大学受験の「政治経済」の参考書をめくるところから再出発した。

しかし、報道企画部で日々を過ごすうちに、この現場もバラエティ番組と似たり寄ったりだということがわかってきた。なんといっても視聴率というものがあり、視聴者の情緒にうまく訴えるような話題を生産しつづけることが、なすべき報道よりも上位に来るのが暗黙の前提となっていた。さらに、スポンサーや政権への遠慮から、控えなければならない報道もあるのだという実情が身に沁みるようにもなった。そんなある日のことである。

「岸見さ、もうちょっとディレクターとしてビシッとした企画だそうよ」

企画定例会議の後、上司の三浦に残れと言われ、会議室にふたりだけで向かい合ったとき、開口一番こう叱られた。今日岸見が提案した企画は『沖縄 戦争を語り継ぐために』『社内の飲み会いまむかし』『福島の帰宅困難者のいま』の三本だった。

すみません、と岸見は神妙に頭を下げた。

「とにかくお前は企画がヤワすぎるんだ。というか、企画のタイミングを摑むのが鈍い気がする。もう三十過ぎてんだからそろそろ実績作らないとヤバいよ」

いちいち歳を持ち出さなくてもいいだろうと岸見は思ったが、反論しなかった。

三浦からは、まず福島の話題はやめろと言われた。前総理が、福島第一原発は完全にコントロール下にあり東京は安全であると強弁してオリンピックを誘致したのであるから、この期に及んで福島の負の部分をほじくり返してもシラケるだけだというのが三浦の見解だった。

「いいか、国民もこの〝祭り〟に参加したがっている。局としても盛り上げなきゃいけないんだ。なんのために高い金出して放送権買ってるのかわかってるのか」

三浦はオリンピックを独自の角度から切り取る企画をだしてみろと言った。また、アメリカの大統領が来日することも濃厚になってきたので、その方面の企画も探っておくようにとも。

「お前は政治的な洞察力はないんだから、そっちは諦めて、なんかこうバラエティっぽいネタはないのか、そのへんよく考えておいてくれ」

そんなことまで付け加えられた。

官房長官と会った二日後、福田は市川みどりを呼び出して、スペイン料理の店に入った。

まず市川に転職の状況を尋ねたが、まだなにも決めていない様子だった。入省後は働きづめに働いてきたので、ここらでいちどのんびりするのだと市川は言った。

「どこか旅行でもするのか」福田は訊いた。

「それもいいわね。スペインなんかも行ってみたい」

市川は魚介のパエリアを口に運んだ。

退職することになった経緯に市川は自分からは触れようとしなかった。しかし、福田にしてみれば、問いたださないわけにもいかない。

中谷が逮捕されたことは、園田議員の知るところとなり、議員は市川に苦情を言ったらしい。市川は謝るしかなかった。議員から信頼を失った官僚はつらい立場に立たされる。園田は日頃から市川が慕っていた議員だったので、なおさらだった。

市川は辞表を出した。もとをただせば、自分が市川を巻き込んだ結果でもあるので、福田は責任を感じた。彼女のこれまでのキャリアと実力から鑑みれば、たぶん就職先は容易に見つかるだろう。しかし、彼女がこれまでのような情熱をかけてやれる仕事に果たして出合えるのかどうかについて福田は危惧の念を抱かずにはいられなかった。もっとも、このような自責の念はつまらないと市川には一蹴されたのだが。

デザートが運ばれてくる頃になって、中谷の長すぎる勾留や、中谷の経歴について明らかになった情報や、杉原というパートナーと公園で会ったこと、さらに飯塚に呼ばれて出向いた席で、どうやら飯塚が警察に勾留のお墨付きを与えているらしいことなどに話題を向けた。気は進まないものの、話の流れを自然にするために、電力会社の会長の孫娘との縁談の件も話さなければならなかった。

「それで、どうするつもり」

スペイン料理の店を出て、手頃なバーを見つけカウンターで飲み始めた頃に、市川が訊いてきた。

「断るよ」と福田はスコッチを舐めた。「そんな娘もらって、電力会社に取り込まれるなんてまっぴらだ」

ああ、縁談はどうでもいいのよと市川は言った。その口調といいそぶりといい、どこか冷淡なものを感じさせた。

「私がしたいのは中谷さんの勾留の話」

なんの解決策も持ち合わせていない福田は、その方面に進むのも気乗りしなかった。

「官房長官の狙いは金よね」おかまいなしに市川は進めた。

「まあ、バラまくのが好きな人だからな」

どうするのと市川が訊いた。そう簡単に訊かれても困ると福田は思った。

「このままだと、金をよりよい方法で回して日本を再建させるっていう、財務省入省以来のあなたの理想は木っ端微塵(みじん)ね」

市川は五杯目のジンライムを呷って、だとしたら辞職のしがいもないわねえ、と嘆息した。その吐息を決まりの悪い思いで聞いた福田はこの話題から退避しようとした。そして「この縁談は断るよ」と言った。同時に、その台詞は市川への誠意を込めた誓いの言葉のつもりだった。しかし、酒豪の美女はグラスを置くと福田の目をまともに見て、だからそんなことはどうでもいいのよ、と言い捨てた。

「あなたはエアーの話を私にしてくれた。官僚の中でも知っている人はほんの一部なのに。なぜ？ 私を買ってくれてたから？ それとも自分の女だから？ もし前者だったら嬉しいけど、後者だったらちょっと脇が甘いわよ、福田先輩」

福田はこの鋭い舌鋒を黙って飲んでやり過ごすしか方法を知らなかった。

市川はジンライムのグラスを空にするとスツールを下り、バッグを摑んだ。そして、ご馳走になるわね、と出て行った。

ひとりになった福田はグラスを呷った。まったく手厳しいなと思った。日頃から生意気な口をきくことの多い福田だが、トップクラスの政治家になにがなんでもこっちへ行くぞと言われたら、了解するしかないのが官僚だ。そのことを、今回は嫌と言うほど思い知らされた。

ふいに、空になったグラスが下げられ、琥珀色の液体が満たされた新しいものが突き出された。

「あちらのお客様からです」バーテンダーが横を向いた。

福田のはす向かいのカウンターに背を丸めた小男がこちらを向いて座っていた。

「状況はだいたい理解したよ」と杉原は言った。

驚いた福田はスツールを下りて杉原の隣に移った。

「確かに脇が甘いね」杉原は笑った。

福田は悟った。さっきの市川との会話まで聞かれていたのである。ひょっとしたら、自分のスマートフォンが盗聴器のようにモニターされていたのかもしれない。

「となると奥の手を使うしかないな」そう言って杉原はグラスを口に運んだ。「数日中に、異変があるはずだ。そしたら連絡をくれ」

「請け合いかねますが」と福田は正直なところを言った。

「いやでも連絡を取りたくなるさ」

杉原は財布から万札を三枚抜くとカウンターに置いてスツールを下りた。そして出入口の扉を押しながらバーテンダーにあれで飲ませてやってくれと言い残して出て行った。言葉に甘えて、福田はあと二杯飲んだ。


異変は臨時国会の最中に起こった。

髙木甚一(じんいち)総理大臣が所信表明演説を行っている模様を福田が財務省のテレビで眺めていた時だった。

「政府は日銀とともに、史上類をみない大規模な金融緩和を行ってきました。また、守るところは守り、変えるところは恐れず変える構造改革、削るところは削り、攻めるべきところは迅速かつ大胆に攻める財政出動も行ってきました」

エアーの後押しで自信をつけた総理の声には張りがあった。総理の後ろでは飯塚官房長官兼財務大臣がくつろいだ様子で座っている。にこやかなその表情には余裕が見えた。

「今はまだ、全ての国民がその恩恵を受けておられるわけではありません。しかし、利益をあげておられる企業や個人は確実に増え始めています。利益をあげられる方々はなかなか儲かっているとの声はあげにくく、メディアでは、苦しい方々の声のほうが多く取り上げられますが、しかし、これから恩恵を受けられる人々が多数派になっていけば、このような状況も劇的に変化していくことでしょう。先日、お会いした経済学の権威へイワード・フリードマン教授も我が国の次期四半期の経済統計に大変期待されていました。日本経済の新しい夜明けは、まさに目前に迫っているのです」

ムードで市況を活気づける作戦にしても、これはあまりにもずさんすぎる、と福田は鼻白んだ。

「来年はさらに、アメリカ大統領を国賓として招き、アジアでの防衛協力体制の見直し、そして自由貿易協定の締結が予定されています。米国に意見するべきところは意見し、協力すべきところは協力するという是々非々のパートナーシップで日米同盟を新しいステージに進め、両国のさらなる繁栄の礎にしようではありませんか」

対米追従が過ぎるという意見に総理は牽制球を投げていた。そしてスピーチはロシアとの長年にわたる懸案事項にも及んだ。

「また、苦心に苦心を重ねた交渉ルート開拓の結果、日露間で北方領土返還交渉が再開いたしました。シベリア資源開発などの経済協力も含め、ロシアとのパイプは日々強固なものになってきています。前政権で失った日本の信用は取り戻されたのです」

確かに北方領土問題は最終的には金の問題になるだろう。日露交渉を前進させ、全島を取り戻すことができれば、髙木甚一の名は歴史に刻み込まれる。問題はロシアに金を握らせるとアメリカが警戒することだが、そのためにも、アメリカ大統領をまず国賓として招き、安全保障をはじめとして同盟国としての地盤を固める必要があるのである。

景気のいい演説を続ける総理の後ろに控えている飯塚官房長官のもとに一枚のメモが差し入れられるのが、画面の片隅に見えた。

にこやかな表情でメモを広げた飯塚の顔はとたんに凍り付いた。メモを差し入れた人間を引き留め、なにごとかをしきりに訊いている。しかし、届けた男は首を振るばかりだ。もうひとり飯塚の近くに寄ってきた者がいた。これはたしか日銀の人間である。その男の説明にもやはり納得できないという飯塚の様子が見て取れた。

なにかが起こっていた。しかし、背中に目のない総理は怪気炎を上げ続けた。

「今、オリンピックを控え、我が国の国際化が急速に進んでおります。政府の方針で、交通インフラ等のハード面に留まらず、多言語表示、さらなる英語教育、ハラールフードの普及などソフト面でも国際化を進めてまいりました。新国立競技場にも、その方針は徹底して反映されております。オリンピックは大きな経済効果をもたらしますが、一過性のイベントにしてはいけません。それをきっかけに、我が国がグローバルにはばたくためのオリンピックにしていこうではありませんか」

ついに飯塚は立ち上がった。総理の自信に満ちた演説とは裏腹に、現内閣の作戦参謀はあきらかに慌てていた。退席する飯塚を、不思議そうな面持ちで周囲の議員たちが見送った。

二十分後に福田のデスクの電話が鳴った。すぐ官邸に来てください、と飯塚の秘書が言った。

ノックしてドアを開けると白石日銀総裁と飯塚官房長官が座っていた。二人ともこちらを見もしなかった。

「いつ停止したんだ」腕組みをした飯塚が日銀総裁に言った。

「昨日の深夜零時です」

「再起動すればいいだろう」飯塚の声に苛立ちと焦燥感が滲んだ。

白石は首を振った。「リジェクトされます。そして設計者にコンタクトを取るようにという表示が」

福田は少し離れて座った。どうやら、エアーが停止したらしい。これは一大事である。今日の演説は一年後には笑いものだろう。

「停まったんじゃない。……停めたんだ」飯塚が唸るように言った。

「ということは、エアーは遠隔操作されている状態にあるということですか」総裁は言った。

福田は戦慄を覚えた。そして、ありうることだと思った。

「エアーが吐き出した情報はみんなモニターしていたにちがいない。あのチンピラはどうした」

飯塚は福田に鋭い視線を投げた。

「まだ勾留されたままです。これをご覧ください」

福田が抱えてきたタブレット端末をふたりの前に差し出すと、液晶画面の中で絵が動き出した。

「今朝、民放各局に流れてました。これはYouTubeのものですが、かなりの数のスポットを打っていると思われます」

〈福島に新しいビジネスを〉

洋上風力発電のプロペラが太平洋上の風をうけて美しく回っていた。おそらくコンピューターグラフィックで作成したであろうその映像はとてもリアルだった。鳥瞰するような広い眺望にマッチした雄大な音楽が奏でられる中、最後のアナウンスが流れる。

〈再稼働するのなら、原発じゃなくてエアーでしょう〉

財団法人まほろばの福島自治区におけるビジネスプロジェクト支援のＣＦだった。

「で、これがどうした」飯塚は怒りを滲ませて言った。

「私の推理によれば」福田は言った。「エアーを再起動したければ、中谷を釈放しろというメッセージだと思われます」

飯塚は腕組みをしたまましばらく黙っていた。

一週間ほど前、第一アドの吉田は、洋上風力発電を中心とするあたらしいCFを大至急作成し、地上波を中心にスポット枠を押さえるようにとオーナーの中谷祐喜から指示された。

送信元のメールアドレスはこれまで中谷が使っていたものとは違っていた。〈再稼働するのなら、原発じゃなくてエアーでしょう〉とコピーまでもが指定されていたのも以前とは異なるが、すでに充分な額の製作費とスポット料金が振り込まれていたので、あまり気にとめなかった。ただちにスタッフ総動員でとりかかり、CG制作チームはこの間ほとんど不眠不休で作業を続け、昨日、一般財団法人まほろばのCFは各キーステーションで放映された。

当然、TBCでもかなりの数が流された。

TBC局内の報道企画部オフィスの天井からつり下げられたモニターで、岸見伶羅はこのCFを見た。そして自分のデスクに戻って財団法人まほろばのサイトを三十分ほど覗いた。岸見はそのサイトのページをいくつかダウンロードして、簡単なメモを添えてプリントアウトし、企画書代わりに三浦の机に置くと、来週行われる投資案件の説明会を取材したいと申し込んだ。

にべもなく却下された。とにかく今はオリンピックネタを探せと、柿の種の小袋を破って口に放り込みながら三浦は言った。愛嬌のある不平らしい顔をして見せたが、まったく効果がなかった。

席に戻った岸見はオリンピックネタを考えているうちに、またまほろばが気になり出し、ふたたびサイトを眺めた。そして、今度は本格的な企画書を書き始めた。


料亭の玄関口に福田は立って待っていた。

杉原は約束の時刻の五分前に現れた。こちらです、と福田が案内した。客間の前に立っていた警護の私服警官が入念に杉原のボディチェックをしてから襖(ふすま)を開けた。そこには飯塚がもう座っていた。

杉原が差し出した名刺を飯塚はしげしげと眺めた。杉原知聡という名前だけが記載されていた。裏返しても白紙だった。ぽい、と飯塚は卓上に放り出した。

「いったい、あんたはなにものなんだね」

「エアーの設計者です。それだけで充分でしょう」

なるほどね、と飯塚は薄笑いを浮かべながら徳利を取った。杉原は素直に猪口を差し出した。

「ともかく、エアーが紐付きだったということには驚いたよ。急に停止したんで肝を冷やした」

「いつでも再起動しますよ」

「御免被る。そんな危なっかしいマシンはもう使えないな」

しかし、使う気がないのならこんなところに一席設ける必要などない。淡白で愛想のない態度はあくまで交渉用のものだ、と福田は判断した。

「まあ、それもいいでしょう、エアーなしでこれからの日本がやっていけるのなら」杉原はまっすぐに飯塚を見て続けた。「産業の構造改革はできない。エアーを使うのもいやだ、じゃあどうしますかね」と言ってふと笑うと、滅びますか、と猪口を口に運んだ。

よけいなお世話だねと飯塚が吐き捨てた。

「ごもっとも。私も少し世話を焼きすぎたかも知れない」と杉原はまた純米酒に口をつけた。

ふいに、飯塚が徳利を摑んだ。そして、空になった杉原の猪口に注いだ。

「しかし杉原さん」飯塚はその声をソフトなものに変調させた。「いくらなんでも十五パーセントというのは個人が取得する金額としてはでかすぎるね」

「契約したはずだ」

「だとしてもだ。あんたが手に入れた金は小国の国家予算をはるかに上まわる大金だ。そんな金を継続的に政府が個人に流すわけにはいかない。そう欲をかきなさんな。金は墓場には持っていけないよ」

ふむ、とうなずいて杉原はまた飲んだ。

この人は国を相手に契約を振り回して勝てるつもりでいるのだろうかと福田は危ぶんだ。

すると、杉原がふと思い出したようにつぶやいた。

「来週、国務長官が来ますな」

「そうなんだよ、こんなところで油売っている場合じゃないんだ」

「来日の目的は、表向きは外交ですが、約三十兆円の国防協力費の調達ですね」

なんですかそれはと飯塚はわざとらしい大声を出して驚いてみせた。それは、いかにも芝居じみた振る舞いのように福田の眼に映った。と同時に、米国国務長官の来日の話題を契機にこの談判が向かう先に不穏なものを予感した。もうアメリカには確固たる産業はなくなり、あの大国を支えているのは軍産複合体だけになっている。日本との安全保障条約はいまや大事な収入源の約束手形なのだ。いっぽう、この〝上納金〟の捻出に財務省はこのところずっと頭を悩ませていた。

「あいかわらずのらくら逃げてきたので、業を煮やして調達にきたというわけだ」

「ほお」

「どうやって支払うんでしょうね。まさか手ぶらで帰すわけにはいかないでしょう」

「話としてはなかなかおもしろい」飯塚は白を切った。

「まあ、三十兆円くらいの金はなんとか払える。日銀の秘密金庫に眠っている虎の子のマネーも合わせればね。ただ、冬の公務員のボーナスを払い終えたら国庫はほぼ空になるはずだ」

この正鵠を射た推察にさすがの飯塚も言葉を失った。

「次はロシアだ。総理は北方領土返還に自信満々だが、むこうだってただで戻すはずがない。最後は金の話になる。しかしまあ、四島返還でいくらかかるのかは推論してもしょうがないってことだ。なんせ日本はまもなく無一文になるんだから。シベリアでの共同開発の財源はどうしましょうか。消費税を二十パーセントに上げますか、それともIMFに泣きつきますか？　あとは、企業の内部留保を吐き出させて無理矢理国債を買わせるってのも手ですな。なんにせよ、あんな演説をぶち上げて、金がないからお手上げですなんて泣きごと言ったら、現政権もそう長くはないでしょう」

「日本の窮地がそんなに面白いのか。それでも日本人か」

ぎりぎりとした怒りが飯塚のこめかみに表れていた。

「日本人だと言った覚えはない」

杉原がさらりと答え、飯塚は絶句した。

たまりかねて福田が口を挟んだ。

「中谷さんを釈放すれば、エアーは再起動してもらえるのですか」

余計なことは言わんでよろしいと飯塚が叱責し、福田は口を閉じた。座敷で向かい合う男たちに、ぎこちない夜の時が流れる。

ふと、飯塚が徳利を取り上げた。杉原も卓上の猪口を取ってこれを受けた。ひとつ訊いていいかね、と徳利を傾けながら飯塚が訊いた。なんなりと、と杉原は余裕を見せつけるように笑った。

「国を脅してまで、どうしてあの小僧を出したいんだね」

「逆に訊きたい。こんなリスクを冒してまでどうしてあいつを出さないんですか」

「目障りだからだよ」飯塚は笑いとともに吐き出すように言った。

「まあ、そんなところでしょうな。しかし、そんなあいまいな理由で官房長官が国民を見殺しにしていいんですか。いいと言うならしかたがない。中谷には、日本人に生まれた悲運を嚙みしめ留置場で死んでもらう。一億分の一くらいの責任はあいつにもあるだろうから」

「あんた、なにものだ。日本人じゃないとしたら、国籍はどこだ。答えろ」

杉原は杯を干して腰を上げた。

「ご想像におまかせします。ただ、私は日本と日本人を愛している、たぶんあなた以上にね」杉原は襖を開けてから振り返った。「ひとつだけ、いいことを教えてもらいました。金は墓場には持っていけない、その通りだよ」

そう言って、後ろ手に閉めて出て行った。

取り調べに際して、中谷がつじつまの合わないことばかり言うので、どうにもうまく調書がとれなかった。そこで、足取りをもう一度確認したほうがよかろうということになり、野々宮は鬼塚に連れられノミ行為を仕切っている木嶋組の事務所を再訪した。

「しかし、お前ら、よく素直にそんな大金払ったな」

ソファーに座った鬼塚が不思議そうにこう訊くと、向かいの益子は照れたような笑いを浮かべた。

「そりゃあ形だけでも払ったフリくらいしないと、賭けるやつがいなくなっちまうんで」

今日の組長ははなから低姿勢だった。

フリをしたあとはどうするつもりだったんだと鬼塚が訊いた。もうどんどん賭けさせてさっさと取り返すつもりだったのを、帰り際にあんまり癇に障る態度を取りやがったんでちょっと懲らしめとくかと子分を送ったら、これが恥ずかしいことにうちの若いのが不甲斐なくてね、と益子は自分の隣に座らせていた色川の頭をぽかりと殴った。どうやら返り討ちにあって、そのまま金と一緒に遁走されたらしい。なかなか小気味いい話だと野々宮は愉快だった。

「で、中谷はいつもどういう買い方をしてたんだ」鬼塚は色川に向かって言った。

おい、どうなんだと益子に促され、色川はおずおずと口を開いた。

「いや、実はその馬は、中谷が買ったんじゃないんですよ」

ベテラン刑事の目がすうっと細くなった。

「あの現場にひとり場違いなオヤジがいて、そいつはハナから大穴狙いの一点張りでずっと買ってたんですよ。まあ、俺たちとしてはいいカモです。で、そのレースもまた例によって無茶な張り方したんだけど、それもまあいつものことなんで……。でも気になったのは、ふだんはしみったれた買い方しかしないんですが、その日は仕事が最後だとかで、景気よく張ってきたんです。俺としては、先払いだったんで取りっぱぐれもないし、その時はしめしめって感じでした。で、そのオヤジは、自分はいなくなるからってんで、控えを中谷に預けて消えちまったんですよ」

聴いていた鬼塚は掌を色川の方に向けて制し、胸ポケットから手帳を取り出した。

「もう一度最初から話してくれ。見たこと聞いたこと、知っていること最初からもれなくだ」

木嶋組の事務所は取調室に変貌した。

時折、外回りから帰ってきた若い衆が、威勢よく事務所に入ってきたものの、刑事がソファーを占拠しているのを見て、これじゃあ花札もできねえなとこぼすのが野々宮の耳に入った。すまんな、と笑いかけてやると首をすくめて奥へ消えていった。三時間ほど根掘り葉掘り訊いたあと、色川を御役御免にして、署に戻った。

「おい、すぐに中谷を連れてきてくれ」

刑事部屋に入るなりそう言って、鬼塚は取調室の空き状況が書かれたホワイトボードの前に立った。

「無理だな」刑事仲間のひとりが言った。

「なんだ満室か」

振り返った鬼塚に刑事仲間はただ首を振った。おいどうしたんだ、と鬼塚はすごんだ。

「釈放だよ。いま出ていくところだ」

鬼塚は驚いた。「ちょっと待て、いったい、誰が決めたんだ」

「上からのお達しだとさ」と別の刑事が言った。「それから、部長がやたらと心配している んだが、お前ら思いあまって無茶してないだろうな」

なんだそれは？　と鬼塚がゆっくり詰め寄った。

「自白を強要しようと暴言吐いたり、手なんか出してないかってことだ」

「だから、どういう意味だ、それは」

「いちおう確認だよ。なんせやたらと部長が慌てるもんだから」

その上っていうのはどこなんですかと野々宮が訊いた。

「警視総監らしいぜ」

仲間の刑事はそう言って部屋を出て行った。

8

出口付近で、ジーンズとTシャツと薄手のパーカーに着替え、ベルトを通した。靴下は履く気になれなかったので、素足をスニーカーに突っ込んだ。それから所持金を返金してもらった。

外に出ると風を感じた。留置されている間は寒かったり暑かったりというつらさはなかったが、空気が滞留していたから、風が嬉しかった。陽の光がまぶしく、目を細めた。風と光の中で中谷は一本の草のように立っていた。やがて、タクシーが一台やってきて停まった。クラクションが鳴り、後部座席のドアが開いた。乗り込むと中谷は小さなため息を漏らした。

「なんか甘いもの食べたいな」

杉原が中谷の手になにか握らせた。掌を開くと、セロファン紙に包まれた飴がひとつ。たしかソープランドの待合室で舐めたのもこれだった。

「あとでゆっくり説明するが、そいつがこれからのマネーになる」

よくわからない。けれど、杉原がおかしなことを言うのは毎度のことなので、いちいち気にしない習性ができあがっている中谷は丸飴を舌先で転がして、

「で、今はどこのホテルにいるんだっけ?」と訊いた。

「ホテル暮らしはもう卒業だよ」

タクシーは高速道路への傾斜路を登っている。

「マンションでも借りたのか」

「買ったんだ。君の名義になってる」

「どこに」

「特別自治区だよ」

そうか、福島か。ほどなくしてタクシーは荒川を渡った。

「買ったのは一軒家か」

「まあ、そうなのかな」杉原はあいまいな答え方をした。

できれば明るいうちに着いてしまおうと杉原が言うので、途中のパーキングエリアではトイレに寄っただけですぐにまた走ってもらった。高速をおりると外はすっかり夕暮れの田舎道だ。

ヘッドライトを点灯し、タクシーは民家もまばらな山間(やまあい)の道を登り始めた。やがて、ふたつの光の輪は山の中腹にある大きな建物を照らし出した。そこは中学校だった。過

疎化によって廃校になった山間部の中学校校舎を大改装してプロジェクト本部にするというプランは、タクシーの中で聞いた。実際にそのたたずまいを目の当たりにした中谷は、なんだか修道院のようだなと思った。

メインエントランスにかかった中学校のエンブレムが取り外されて、「一般財団法人まほろば」という看板が取り付けられていた。ふたりはタクシーを降り、帰りの高速代と多少のこころづけを加えた料金を運転手に手渡し、テールランプに照らされた品川ナンバーを見送った。そして、屋内へと移動した。エントランスを入ってすぐの靴脱ぎ場で、ふたりは室内履きに履き替えた。エレベーターはない。階段を使って二階に上がった。

内装には相当に手が加えられていて、学び舎の名残と相まってちょっと風変わりなホテルのようにも見えた。実際、会議室や投資先のインキュベーションオフィスなどの他に、食堂やカフェも作るつもりだと杉原は話した。杉原や中谷が寝泊まりする部屋もここに用意されているらしい。

「で、いまこの特別自治区に住んでいるのは」杉原と肩を並べて歩きながら中谷が訊いた。

「私だけだ。今日から君が加わる。そして三日後にはどっと押し寄せてくるさ」

「三日後になにがあるんだ」

「第一回投資事業説明会。投資を決定した事業者を集めてのセレモニーだ。そこで君に説明して欲しいことがある」

三階に上がり、廊下を行くと、中央付近の壁に、堅牢なドアが一枚嵌まっていた。MASTERSというプレートがかかっている。

その横に黒い小さなパネルがあった。そこに右手の人差し指を当てろと言われたので、中谷はそうした。隣で杉原がスマートフォンをいじると、ロックが外れる音がした。

「いま、君の指紋も登録したよ」そう言って杉原はドアを開けた。

中に入ると、八人ほどが掛けられる大きなダイニングテーブルが目を引いた。

その奥にモダンなシステムキッチンが据えられ、巨大な冷蔵庫も見えた。テーブルから少し離れてソファーが置いてあった。ホテルのを持ってくるわけにもいかなかったから似たのを新調したんだ、そう弁解するように言って杉原は笑った。オーディオセットもここに越してきていた。おっさんがスイッチを入れると、クラシックの曲が流れた。聴いたことあるなと中谷が言うと、ベートーベンの『田園』だと教えてくれた。なるほどぴったりだと中谷も笑った。

全体にホテルのリビングルームがアレンジを加えて再現されていたが、ソファーの背後に見える窓向こうの景色だけは大いに様変わりしていた。夜のホテルの窓には無数のネオンが煌めいたが、この窓から見える渓谷の暗い村の民家には明かりが灯っていなかった。帰還困難区域から特別自治区になってまもない村はまだ無人のままらしい。部屋の壁には、ホテルでも使っていた大きな液晶パネルが取り付けられていて、どこかの山の頂上からの景色が映し出されている。どこかな、と中谷が聞いた。

「ロッキー山脈だ、おおまかにいえば」

「もういいかげんに、こんなものでごまかさないで本物を見て来なよ」

そのうち行く予定だと杉原は笑った。

「さて、夕飯はどうしようか。この辺には食堂なんかないぜ」と中谷が聞いた。

じゃあなにかつくろうと言って杉原は立ち上がり、冷蔵庫を開けた。中にはぎっしりと食材が備蓄されていた。おっさんがつくるのかよと中谷は驚いた。

「ああ、これからここに住むんだ。これまでのホテル住まいみたいなわけにはいかないぞ」

杉原は冷凍のチャーハンを取り出した。じゃあ俺もと冷蔵庫を開けて中谷も生ラーメンの箱を掴んだ。

杉原がフライパンでチャーハンを炒めている横で、中谷は大鍋にたっぷり水を張って火にかけた。丼を取り出してスープの素をここに絞り出し、ネギを刻んだ。沸き立った湯をレードルで掬（すく）って丼に移し、濃縮スープを溶かした。麺をほぐして残りの湯に放り込み、卵をふたつ割り入れた。ほどなく鍋の中身をザルにあけ、湯切りした上で麺と卵を丼に移し、最後にネギを振りかけた。杉原はその手際のよさを褒めた。ラーメンだけはさんざんつくったからな、と中谷は笑った。

「そうか、あの日、俺はあんたに新しいシステムの話を聞くはずだったんだが、ひとりでラーメン屋に入ったんだ」中谷は蓮華でスープを掬いながら言った。

「それでありつけたのか、ラーメンには」

「いや、箸をつかむ前に手が後ろに回っちまった。おとなしくあんたの話を聞いときゃよかったよ」

「じゃあ、振り出しにもどしてその話をしようか。この新しい自治区で、今回投資を受けるのは君が選んだ二十名だ。彼らは我々から受け取った新しい貨幣で事業を始めることになる」

「始まったよ、またムツカシイ話が……」中谷はげんなりして見せた。

「その新しい貨幣の単位がカンロだ」

「カンロ……ああだから飴なのか」うなずいて中谷は麺をすすった。

「飴になる前の話が大事だ。中国には、王者が仁政を行えば、天は吉兆として甘い雨を降らせるという言い伝えがある。それが甘露だ。俺たちは甘露という名の貨幣をばらまく」

「それ、ちゃんと使えるのか、子供銀行の万札みたいなものじゃないの」

「もちろん使えるさ。なぜならカンロは俺たちがもっている約十兆円とリンクしているからね」

「レートはどうなってんの？」

「一カンロ一円の固定レートを採用する」

「だったら素直に円でくれてやればいいじゃねえか」

「だから、それはあとで説明しよう」杉原がリモコンを操作すると、ロッキー山脈の雄大な映像が消えた。

〈New Money System Kanro〉

という文字が中央に現れ、それがゆっくりと〈新経済システム　カンロ〉と日本語に変わった。

食器を下げて、中谷がコーヒーを淹れた。システムキッチンの戸棚を開けると、マグカップが十個ほど並んでいた。その中から自分のを決めろと言われたので、適当なのを選んだ。

コーヒーを飲みながら、杉原は自治区で使われる新しい経済システムを中谷に説明した。いくつか質問をすると、中谷にもその大体を摑むことができた。なぜ、日本円でなくカンロという新しい通貨を使うのかも納得した。どの事業に投資するかを決定するときに、中谷が不安だった点は、人の性根を見抜く眼力が自分に備わっているのかという点にあった。

「けれど、この方法だと、渡した金でキャバクラで豪遊したり、とんでもないことに金を使われる心配はないんだな、ほっとしたよ」そう言って中谷はマグカップを口に運んだ。

洋上風力発電をやる、土を使わない農業をやるという名目で渡した億単位の金を、やるやると言いつつ私腹を肥やすために使われでもしたら、と心配していたのだ。しかし、説明を聞く限りこのシステムではそれはほぼ不可能だった。

さて疲れただろう、今日はもう寝たらどうだと杉原が提案した。まともな夜具が恋しかった中谷に異議はなかった。

マスターズルームを出て廊下をさらに奥へと進んだところに頑丈そうなドアが二枚並んでいた。中谷と杉原は互いのドアのセンサーに人差し指を当てながら、おやすみと言ってそれぞれの自室に入った。

あてがわれた部屋は十畳ほどのスペースだった。比較的大きな木製机とベッド、ホテルで使っていた本棚が置かれ、〝課題図書〟もここに引っ越してきていた。ご丁寧に、床に未読の本がホテル暮らしを再現するように積み上げられているのがおかしかった。本棚の横には衣装戸棚があった。なんだかアメリカ映画で見た学生寮の一室みたいだと思いつつ、窓にかかったカーテンを払うと、眼下にネオンはひとつもなかったが、空には星が贅沢に輝いていた。

カーテンを引いて振り返ると、ベッドの上にはリュックサックがあった。ベッドに腰掛け、ファスナーを開いた。中から聖書と封筒が出てきた。封筒を開けると五十万円入っている。こんなに使うことはないなと思いながら戻し、中谷は付箋がつけてある聖書のページを開いた。

〈あなたがたは、敵を愛し、人によくしてやり、また何もあてにしないで貸してやれ。そうすれば受ける報いは大きく、あなたがたはいと高きものの子となるであろう〉

わかりました、と少しおどけて言ってみた。次に、中谷はしなければならないことをした。尻のポケットからスマホを取りだして、長い長い着信履歴をスクロールし、その中のひとつにコールした。

足元が少しふらついた。送別会で飲み過ぎたなと思いつつ、釣り銭と領収書を財布にしまい、花束やら記念品やらを抱えてタクシーを降りた。その時、バッグの中でスマートフォンが振動した。両手がふさがっていたので、そのままマンションの階段を登った。エレベーターがないのが幸いして電波は途切れずスマホは振動し続けてくれた。鍵を回してドアを開け、狭い玄関で蹴飛ばすようにハイヒールを脱いだ。狭い玄関がさらに狭いのは平積みにした本がここまで押し寄せているからである。

花と記念品を床に放り出し、バッグからスマホを取り出して耳に当てた。

「もしもし市川です」

「あ、中谷です」

「出てこられたんですか」

「うん、二時間ほど前に福島に入った」

「それはおめでとうございます」

喉が渇いた。市川は床に積まれた本をよけながら台所に向かった。部屋の壁は本棚で埋め尽くされていて、本棚の上にも本が積んである。ただし、東日本大震災のときの教訓から本棚は壁に固定してあった。

冷蔵庫を開けて缶ビールをひとつ取って引き返し、ソファーの上の本や新聞を払い落として座ると片手でプルリングを引いた。

「国交省、やめたって聞いたよ」

「そうなんですよ、ちょうど今日でなんとか引き継ぎを終えて、送別会してもらってました。いま帰ってきたとこです」

「ごめんな。俺のせいで大事なキャリアを無駄にして」

まあそう言うだろうなと思いながら、まずはビールで喉を潤した。

「そんな大層なものだったのかどうか、まだ実感がわかないんだけど」

「次の職場は見つかりそう？」

「ええ、土建屋のオヤジに囲まれてなんだかホコリっぽくなってたんで、ちょっと民間のオシャレ企業で女でも磨こうかなと」

「いまでもじゅうぶん光ってるけれど」

「ああ、それはありがとうございます」

それはいかにも、どうでもいいというような調子だった。市川はビールを飲み干し、空き缶を近くのゴミ箱に投げた。缶は縁に当たって外に転がった。それがむしょうに癪に障った。

「中谷さん」

「ああ」

「私、大学卒業するとき、受けた企業全社から内定もらったんです」

「はい」

「その中で、一番給料の安いところに就職したってわけ」

「ええ」

「あの、ここはどうしてって訊いてください」

「……どうして？」

「ええ、昔見た映画の台詞に〝お金で幸福は手に入れられない。けれど、不幸を追っ払うことはできる〟っていうのがあった。成る程と思ったんだけれど、同時に結構ムカついたのよね」

「ああ……」

「確かにそうかも。けれど金の話だけするなよ、金じゃない話も聞かせろよって思った」

「うん」

「それで、金じゃない部分で社会にコミットして、金じゃないところを追求できないかって、官僚の道に進みました。だけど、実際は金まみれで保身だらけ。予算確定前なんかはそれはもう大変よ」

酔っているせいか、市川の言葉は丁寧に、ぞんざいに、ふらふらと揺れている。

「だけど、福田さんからエアーの話を聞かされて、すごく興奮したの。それに、中谷さんが私たちからは出て来ない発想で、福島の帰還困難区域を復興させるプランを出したのにも感心しました」

「ああ」

「あのさ、さっきからああとかうんとかばかり言ってるけど、ちゃんと聞いてる？」

「聞いてます」

「この人は金を使って金以外のことを目指してる、そんな気がしたんだ。だからあんな猿芝居にも乗ったのよ」

「すみません」

「そこで謝られても困るんだけどな。ただ謝られるなら、必死で頑張ったんだけど駄目だったたって泣きながら死んでくれた方が気味がいいわ」

市川はこう斬り捨てた後、またずいぶんなことを言ってるなと呆れもした。

少し間をおいて、小さな声で、わかった、と返事が聞こえた。

「まかせたわよ。私はお洒落なOLになって、ゴールデンウィークと年末年始には海外に行って、ミラノなんかで買い物とかしちゃうからね。さようなら」

市川はスマホを切ってソファーに投げると立ち上がった。そして浴槽にお湯を張りながら、化粧を落とし始めた。

翌日、やはりいつもの時刻に目が覚めてしまい、市川はベッドの中で苦笑いし、もう一度目を閉じた。登庁時刻を過ぎた頃まで眠り、シリアルと牛乳の朝食を済ませ、ひさしぶりに部屋に掃除機をかけてから外出した。上野の美術館でフランス印象派の絵画を鑑賞し、なんとなく動物園の門をくぐり、つり下げられたタイヤでエゾヒグマが遊んでいるのを眺めながら、ソフトクリームを舐めた。そのあと、映画館に寄ってハリウッドの小ぶりな映画を見て、焼き肉屋に入り、ビール片手に一人で炭火で焼いて食べた。翌日の口臭を気にする必要はなかった。

一方、中谷は、この日からマスターズルームに閉じ込められ、二日後に迫った第一回投資事業説明会に向けて杉原からハードな講義を受け始めた。内容は主にこの自治区で使う新しい通貨カンロと新経済システムについてだった。日本円を使わない理由や意味、それに伴う可能性について、きちんと説明できるようにと徹底的に叩き込まれた。食事は杉原がサンドウィッチを作ってくれた。二時間ごとに十五分の休憩をもらって校庭に出た中谷は、そこに転がっていたサッカーボールを蹴った。ひとりでドリブルしてゴール手前で蹴り込むと、破れたネットが揺れた。

その頃、TBCでは岸見伶羅が再び三浦のデスクの前に立っていた。三浦の眼の前には財団法人まほろばへの取材の企画書があった。

視線をあげて、三浦が岸見を見た。「なんで」

「ちょっと気になるんです。やっぱりいちおう行っておいたほうがいいと思いまして」

岸見はなるべく屈託なく言ったつもりだったが、三浦はこれ見よがしにため息をついた。

「言っただろう、この時期はオリンピックネタをまず出してくれよ」

「それもやりますが、こちらも」

岸見は机の上の企画書を三浦の前についと寄せた。

「福島ねえ……」三浦はボールペンで頭をかいた。「震災か事故の直後ならわかるけど、今ごろ福島を元気にするって言われてもなあ」

「でも、元気になったわけではありませんよね」

「もうちょっと盛り上がってからでもいいんじゃないの」

「二日後に盛り上がっているかもしれないと思いまして」

「なぜそう思うんだよ」

「スポットも打ってますから」

三浦は腕組みした。「カメラマンを福島まで連れて行くとなると結構かかるんだよな」

「でも、うちだけがカメラ出してないってことになったら、それもなんですし」

まさかと三浦は苦笑いした。そして、ややあってから真顔になった。

「やらしいこと言うな、お前」

マスコミがいちばん恐れているのは自分たちだけがネタを落としてしまうミスである。三浦のような立場だとこれは言い訳が立たない大失態だ。

「じゃあ日帰りでな」

三浦はしぶしぶ引き出しを開けて、出張命令書の用紙をくれた。

取材の申し込みは、オフィシャルウェブサイトからメールで行うようになっていた。サイトには、福島の住所は記載されていたが、電話番号は見当たらない。岸見はメール送信フォームから取材を申し入れた。追ってすぐに返信が来た。取材を承諾した旨、開始時刻、車で来場する場合は敷地内の駐車場が利用できる、とだけあった。仲のいいカメラマンの後藤に声を掛けたら、なんだ日帰りかと少し不平そうだったが、同行を引き受けてくれた。

いわき駅で降りて、レンタカーを借りた。カーナビに住所を打ち込むと、そこは中学校だった。間違いかと思って、もう一度試したが結果は同じだった。とりあえず車を出した。後藤は免停中だったので岸見が運転席に座った。TBCは本来スタッフの運転を認めていないが、タクシーを使うとまた経費削減を持ち出され小言を言われるのは目に見えているし、今もまほろば本部周辺にはバスは停まってくれないからしかたがないのだと勝手に決めた。道は思ったよりも混んでいた。特別自治区の入り口で係員にまほろば取材のメールを見せたとき、これはぎりぎりだなと焦った。

小高い山の中腹に見えてきたのはやはり中学校だった。正門の横に「一般財団法人まほろば　第一回投資事業説明会」という看板が立っているのを見て、なるほど廃校を改装したんだなと岸見は理解した。敷地内の駐車場に車を入れ、シートベルトを外しながら車窓から外を見ると、施設の周辺ではまだ施工業者たちがせっせと作業していた。トランクを開け、後藤と一緒に撮影機材を取り出していると、持ち上げたトランクの蓋越しに、三階の窓に人影が見えた。スーツを着た小柄な男がマグカップ片手にこちらを見下ろしていた。

「一社来てくれたよ」

窓際の杉原はそう声を掛けたが、ダイニングテーブルでタブレット端末に向き合っていた中谷は、冒頭に行うスピーチの内容を確認するのに懸命で、それどころではなかった。端末をスクロールしながら、ぶつぶつと口の中で話の流れを反芻（はんすう）して、何度か通したあと、マグカップからコーヒーを飲み、一応ぶちこんだよ、と頭を指さした。

「聞いてたよ。まあ大丈夫だろう」と杉原はうなずいた。

やっぱりあんたは行かないのか、と中谷が確認すると、杉原はここで見てるよ、と言って液晶パネルをつけた。大きな画面の中、元は教室だった会場に参加者がぱらぱらと着席している。

すると、会場の後方の扉から、若い女がカメラを担いだ男と一緒に入ってくるのが映し出された。会場を見渡し、カメラマンと何か話している。どこか戸惑っている様子だったが、別段気にもとめずに中谷は腰を上げた。杉原は、頼んだよと送り出した。

岸見は通路に出てもう一度確認した。部屋の前には「説明会会場」のサインボードが立っているから、ここが会場に違いない。せこいな、と岸見は思った。最初は控え室なのかと疑ったほどだ。室内に座っている人数がまた少ない。数えたら十八名だった。しかも、みな若い。おまけに参加者の中には秋葉原でゲームソフトを物色しているような出で立ちの者までいる。とても企業人の会合の雰囲気ではない。さらに、報道陣の姿をほかにまったく見ないことが岸見を不安にさせた。

その時、ひとりの男がタブレット端末を片手に階段を降りてきた。男は岸見を認めて、少し驚いたような顔をした。あの、と岸見が声を掛けると、顔をほころばせた。人を油断させるようないい笑顔である。取材の受付はどこですか？　と岸見は尋ねた。取材、と男はオウム返しにつぶやいた。その口ぶりはまるで取材という言葉の意味など知らないかのようだった。

「今日の投資事業説明会の取材にきたんですが」

「へえ、取材してくれるんだ」感心したように男は口をすぼめた。

「マスコミの仕切りはどなたが」

「うーん、そういうのはいないな」

「いないんですか」

「ああ、第一アドに頼めばよかったな」

今ごろ反省されても困る。

「あの、どうすればいいでしょうか」岸見は訊いた。

「好きなところにカメラ置いていいですよ。たぶんおたくだけだから」

そう言い残して男が会場に入って行くのを岸見は呆然と見送った。

やっちまったかね、とカメラマンの後藤がそばに来て苦笑した。

「うちだけ？　冗談だろ⁉」

社に電話を入れると三浦に呆れられた。すみませんと岸見は謝るしかなかった。

「それじゃあ詐欺だよ。どうすんの」

二階の教室の窓が開き、カメラマンの後藤が顔を出し、そろそろ始まるよと声を張った。

「まったく人をハメるようなことしやがって。とにかく行ったからにはなんか拾ってこい、いいな」

もういちど岸見が謝る前に、電話は切れていた。校庭の鉄棒の上に尻を乗せて座っていた岸見は、えいやっと地面に飛び降りた。

会場に入ると、後方では後藤が三脚を据えてもうカメラを回していた。前方の教壇では、さっき廊下で会った男がタブレット端末をいじっている。男がプロジェクターとの接続を確認し終えて顔を上げたとき、目が合った。

「せっかくだから後ろにいないで席に着けばいいんじゃないかな」

その声が邪心も屈託もないものに聞こえたのと、会場の雰囲気もそれほど厳粛なものではなかったので、岸見は最後列の椅子を引いて腰を下ろした。

「財団法人まほろばにようこそ。代表の中谷祐喜です」

会場から拍手が起こった。この若い男が代表なのかと岸見は驚き、そしてまた落胆した。

「ここがこれからまほろばの本部になります。ご覧の通りまだあちこち直してます。でも、これから外見も中身もどんどん立派にしていきます。そのためには皆さんの力を借りなければなりませんのでよろしくお願いします。この本部の中にオフィスを置きたい人は申請してください。今日は不完全ながらも食堂とカフェがオープンしましたから、是非そこで食べていってください。校庭には鉄棒があるので逆上がりもできますよ」

笑い声が起きた。

「さて、各事業所についてはここにオフィスを置くもよし、民家を買い上げたり借家をリフォームして使うのもオーケーです。もちろん商業ビルの中に構えるのも問題ありません。但し、かならず特別自治区の中で。ベッドも特別自治区の中に置いて、自治区で寝起きしてください。お願いします」

もっとすごいカリスマ性に満ちた人間を勝手に想像していた岸見の不安はどんどん増していった。

「また、この会を開くのが遅れて迷惑をかけました。遅れた理由は、皆さんにもパートナー兼私の弁護士からメールで知らせたと思いますが、えーっと、ちょっとパクられちゃいまして」

中谷はあははと笑った。会場からも笑い声が漏れた。岸見の方は笑うどころではなかった。

「つまり、例の新国立競技場の爆破事件の犯人じゃないかって疑われて勾留されてたんですが、なんとか脱走して来ました。冗談です。不起訴になって出てきました」

また笑いが起きた。笑い声は教室の外に漏れ、廊下を伝って階下に降りて、ちょうどエントランスで靴を脱いでいた福田の耳に届いた。もう始まっているな、と遅刻を悔やんだ福田は、この笑い声を頼りに階段を二段飛ばしで駆け上がり、会場に飛び込んだ。

「さて、まずは皆さんがこれから始める事業で使ってもらうお金について話したいと思います」

中谷の声には潤いも張りもあった。元気そうなので福田はひとまず安心した。会場の後方に据えられているカメラにＴＢＣのロゴが入っているのを福田は認めた。記録のために回しているのではなく、取材が入っているようだ。室内を見渡すと昔バラエティ番組などでみかけたアナウンサーが最後列に座っていた。

「えーっと、いま来たお兄さん、後方にひとりで立たれると場所が場所だけに授業参観みたいで落ち着かないから、どこかに座ってよ」

会場から再び起こった笑いの中で、ひさしぶりだなと中谷が福田に声をかけた。福田はこれに軽く手を挙げて応え、腰を下ろした。

岸見はこのスーツ姿の男を見て、彼もまた投資を受ける事業家なのかな、と期待した。彼はまともなビジネスマンに見えた。しかし、そんな些末な岸見の推察は次の一言でどうでもよくなった。

「今日はお約束した投資金額、第一回目の投資として全体で一兆円をすでに振り込んでありますが、その使い方についてご説明します」

一兆円！　振り向くと、三脚の横で後藤がやれやれと首を振っている。大言壮語にもほどがある、と岸見は思った。けれど、誰も笑ったり驚いたりするものはいなかった。それがまた不気味だった。

「こっからがややこしいんだよな。さて、皆さんにお渡ししているマネーは円ではなく、またドルやユーロでもない、カンロです。カンロはモノとしての貨幣ではありません。これは完全に情報化されたマネーであります」そう言って中谷は、これであってるよなと独り言のようにつぶやいた。

後藤がそばにやってきて、「これ、新手の詐欺じゃないですか」と警告した。

「で、先日皆さんに『カンロシステム』というアプリをインストールしてもらいました。そこに〝お財布〟というツールがあり、ここにお約束した投資金がカンロで入ってます。一カンロが一円です」

「カメラ停めて帰りますか」と後藤がまた聞いた。そして、「俺はカメラマンだから撮れって言われればなんだって撮りますがね」と付け加えた。

「絶対に詐欺かしら？」

「間違いないよ。偽金摑ませようって腹だ」

「でも、折角来たんだし」

後ろの方でぼそぼそやっていると、「あの、そこの岸見さん」といきなり壇上から名前を呼ばれた。

自己紹介しそこなった自分の名前を相手が知っているのに驚いて前を見た。壇上の男は笑って、なにか質問あるならどうぞ、と言った。岸見は会の進行の邪魔をしていたことを詫びるのも忘れ、さきほどからの疑問を口にした。

「あ、すみません。じゃあ、たとえばここにいる人たちが事業のためにセメントを買いたいとなったら、どうやってカンロで買うんですか？」

「あ、それね」中谷はタブレット端末を手に取った。「それについては、事業家のみなさんにはすでにメールで説明してるんだけど、まあいいや。特別に話してあげる、岸見さんだから。もちろんカンロで払ってセメントもらうってのが理想なんだけど、取引先がカンロでの精算を受け付けてくれない場合、悲しいかな現状ではこのケースがほとんどなんだけど、事業者の方々には取引先に商品の発注だけしてもらう。と同時に、俺たち財団法人まほろばにカンロでその金額を払ってもらう。それを俺たちは円に換金して所定の取引先に支払う。商品のセメントは発注した事業者に直接届くというしくみです。これだよね」

ここで中谷は手に取った端末にタッチした。

まほろばから各プロジェクトにカンロが流れ込む。各プロジェクトの事業主は取引先に発注し、その対価のカンロをまほろばに戻す。まほろばはそれを円に換金し、取引先へ円が支払われる。この様子がモーショングラフィックスで図示された。

「この図ではわかりやすくするために、消費税のことは省いてるけど、これでわかったかな」

「はあ、いちおう。つまり、カンロをあげたまほろばが、またカンロをもらって、またそれを円に両替して、支払いを代行するってわけですか」

「まどろっこしいと思ってますか」

こちらの心中を見透かしたように壇上の男は笑って言った。

ええ、と岸見はうなずいた。

「そうなの。ちょっとめんどくさいんだけど、最初はこのシステムでやっていくしかない。けれど、すでにカンロを受け付けてくれる企業もあります」

中谷がまた端末を操作すると、今度はスクリーンにさまざまな企業の一覧が表示された。機械製造業者、金属加工会社、土やガスなどの資材を提供する会社、建築会社、農機具の製造販売会社、小規模にチェーンストアーのスーパーを展開している小売業者。そして、まほろば病院という病院まであった。変わったところでは広告代理店、POSレジシステムの会社、人材派遣会社などが名を連ねていた。

「たとえばこの清水機械という企業から油圧式ポンプを買いたい場合は、俺たちを介さずに直接カンロで支払ってもらえば買えるはず」

「どうしてですか」

「この会社がカンロでの支払いを認めているからだよ」

「どうして認めるんですか。カンロもらってもしょうがないじゃないですか」

「しょうがないなんて悲しいこと言わないでよ」

中谷のこの一言に会場から笑いが漏れた。

「だって、そのお金は国のお墨付きがないんでしょう」岸見はこの笑い声に抗って質問を重ねた。

「なくてもいいんだよ」と壇上の男はあっさり言ってのけた。「これ、俺もそこんところを勉強してわかってきたことだけど、通貨っていうのはとどのつまりは信用なんだ、信用に支えられている。それだけなんだよ。国とか関係ないわけ」

岸見の隣で、スーツの男が軽くうなずいた。

「では質問を変えます。どうしてその清水機械という会社にカンロってお金は信用があるんですか」

「ああ、そうか。正確に言えば、この清水機械には信用が確立してるんじゃない。信用するぞっていう強い意志があるんだよ」

「どういうこと」

「つまり、ここに載っている企業は俺たちが買収したんだ。いわばまほろばのファミリー企業だ」

岸見は仰天した。最後に中谷はこう言った。

「さて、これからみなさんと福島を、日本を面白くしていきたいと思っています。いったんはもう戻れないと言われたこの場所に僕らはやってきた。ここにくる途中に皆さんもご覧になったでしょうが、この自治区はいたるところに草が生い茂り、ほとんど荒れ地のような状態になっています。ここから、ある意味、この荒野から、日本全体を新しく再生させる、みなさんにはそんな事業展開を期待しています。いま、福島、いや日本が必要としているのはイノベーションです。そのためにはこれまでの伝統や因習を壊すことも必要となってくるかもしれません。下り坂社会をつつましく生きるという選択肢はもう少し先にとっておきましょう。皆さんは新しい技術やビジネスモデルに挑戦してください。失敗してもかまいません。果敢に挑戦する限り、まほろばはできる限り皆さんをサポートいたします」

お題目としては立派だが、これはまともな投資家が言うことじゃないな、と岸見は思った。しかし、その一瞬後に岸見は力強い拍手を聞いた。岸見は周囲へと視線をめぐらせた。ここにいる連中は、このような心意気で本当の金を投資してくれると本気で思っているのだろうか。おもちゃのような金をもらってなぜこんな大きな拍手ができるのか。

このあと、中谷は退室し、細かい手続きについての諸注意をまとめた映像がスクリーンに流された。遅れてやってきたスーツの男は熱心にメモを取っていた。

岸見は席を立ち、後方の出口付近で待機した。参加者が出てくると、身分を明かした上で、何人かに取材を申し込んだ。中のひとりが、じゃあカフェがあるらしいのでそこに行きましょう、とそばにいたふたりも誘ってくれた。

カメラマンの後藤も連れて、都合五名で席についた。ここも教室を改造してしつらえたものだったが、壁は柔らかいクリーム色で塗られ、椅子とテーブルは上質な木材で組まれていたので、なかなか気取った趣があった。驚いたことに、ここでの飲食はすべて無料だと言う。もっともこのカフェでは軽食は今日のところはまだ用意できないので、何か食べるのなら食堂に行かねばならないらしいが。

「あの、単刀直入に訊きますが、今日のお話、みなさんは信じてるんですか」

注文の品がそろったところで岸見はこう切り出した。三人は顔を見合わせた。いや、あまりにも荒唐無稽な話なんで、と岸見は断りを入れた。

「詐欺の一種じゃないかと思ったんですね」中のひとりが言った。

先ほどもらって手元に並べた名刺を岸見は見た。この男は武藤。土を使わない畑作農業を始めるんだとさっき自己紹介していた。

「ちがうんですか」

「まあ、普通はそう思いますよね」と武藤は笑った。

「確かに、これは怪しいなと思うときはあったんです」また別のひとりが言った。

この男は長髪だった。光村輝喜（みつむらてるき）。名刺には太陽のイラストが添えてある。サン・ドッグという太陽光発電の会社を特別自治区につくるのだとカフェに来る途中で聞いた。

「怪しいと思ったのはどんなときですか」

「一時期、中谷さんがよくわからない理由で勾留されてたでしょう、それがひとつ」光村は言った。

「あれにもビックリしました」背の低い小太りの男が言った。

間宮雄大の名刺には「福島第一原発事故現場を観光地に！」というぎょっとするようなコピーが踊っている。

「そう。結局、容疑は晴れたんだけど、工事現場で働いていたことは本当だって本人も認めてるんです。けど、おかしな話ですよね。肉体労働者のにいちゃんがなんでそんな大金持ってるの、時給いくらだって話ですよ」

三人は笑った。その笑い方がいかにも若かった。

「それと、カンロというシステムを使うのでアプリをパソコンにインストールしろって言われたときには、キタキタと思いました。投資するけれど、アプリを買えってことなのかって」武藤が言った。

「ちがったんですか」

「完全にフリーソフトでしたね」光村という長髪の男が言った。

「いちおうスパイウェアとかそのへんのヤバいウィルスなんかもついてないか調べてみたんです」

自作ＰＣショップでパーツを物色しているような雰囲気を漂わせている間宮がチョコレートパフェをスプーンで掬って言った。

「それに、詐欺だとしたらどこかで、こちらから金を出させるアクションがあるはずでしょう」

「一銭もとられてないんですか」岸見は確認した。

逆ですよと横から武藤が口を挟んだ。「投資が決定されたときにね、少しの間待機するようにといくらかもらったんです」

「でも、それはカンロでしょ」

「いや、そのときは日本円でした。その場で現金をもらったんです。交通費くらいもらえたら嬉しいなとは思っていたんですが、奮発してくれたんで」

「俺はプレゼンのときに九州から出てきたので、その夜の宿泊も面倒見てくれました」光村は言った。

あてがわれた宿は最近建った外資系の高級ホテルだったというので、それも驚きだった。

「で、みなさんは一体いくらもらったんですか」

「プレゼンしたその日に手付金として二百万円もらいました」

岸見の目が丸くなった。

「正直言っていまでも半信半疑ですがね。だけど、俺これまであちこちでプレゼンして全部断られているんです」と間宮が憤慨の色を表して言った。

「それは僕も同じです」武藤が同意した。

「で、その理由ときたら、俺や会社に実績がないとか、コネクションが弱いとかそういうつまんない理由なんですよ」その横で光村がうなずきながら言った。

失礼を承知で岸見は思い切って訊いた。「でも、それは普通そうじゃないんですか」

「そうかな」と間宮は口を尖らせた。「僕はまずこちらの発想そのものに対する評価がほしかったんです。実績やコネなんかよりもね。それを中谷さんは、アイディアを聞いただけで出すと言ってくれて、なおかつ先方からは詐欺っぽいアクションがない。それどころか実際に現金をくれた。これが偽札だと話はまた別なんですが、銀行に預けても呼び出し食らったりしていません」

なるほど、と岸見は言った。

「最終的にやっぱり騙されちゃったということになったとしても、もうちょっとつき合ってもいいんじゃないかって思ってるんです」武藤が言った。

岸見はひとつ確認するべきことを思いついた。「皆さんにカンロはもう振り込まれてるんですよね」

「はい」

「実際に使えるんですか」

「ええ」

「なにを買いました?」

「最新型のレーザープリンターです」

「買えたんですか」

「ええ、この本部の、僕がオフィスとして使うスペースにもう届いてます」

こともなげに言って、間宮はまたチョコレートパフェをスプーンで掬った。

マスターズルームに戻った中谷は、喉が渇いたとつぶやいて冷蔵庫を開け、林檎(りんご)ジュースをグラスに注いだ。一息に飲んでカンロの説明はあってたかと訊くと、おっさんはなかなかわかってきたな、とうなずいた。おお、高卒も棄てたもんじゃないねと無邪気に喜んで、中谷はグラスを流しに置いた。

マスターズルームにはリコーダーとチェンバロの調べが薄く流れていた。その控えめな鳴りかたがまるでおっさんみたいだなと中谷は思った。ダイニングテーブルで向かい合うと、中谷祐喜の肩書きを考えたんだ、とおっさんが切り出した。理事長ってのは柄(がら)じゃないんでよしてもらいたいんだけど、と中谷が牽制した。おっさんは最初はそうしようと思ったんだけれどと前置きして、

「ペイマスターだ」と言った。

ペイマスターという聞き慣れない響きを中谷は唇を動かしてなぞった。

「ペイって〝金を払う〟って意味だよな。まあ、確かに言われてみれば、俺のやっていることとってそうなのかもしれないが、しかし、金を撒(ま)くしかないっていう立場もさみし

いね。なんだか事業を立ち上げる連中が羨ましいよ」

「その気持ちはわからんではないが、とても大事な仕事だ」

だといいんだけどな、と中谷はため息をついた。結局、撒いているのは自分が稼ぎ出した金ではなく、エアーが産み出した金だ。それをハイヨハイヨと渡すしかない自分がつまらないものに思えた。

「腹が減ったな。食堂に行かないか」と中谷が杉原を誘った。

「私はさっき、ここですませた」

「なんだ、せっかくオープンしたのに」

「そのうちにな。君は行ってくればいい。事業家と食事しながら話すのもいいだろう」

「そういえば福田を見かけたんだけど、どうした」

「ああ、帰ったみたいだ。これで確認した」

杉原は壁の液晶パネルを指した。巨大な液晶パネルは格子状に十六に分割されて、館内のそこかしこに据え付けられた監視カメラがとらえた映像を一面に映し出していた。

「なんだ、飯ぐらい食っていけばいいのに」と中谷はひとりでマスターズルームを出た。

まほろばの食堂は理科室を改造したものだったが、厨房の中がまだ完成していなかった。大きな鍋や釜の周りで業者があれこれ調理器具の調整をしているのが見えた。

そんな訳で、今日のところはケータリング業者が来てカレーを振る舞っている。その前に炊き出しのような列が出来ていた。なにせ、近所には腹拵えができるところは皆無なので、なんとしてでもここで食わせなければならない。第一アドの吉田に頼むと、イベント事業部が動いてこの業者が来てくれることになった。ケータリングの列には施工業者も一緒に並んでいる。中谷もトレイを取って最後尾についた。見渡すと、出資を受けた連中があちこちのテーブルに散らばってスプーンを動かしている。

つい、とひとりの女が寄って来た。

岸見伶羅が中谷の横に立った。

「あの、少しいいでしょうか、インタビューしたいのですが」

もちろんいいよと言いながら、中谷はもう一枚トレイを取って岸見に渡した。「でも、時間がないから食べながらでいいかな、岸見さんもどうぞ」

岸見は突き返すこともできず、中谷と肩を並べてサラダバーからレタスを取った。そして、少し離れたところにいる後藤にカメラを回すように目配せした。

「あの、どうして私の名前を」

「どうしてって……。もう、アナウンサーやってないの」ドレッシングを選びながら中谷が訊いた。

岸見は思わず中谷の顔を見た。

「よくご存じですね。やめてもう五年は経つのに」

「俺、ファンだったんだよ。『血戦、お笑いバトル』ってので司会やってたでしょ」

「あんな、バカな番組見てたんですか」

大好きだったんだ、と中谷は言った。まさかと思いつつも、岸見はこの番組を挙げてもらってうれしく思った。お笑いタレントにおかしなクイズを出して、正答だろうが誤答だろうが彼らがとんでもない目に遭うという趣向で、低俗と言えばそれまでだが、芸人たちはみな身体を張って誠実にやっているように岸見の目には映った。そのひたむきなばかばかしさは好きだった。

「お約束で海に放り込まれるところとかよかったなあ」

岸見は照れくさそうに顔をほころばせた。番組の最後にはクイズの厄災がそばで見ていた岸見にも及ぶというオチがつくのだった。

「なんで、アナウンサー辞めたの」

「人気がなくなったからですよ。それに技量の問題もあって」

「ああ、よくかんでたもんなあ」中谷はよそってもらったカレーを受け取りながら言った。

そして、そこが可愛(かわい)かったんだけどな、と独り言のようにつぶやきながらカレーライスを載せたトレイを手に、空いているテーブルに移動した。岸見はその後を追った。後藤が小さなハンディカメラに持ち替えて回しながら、ゆっくり近づいて来る。

テーブルを挟んで岸見は中谷と向かい合った。

「投資した事業が成功する確率はどの程度だと思っていますか」

「それはわからないな。みんな長期的に見ているから」

「でも、まったくわからないのに、投資したんですか」

「そうだよ」中谷はうなずいた。

「どうして」

「たぶん、ここにいる連中の事業計画を細かく詰めて行けば、かなりリスクが高いってことがわかってくる。そんなシロモノだよ」

にじりよるように後藤が近づいていた。

「期待はしてるけれど、まあ、そんなに甘くないだろうな。でも、だったら投資しないほうが賢明だという結論は出さない。これがうちの方針なんだ」

「どうしてですか」

「それじゃああんまりじゃないか」

「あんまりっていうのは？」

「面白くないっていうことかな」

「面白くないっていってもビジネスでしょう」

「まあ、投資してくれれば確実な利回りを保証しますって人もいたけれどね」

「それは今回の投資リストには」

「ないよ、そういうのは趣味じゃない」

「どうして」

「うちの方針は、馬券買うなら万馬券、なんだよね」

果たしてこの人はビジネスってものを知っているのだろうかと岸見はいぶかった。それとも適当な答えで煙に巻いているのだろうか。

「それに金をいじくって金を増やすなんてのは、たぶん俺たちのほうがうまくやれる。つまり確実で利回りのいい投資で膨らませた金を不確実でリスキーな事業に投資してるんだよ」

「どうしてそんなことをする必要があるのでしょう」

「だから、そのほうが面白いから」

「その出資金はどのように集められたんですか」

「信託だね、ある意味」

「金融機関はどこを」

「だから、そういうのは使ってないんだ。第一使えないだろ、不確実でリスキーなんだから」

「では、どのように資金調達をしているのですか」

「万馬券を当てた」

　馬鹿にされているのではないかという不安が顔に表れるのが自分でもわかった。

「冗談だよ」中谷は笑った。

　岸見は話頭を転じることにした。「どうして福島なんですか」

「それは単純だよ。俺がここで育ったから、復興させたいんだよ、故郷も国も」

「私が山形で起業したいとプレゼンすることは可能ですか。また、もっと遠くで必要とされている復興プランはどうでしょうか。たとえば、飢饉にみまわれたアフリカの村の復興などは」

　中谷はスプーンを咥えたまま黙った。そして、そこまで考えたことなかったなとつぶやいた。

「復興するべきなのは福島だけじゃないと思うんです」

　岸見がそう質すと、確かにそこは考えていかないとなと中谷はうなずいた。

　本気で？　と岸見が確認すると、もちろんだよと中谷は言った。

　岸見は相手が素直なので拍子抜けした。ひょっとしたらさきほどのスピーチも騙すためというよりは、心底そう思ってのものなのかも知れない。だとしたら、馬鹿なのか。

「どうしてカンロという電子マネーを作ったんですか」

「どうしてだと思う？」

「さっぱりわかりません」岸見は正直に告白した。

「放送局には経済評論家とかたくさん出入りしてるんだろ」

「ええ、もちろん」

「俺に訊くより、そういう人に訊いたほうがうまく解説してくれると思うよ。細かいこと訊かれても俺もわかんないし」

これ以上は無理だなと岸見は判断し、じゃあ局の人間に聞いてなおかつわからないところがあれば、確認のために連絡を取りたいのですがと言うと、ではこちらにと番号をくれた。携帯の番号だった。

そして、ほとんど手をつけていない岸見の皿を見て、せっかくだから食べてよ、なかなかおいしいよ、と屈託なく笑った。

9

福島の特別自治区から東京に戻った福田はすぐに菅原事務次官をつかまえて報告した。

ほらみろいわんこっちゃないとぶつぶつ言いながら、事務次官はすぐに飯塚官房長官と官房副長官補と主計局長に声を掛け、福田に喋らせた。

福田はかいつまんで説明した。

まほろばから各プロジェクトへの投資はカンロという電子マネーで支払われる。カンロというモノとしての貨幣は存在しない。カンロは情報としてサイトを飛び交い、代表の中谷にはその動きがつぶさに把握される。一カンロ＝一円の固定レートを採用する。従って円で保有している財産をカンロに兌換したりすることによって利が乗るということはない。逆も同様である。ゆえにカンロは投機の対象にはなり得ない。事業者は、事業に必要な物資を取引先に発注し、この料金はまほろばにカンロで支払う。このカンロは、まほろばの自動兌換支払いシステムを通じて、円に換金され、まほろばから取引先に円が支払われる。事業体の従業員の給料も同様に、カンロをまほろばへ〝行って来い〟して、最終的に円で支払われるという手順を踏んでいるのではないか。ただし、まほろばは約二十社を買収し、すでに傘下においている。これら二十社はまほろばの自動兌換支払いシステムを経由せずに、カンロでの支払いを直接受け付ける。

「一応、地域通貨は法律では禁じられてないが、なんでそんなややこしいことをしてるんだ」

あらかた聞いたあと、飯塚官房長官兼財務大臣はまずこう尋ねた。

「おそらく、中央銀行の影響を受けない通貨を目指しているのではないかと思います」

「本気で考えているのかね」内閣官房副長官補が小馬鹿にするように言った。

「あと、投資した金が何に使われているのかが、完璧に把握できますね。電子マネーはいくらでも追跡可能ですから。投資された金で、たとえばカンロでの支払いが可能なキャバクラで豪遊しても、それはデータ上に残ることになります」

「まあ、その程度なら心配することもないんだろうが」大臣は薄笑いを浮かべた。

どうにもしまらない空気の中で、官房副長官補がふとこんな懸念を漏らした。

「しかし、このシステムが拡大していくと、やがてカンロが円から切り離されるということも理屈の上では考えられますね。彼らは、エアーで作った金をさらに海外に送って増やし、いまや莫大な円を保有している。それを裏付けにカンロという地域通貨を遠慮なく発行し、さらにもっと進んで実際にそれを使えばなんでも買えるとなると、やがて円の裏付けは必要なくなっていきます」

理屈の上ではな、と飯塚官房長官兼財務大臣は一応認めた。

「一方で、使う側からも考えてみたい。そんな手間を掛けてなぜそんな電子マネーを使わなきゃならないんだろうか。使っている金が、〝なんでも買える〟というところまで流通する原動力はなんだと思う」事務次官が訊いた。

「振込手数料はただになりますね」と福田が言った。

みんなが笑った。

結局、じゃあ、しばらく様子を見ようということになった。福田の予想どおりだった。

〈俺に訊くより、そういう人に訊いたほうがうまく解説してくれると思うよ。細かいこと訊かれても俺もわかんー――〉

中谷の言葉がそこで途切れ、動作も固まった。

編集機の一時停止ボタンから手を離してなんだこれは、と三浦が言った。

岸見は小さくなって三浦を見た。

「なんだよ、一緒に飯なんか食いやがって」

時間がないと言われてという岸見の言い訳は逆効果になった。

「おい、なに甘えたこと言ってるんだ」三浦は気色ばんだ。「五分でいいからってなんとか時間をもらって三十分話を聞いて、三十分の素材から一分抜いて電波に乗せるのが俺たちの仕事だろ」

「はい、その通りです」

「だったら、なんでこんなことになってんだよ」

「リラックスして本音を話してくれるんじゃないかって期待もあって」

「まともなインタビューになってねえよ。こんなものオンエアーできるか、馬鹿野郎」

三浦の方はこう一喝して終わらせようとした。しかし、岸見は取材を継続させて欲しいと粘った。

「どうしてだよ」三浦は不思議そうに聞いた。

「なんだか気になるんです」

「お前、なに言ってんの。そんなあいまいな理由で俺がオーケーすると思ってんのか」

「ふたつの方向があると思うんです。この自治区を拠点に日本を揺さぶるような危険な動きが始まる、そんな予感がします。国家の中にありながら国家と距離を取り、国家に対して激しく反抗するようなそんな動きがここから始まる可能性を感じるんです」

お前それ沖縄でやったらと三浦は茶化したが、岸見は無視した。

「宗教団体が小さな村に入り込んでそこを国家から断絶させて共同体を作り、極端な場合はテロに」

「わかった。もうひとつの方を言え」三浦は仏頂面で先を促した。

「まほろばが福島から日本を再興しようとしていると素直に捉えてもいいのではないかという希望的観測です。そして、彼が本当にあのような巨額の金をつぎ込んでいるならば、ここからイノベーションが始まる可能性もあるのではないかと思うんです」

「おいおい、いま言ったふたつはまったくちがうじゃないか」

「ですから、それを見極めたいんです」

「あのさあ、うちはNHKじゃないんだから、そんな悠長な取材やってる余裕はないんだよ。そのNHKさえ昨日はカメラ出してないんだぜ。どうなってんだ、まったく」

また具合の悪いところに話が戻って来て、岸見はすみませんと頭を垂れた。

「とにかくいったん福島のことは忘れろ」

岸見は耳を疑った。

「福島を、忘れろ？」

「ああ、忘れてくれ。反乱分子だか救世主だかわからない一般財団法人まほろばのことも忘れろ」

「ちょっとそれは無理だと思います」

「無理？　だったら、俺の前で口にするな。この話はこれで終わりだ」

「でも」

「終わりだと言っただろ。それより他の企画出せよ」

三浦は立ち上がり、編集室を出て行った。

席に戻ってコーラを飲んでも岸見の気持ちは収まらなかった。てんでわかってないと心の中で毒づいた。しかし、三浦が指摘したように、ふたつの予測があまりにも大胆に反対方向を向いていることは岸見も認めざるを得なかった。

そして岸見のこの相反する予想はどちらもある意味当たっていたことになるのである。


翌日、木材チップを使った高床式畑作事業に投資を得た武藤は、二五〇ccのバイクに寝袋の入ったバックパックを積んで、さっそく特別自治区にやってきた。住民票を移し、空き家になった民家五棟を続きで買い取り、ここを事務所兼住居にするために施工業者を呼んだ。仲間は一週間後に来る予定だった。夜はインスタントラーメンを食べて床に寝袋を敷いて寝た。エアコンが動かないので、窓を開けて寝て、盛大に蚊に食われた。

自治区の土地はすべてまほろばに所有権があったので、翌日、武藤はまほろば本部に顔を出し、自治区内の農地の賃借契約を結んだ。その足で地元の不動産屋に出向いて、自分が借り受けた土地の元の所有者の名簿を作成するように依頼した。充分な手数料を前金で支払う条件を提示し、不動産屋も喜んで引き受けた。武藤が手元のタブレット端末から、まほろばに三十万カンロを支払い、取引先に不動産屋の名前と口座番号を入力すると、その二十分後にはまほろばの自動兌換支払いシステムによって不動産屋の口座に三十万円が振り込まれていた。

数日後、その名簿を頼りに、武藤はバイクに乗って元の土地所有者を訪ねた。彼らは皆畑作をやっていたが、汚染され荒れた土にくじかれ、高齢であることもあって、農業を諦めて自治区の土地の買い上げに同意した（それは強制的ではあったが、売り手にかなり優遇された値段で取引された）人たちであった。武藤は自分の計画を打ち明け、農場をスタートするときは、そこで働いてもらえないかと打診したが、よそものの武藤に警戒心をなかなか解いてくれないようすであった。

しかし、五軒目に訪れた家の主人がこの話にいたく感動し、快諾してくれた。昼時だったので、飯を食って行けとまで言ってくれた。かつてはバックパッカーだった武藤は遠慮なくこの誘いを受け、野菜の天ぷらをごちそうになった。この佐藤という老人はまだ身体もしゃんとしていて、飯ももりもり食べた。他の連中はなんと言っているんだと聞かれたので、皆さんなかなか慎重で苦戦してますと答えたら、じゃあ俺がまとめてみようと言ってくれた。そして最後には、土地を買い上げてもらったおかげで懐に余裕はできたが、みんな本心はやっぱり畑に出たいんだ、だから大丈夫だ、と請け合った。

保存食やミネラルウォーターなどをバンに積み込み、間宮は仲間五名とともにまほろば本部にオフィスを構えにやってきた。

インスタントラーメンの箱を両手で抱えたまま、エントランスで靴を脱ぎ、一階の通路を行くと、開店準備中の小さなスーパーに行きあたった。間宮は、先に仲間をオフィスに向かわせ、中年の女性従業員三名が棚に商品を並べているのを、入り口付近で箱を抱えたまま見た。

中のひとりが、レジカウンターに「カンロでの支払いのみ」というボードを取り付けにかかった。間宮は声を掛けた。

「いつから開店ですか」

全員が少しびっくりした様子で振り向いた。

「ああ、本当は今日からなんですけれど。まだこんなありさまで」中でいちばん長身の眼鏡をかけた従業員が言った。

「僕が一番乗りかな」

「いいえ、朝早くからもう何名か入っておられます」

このまほろば本部の施設には、高放射線量下でも正確に作動するロボットの設計チームや、地熱発電を開発する会社なども入ると聞いていた。

「じゃあ、また来ます」段ボールの箱を抱え直しながら、間宮は言った。

「あら、いいですよ。レジも動いているので」

愛想良さそうな小太りの女性がそう言ってくれたが、すぐに「でも、使い方わかるかな」と困ったような表情になった。

間宮は、まだ直接カンロで料金を支払ったことがなかったので、カンロを通すレジに興味を持った。段ボールを床に置き、手近な棚からいつも買っている百円のあんパンを手にレジに向かった。

スキャナーを受け取ってバーコードを読み込むと、〈120C〉と表示された。百二十カンロである。まほろばはカンロ支払時に独自に二十パーセントの消費税を取ることになっていた。

このことを聞いたとき、間宮はずいぶん高いと思った。しかし、カンロはいわばもらった金である。まあそれもしかたがないかと覚悟すると「それで事業費が足りなくなるのなら、請求して欲しい」とも言われた。

間宮は尻のポケットからスマホを取り出し、カンロシステムを起動してリーダーのセンサーにかざした。すぐさまディスプレイに〈支払い完了 PAID〉と出た。

あら、割と簡単ね、と横にいた切れ長の目の従業員が言うと、眼鏡の女が、これだと釣り銭間違いもないし、クレジットカードでの支払いの処理よりずっと楽だわ、と同調した。それはそうだろう。売上を金庫に収める手間だってないはずだ。従業員にとってはこの上なく楽な設計である。

「特別自治区の方ですか」スキャナーを戻して、間宮は聞いた。

「ええ、帰れることになったので帰ってきたのはいいけれど、仕事もないからここで働くことになっちゃって」小太りの女が言った。

「お給料はやっぱりカンロですか」間宮は興味本位の質問をしてみた。

「そうなの。ちょっと不便よねえ」

「その分、時給なんかは他のところよりはかなりいいんだけど、心配にもなるわ」

「大丈夫ですよ。僕も給料はカンロですから」間宮は請け合った。

「そうなの?」

「ええ、なんでも買えるポイントだと思えばいいんです。そのうちスピード違反の罰金もカンロで払えるようになりますよ」と間宮は軽口を叩いた。

まさか、と女性従業員たちは笑った。

「でも、よく、決心されましたね」と間宮は言った。

「まあねえ。でも、心配ばかりしててもしょうがないから。それに放っておくと家も傷むし」切れ長の目の女は口を尖らせた。

「年寄りもどうせ死ぬんだったら帰って死にたいって言うしね」そう言って眼鏡の女も笑った。「戻ってきたら家の補修費まで出してくれるって言うから、思い切っちゃったわ。やっぱり、それもカンロでだったんだけど」

　その口調は意外と明るかった。そんなケアまでしているのかと間宮は感心した。

「でも、年寄りにとってはやっぱりカンロって扱いづらいわよ。家に若い人がいない老人だけの家ではね。パソコンなんかないところも多いんだから」小太りの女が言った。

「なるほど。じゃあ、それは僕から本部に知らせておきます」

　間宮は、あんパンを上にのせて段ボールを抱え上げた。そして、もう一度店内を見渡し、「こんなにそろっているのなら、ラーメンなんかわざわざ箱で持ってくるんじゃなかったな」と言い残して、自分の区画へ向かった。

　間宮が借りたスペースには、机やキャビネットや会議用のテーブルなどがもう搬入されており、かなり事務所らしくなっていた。

　できる限り福島産のものを購入してくれ、とペイマスターの中谷から念を押されていたので、思い切って、オーダーメイドで高級木工家具を製作している会津の工房に発注した。机もキャビネットもえらく値が張ったが、木の肌のおかげでオフィスには品のいいなごやかな雰囲気が漂った。

「なんかオシャレだな」はにかんだように間宮が笑う。

「これからの福島はオシャレじゃなきゃ駄目ですよ」仲間のひとりが木製キャビネットに資料を並べながら言った。

「Ｗｉ－Ｆｉは」机に向かいあんパンをほおばりながら間宮が訊いた。

「飛んでます、ものすごく高速なのが」すでにノートパソコンを開いて、キーボードを叩いている仲間が言った。

間宮もタブレット端末を立ち上げて、ペイマスターの中谷にメールを打った。本来ならば直接挨拶に行きたいところだが、中谷からはそういう儀礼や社交は不要だときつく言われていた。たぶんそれに対応する時間も惜しいのだろうと思い、特別自治区へ到着したことを伝え、年寄りがカンロをなかなか扱えないようだと報告しておいた。

それから、高床式農業をやっている武藤にもメールを打ち、まほろば本部内のスーパーがオープンしていることを教えてやった。彼が引っ越したあたりは、まだコンビニも再開していないとメールでこぼしていたからだ。

次に間宮は、電話を取り、電力会社本店の広報に挨拶した。地元の第一原子力発電所の広報窓口にも電話を入れて、どうもどうもと明るい声を出した。

間宮は基本的に原子力発電には反対という立場だった。しかし、電力会社の職員と相対するときに、糾弾するような態度や言葉遣いは慎んだし、窓口に立たされている人間を責めても、なんの問題解決にもならないばかりか、逆に疑心暗鬼になって公開する情報を絞り込まれるだけだから、そういうことは意味がないぞ、と仲間にも注意を促していた。ああ、間宮さん、今日は暑いですねと先方も明るい声を出した。間宮の名前をすでに先方はよく知っていた。

「一般の見学に向けて、安全対策のプランをとりまとめたので今度お持ちしたいのですが」

そう言って間宮は、一週間後のアポを取った。

福島第一原子力発電所から十キロも離れていないところに第三種漁港があった。これは漁港漁場整備法によって「その利用範囲が全国的なもの」と定められた比較的大きなものを指す。しかし、今、ここに立っている喜多島の目の前には、コンクリートで固められた湾岸とそれを噛む波があるだけだ。

「ずいぶん波が高いな」と喜多島の背後で英語が聞こえた。「それに水深もかなり深いので、浮体式にするしかなさそうだな」ティム・アウグストは手元のタブレット端末で、喜多島から送られてきた資料をいまいちど確認したあと、ハンカチを取り出し額の汗を拭いた。隣に立っていたビレ・クリステンセンも顔をしかめていた。デンマークから招聘されたウィンドファームのスペシャリストふたりは湿気の多い日本の気候にへばっていた。

「キタジマ、超大型機を設計したいと言っていたが、目標としている一基での出力は」

クリステンセンが波を見つめて言った。

「十メガワットだ」

ふたりのデンマーク人は顔を見合わせた。それは大変だな、とクリステンセンが思わず漏らした。

「だとしたらブレードは百メートルにしないと駄目だな。しかし、こんな海にベースを打ち込むのは大変だぞ」

デンマーク人ふたりは、チャーターした地元の漁船の上から、猛々しい海面に視線を戻した。

「そのかわり風はふんだんにもらえるさ。百メートルのブレードで十メガワット。そいつを最終的に百基建てたい」

アウグストはいやはやと首を振った。「風力発電の新記録になる」

「原子力発電所と競争しようって言うのか」汗を拭いながら、クリステンセンが笑った。

「そのとおりだよ」と喜多島は言った。「規模の経済性でコストを下げる。と同時に巨大な電力を出さなければ、いつまで経っても自然エネルギーはオプショナルな場所から抜け出せないんだ」

喜多島が真顔でそう答えたので、ふたりの欧州人も笑うのをやめた。

まず最初に本格的に事業が動き出したのは、武藤の高床式の畑作農業だった。この農法そのものは技術的にほぼ確立されているものなので、資金を得たあと着手するのは早かった。

チンゲン菜、水菜、ミニトマト、赤かぶ、ルッコラ、なす、ピーマン、イチゴなどが栽培される温室ハウスが、地元の建築業者によってつぎつぎに建てられ、それらの屋根には、光村の会社サン・ドッグが製作したソーラーパネルが取り付けられた。温室ハウスの内部は、農業用ベッドと呼ばれる腰高の苗床が並べられ、中には、種や苗が滋養を受け取る農業用木材チップが撒かれていた。土壌と苗床が切り離されていること、室内で栽培されていること、さらに土の代わりに木材チップを使っていることから、除染がほとんど進んでいない特別自治区においても放射線による汚染のリスクはゼロに近いといえた。武藤は、いよいよ事業がスタートする前に仲間に言った。

「これで福島特別自治区の農産物は危ないっていうんなら、日本はここを見捨てたのと同じだ」

農業に従事していたものの断念せざるを得なかった高齢者が、この土地の農業のリーダー格で地元からの信頼が篤い佐藤の呼びかけで徐々に集まり始め、農作業の担い手となった。

実は、プロジェクトをスタートさせた直後は、この農作業従事者の確保に不安があった。売り払ったとはいえもともとは自分たちのものであった土地によそ者が入ってきて自分たちが諦めた農業を興すことに、土地の人たちに複雑な感情があることは想像に難くなかった。実際、賃金労働者としての農作業にわだかまりを解けない者は多かった。そんな彼らを前にして佐藤はこう言った。

「あの事故がなかったとしても、だいぶ前から畑耕して食っていくのは難儀な時代になってたんだ。こんな家業を継がせるのもかわいそうなので、どの家も息子は公務員か月給取りにしている。そんな中で、農業やりたいっていう奇特な若いのが現れたんだから、もうちょっと喜んでやってもいいんじゃないか。それに畑に出ないでこの先なにして過ごすんだ。日がな一日テレビ見てたって楽しかないだろ。互いの顔見てみろよ、こんなに永く日に当たらないんで、まるで役場の受付みたいに白くなってるぞ。給金もそれなりに出してくれるって言うし、やってみようじゃないか。なにより、腰をかがめなくてもいいそうだから、こんなにありがたいことはないと思うがな」

集会場にあつまった農家の人たちは、佐藤のこの一言をきっかけに態度を変えていった。

「みんなやりたくてしょうがなかったんだよ。まっさきに手を挙げて抜け駆けしたって言われるのがいやだったのさ」

後日、決起集会を兼ねた宴会の席で佐藤はこう言って上機嫌だった。

「僕は最初、特別自治区の中での作業ということも心配されているのではと疑ってました」武藤が言った。

すると、横から農家の人間が、ひと言言わせろという調子で割り込んで来た。

「ああ、放射線のことかい。高いったって、もうずいぶん下がっているんで大丈夫だろ。ブラジルやイランにはもともと十ミリ越えてるところで平気で過ごしてる地区があるって言うじゃないか。まあ、子供だったらまだしも、俺たちはこの先そう長く生きるわけじゃないしな」

佐藤はそうだそうだと笑い、向かいで顔を真っ赤にして飲んでいる仲間に、

「おい、おまえんとこの公恵さんにもやらせたらどうだ。車椅子でも手さえ動かせば大丈夫らしいからよ」

「そうだなあ、あいつも手先はまだ達者なんで、やりたがるかもな」

そして、うなずきながらコップ酒を飲んだ。

中谷の仕事も慌ただしくなってきて、アシスタントの二、三人も入れないでは間に合わなくなった。

第一アドが広告を出し、これに応募してきた人間を、まほろばが買収した人材派遣会社ヒューマンリンクが面接して、選ばれた事務方三名が福島へやってきた。

谷口政広、江崎年男、大楽勝安の三名は福島出身ではなかったが、谷口はせんだって

の震災でボランティアの経験があった。また、江崎は大学院で社会学を学び、地方と中央の関係についての修士論文を書いていた。ふたりともにまほろばの活動に強い興味を持ち、谷口はアパレルメーカーを、江崎は東京の小さな出版社を退職してやってきた。大楽は大手企業の役員秘書の経験があり、事務処理能力に秀でているということだった。

誰でもカンロを使いこなせるようなカリキュラムを組んで実行すること、これが谷口、江崎、大楽の三名に与えられた最初の課題であった。まほろばはカンロを使ってもらうため、パソコンの類を持っていない特別自治区の居住者にはタブレット端末を無料で配布することに決めていた。しかし、コンピューターなど情報機器に触れたことがない者にも難なく使いこなせるように、講習会なども開き、必要ならば訪問サービスも実施してほしいというのが、中谷のオーダーであった。そのために、もっと人員が必要ならば、人材派遣のヒューマンリンクに相談しろ、と中谷は指示を出した。

実は、間宮からのメールで、電子マネーを理解するのが年寄りには難しいと指摘された中谷は、場合によれば日本円で支給してもいいのではないかと杉原に打ち明けた。しかし、この点に関してだけは杉原は頑なだった。まずこの特別自治区でカンロの経済圏を確立するのだと言って譲らなかった。

特別自治区になったことによって、ここにやってきて新しく事業を興すニューカマーに続いて、仮設住宅などに避難していた者たちもぽつりぽつりと自分の家に戻りはじめていた。この帰宅組にもまほろばは支援体制を取った。たとえば理髪店をもう一度開けたくても、長期にわたって店を離れていたことで駄目になってしまった備品を買い換える必要があり、あちこち傷んだ箇所も修繕しなくてはならない。このような場合にも、補助金を約束した。

しかし、ひとつだけ条件があった。このようにまほろばから補助金を受け取った店舗や事業所では、客がカンロで支払いたいと言えばこれを拒否することはできない、というものだった。客が円で払うことはかまわない。しかし、カンロでの支払いはかならず受け付ける。さらに、まほろば本部内のスーパーなどは、カンロしか使えないようになっている。とにかく、杉原はカンロがなるべく流通するように多少の無理は通すつもりらしかった。杉原がそこまで主張するなら、あまり軽くは扱えないなと中谷は思った。

だから、中谷が地元のバス会社と交渉し自治区内にバス路線を復活させたときも、かなり強引にカンロを使わせることにした。

まず、交渉の当初、そのバス会社は「放射線量が高い（と見なされている）特別自治区内での運行で車両が汚染されてしまうという懸念を、他の地域の利用者が抱く恐れがある」ということを理由に、中谷のオファーに消極的な態度を示した。これに対して中谷は、ある一定額の営業利益を保証するという条件でバス会社を説得しようとしたが、バス会社はカンロでは受け取れないとこれを拒否した。そこで中谷はまず充分な額のカンロをバス会社に仮払いし、その仮払いした金額の範囲内で、特別自治区用のバス車両の新規購入や従来の車両の修繕、燃料費の全額をカンロの兌換システムを経由してまほろばが支払うことを提案した。

この段になって、ようやくバス会社は特別自治区内の運行に踏み切った。運休前の半分の便数ではあったが、ともあれ、自治区内の澱んでいた血が流れ始めた。

また、カンロにはメリットもあった。ひとつは、金の流れが、ディスプレイ上にすべて表示され、流通総量が公開されることだった。ペイマスターである中谷や設計者の杉原には、誰がいつどこで使ったのかが詳細に把握できた。たとえば、ソープランドでカンロを使えば、この履歴はペイマスターのディスプレイに載る。人がソープランドで買うものは限られている。半田ごてやチューリップの球根を買うものはいない。中谷は自分がこの種の店に上がった日を思い出し、カンロ払いでなくてよかったと苦笑いするとともに、カンロでは金というものが本来持っていた匿名性と自由が一部奪われているように感じた。

このことを打ち明けると、杉原は確かにそうだ、とうなずいた。

「けれど、今はしょうがない。市場に流したカンロが健全に使われるのをある程度の期間は見極める必要があるからね」杉原はそう断言した。

このカンロのシステムによって、投資金が本来の目的ではないことに使われるのを阻止することが可能となっているのは中谷にも理解できた。もし、どうしても匿名性と自由を求めるのなら、カンロシステムのアカウントを誰だかわからないものにするか、サブアカウントを持つという手がある。いまのところ、アプリだけは誰でもダウンロードし、インストールできるし、アカウント名は自由にいじれるようにもなっている。たしかにカンロは個人認証については甘いシステムだった。しかし、その甘さは自由と匿名性をある程度保障するための意図的なものである。もっとも、この時点ではカンロが使えるソープランドは世界に一店舗もなかったのだが。また、二十四時間いつでも瞬時に決済や送金が（理屈としては全世界に）可能だった。さらに送金手数料はゼロである。

しかし、いいことばかりではない。例えば一律二十パーセントの消費税である。これでは特別自治区にいてカンロを使う方が、日本の消費税率よりもかなり高くなるので、この点に不満を洩らす者は少なくなかった。

しかし、特別自治区に戻ってきた住民は自分の財産として持っていた円を強制的にカンロに替えさせられたわけではない。カンロはまほろばが住民の帰宅に際して補助金として支給したマネーである。つまりはもらった金なのだ。それで、まほろばの兌換システムを通せばほとんどなんでも買える。しかも、支給される額面は国の生活保護よりもはるかに手厚いものになっていた。

〈まほろばは特別自治区に戻られた方の生活はかならず保障いたします。どうぞカンロ

をお使いください。わからないことがあればわれわれがお手伝いいたします〉

この標語を掲げて谷口、江崎、大楽らはカンロの流通に邁進した。そのために五十名のアルバイトが雇われ、戸口訪問もしてサポートした。徐々にではあるが、カンロを使える店舗は増えていった。特別自治区で商いを再開した理髪店、菓子屋、肉屋、魚屋、文房具店、米屋、自転車屋、自動車修理業などはすべてまほろばからの支援を受けていたので、これらはカンロでの支払いを受け付け「カンロ使えます」のサインボードを日本語と英語で掲示した。

面白いことに、区外でもカンロを持ってみたいという物好きが出てきて、円とカンロを交換してくれないかとまほろば本部に問い合わせしてきた。特別自治区にいない限りはカンロは使えない。しかも、まほろばは円からカンロへの両替には応じるが、カンロから円への換金は応じないと明言していた。しかも、いったん使うとなると強制的に二十パーセントの消費税がかかるので、得になることはなにもない。それを理解した上で持ってみたいというのである。

杉原の方はこのような例をあらかじめ予想してシステムを組んでいた。

まほろばの口座に、銀行の振込手数料を差し引いた金額を振り込めば、振込手数料を加算した満額が〝お財布〟にカンロで戻されるしくみがすでにできあがっていた。もっともこれでは、振込手数料はまほろばの負担ということになる。しかし、カンロでの売り買いが頻繁になることがなによりも優先されたのである。

また、それを意に介さないほどの充分な金をまほろばは基軸通貨で持っていた。日銀から支払われるエアーの円建ての配当金は、即座に海外に送られ、高度な金融技術で回転させられたあと、たいそう肥え太って戻ってきた。それらはその後、円やドルやユーロにわけて保管され、また海外に出て行き、また膨らんで戻ってきては、三分割されて保管された。

この莫大な基軸通貨を後ろ盾にして、じりじりとカンロはその経済圏を拡大していった。しかし、このことについて本格的な論評を加えようとする専門家はまだいなかった。この時点ではカンロもまたこれまで現れては消えていった地域通貨の一種に過ぎない、と高をくくっていたのである。

年が改まり、オリンピックの年となった。

なんの捜査の進展もないまま〈新国立競技場爆破事件特別捜査本部〉は存置された。犯人を逮捕できていないのだからそうおいそれと畳むわけにはいかないという事情を理解できるほどには、野々村も警視庁の空気を長く吸っていた。オリンピックまでにはなんとか逮捕というかけ声に送られ署を出て、あちこち嗅ぎ回っては空しく靴をすり減らしていた。

鬼塚は、中谷を釈放させられたことに納得がいかず、ずいぶん腹を立てていた。ことの真相を見極めようと、上の方にさぐりを入れてみたが、けんもほろろにあしらわれた。しかし、このベテラン刑事は中谷の線を諦めたわけではなかった。なによりも気になっていたのは、中谷に配当金を託した男の存在だった。

「ここでだれかと落ち合ってたってことは」

野々宮は居酒屋の娘に聞いた。工事現場からほど近いこの店に中谷がちょくちょく飲みに来ていたということを聞いたからだ。

「そうねえ、たまに現場の人と来てたけど。ただ、飲みに来るっていうよりも、ひとりでご飯食べに来てるって感じのときが多かったなあ」カウンターにふきんを掛けながら娘が言った。

「でも、連れと来たときもあったんだよね、えーっと、直子さんだっけ」

居酒屋の娘はうなずいた。

「その中で特に親しかった奴を誰か覚えてないかな」野々宮はできる限りにこやかな笑みを浮かべた。

鬼塚はさっきから一言も発せず、仏頂面でビールを飲んでいる。若い娘への質問は野々宮にまかせておいた方が無難だと思っているのだろう。直子は首をかしげながらふきんを動かしていたが、ふとその手を止めた。

「そういえば、最後の方はずいぶん年上のおじさんとよく来てたわね。そのおじさんがひとりで来ることもあったけど」

鬼塚がふいと面を上げた。

「名前わかる?」と野々宮が聞いた。

「さあ、おっさんって呼んでたけど」

「外見は?」

「普通よ」

刑事泣かせの返答に鬼塚は思わず苦笑した。「普通っていうのは勘弁してよ、お姉ちゃん」

「だって普通なんだもん、普通すぎてここじゃちょっと変な感じっていうの?」

「どういう風に」野々宮は気になった。

「まあねえ。うちのカウンターで英語の本読むような人いないから」

確かにそれは変だと野々宮も思った。

なんの本かわかりますか、と訊くと直子は野々宮を睨(にら)んだ。そして、いやみ言わないでよとふくれっ面をして見せた。それは若い娘らしい愛嬌(あいきょう)として野々宮の目に映った。

「あと、急になにか思いついたみたいで、ボールペン貸してくれって言われて渡したら、そこらへんに変な文字書かれちゃって、ほらそこに残っている」

直子が指さした壁には茶色く変色した手書きメニューが貼り付けられてあった。見ると、その上になにやら数式のようなものが殴り書きされている。

「なんの数式かはさておき、このインテリさんが、中谷の後ろにいることは間違いないんだろうな」と鬼塚は言った。

「でしょうね」野々宮も同意した。

「ちくしょう。あと二日もあればなにもかも吐かせてやったのに」と席に戻り鬼塚は悔しがった。

「だったら、もう一度中谷に会って参考までに話を聞くってのはどうでしょうか」

そりゃあ無理だろ、と鬼塚はするめの足を齧った。

「だいいち、やつの居所を摑まないと一歩も進まねえよ。まったく、こうなると面倒だからってんで勾留してたのによ」鬼塚はため息をついてビールを呷った。

すると、ほお大したもんだねえ、と板場の丸いすに腰を掛けて一息ついていた主人が感心したようにつぶやくのが聞こえた。その視線の先を追うと、壁に掛けられたテレビでニュース番組をやっている。

〈株式会社ネオクリアーの梅津和利ユニットリーダー率いる研究開発チームは、極めて高い線量の中でも正常にうごく耐放射線ロボットの開発に成功したと発表しました〉

アナウンサーがニュースを読み上げていた。

〈このロボットはこれまでよりも高い放射線量の中でも正常に動き、細かい作業も遠隔で操作できるというので、高い放射線量下での廃炉作業に貢献できるのではないかと、関係者の間で期待が高まっています〉

画面がスタジオから記者会見場に切り替わると、マイクを前にひとりの男が喋(しゃべ)っていた。

〈これまでにも廃炉作業用のロボットは何度も現場で試用されてきましたが、なかなか芳しい結果を出すことができませんでした。強い放射線に被曝(ひばく)すると機器が急激に劣化したり、回路素子が誤動作あるいは破壊されるなどの影響が避けられないからでした。なぜなら、高い放射線は物質の分子結合そのものを壊してしまうのです。ものを急激に老化させてしまうと表現してもいいかもしれません。そこで我々は、いったん壊れた分子を擬似的に回復させる技術を開発してこの問題をクリアーしようとして来ました。現状では、動作が若干遅いという問題を抱えつつも、これまでのロボットのように高放射線の中で完全に停止してしまったりはいたしません。我々は、このロボットの累積被曝量の許容限度を作業員の法的な累積被曝量許容限度の約一万倍と見込んでいます。まだまだ改良の余地はあるかもしれませんが、とりあえず現場で実際に使えるような段階にまで達していると判断しています〉

四十代半ばくらいだろう。緊張感が眉頭から口元にかけて表れていたが、同時にそこに高揚感がにじみ出ていた。最後に梅津と呼ばれたこの研究者は左手をさしのべて言った。

〈この研究と開発を支援してくれた仲間と財団法人まほろばにこの場を借りて感謝申し上げます〉

その手の先にカメラが振られ、舞台袖の数人を捉えた。その中に野々宮は思いがけない人物を見た。

中谷がいた。若い研究者に混じって壇上に向かって拍手を送るその姿からはあいかわらずの人なつっこさと見違えるような威厳が漂っていた。

「あら、アサリバターの兄ちゃんじゃねえか、こんなところで立派な背広着て。いつの間に出世したんだ」指に挟んだ煙草(たばこ)をくゆらせながら、主人はしきりに感心した。

TBC報道企画部オフィスで、チーフの三浦はこの他局のニュースをじっと見つめていた。目を転じると部屋の隅の別のモニターで岸見も同じ番組を見ていた。

岸見がふとこちらを見た。三浦は視線をそらした。そして、でっぷり太った上半身を椅子の背もたれに遠慮なく預けて足を組み、ぼんやりと天井を見つめた。

ここのところ、まほろばのニュースは各局で思い出したように取り上げられるようになった。さほど大きな扱いではないのが三浦にとってせめてもの慰めだった。

久しぶりに自治区に戻り、小児科の診療を再開した医師の話題、自治区で流通しているカンロという地域通貨、実際に使ってみた人の感想。太陽光発電で自治区で使う電力をすべてまかなえるという段階に来ていること、地熱発電への取り組み、修学旅行で福島第一原発の廃炉作業を見学した九州の高校生はどう感じたか、等々……。その背後にはいつもまほろばがあった。

三浦は忘れろといった手前、前言撤回して追いかけろとは言い出せないらしい、岸見はそのように推理していた。しかし、今回のニュースはかなり大きなものだ。最初に目をつけていたTBCが出し抜かれる格好になったのは、納得がいかない。岸見はわざとらしくモニターのボリュームを上げた。

〈すでに海外からは問い合わせが来ており、新型ロボットを使った廃炉ビジネスの今後の展開が期待されます。——次のニュースです〉

ここでボリュームをもとに戻しモニターを自局のチャンネルに変えてまた三浦を見た。三浦は相変わらず天井を見ている。

その後も特別自治区とまほろばに関するニュースは間を置いていくつか続いた。

福島沖二キロの地点に洋上風力発電一基の基礎部分の工事が着工したこと、廃炉作業現場にネオクリアーのロボットが入って作業を始めたこと、高床式農業が普及し、農家の人たちが再び事故当時暮らしていた場所、いまは福島特別自治区と呼ばれる土地に戻り始めていること、それに伴い授業料無料の私立小中学校が開校の準備を始めたこと、沿岸漁業を営んでいた漁師が遠洋漁業の会社を興そうとしていること、などである。

気象庁が梅雨明けを知らせた後の最初の日曜日、福島のとある海水浴場でいささか気の早い花火大会が催され、その海水浴場で広告代理店によって宣伝用の団扇が昼間から大量に配布された。とにかく暑い日で砂浜に座った観客が手にした団扇はよく揺れた。

この同じ団扇はこの日全国九大都市でも配られていた。たまたま東京のとある繁華街の交差点で立ち止まった岸見伶羅は、コンパニオンからこの団扇を差し出され、なにげなく受け取った。とにかく残酷なくらいに暑い日だったので、信号待ちの間にこの団扇を使って首と頬に風を送っていた。扇いでいた岸見は、ふと手を止めてその団扇に飾られた文言を見た。そこにはこう書かれていた。

〈福島を東日本を元気にするプロジェクト募集中　一般財団法人まほろば〉

その夜から盛大に花火が打ち上げられた。大量のテレビスポットが民放各社で流されたのである。

事故以前の昔の福島の街の風景が流れ、それが、震災後の荒廃した街の風景に一転する。さらにここからこの町はモーショングラフィックスになり、近代的とも前近代的ともつかない新しい巨大な町が出現する。風車が回り、魚は跳ね上がり、植物はどう猛な勢いで生長し、波は高い。

〈僕らはあの日を生き延びて今日も生きている。

だから、何でもできるはずだ。

金がかかる・リスクが高い・前例がない・時期尚早だ。

そんな理由で拒絶された事業提案を募集します！

プライスレス。円じゃ買えない価値がある。買えるものはカンロで！〉

前回のＣＦよりもはるかに金がかかっているのは明らかだった。そしてその表現はより猛々しくなっていた。ＣＦは岸見が勤務するＴＢＣでも大量に流れた。各局各媒体が雪崩のようにまほろばへ取材を申し込んだ。もうこの時には三浦も体裁をかまってはいられず、部内会議でゴーサインを出した。しかし、時すでに遅しで、まほろばはすべての取材を拒否していた。その理由は業務多忙につき対応できないため、となっていた。自局だけが出遅れたのではないことで三浦も岸見も悔しさをまぎらわすしかなかった。

まるでダムが決壊したようだった。まほろばにおびただしい事業提案が押し寄せてきた。まほろばに向けられた国民の関心は、胎動の時期を経て、閾値(いきち)を超えて急速に膨らみ、炸裂(さくれつ)したかのようだった。

谷口、江崎、大楽の三名は事務機能の向上を目指して、話し合いの末に三人のリーダーを谷口にすることに決めた。また、機動力を上げるために事務要員を増強し、彼らの指導には大楽があたることになった。また、ペイマスターである中谷の過密なスケジュールの管理と秘書業務は江崎が担当した。三名の給料は変わらなかったが、彼らは自発的に申し合わせてヒエラルキーを形成した。これは、三人ともに、山っ気というか自己顕示欲や世俗的な出世欲があまりなく、調和を第一に考えるような性格だったことの結果であった。

一方、中谷のほうは毎日のように人と会って事業の提案を聞き、投資を決定していた。

「じゃあ、明日にでも振り込みます」

一本、投資を約束してプレゼンターと握手をした。

いままでとは一風変わった提案で、カラオケ店などの遊興施設を作りたいということだった。特別自治区には年寄りも多かったが、同時に廃炉や除染作業に携わる中年や若年層も定着し始めていた。そういう人間たちをターゲットにした遊興施設が必要だと考えているのだが、というプレゼンテーションである。生活の前後を仕事に挟まれているような暮らしを少し緩めて息抜きをする、そんな場所と時間はどうしても必要だと中谷も思っていた。新国立競技場の工事現場の付近にあった居酒屋で、看板娘をからかっていたときのことを思い出してしまった。

秘書役の江崎が、で、その振り込み方法なのですが、とカンロについて説明しようと

すると、

「わかってます。カンロですね。もうアプリはダウンロードしてあります。さっきお渡しした名刺にカンロのアカウントが記入されていますので」と提案者は笑った。

まほろばを訪れ、投資の相談に来る者のほとんどすべてがすでにカンロのアプリをインストールし、〝お財布〟を持っていた。カンロの認知度は勢いを得て高まっていた。

中谷はこれまでとは一風変わった投資をもうひとつ決めた。夏の野外ロックフェスティバルの単独スポンサーになることだった。サマーライトロックフェスティバルはこれまで他県で開催し、もう十年以上の実績を持つ有名な夏フェスだ。しかし、不況のあおりを受けて今年は、大手のスポンサー二社が協賛を見合わせたいと、直前になって相談してきた。いや、相談と言うよりは事実上の撤退宣言であった。さらに、この二社が引き上げることに不安を感じた他のスポンサーたちもこれは開催不可能だと踏んで、入金を遅らせている。

しかし、主催者はすでに外国からの大物ミュージシャンの招聘（しょうへい）も決めており、会場の設営など一部はすでに発注もすませているので、キャンセルしたところで無傷ではすまない。もう今月末にはかなりの支払いが予定されている。そこで、急遽（きゅうきょ）開催地を福島の特別自治区に移して実施するので、なんとかこのフェスの開催について協力してもらえないかと打診されたのである。

このオファーに対して、中谷は以下の条件をつけて承諾した。①単独スポンサーでの開催とする。②入場料金は無料にし、フリーコンサートとする（ただし、主催者の受益については、まほろばが保証する）。③フェスでの飲食、物販の販売はすべてカンロで行う。④フェスティバルでの発電は自治区の太陽光発電でまかなう。⑤間宮らが主宰する観光地化計画プロジェクトならびに地元の観光業者とできる限り連動する。

プレゼンターの主催者にとっては願ったり叶ったりの条件だった。元はロックのウェブサイトの運営から出発し、いまはフェスティバルの主催者である神田洋二はなんども頭を下げた。

しかし、中谷のほうは、フェスを救済するというような気持ちだけでこの案件に乗ったのではない。むしろ、大きなチャンスだと受け止めていた。中谷にとって復興になによりも大事なものは動員だった。動員なくして復興なし、という考えは実は間宮の影響である。夏の大規模なロックフェスは絶好の機会だと中谷は考えた。震災と事故がなくても、福島は、いや日本のほぼすべての地方は下降の一途をたどっていた。その理由の中心に人口減少があった。人がいないところに商いはなりたたない。一方、地元に残った連中には、農業ではなく、観光やサービス業で飯を食うものが多かった。こういう商売はよそからどれだけ人が来るかがなによりも重要だ。

中谷自身は投資するか否かの基準を自分の中で次のように整理しつつあった。

①特別自治区ならびに福島を回復させるもの。その可能性があるもの。
②その事業が発展して日本を回復させる可能性があるもの。
③特別自治区ならびに福島をこれまでにない形で発展させる可能性があるもの。
④日本をこれまでにない形で発展させる可能性があるもの。
⑤中谷自身が面白いと思えるもの。
⑥やさしさが感じられるもの。開かれているもの。差別しないもの。
⑦思わぬ副作用が発見されたときに、駄目だと思ったらやめられるもの。
⑧右のような事業に直接かかわりないが、これに従事する人間の環境を向上させるもの。

面接と面接の合間の短い休息時間に、ワークチェアのリクライニングを倒して、窓から積乱雲が湧いてくるのを見ながら、中谷は考えた。

主たる投資の方向は大きくふたつに分かれるんじゃないか。ひとつはイノベーション、もうひとつは、やはり動員である。

ノックの音がして、江崎が資料を持って入って来た。

「次の面接者は黒井和彦さんです。プレゼンの内容は直接お話ししたいとのことです」

「内容についてはなにもわかんないの」中谷はいぶかしんだ。

「ええ、こちらでハネてしまおうかと思ったんですが、絶対に気に入ってもらえると仰るので一応」

江崎は履歴書を中谷の前に置いて、体格のいい男をどうぞと招き入れた。黒井は中谷の前につかつかと歩み寄ると、両手を拳に固めて「押忍」と軽く頭を下げた。中谷はぽかんとしている。黒井はもう一度唸るように「押忍」と息を吐き出してから、破顔した。

「祐喜、俺だよ」

拳にある空手ダコを見て、中谷もようやく思い出した。中学のときの同級生で同じ道場に通っていた仲間だった。

福田は、また県人会にかこつけて官邸に出向き、官房長官室のソファーで飯塚と向かい合う機会を作った。そして、のらりくらりとかわしてきた縁談を正式に断った。そうか、と飯塚は福田をじっと見て言った。そして、いやならしょうがないなと付け加えた。

この時福田は、地方に飛ばされたり閑職にまわされることくらいは覚悟していた。ところが飯塚は、胸ポケットに忍ばせていたシガーケースから葉巻を抜いて「じゃあその話は忘れよう」と言った。そして、葉巻を咥えた口の端にあいまいな笑いを漂わせながら火をつけ、紫煙を吐き出してから「ところで、まほろばの話だが」と話頭を転じた。

「ずいぶん景気よくやっているようだ」

「はい」

「いや、実際、景気はいいにちがいないが、君は最近連絡を取っているか」

「いえ、ここのところは。なにか気になる点でも」

「まあ、やっていること自体はべつだん文句をつけるような筋合いのものではないが」

そう言って飯塚は紫煙を漂わせ、その先を濁した。

「目障りですか」と福田は以前この人物が口にした本音を引用してみた。

飯塚は笑った。「いや、最初はそう思っていたんだが、いまは気味が悪いんだ」

そうだろうなと福田も思った。

「やっていることが営利活動ならまだわかるんだが、そうじゃない。どっちかっていうとあれは政治だろ」

「まあ、そうかもしれません」福田は同意した。

「それにあのカンロって地域通貨も気になる。その気になればいつでも止められるんだが、なんであんなややこしいことをしているのかは知っておきたい気がする。君は向こうに信頼されているみたいだから、調べて報告書をまとめてくれないか」

まほろばの調査員として使うので、縁談の件は不問に付すというわけだな、と福田は納得した。

まほろばの件は引き続き関わりたかったし、近々開催される第二回目の投資事業説明会へも顔を出したかったから、渡りに船なのだが、福田は確認した。

「しかし、私はいま特別会計の余剰金の件でかり出されているのですが」

大臣は鼻で笑って、ああ、それなら僕が事務次官に言っておくとまた紫煙を吐いた。


オリンピックが始まった。

中谷はマスターズルームで開会式を少しだけ見た。そこで自分が土を運んだり、つるはしを打ち込んでいた新国立競技場のいまの姿を確認した。いっぽう、同じ現場で働いていたはずの杉原はまったく関心がない様子で、ダイニングテーブルにノートを広げてそれをじっと見つめていた。最近はパソコンのモニターに向かってキーボードを叩くことはあまりなくなり、いったんノートにかがみ込んで万年筆を握ると、周囲の雑音は消えてしまうかのような集中力で白い紙を何時間も見つめている。しかし、握られた万年筆が動くところを中谷は見たことがなかった。

岸見伶羅はオリンピックがらみのネタを探して放送時間の隙間をせっせと埋めていた。競技の内容や選手については、スポーツ部ががっちりディフェンスし、他のセクションが手を出せないよう警戒しているので、彼女は周辺に転がるネタを探してピックアップしていた。最新ホテル事情、マラソン応援スポットの穴場、勝手に学生が作った着ぐるみマスコットの意外な人気、女子に受けているオリンピックスタミナ丼の秘密……。

そんな些末な話題を拾うためにネットを徘徊していたとき、岸見は気になるブログを見つけた。オリンピック観戦で東京を訪れた外国人観光客が福島第一原子力発電所とその周辺地域への観光ツアーに参加した際の叙述である。そのブログの片隅に見覚えのある顔が写っていた。ブログを離れ、このツアーの主催者のページに移動すると、以前まほろばのカフェでインタビューした若手事業家のひとりがいた。

〈事故はいかにして起きたか、そしてそこからどのように立ち直ればいいのか、それを明らかにすることが事故を起こした日本が全人類に対して負う義務だと感じてこのツアーを企画しました。

福島第一原子力発電所の廃炉作業の過程、そしてこの土地で始まった再生自然エネルギーでの発電のもよう、新しい農業なども見ていただきたいと思います。外国からオリンピックで日本に来られた方はぜひ福島にお越しください。絶望と希望と未来を見に。

代表　間宮雄大〉

すべての情報が英語や中国語、韓国語でも掲載されていて、外国人観光客を強く意識していることは明らかだった。岸見はこのツアーを取材する企画書を書いた。これはすんなりと通った。そして、ツアー会社に電話を入れて、取材を申し込んだ。これも受け入れられた。

都内のターミナル駅で集合してバスに乗って福島に向かった。座席にはやはり欧米からの外国人が目立った。バスの中ではすでに観光ガイドが始まっている。ガイドは福島が原子力発電所を受け入れるまでの戦後史を日本語と英語で解説していた。

なんか、はずしちゃったなあ、と隣の席でカメラマンの後藤が苦笑いをまじえてつぶやいた。新手の詐欺だと決めてかかっていた後藤には、あの時の投資がこのようなツアーにつながったことや、その後のまほろばの動きが予想外だったのだろう。

「このツアーの主催者に会ったのはあの説明会の時だったよね。聞いた？　もうすぐ二回目があるって話。次はかなり大規模にぶちあげるらしい」

二回目の投資事業説明会の話はもちろん岸見も聞いて気になっていた。

「どう、岸見さん、企画出してみたら？　他の部員も出しているようだけど、たぶん岸見さんのが通りますよ、前回も行っている唯一のディレクターなんだから」

岸見が礼を言うと、後藤は追加情報をくれた。次の取材ではもう個別の取材は一切受け付けない、式典自体もカメラに収めるのはかまわないが、質疑応答には一切答えないという。

「ここまで大きくなるとは思わなかったなあ。まったく見る目がございませんでした」

後藤はいくぶんおどけた調子で自嘲した。岸見は岸見で、あの時もっとまともなインタビューをしておけば貴重なものになったかも、と悔やんだ。

このツアーそのものも興味深いものだった。特に、廃炉作業を間近で見ることができたのは貴重な体験だった。東京で平和と感動の祭典が人間の肉体を使って催されているさなかに、二百キロしか離れていないところで、科学技術が人間社会に与えた深い傷を、やはり科学技術によって慎重に癒やしている姿を、岸見は防護服の中に肉体を閉じ込めて眺めた。

電力会社の職員は丁寧かつ率直に応対してくれていた。しかし、岸見の職業を知ったときには、その表情が固くなった。ガイドの青年が今回の取材対象はツアーそのもので、原発の是非についてや廃炉の進捗状況そのものではないと説明すると、力みがとけて、笑顔が戻った。

発電所の近くには、まほろばの投資によって震災事故博物館が建造中だった。その施設の一部で事故当時の映像を巨大スクリーンで体感するというコースが設定されていた。ショッキングな映像なので見たくない人は無理しないでください、と事前にガイドが忠告した。岸見は実のところ苦手だった。とは言え、あの頃はその手の映像はさんざんに見たし、映像の仕事に携わっているという自負もあって参加したが、これは思いのほか応えた。眼の前の巨大スクリーンから照り返す光は巨大な波となり、街に迫り、海辺で営んでいる市民生活をまるごと濁流の中に呑み込み、押し流していく。超望遠レンズの中のゆがんだ大気の中でふっとぶ建屋の荒れた粒子の映像も、不吉に心をざわめかせた。

禍々しい映像から解放されて外に出ると、広い海を控えて、積乱雲が湧く青い空の下に濃い緑の山があった。あんな自然の猛威からこんな静かな自然の中へと避難できたことが不思議に思えた。ガイドがバスへ乗るように促す声が小さくどこかくぐもって聞こえた。

野々宮はいわき駅前のレンタカー屋で全車両出払っていますと言われ、慌てた。東京から押し寄せた報道陣がチャーターしたらしいと聞いてこんどは驚いた。鬼塚が地元の署に電話を入れて、迎えをよこしてもらい、まほろばまで送ってもらうことにした。

まほろばの敷地内の駐車場はふさがっており、その前にもマスコミの車が連なって停まっていた。中継車を出している局もあった。

〈一般財団法人まほろば 第二回投資事業説明会〉という看板が出ている正面玄関を入ると、スーツ姿の大男が掌をこちらに向けた。

「お待ちください」と警備員が言った。

野々宮は警察手帳を見せた。とたんに、相手ははっとなって敬礼した。

「会場はどちらかな」と鬼塚が訊いた。

「はい、ここをまっすぐです。ご苦労様です」

どうもと軽く手を挙げて、ふたりの刑事は会場となっている体育館に向かった。

「黒井さん、あれ通しちゃっていいんですかね」と仲間が言った。「取材陣の申し込みリストは確認しろと言われているし」

「ばか、あれは警察だ」

「それはわかってますが、別に令状もないわけですから。いちおう仕切っている第一アドに知らせた方がよかったんじゃないですか」

「なに言ってんだ。俺たちはガードマンで向こうは警察だぞ。どう考えても向こうが上だろ」

「え、そういう話ですか」

仲間は怪訝な顔をしたが、黒井は取り合わなかった。高校時代は空手の猛者として鳴らし、いまは中谷の口利きでまほろばの警備を任されている大男は、地元の不良らしく、大きな組織やお上にはやたらと従順な性質だった。そんな黒井にとって警察手帳は水戸黄門の印籠と同じである。

野々宮たちが会場に入ったとき、レンタカー屋でまごまごしたのが災いして、中谷の挨拶がすでに始まっていた。野々宮は壇上の中谷を見た。取調室で恨みがましいまなざしを向けていた同い年の元日雇い作業員は、会場全体から注がれるまなざしを一身に受け止めていた。発せられた声はマイクの通りがよく、潤いと張りがあり、体育館全体を気持ちょく浸していた。いま注目を集める組織のリーダーがそこにいた。

「一般財団法人まほろばとしましては、この度第二回の投資内容を決定しました。自然エネルギー開発の推進と新しいビジネスプラン、廃炉に関する研究と新たな技術開発を中心に、今回の原発事故を後世に伝えていくためのアイディア、以前よりも人口が増えたこの土地を起点とする新たなサービス産業などにも投資いたします」

見渡すと、以前は体育館だった会場の半分くらいが埋まっていた。彼らや彼女たちはみな投資を受ける事業家たちのようだ。これらの事業を支える金をどうしてこの男が出せるのか、それは野々宮にはとてつもない謎だった。あの時レースで得た金を使ったとしてもとうてい間に合わないだろう。また、後方に控える報道陣の数の多さも野々宮を驚かせた。壁を背にずらりと林立したカメラがいっせいに前方の中谷を狙っている。

「なお、細かい説明は谷口に譲りますが、投資についてはすべてカンロで行わせていただきます。幸いなことに、カンロでの決済を承諾してくれる事業者は確実に増えております。できれば、事業者の皆様方におきましては、ぜひカンロでのやりとりを促進してくださるようお願い申し上げます」

「どこかにいるはずだぞ」鬼塚が野々宮にささやいた。

ふたりの刑事は舞台袖や壇上の脇を注視し、〝黒幕〟を探し出そうとしていた。

とつぜん、中谷が発したひとことに会場からどよめきが起きた。

「今回の投資金額は総額で四兆カンロ、日本円で四兆円になります。投資したカンロはふんだんにお使いください」

よろしくお願いしますと言って中谷は降壇し、舞台袖に向かった。

いっせいに報道陣が動いた。

「ここお願い」

岸見はこの後も収録するよう後藤に言うと、自分は小型のハンディカメラを手にして走った。

カメラの録画ボタンを押して、会場の外に出たとたんに、夏の光に射抜かれた。白い光の中でライバルたちもカメラを構えて待機している。

まもなく両脇をボディガードに固められて中谷が出てきた。すぐに報道陣が詰め寄り、口々に質問を浴びせかけた。今回の四兆円の財源はどこから？　カンロで決済する理由についてお聞かせいただきたいのですが。これは投資の範囲を超えて公共事業だという意見に対してなにかひとこと。

中谷は困ったような笑いを浮かべながら、グラウンドを横切っていく。まだカメラに取り囲まれるのに慣れていない印象を受けた。中谷の進行方向に向かって、マスコミの集団もうねるように動いた。

岸見はなにも質問を持ち合わせていなかったので、中谷さん、中谷さん、とだけ言った。アナウンサー時代に培った腹式呼吸のおかげで、その声はよく通った。

中谷が振り向いた。そして、「おっ」とファンの群れの中に同級生を見つけた有名人のように驚きの混じった笑顔で応えた。その唇が動いた。しかし、次に大声で投げつけられた質問と重なって聞こえなかった。「またね」と言ったような気がしたが、わからない。

中谷の背中が校舎の中に消え、その先は警備の男たちにふさがれてしまった。屈強な男たちが、関係者以外は立ち入り禁止だと大声を張り上げている。

会場の中では谷口が説明していた。

「それではこれから、投資を決めたプロジェクトの代表の方に順に事業展開について簡単に説明していただきます。各プロジェクトはできる限り連携を取ってください。また各プロジェクトの支払いなどはすべてカンロでお願いします。カンロはどんどんお使いください」

色川や居酒屋の娘に聞いたところによれば、中谷が連れていた男は、年の頃なら六十過ぎの歳取った小男だということだった。しかし、ふたりの目は、そのような人物を捉えることは出来なかった。

行こうと鬼塚が肩を叩いた。刑事たちは会場を出た。マスコミはすでに校庭のそこかしこに散らばり、カメラを地面に向けて携えている者もいる。そのまま本部の入り口に向かって進み、鬼塚が警察手帳を見せ「ちょいと入れてもらうよ」と真顔で言った。さきほどの体格のいい警備員が「は、どうぞ」と言って敬礼した。

ふたりが施設内に入ったのを見て、自分たちもとこれに続こうとしたマスコミの流れを、警備の黒井たちが堰き止めた。あんたらは駄目だよ、戻って戻って。マスコミ陣から不平の声が上がった。黒井は駄目駄目と乱暴に押し返した。そのふるまいに得意な様子が見て取れた。

通路に沿って並んだ窓から光がぞんぶんに差し込む明るい廊下を、ふたりの刑事は進んだ。廊下づたいに、小さなスーパー、カフェテリア、そして食堂などが並んでいた。どれも清潔で明るく開放的だった。しかし、突然、茶褐色の壁に進路を阻まれ、埋め込まれたドアの横を見ると、そこには指紋認証のセンサーがついていた。

マスターズルームに戻ってきた中谷は、いつまでたっても大勢の前で話すっていうのは慣れないなと言って水を飲んだ。

「いや、様になってきたよ」椅子に腰掛けた杉原が言った。

杉原はマスターズルームから外に出ないと決めているのか、今日の集会の様子もここからモニターで眺めていた。中谷以外には杉原がスタッフと口を利くこともほとんどない。
「そうか。だといいけどな。今回はカンロの説明は若手にまかせられるので助かった
よ」
ところで、彼らはいったいなんだ、と杉原は巨大モニターを指さして言った。格子状
に十六分割された画面は、まほろば本部各所に設置された監視カメラの映像を映し出し
ている。その中のひとつにマスコミを制止している黒井たちが映っていた。
「ああ、警備のスタッフとして雇ったんだ。俺の地元のダチだよ。いいだろ」
「ちゃんと仕事ができるならかまわないんだが」
杉原が別の一角を全画面表示に切り替えると、廊下をうろついている鬼塚と野々宮が
いた。
中谷は驚いた。「こいつらはあのデカじゃないか」
「君の周辺をかぎ回っているんだろう。警備の体をなしてないとしか言えないな」
中谷は思わず舌打ちをした。
「アマチュアを教育して育てる余裕はうちにはない。少数精鋭でやっていくことになっ
ているはずだ」
「じゃあ、俺はどうなる」
「君は例外だよ」

この点がいつも中谷は理解出来なかった。理解出来ないままに、なにか正体不明の牽引力に引き込まれ、どこか危険を承知で身を挺して進んでいるのだという不安が澱のように残って消えない。

「前から気になってんだけどさ、なんで俺なんかに大役まかせて自分は前に出ようとしないんだ」

「それはいずれ話す。しかし、こういうのにうろちょろされると出たくても出られやしない」

「けどさ、俺がここを再興しようとしたのは、自分が育った土地を見捨てられなかったからだよ」

「そのことについてはなんの問題もない」

「ともかく金のおかげで、ここは徐々に再興というか新しい場所に生まれ変わっている、そういう手応えはある。けれど、その事業で金を使うのは、やっぱり今日あそこに集まっている連中、つまりよそから来たインテリ連中でさ。まあ、それはしょうがないんだけど、せめてこいつらの食いぶちくらいは世話してやらないと、この仕事している意味がないって気がするんだよ」

「そいつはまったく合理的じゃないな」

中谷はむっとした。「だめなのか、合理的じゃなきゃ」

「だめじゃないさ、君はやりたいことをやればいい。ただ合理的じゃない。それだけの話だ」

「でも、やっぱり合理的じゃなきゃいけないって言いたいんだろ」

「だからそれは君が決めればいいんだよ」

「俺がひとりで、おっさんに相談もなく」

「ああそうだ」

「そうやってあんた楽しんでないか」

その時、大型車が近づいてくる重い響きとともに、ざらついた聞き苦しい音声が耳を刺した。

「コラア！　中谷！　きさまは金の力で神聖な日本の領土である福島を買い、この地の歴史や伝統を顧みず、私物化している。中谷よ！　お前は、非国民である！　いますぐ、この福島から出ていけ！　我々日本人は、金の亡者中谷らまほろばから我々の福島を取り戻さねばならない！」

カーテンの隙間から覗くと、街宣車が停まり、戦闘服姿の構成員がその周りに立哨している。中谷はげんなりした。

「なにこれ、俺こういうこと言われちゃうわけ？」

この罵声を聞きつけた黒井は仲間を連れて正門前に走った。マスコミ陣がこれに続いた。岸見もその中に混じって駆けた。施設内にいた刑事たちも様子を見に外へ出た。

街宣車を制止しにいった黒井たちは構成員らと小競り合いになり、これはまもなく乱闘に発展した。報道陣はとりあえずカメラを回した。野々宮は手帳を抜いて前に出ようとしたが、その腕を鬼塚が摑んで引き戻した。

「管轄外だ」

野々宮は先輩のベテラン刑事に振り返り、本心を読み取ろうとした。

「後ろの門の陰にいる私服、あれは公安だぞ」

鬼塚の肩先へ視線を投げると、スーツ姿の男がふたり少し離れたところに立っている。

「左の脇が膨らんでるだろ。下手に俺たちが動くとあとでとやかく言われるぜ」

鬼塚は歩き出した。野々宮も後を追った。背後で大きな声がして振り返ると、警備の大男が額を手で押さえて地面で身もだえているのが見えた。その傍らで、構成員が鈍器を手にこれを見下ろしている。

「まったくなにやってんだよ。黒帯返上だな」

マスターズルームの窓から見ていた中谷が愚痴をこぼした。

おや、彼も来てたのか、とまた分割画面に戻したディスプレイを見て杉原がつぶやいた。いま、そちらに向かったよと言われ、誰かなと中谷が見下ろすと、人影がひとつ、この乱闘を迂回して避けながら駐車場へ向かって歩いて行くのが見えた。福田だった。

「なんだあいつ、こっちに寄っていけばいいのに」

「会いたくないんだろう。君をあの刑事たちから救出する際に、福田くんの上司とハードな交渉をしたんでね、彼の立場も色々と複雑になったにちがいない。そのことについては悪いことをしたと思っている。まあ、好きにさせてあげた方がいいよ」

「そうか、仲間だと思っていたのに寂しいな」

「仲間だと思っていればいい。ただ互いの立場が少し複雑になっただけさ」

「おれは単純な方が好きなんだけれど」

「そういうわけにはいかないさ」

「なぜ」

「世界は複雑だからだよ」


帰りは送りの車がないので、野々宮と鬼塚はバスに乗ってようやくいわき駅までたどり着いた。特急に乗る前に一服させてくれと鬼塚が言い、ふたりは喫茶店に入った。

「公安が張っているとなれば、実態は政治組織だってことだな。少なくとも上はそう見てるわけだ」鬼塚が煙草を吹かして言った。「あそこにインテリの黒幕がいるはずなんだよ。くそう、あと二日留置させてくれりゃあ、あいつだって音を上げてたんだ、な野々宮はここらへんで正直な胸の中を打ち明けておいたほうがいいと思った。

「それに関しては、同意できません」

鬼塚はなにも言わずに煙を吐いた。

「留置場にぶち込んで、精神的に追いつめて自白取るってのは、もう古いと思うんですよ」

鬼塚の目がすっと細くなった。「そうか。じゃあ、新しい代案出せや」

「別に新しくもないんですが、普通に起訴して裁判で白黒つけるのがまっとうじゃないんですか」

「馬鹿言え、俺たちが自白取って裁判所にハイどうぞって送り込んでいるから日本の司法はなんとか回ってるんだろうが」

「ですから、そこに無理があるんじゃないかと」

「甘いな。まともに裁判なんかやってみろ、立証の筋書きをちょいとしくじったらアウトだぜ。そうなったらあっというまに人殺しが大手を振って歩き回る国になっちまうぞ、お前それでもいいのか」

野々宮は黙った。刑事という職業を選んだ以上それでいいとは言えなかった。しかし、本音を吐かせてもらえれば、その方がまだましだと思っていた。

「俺たち警察は冤罪をでっちあげたのなんのってとかくいろいろ言われがちだけどな、実際、そんなものがいくつあるっていうんだ。万に一つもありゃいいとこだ。締め上げたらやりましたって吐くやつはやってるんだよ」

万に一つはある、というのがまずいのである。

「世界有数の治安の陰の立役者は俺たちなんだ。俺たちがいなけりゃオリンピックだってできてやしねえよ。その誇りを持つことだ。でないとやってられねえぞ、こんな商売」

そう言って鬼塚は吸い殻を灰皿に押しつけてもみ消した。野々宮の心中はまだわだかまっていたが、とりあえず煙草を消してくれたのはありがたかった。

ここは今どきめずらしく全席喫煙可の店で、まほろばを取材したあとの報道陣が多く立ち寄って、遠慮なく紫煙を吐き出しながら、携帯を耳にあてていた。

「ええ、四億円じゃなくて四兆円です。はい、これからは被災した東北一帯にも投資をしていくそうです。いや、取材には一切応じませんでした。質疑応答もなしです。……はい、ええ……ええ」

この日の報道番組は各局いっせいにまほろばの投資事業説明会のもようを流した。が、どの番組も投資についての是非を識者がコメントをする場面を作らなかった。まほろばの活動については評価保留としたまま、継続的にフォローしていくと各社が申し合わせをしたかのようだった。

　世間の空気はと言えば、まほろばが福島の特別自治区を拠点に日本の復興を前進させつつあると概ね好意的に受け止めていた。しかし、その一方で、まほろばの財源の不透明さについて疑問視する声も徐々に大きくなってきた。番組でさんざんにもちあげたあとで、この集団が大規模な犯罪にかかわるようなことになった場合、その報道番組やキャスターが深く傷つくことは避けられない。場合によれば看板番組自体を失いかねないと判断しているらしかった。

　なかでも岸見が所属しているTBCの夕方の報道番組はまほろばの取り上げ方についてはかなり慎重であった。この消極さは、とっかかりでニュース価値なしとミスジャッジしたことをチーフの三浦が認めたがらないことに由来すると岸見は判断していた。

　しかし、その後もなにか目を引くようなトピックがあると、その背後でまほろばがサポートしているというようなニュースが断続的に報道された。有名な夏のロックフェスティバルが今年は開催地を変え、すべて太陽光発電で運営されると発表されたときも、被曝についての医療を専門とする医療チームが専門病院を開院したときも、彼らの代表は感謝の言葉を添えて、まほろばの名前を口にした。

　ともあれ、岸見は、今回の第二回投資事業説明会については自分が編集し現場レポートした映像がオンエアーされ、少しほっとしていた。他局に対して一頭地を抜くというわけにはまだいかないが、追い越されてはいない位置にいると野心を燃やしていた。

一週間が過ぎ、岸見が取材経費精算のために、机の上で領収証を整理していると内線電話が鳴った。

「いま大丈夫か」

三浦の声だった。

「二十三階の第三会議室まで至急来てくれ」

そう言うなり電話は切れた。岸見は机の上に領収証を並べたまま、飛ばないようにペーパーウエイトをのせて席を立った。

会議室のドアをノックしたが返事がない。失礼しますと断ってそっとドアを開けてみたが、誰もいなかった。部屋番号を聞き違えたのだろうかと携帯を取りだした時、背後で物音がして、年配の男ふたりが入ってきて、この後に三浦が続いた。

「編成局長」岸見は思わずつぶやいた。

「まあ、座りたまえ」腰を降ろした編成局長は岸見に自分の前の椅子を勧めた。

おずおずと座り、なにか大ごとでも、と岸見はいぶかしんだ。

局長にはお時間のない中来ていただいたのでさっそく本題に入る、と三浦は言った。

岸見はあいまいにうなずいた。

「前に収録した中谷祐喜のインタビュー、あの映像まだ残っているよな」

ああ、三浦さんにダメ出しされたやつですかと訊き返すと、三浦は嫌な顔をして、そうだったなと小声で認めた。昨日ネコ屋敷の取材の時に上から被せて消しちゃいましたと言うと、編成局長の顔がにわかに曇り、三浦を見た。いや、実は未練がましく持っていますと岸見は訂正した。軽い冗談に交えて三浦に当てつけたつもりが、冗談の方は完全に空振りしたらしく、誰も笑ってくれなかった。

「すぐ見せてくれ」憤懣を押し殺すようにして三浦が言った。

「なんかあったんですか」

「明日使う」

「どこででしょうか」

「報道ナイト23。こちらはチーフプロデューサーの道下さんだ」

三浦は編成局長の隣に座っているもうひとりを紹介した。

「でも、あのインタビュー、私も一緒にご飯食べたりして、それで三浦さんからお叱りを」

「それは聞いている。苦情もくるだろうが、そこは目をつむろう」と編成局長が言った。

「むしろ、ウリになるかもな」チーフプロデューサーの道下が付け加えた。

「俺の負けだ」三浦は岸見に言った。「まほろばを追うべきだと言ったお前が正しかった。中谷はいまや財界の注目の的だ。右なのか左なのかよくわからない不思議な存在で、とにかく力をもっている。そしてその力の源がよくわからない。インタビューにも応じたことがない。だからあのテープには希少価値がある」

岸見は立ち上がって踊り出したかった。

「じゃあ、編集ルームに行こうか」

道下はそう言うなり立ち上がった。すぐにあとのふたりが続いた。岸見も我に返って追いかけた。

編集室で、編成局長、番組のチーフプロデューサー、そして上司の三浦の三人は未編集のテープを見た。

見終わった後、道下はすこし考えている様子だったが、やがて編成局長にうなずいた。

「明日、中谷は協賛しているロックフェスのステージでスピーチするらしい。このことは知ってるな」道下は岸見に向かって言った。

「はい」

「協賛というクレジットになっているが、資金の全額がまほろばから出てる。実質は主催者だ。そのロックフェスでの中谷の映像と合わせて、このインタビューを使おう」

そう言ったあと、自局でもっとも視聴率を稼ぐ報道番組のトップは三浦に向かって、よろしくお願いしますと頭を下げた。岸見をスタッフとして貸し出してくれという申し出をあらためてしているらしい。三浦はどうぞどうぞと承諾するしかなかった。

　オリンピックが後半にさしかかった頃、全国から音楽ファンが福島特別自治区に向かった。四十二のバンドやミュージシャンが出演し、お笑い芸人のパフォーマンスや識者によるトークショーなども織り交ぜて開催されるサマーライトロックフェスティバルを体験するために、これまで福島の土を踏んだことのない多くの人がこの特別自治区にやってきたのである。キャンピングカーで来る者もあれば、テントを担いだバックパッカーもいた。当然、ホテルや旅館に泊まる者もいて周辺の宿泊施設はすべて満杯になった。

　メインのグリーンステージからは太平洋の海岸が遠くに見え、沖合では洋上風力発電の建築作業が進行中だ。その背後の丘陵地帯の斜面にはソーラーパネルが並び、発電された電力は下のフェスティバル会場に送られ、アンプを灯し、PAを駆動させ、スピーカーからヒップホップの重いリズムを放射させていた。

　ステージの舞台袖では、緩いTシャツにだぼだぼのジーンズを穿いてキャップをかぶった中谷が控えていた。この出で立ちには訳があった。数日前に主催者の神田洋二から連絡があり、ぜひともオープニングでひとこと挨拶してくれと依頼されたのである。

　最初、中谷はこのオファーを断った。フェスティバル名のあとにすぐまほろばの名前が続くことはなるべく避けるようにしていた。名前の露出も控えめにするように配慮してもらった。まほろばという名前自体が知られるようになることにはあまり意味がないと思っていたし、どこかで危険かも知れないという勘も働いた。

また、神田にとっては窮地を救われたという思いがあるだろうが、中谷の方にだって、ロックフェスによる動員で自治区を活性化するという企みがあってのことだったので、救世主のようにあつかわれるのは、申し訳ない気がした。

しかし、音楽ファンの間では、このフェスの危機をまほろばが救ったという物語が、かなり広まっていた。神田は中谷の紹介をアイアンフィストのMCでやりたいと提案した。出逢ったときに出演予定者のリストにこのヒップホップグループの名前を見つけて中谷が喜んだのを覚えていたからだ。すでにメンバーには伝えて快諾を得ているという。ほんとなの、と電話口でつい中谷は明るい声を出してしまった。アイアンフィストは好きでよく聴いていた。不良っぽくて威勢がいいくせに、ライムにもの悲しさが滲んでいるのが気に入っていた。同じステージに立てるというファンのうれしさでついつい承諾してしまったのである。
ド、ド、ダッ、ド、ド、ダッ、というブレイクビーツに乗って、アイアンフィストのミレーがマイクを握った。
「フェスに甚大なる支援をしてくれた俺たちのリッチなダチを紹介するぜ」

もうひとりのMCジックが舞台袖に手をさしのべた。

「まほろばのペイマスター中谷祐喜！」

中谷はメモをジーンズのポケットにねじ込み、ローディが渡してくれたマイクを握ってステージに出た。

観客から歓声が上がった。それはおざなりのものでないように感じられた。ミレーとジックがちょっと複雑なフィストバンプで挨拶をしてきた。中谷がうまく拳をぶつけてこれに応えると、さらに歓声が沸いた。マイクを握ってステージの前の方に出る。四拍目で、ミレーがいけと合図してくれた。中谷は次の小節から突っ込んだ。

「へこたれないぜ　繁栄するぜ　豊かになるぜ　成長するぜ」

会場が沸いた。舞台袖では黒井も顔を紅潮させていた。

「生まれ変わるぜ　突き抜けるぜ　開くぜ　受け入れるぜ　そのためにばらまくぜ money 降らすぜ honey」

熱狂する観客の上で、投げ上げられたペットボトルが水しぶきを吐き出しながら舞った。

その時、ステージ脇から黒い影が飛び出し中谷に突進した。中谷は反射的に身をひねった。突き出された男の手にナイフが光った。その先端が中谷のTシャツを裂き、脇腹を浅くえぐった。身をかわした勢い余って中谷はステージの中央に尻を打ち付けた。みるみるうちにTシャツが赤く染まった。観客席からどよめきと悲鳴が上がる中、男はナイフでミレーとジックを牽制した後、中谷との距離を詰めた。

「死ねえ売国奴！」

暴漢がナイフを振りかざすのを中谷は仰向けになって見た。青い夏の空を背景に人影は黒く塗りつぶされ、振り上げられたナイフの刃が笑った。

しかし、宙に差し上げられたその手は落ちて来なかった。背後にもうひとつ人影が現れ、暴漢の手首を掴んでいた。その手をひねりあげると、自分の体重を浴びせ、暴漢を中谷の真横にうつぶせに這わせた。こぼれ落ちたナイフが蹴られ、舞台袖に滑っていった。それはあぜんとして突っ立っている黒井の足元で停まった。これを見て、ようやく我に返った黒井が走った。

手錠を持って来ていなかった野々宮は、警備の人間に暴漢を引き渡してそのまま退散した。その時、中谷と目が合った。

中谷はいま自分を救った人間が、どこかで見覚えがあるとは感じたものの、あの取調室ではねちねちといやみを言ったり恫喝（どうかつ）したりし、先日も施設内をうろついていた若い刑事だとはすぐに理解できなかった。なにせ野々宮はスリムジーンズに肩口が破れたTシャツを着てこれまでとはまるでちがう身なりだったからだ。

ひょっとしてここにたまたま居合わせたのだろうか。だとしたら、あの後はオレンジステージに行って、パンクバンドで踊っているのかも知れないなと、バックステージで傷の手当を受けながら中谷は思った。

「逮捕されたのは、政治結社愛国人民十字同盟構成員を名乗る田代稔三十二歳で、犯行の動機について、金の力で日本の領土を買い漁っている中谷を許せないと思った、と語っているそうです」

サマーライトロックフェスティバルのグリーンステージを背に「報道ナイト23」のサブキャスター麻丘恵子がマイクを握っているこの様子を、岸見伶羅はスタジオの副調整室で見ていた。画面が切り替わると、メインキャスターの古田寛満が神妙な面持ちで話し出した。

〈さて、日本経済の救世主か、それとも経済テロリストなのか、なにかと話題の多い中谷氏ですが、ここでまほろばの旗揚げ直後の中谷氏に、ＴＢＣが独占インタビューした貴重な映像をご覧下さい〉

岸見は緊張した。

〈投資した事業が成功する確率はどの程度だと思っていますか〉

〈それはわからないな。みんな長期的に見ているから〉

〈でも、まったくわからないのに、投資したんですか〉

〈そうだよ〉

〈どうして〉

〈たぶん、ここにいる連中の事業計画を細かく詰めて行けば、かなりリスクが高いってことがわかってくる。そんなシロモノだよ〉

画面はうまく編集されていて、なるべく食事中だとわからないようにトリミングも施されていた。

編集マンが苦労したらしいぞ、とチーフプロデューサーの道下が隣に来て笑った。

「さまざまな憶測が飛び交っている中谷氏のまほろばですが、小原さんはどのようにご覧になってらっしゃいますか？」古田がエコノミストの小原信三に訊いた。

これは経済の専門家がまほろばの活動に対して発する大メディアでの初めてのコメントである。

「非常にまっとうなことをしているようにも見えますね」と小原がうなずいた。

ほお、と意外そうな表情で古田が相づちをうった。

「まず、前政権からひきついだ金融緩和政策の限界ってものがあるわけですよね。日銀がいくら金融緩和やっても企業がどんどん金借りて新規事業に投資するってことにならなかったし、中小企業がなかなか借り入れが難しい状況も続いていた。若い人がどんどん起業して新しいビジネススキームを展開するってことにもなってなかったわけでしょ」

そうですねと古田はうなずいた。

「構造改革を先延ばしにしたままで株価をあげたりしてなんとか延命してきたわけですよね。で、それは結局、誰がリスクを取るかって問題なんですよ。本来は銀行が取るべきでしょうが結局銀行は取らないし、取れないですよ」

「どうしてですか」

「いまそこそこ経済がもっていることさえも、ある意味バブルだって知っているからです」

「なるほど」

「若い起業家が銀行から金を借りようとすると、銀行は事業計画をチェックする。事業の可能性とそのリスクとを天秤にかけると、銀行はリスクの方を慮るんですね。そこを、まほろばは『こちらでリスクを取るからどんどんやれ』と言ってる。さっきのインタビューを見て僕も驚いたんだけれど、馬券買うなら万馬券っていう発想は普通はできない。担保もないのにアイディアだけでどんどん投資する。こういう暴力的な金の使い方こそが日本の経済活動に刺激を与えうるということは言えると思います」

「ということは先生は高く評価してるってことですか」

「ですが、一方で資金の不透明性は気になりますね。五パーセントもリターンがない中でなぜこのような投資を続けられるのか、目的はなんなのか、そのへんがわからない」

「カンロという地域通貨についてはどうお考えでしょう」

「これも裏付けになっているマネーがあるから短期間で信用を取り付けられたはずです。しかし、それがなにかはわからない。その辺がクリアーにならないと、最終的な評価を下すのは難しいですね」

ありがとうございました、と古田はうなずき、では次のニュースですと進行した。

アシスタントが最新のクールビズのファッションを案内し始めたとき、岸見は張り詰めていた気分から解放されて、そっと息を吐いた。道下がその肩を叩いて「お疲れ」と言った。

10

特別自治区に流入してくる人間、帰宅してくる人間はさらに増えた。その結果、ニューカマーと元々の居住者との間にちょっとしたトラブルが発生することもあったが、深刻な排斥運動などは起こらなかった。

まほろばや特別自治区は話題を提供し続けた。

〈遠洋漁業に切り替えた福島の漁業、特別自治区に水揚げ〉

〈特別自治区に居住した事業家のカップルから新生児誕生〉

〈特別自治区で高齢者三名が発癌。放射線との因果関係は不明。三名ともに自治区に残留を表明〉

〈新しい着ぐるみマスコット・ソーラー君が人気〉

〈風評被害を考えるシンポジウム、特別自治区で開催〉

さらにテレビは、東京にもカンロによる決済を承諾する蕎麦屋が一店舗出現したことを報じていた。

テレビを消して、福田は机に向き直った。ここ数日、急性胃腸炎だと偽ってずる休みをし、官舎の自室にこもってカンロとまほろばについて考え続けていた。

一昨日、福田はまほろばのオフィシャルウェブサイトからカンロシステムのアプリケーションをダウンロードした。そしてより簡便になった両替システムを使って自分の一万円をカンロに換金した。ほとんど瞬時に福田のアカウント情報ページに一万カンロが記載された。

カンロ保有者の権利として、福田はカンロの総流通量をネット上で知った。その増加の勢いもグラフで見ることができた。まほろばのその後の動向、カンロの流通量、その加減のしかた、流れなどを追跡し、その狙いと現実的な可能性を福田は考えてみた。そして、その論をどんどん推し進めていった時、自分が出した結論に福田はたじろいだ。

猛暑もいくらか和らいだある日、福田はカンロについての報告書を提出した。提出先は菅原事務次官であったが、大臣にも秘書を通じて提出済みであることを伝えておいた。事務次官のところで留め置かれることを恐れたからである。

そして約一週間後、福田は事務次官とともに官邸の会議室に呼ばれた。部屋に入ると総理がいたのに驚いた。飯塚官房長官兼財務大臣をはじめ白石日銀総裁、さらに島田金融庁長官が列席していた。

事務次官と福田は深々と礼をした。

総理は報告書に目を落としたまま、早速本題に入ってくださいと言った。そして、顔を上げると、福田に視線を投げた。福田は菅原の顔をうかがった。菅原がうなずく。

「特別自治区で使われている新形態の貨幣カンロですが――」

そう切り出した福田には、空気を読まずに思ったままを述べようと決意するまでのしばしの間が必要だった。

「今後も流通量は拡大の一途をたどると予測されます。現在一カンロ＝一円で計算されていますが、このレートが今後も維持されると仮定すると、様々な政治的要素も絡むので一概には言えませんが、十年以内に数十兆円規模に達することも想定されます」

室内がざわめいた。

日本のＧＤＰの数パーセントから数十パーセント規模の経済が円以外で生まれてしまうというのだから当然だろう。そして、それは税を徴収する手段が政府にまったくない経済圏なのである。

総理が口を開いた。「彼らの狙いは、貨幣の利権なのか？　なんと言ったか、あの……」

「シニョレッジですね。通貨発行益。通貨の印刷や鋳造に伴うコストを額面から引いた、発行権者のみが享受できる利益です」日銀総裁の白石が補った。

「その可能性はありますが、私の考えでは違うというのが、暫定的な結論です」

「だとしたら、事業によるリターンが目的かね」

「いえ、今のところその兆候もありません。彼らの投資しているビジネスは、成功すれば確かに大きな利益をもたらすものでしょうが、確率が高いものとは決して言えませんし。また、新規株式公開、担保の接収や証券化による利益の確保を狙っているようにも見えません。そのようなスキームでしたら、円やドルでビジネスを行うでしょう」

「だろうな」と官房長官が同意した。

「だとしたら、なぜ」総理が訊いた。

「彼らの目的はただ単にカンロ経済圏を作ることだとしか言えません」

「ただそんなものを作ってどうするんですか？」と総理は不思議そうに首を傾げた。

「そこなんですが、これはだまし絵なんです」

「だまし絵」

「つまり、どうやって彼らが利を得ようとしているのかという視点からは、彼らが描いた絵は見えない。なので一度見方を変えてみることが必要です」

「じゃあ、見方を変えてみましょう。どんな見方なんだね」

「はい、彼らは既存の通貨システムを信じていないということです。ここをまずおわかりいただきたいのです」

この時福田は、政府の懸念材料であり自分たち官僚にとっては悩みの種であるはずのカンロが世界を真に刷新するシステムであるという矛盾に引き裂かれつつも、熱い想いを抑さえ切れないでいた。

「カンロの目指す経済圏は、インフレもデフレもなく、金融による不当な搾取や大儲けもない世界です」

「ちょっと待ってくれないか」日銀総裁が遮った。「財務省の君には釈迦に説法だが、緩やかなインフレこそが景気の刺激になるんじゃないのかね」

「それに適切な規制を加えることによって、経済を安定させるのが金融政策の胆だよ」

金融庁長官が加担した。

「ですから、彼らはそうは考えていないのだと思います」

「というと」

「貨幣流通量を財・サービスの取引量と釣り合わせること。そうすればインフレもデフレも起こらず、好景気、不景気という概念も必要ない、これがカンロの根底にある思想です」

「ははあ、それは夢物語だね。貨幣需要は、必ずしもGDPとは連動しないよ。キャリートレードが代表的だが、貨幣需要が下がって低金利になった貨幣を、金利の高い外国で運用しようとしたら、貨幣需要は増加するけれど、GDPに影響はないんだ。それに、ベースマネーである程度コントロールしても、信用創造で膨らむマネーストックは完全にコントロールできないからな」

もっともらしいことを喋っているなと福田は思った。日銀総裁が向かいの自分を説き伏せるのではなく、隣に座る総理を誘導しようとしているのは明らかだった。

確かに貨幣需要は投機目的でも伸びるために、GDPとズレを起こすことがある。しかし、やはりGDPが伸びるときには貨幣需要は増加するし、伸び悩むときには低下するのだ。

また、信用創造の理論を振り回して、ベースマネーを増やせばマネーストックも増大し、インフレが起こって景気刺激策になると主張してきた日銀が、マネーストックなんてものはコントロールできないんだと匙を投げるのはあまりに不誠実ではないか、と福田は腹が立った。

信用創造とは、銀行が貨幣を増やす仕組みだと思えばいい。一千万円の預金の内、九百万円を銀行が企業に貸し出したとする。これによって企業の口座に九百万円が追加される。元の一千万円の預金残高は減りはしない。つまり、世の中全体で見ると、一千万円の金が一千九百万円に化ける。このような取引が銀行だけには許されている。そして、このような貸し出しを繰り返していけば、一千万円の金は、三千万円にも五千万円にも膨らんでいく。この元になる一千万円をベースマネー、貸出によって増殖した部分がマネーストックだ。日銀はベースマネーを増やせば、マネーストックも自然に増えるんだという理屈でせっせと金融緩和を行っているが、そのような「常識」の埒外にあるのがカンロなのである。福田はそう仮説を立てた。

「カンロは金融技術で増やすことはそもそも出来ません。信用創造も、投機も出来ないのがカンロの仕組みなんです」

「信用創造が行われないということは、貸出がないということじゃないか。そうなれば、そもそも新しい投資は行われないことになる。それで経済が成長するわけがないだろ」

日銀総裁は語気を強めた。

「いいえ、貸出はありませんが、投資はあります。つまり信用創造という、将来の収益を見込んだ貨幣の発行が制限されているだけなんです」

福田君、君はイチから経済学を勉強した方がいいよと嘲笑気味に言い放つ日銀総裁に総理が掌を向け、説明してくれたまえと福田を見て言った。

かしこまりましたと福田はうなずき、具体例を挙げることにした。

「現在の投資の実際は、将来の収益予測の下に行われます。例えば、ある油田が発見され開発される。その油田が十年間に渡り、毎年一千万バーレルの石油を産出すると予測されるなら、その収益を受け取る権利が証券化され、販売されるわけです」

「つまり、この場合、投資とはその油田の収益を受け取る権利である証券を買うことなのだな」と総理が確認した。

「そうです。そして、それらが現金化されると、今現在市場に存在しないはずの石油の価値分の現金が市場に流れていきます。そして、それで実際にモノを買うことができるわけです」

「正当な取引じゃないか」

菅原が口を挿んだ。先輩の日銀総裁の援護射撃をしているのだろう。

「そうでしょうか。いま現在存在しない財やサービスに対する貨幣が流通してしまえば、将来の収益の先食いが始まるということになります」

そりゃ当然だろう。今さらなにを言ってる、と金融長官が言い放ったのを、いや僕は丁寧に言ってもらった方がありがたいのでと総理が牽制し、続けてくださいと福田を促した。

「不動産、食糧、エネルギー、工業製品、サービスなど、ありとあらゆるものの未来の価値が皮算用され、それが証券化され流通していく。この流れはいったん始まったらもう止められません。なぜならば、一日一日こつこつと実際の生産を行うよりもずっと効率よく金を手にすることができるからです。未来の価値をでっち上げて、そこから現金をむしり取ってしまった方がはるかに楽だからです」

「金融緩和で購入している株、J－REITも同じだな」総理が感慨深くつぶやいた。

「仰る通りです。財務官僚としては言いにくいことですが、日本国債も実は同じ理屈です。その結果、実際にはまだ市場には存在しない価値に裏付けられた貨幣が氾濫し、実際に流通している財・サービスに影響を及ぼします。つまり、物価が上がり、金融で稼ぐ人間と実際の生産で稼ぐ人間の購買力に大きな差がついてしまい、不当な格差が生まれ、経済が混乱することになります」

「というと、現在の利益先食いの金融システムこそが、インフレやデフレなどの経済の混乱を引き起こしていると考えている。まほろばはそういう思想集団であると福田君は仮説を立てているわけだね」

「集団全体に共有されているかどうかは定かではありませんが、そのような認識を前提としてカンロは設計されていると思います」

「ところで、カンロでは、経済の混乱がなぜ起きないというんだね?」

「カンロは現在流通している財・サービスの量、すなわち生産力と貨幣流通量を一致させている、正確に言えば、なるべく近づけているからです」

「それはどのように?」

「カンロは完全に情報化された電子マネーなので、取引の総量がまほろばに丸見えです。だから、流通量の多寡を、取引に応じてコントロールできるというわけです」

「モニタリングされているのは分かるが、どうやって増減させる?」日銀総裁が言った。

「まずまほろばはベーシックインカム制度を完備しています。人ひとりが生きるために必要な住居費や食費、光熱費など最低限必要なものはカンロで与えられるのです。また、新しい価値を創造したいという人々には、審査を受けた後、事業のために必要な資本がカンロで支給されます。返済の義務はありません。事業家たちはみなこのカンロで原料や設備や人材を確保し、新規事業を始めるというわけです」

「なるほど。増やす方法は分かった。では、減らす方は？」

「カンロは消費税が徴収されます。取引は完全に電子化されているので、金銭の授受が行われたら自動的に二十パーセントが徴収される仕組みになっています」

一同が口々に二十パーセントとつぶやいた。

「いったい誰が税率の安い日本円経済圏から、カンロ経済圏に移りたいなんて思うかね、一部のもの好きを除いて」菅原が笑った。「自動的に徴収されるということは、軽減税率や消費税の仕入れ額控除もないってことになるね。となったら、生活必需品はぐっと高くなる。税の二重どり三重どりも起こる。当然、住民の生活はひっ迫する。大体、累進性はどうするんだ？　富める者も貧しい者も一律二十パーセントの消費税というのは公平性を棄てて弱者に厳しい税制ってことになるんじゃないか」

福田は上司からの追及をうなずきながら聞いた。そして、話し終わるのを待ってから口を開いた。

「本当にそうだと言えるでしょうか？　まほろばは消費税こそあれ、所得税や住民税、車両税、年金、介護、医療保険など、その他の税金は一切かかりません。また、完全にカンロだけで生活することを決めれば日々の生活は保障されている上に、医療費も無料です。頑張って儲けようとする者にも、累進課税のような富裕層の意欲を削ぐ税制はありません。税の原則である、簡素・中立・公平を満たした優れた制度だとも言えるのではないでしょうか」

　菅原はじっと福田を睨み付けている。

「一方、まほろばに対して銀行はどうでしょう。信用創造で増えた架空のマネーであっても、銀行は貸すときは担保を取ります。事業が成功すれば金利を、失敗すれば担保を得る。このような権利を、まったくリスクのない想像上のお金を貸すだけで銀行は行使しているのです。まほろばで投資を受ければ、そういった借金のリスクはありません。意欲とアイディアと能力さえあれば、次々に新しい付加価値を創造するチャンスはある。これを魅力的に思う者は後を絶たないでしょう」

　場はしんとしてしまった。

　やがて官房長官が、しかしね福田君、と切り出した。

「カンロは円にペッグしているわけだろう？　カンロ経済圏の仕入れは既存の通貨で行っている。円やドルで仕入れたものを、わざわざカンロに換えて流通させているにすぎない。となるとだよ、円がインフレ、デフレを起こせば、カンロ経済も結局は、それに引きずられるし、円を通じて金融市場と繋がっている以上、カンロそのものが投機の対象となるのは免れないってことにならないかね」

「実は私もそこが懸念点でした。ただ、カンロに関しては一カンロ＝一円の固定レートなんです。それ以上高く売り抜けようとしても、直接まほろばで両替すれば、必ずその価格で手に入ってしまう。また、円でカンロを買うことは出来ますが、その逆をまほろばは受け付けていないんです。つまり、カンロを再び円転することは出来ない。まほろばが円を放出するときは、円経済圏から何かを仕入れるときだけです。もっとも、カンロを使って他の通貨を勝手に売買しようとする輩も現れるでしょうが、消費税で二割も取られることを考えると、他の外貨を売買したほうがいいと思い直すのではないでしょうか」

「しかし、円で仕入れている以上、二倍のインフレになったら、百円のものを二百円で仕入れなきゃいけなくなるんだぞ。貿易と同じだと考えれば、カンロ経済圏にその価格差が反映されないわけがない」

「だから、カンロは最初から豊富な資金力を背景に備えていなければいけなかったわけです」

「どういうことだ？」

「彼らがエアーによって、中規模国の国家予算並みの資金力を備えていることは皆様ご存じの通りです。その資金力でまほろばは、わずか数万から数十万規模の『国民』しか抱えていない。このことは何を意味するでしょうか。多少の『輸入高』に襲われても、そのショックは、豊富な資金力がバッファーとなり吸収してしまう。つまり、インフレにより輸入総額が一千億円から二千億円になっても、余裕資金が一兆円あれば、カンロ経済圏には特に影響はないということなのです」

「いずれにしろ乱暴なロジックだな」

「彼らに渡している金額を考えれば成り立たない理論ではないと思われます。さらに彼らは、金融を通じてその金を膨らませている。いずれ、まほろばの新規事業が成功し、イノベーションでも生まれたら、彼らの経済圏から、こちらへ『輸出』が始まります。場合によっては、『貿易』の決済も最初からカンロで行われるようになる。カンロは地域通貨だと思われがちですが、スマートフォンでどこでも決済可能なので、なにかの弾みがつけば、世界にも広まります。特に一次産業製品が初めからカンロで取引されるようになった段階で、一気にカンロ経済圏は円から切り離されて自立するでしょう。すると、豊富な円やドルなどの後ろ盾などなくても、本当の意味で理想の経済圏が誕生することになる。このように彼らは考えているのだと私は思っております」

まるで自分がまほろばのスポークスマンみたいだなと福田は心のうちで苦笑した。だからこう付け足しておいた。「まあ、夢物語でしょうが」

あまり深刻に受け取られるのも怖かった。しかし、誰もなにも言わなかった。

やがて、この重い沈黙を総理が破った。

「福田君の予想はよく分かった。ありがとう。つまり、まほろばは我が国で約百五十年の歴史をもつ中央銀行制度と税の再配分を中心とした国家制度を転覆する野望を秘めている、そういう可能性があるということだね」

はい、と福田は言わざるを得なかった。

よろしい、と総理はうなずいた。

「しかし、我々は、急進的な改革ではなく、一歩一歩の改善を望んでいる。それこそ、政権担当能力の必須条件であり、保守本流というものだ。革命というのは、甘い理念を夢想するが、実際には多くの血が流れる。これは、和を以て尊しとなす我々の国柄と相容れないというのが私の考えだ。福田君が言ったことが本当に起こり得ることなのか、専門家を招集してよく検討してもらいたい。シミュレーションの結果はすぐ私に伝えるように」

「自衛隊の情報部隊、法務省、財務省、金融庁の専門家を集めて、エアーを止められることなくカンロを阻止する方法を考えよう。そして、この件は秘密保護法に基づいて取り扱う案件とします。皆さん、いいですね」官房長官が補足した。

福田はただ黙って立っていた。

やはり近いうちに福島に行って中谷や杉原に会って話さなければいけないと福田は思った。このまま放置しておけば、たぶんまほろばの活動は何らかの形で妨害を受けることは間違いない。官僚としての任を解いて休日に出かけてみよう。それはどこかで自分の立場を危うくする可能性があるかもしれないが、福田はそうすることに決めた。

次の土曜日にそちらに行きたいのだが、と電話を入れたとき、中谷は無邪気とも取れるような率直さで喜んだ。部屋を用意するから泊まっていけばいいとまで言った。中谷と接していると、列車の窓から急に海が見えたような、ときどき魂がこちらに流れ込んでくるような爽快を感じる場面がある。これは得がたい才能なのかも知れない、そんなことを思いつつ福田はバッグに着換えを詰め込んだ。

先日サマーライトロックフェスティバルで暴漢に襲われたことが応えていたので、タイミングよく福田から電話をもらって、中谷は素直に喜んだ。えぐられた脇腹の傷はたいしたことはなかったが、気がつけば自分がやっていることが世間の評価に曝され、時には暴力を振るわれるまでに憎まれていることが恐ろしかった。しかも、その暴力から救出してくれたのは、警備を務めている地元の仲間ではなく、取調室でさんざんにいじめられた刑事の片割れだったことも中谷を混乱させた。

ともかく、敵や味方が判然としないまま、誰かにどこかで憎まれていることだけは確かである。これは心痛だったし、心許無かった。最近人と会うのはもっぱら金がらみのミーティングで、だれもが自分ににこやかに接するものの、それは自分が金をばらまくからにすぎない。

福田は東京でレンタカーを調達して運転してくると言ったが、いわき駅まで来てくれれば迎えの車をやるので、電車で来たらどうかと中谷は提案し、福田もこれを受け入れた。「その方が、福田のような勉強家は電車の中で本を読めるからいいんだろう」と中谷はからかうような調子で言い添えた。

「福田が来るっていうからすき焼きにしようと思うんだけど」

マスターズルームでふたりで夕飯を食べている最中に中谷は杉原にそう提案した。

中谷はたいてい誰かと一緒に食事をする。昼間は谷口、江崎、大楽の三人もしくはこの中の誰かとミーティングを兼ねてまほろばの食堂かカフェで摂る。夜はマスターズルームで杉原と摂る。この時はたいてい食堂から特別メニューを取り寄せるが、杉原がパスタを茹でることもあるし、ネタを切ってもらってふたりで手巻寿司を巻くこともある。

すき焼きはいいね、と杉原も賛成したので、その場で食堂の女主人に電話を入れて、すき焼き用の肉と椎茸としらたきとねぎを仕入れてくださいと頼んだ。

「で、なんの用で来るんだ」杉原は秋刀魚にかぼすを絞りながら尋ねた。

「いや聞いてないけど、ちょうどいいんだ。あいつの意見も聞いてみたいと思っていたからさ」

中谷は冷蔵庫を開けてひじきの煮物を出してきて卓に置いた。あとは肉じゃががついて今晩の献立となる。

「そうか。で、なにについて福田君の意見を聞きたいんだ？」

「俺たちがやっていることすべてについて、ちょっと離れたところにいる福田はどう見てるのかってことかな」

杉原はうなずいた。「なるほど。それは聞いておいた方がいいな。本人も聞いて欲しいはずだ」


いわき駅で江崎にピックアップされた福田は、本部に向かう道を少しばかり迂回してもらい、特別自治区のようすを見学させてもらった。商店街のシャッターは九割方が開いていた。五割が地元の住人が戻ってきて再開した店舗、あとの四割は新しくやってきた者がそこで商売をしたり、オフィスにしたりしていると解説してくれた。中にはNO NUKESのロゴ入りTシャツや、外壁が吹っ飛んだ原発建屋のモニュメントを土産物として売っている店もあった。すべての店の前に「カンロ使えます」のサインが掲げられてあった。

海岸線に車を走らせてもらい、沖合の洋上風力発電の作業船を見せてもらった。

「このへんは水深が深いので完全に基礎を海底に埋め込む着床式が難しいことがわかって、浮体式に切り替えて取り組んでいます。それも波が荒いのでなかなか作業が進まないんです」

「あとどのくらいで送電できそうですか」

「結構かかりますね、出力をアップするため新型機の開発を行っているので。プレゼンのときには十年欲しいと言われたらしいのですが、もう少し早く八年くらいでとは思っています」

福田は完成後に予定している発電力を訊いたが、旧型ならば原発に肉薄するほどに大きかった。

「われわれも期待しています。太陽光とミックスすればかなりの発電量になるのではないかと」

そう静かに話す江崎の声からは自信の程がうかがえた。

まもなく到着しますという江崎からの電話連絡を受けたとき、中谷は新しい施設の増設計画のミーティングの途中だったが、これを切り上げて降りていった。

靴脱ぎ場で福田を見つけ、中谷が近づいたとき、ごぶさたしていますと福田が浅く頭を下げた。なんだ出入りの業者みたいなことするなよと、中谷は笑って福田の手を握った。

　まずは案内するよと、中谷は福田を連れてまほろば本部の中を歩いた。インキュベーション・オフィスの中に映像製作集団のオフィスまでも入っていたのが福田には新鮮だった。洋上風力発電の建築過程を中心に地元の伝統技術なども記録するという事業に出資したのだという。音響や編集をする小さなスタジオもここに作ったらしい。

　ふたりが一度外に出ると、本部に隣接した土地では、ブルドーザーやパワーショベルが地面を掘り起こして平らにしている最中だった。元は中学校だった本館はオフィス用のスペースがすべてふさがってしまったので、ここに別館を新築するのだと説明された。

　ふと中谷が尋ねた。「市川さんはどうしてる」

「いや、ここのところ連絡を取ってないんですが、たぶんもうどこかに就職していると思います」

　福田の返答は、ふたりの関係を考えると不自然に感じられた。しかし、ふたりの関係をそのように断定していることは知らせていないので、それ以上追及するのはためらわれた。

「まあ、あいつは大丈夫ですよ」

　土を掘り返しているパワーショベルを見ながら明るく放った福田の言葉の裏を推し量

って、別れたな、と中谷は思った。そしてその責任は自分にもあると心苦しくなった。

福田が話頭を転じた。

「勾留を解かれてからはずっとここにいるんですか」

「そうだな、あのフェスで襲われたあとは警備をつけないとまずいような状況になってるし」

中谷はそう言って、少し離れて立っている警備の人間を指した。

黒井たちは結局、谷口らの強い勧告もあって辞めてもらった。事件の直後にある警備会社から、まほろばや中谷の身辺、さらには自治区全体の治安維持も含めた警備をやらせて欲しいと売り込みがあった。いまはそこにまかせている。

「大抵は屋内にいる。軟禁状態だよ」中谷は笑った。

「でも、館内の認証システムは堅牢のようですね」

「ああ、おっさんが設計したから、そのへんはばっちりだろう」

「忙しいですか」ふと福田が訊いた。

「忙しいって言えば忙しいな。でも、ときどき施設の中で暇そうなのを見つけて校庭でキャッチボールしたり、バスケやったりしてるよ。あとは、視聴覚教室を改造して小さい試写室を作ったから、そこで映画を見たりする。カラオケもできるんだ。行ってみるか。なかなかのもんだよ」

中谷は福田を試写室に連れて行った。そこはひな壇に席が連なるまるで小さな映画館だった。

試しにネットからダウンロードしたハリウッドのアクション映画を映写してもらった。プロジェクターも最新機種が入っているらしく、映画館となんら遜色ない映像に福田は圧倒された。しかし、このようなところでひとりでスクリーンを見つめているというのも、動かしている金の莫大さを思うと、どこか孤独なものを感じないではいられなかった。

カフェから取り寄せてなにか飲もうよ、と中谷が言った。わざわざ出前を頼まなくても、こちらから出向けばいいじゃありませんかと言うと、向こうで座っていると、いろんな人間に相談を持ちかけられてゆっくりできないから、と中谷は言い訳しながらもうスマートフォンを耳に当て、アイスコーヒーふたつ試写室にお願いねと注文している。

最近はどのような投資をしているのかと福田が訊くと、大きく分けてエネルギー開発事業を筆頭とする各種イノベーションと廃炉技術に投資を絞りはじめているのだという。新エネルギーで一番期待しているのは洋上風力発電だが、最近はバイオマスや水素による発電の研究に対する支援も積極的らしい。

「そういえば、ここにくる途中で見たほとんどの家の屋根にはソーラーパネルが取り付けられていましたね」

「ああ、帰宅した家には取り付けられるように補助金を出した。使っているのはサン・ドッグって投資先のメーカーのものだ」届けられたコーヒーをストローで吸いながら中谷が言った。

「そんなとこまで面倒見てるんですか」

「ああ、太陽光発電って選択は、〝意識高い系〟の人たちの贅沢な選択なんだよ。なんか無農薬野菜みたいな感じがする」

福田は笑った。

「だから光村にはコストを下げる努力もしろって言ってるんだ。いつまでも補助金で買わせるなって」

そうですねと福田はうなずいた。

「でも、各家庭で発電してあまった電気は買い取ってもらっているから、長い目で見ればいいところまでいけるかも知れないぜ」

「ネックはなんですか」

「発電力と安定性だろうな。その点については、やっぱり原子力ってのは大したものだと思う」中谷は神妙に言った。

さて、杉原のおっさんにも会ってくれと中谷は立ち上がり、試写室を出てマスターズルームへ向かった。指紋認証で解錠し福田を通した。ここに客が入るのは福田がはじめてだと言う。

杉原はソファーで本を読んでいたが、立ち上がって握手を求め、その節は色々と苦労をかけてしまったね、と言った。福田はその手を握り返して小さくいえいえと笑って首を振った。

三人ですき焼きの準備をしながら、ビールを少し飲んだ。窓を開けると、かすかに秋の気配を帯びた風が入ってきた。

用意された肉は取り立てて上等なものではなかったのが福田には意外だった。大衆食堂のすき焼き定食よりはいいという程度である。高級ホテルのレストランやルームサービスでずっと飲み食いしてきたふたりだから、食事くらいは専属の料理人を雇ってよっぽどの贅沢を許しているんじゃないかという予想は外れた。莫大な金を調達・工面・都合している人物としては、ずいぶんと慎ましい暮らしぶりである。

すき焼きをつつきながら、笑いでもてなそうという歓待の精神からか、中谷はサマーライトロックフェスティバルで襲われた話を、いくぶん自分をからかうような調子で披露した。

もうちょっと深手を負っていたら人気が出たかもな、と中谷は自嘲気味に笑い、その論で行けば死んでいたら英雄だと杉原がまぜっかえした。なるたけ座を快活へ向けようというふたりの気持ちはわかっていながらも、福田は少し改まった調子で切り出した。

「愛国人民十字同盟とやらはさほど心配する必要はないと思うのですが、別方面の動きには注意した方がいいと思います」

「別の方面って言うのは」肉をほおばりながら中谷は訊いた。

「もうちょっと、本筋からの攻撃ってことだな」

そう杉原が言うと、福田はうなずいた。

中谷が箸をとめていぶかしんだ。「本筋って」

「なるべく僕も頑張りたいとは思うのですが」

そう言ったあと、福田は先を濁した。中谷は、福田の淀んだような言葉づかいから注意を払うべきは政府だということだけは理解した。

「そろそろ始まったか」杉原は言った。

福田はうなずいた。また苦労かけるねと、杉原が詫びのようなねぎらいのような言葉を口にした。いえ、と福田が微かに首を振った。お互いの意図をきれいに汲み取っているこのふたりに比べて、中谷が捉えているものは曖昧だった。おい、ちょっと待ってくれよどういうことだ、と中谷が福田を見た。

「我々官僚には悪い癖がありまして」と福田は妙な方向から切り出した。「脳みそを使う目的が、本来とはずれてしまうんです。つまり、官僚組織というものは、組織の生き残りと利権確保が本能的に最上位に来てしまうんです」

わかんねえ、と中谷が頭を振った。

「国家機構を否定されることをなにより恐れるんだと」杉原が口を挟んだ。

福田がうなずいた。

「中央銀行制度」と杉原が言った。

「はい」と福田が言った。

「税の徴収」杉原が言った。

「そして再配分」福田が言った。

「これらを前提とした国のしくみを僕らが脅かしているのではないかと疑心暗鬼になっている」

中央銀行制度、税の徴収、再配分、と反芻しながら、中谷は鍋の中の肉を箸で突っついていた。

杉原はやさしく微笑んで、言った。「福田君、君の仮説は正しいよ」

福田は静かに箸を置いた。

「やはりそうですか」

「ただ、私に言わせれば、今の中央銀行制度と税制は、巨大資本と国家権力による詐欺のシステムだ。人々は、本来得られるはずの利益を不当に搾取されているんじゃないかな」

「仰りたいことはわかります。しかし、この状態で秩序が保たれていることも事実なんです」

「なにも、僕らは秩序を乱すことを目標にしているわけじゃない。税制も資本主義も否定はしないさ。ただ、フェアにやるべきだ。そのためにフェアなシステムを作った。このシステムを政府が使ってくれるなら、喜んで差し出そう」

中谷はなぜ杉原があそこまでカンロにこだわったのかをようやく理解した。この男は本気で資本主義をもう一度まともにやり直そうとしているのだ。

福田は訊いた。「どこまで拡大させるおつもりですか」

「全世界に」

福田はため息をついた。

肉を呑み込んでから中谷が口を開いた。

「福田はさ、おっさんの考えをどう思ってんの」

福田は黙った。

「というか、俺たちがやっていることを福田はどういう目で見てくれてんだ。実は今日は俺、それが聞きたかったんだよ」

「厳しい質問だな」と杉原がつぶやいた。

「俺たちがやっていることが、みんなの不幸につながるのなら遠慮なく忠告してくれ」

福田は黙っている。

「でも、もし、この自治区やこの国に住む人たちを幸せにする可能性に満ちているならば、官僚だったらバックアップするべきなんじゃないの。公僕なんだからさ。国家機構じゃなくて、国民のさ」

静かに杉原が笑った。

福田は泣きそうになるのをこらえて、ビールをひとくち飲んだ。そして口を開いた。

「もしカンロが悪のシステムだった場合は」福田の声は少し震えていた。「われわれ官僚組織は国民の強い味方になれます。組織を上げて全力で国民を守ります」

杉原がうなずいた。

「しかし、困ったことに、カンロが国民に幸いなるシステムであった場合も、官僚組織は同じことをするでしょう」

「なんでよ」中谷が訊いた。

「なぜなら、自分たちの利益こそが国益であると、組織全体ではそう思ってしまうような傲慢なところがあるのです」

それだけ言うと、失礼しますと福田は立ちあがった。

「えっ、おい、どういう意味だよ」

中谷は声をかけたが、福田はまるで聞こえていないかのように、帰り支度を始めている。

「おい、なんで帰るんだよ、ちょっと待てよ」

それから、と福田は出て行く途中で思い出したように振り返った。「これは僕からの勧告です」

「まだあるのか」中谷はため息をついた。

「自然エネルギー開発に投資するのはいいんですが、反原発とセットにするのは少し控えた方がいいと思います」

「今日はまた変なことばかり言うなあ」中谷は納得できなかった。「自然エネルギーは原発を止めるためにやってるんだぜ」

「それはかまいません。しかし、自然エネルギーはまだ実用に向けての飛躍的な進歩を遂げていません。であれば、これからどんどん投資して伸ばすにしても、今のところは反原発モードは抑えた方がいいと思うんです」

「そういえば、政府は内緒で一基動かしてるだろ。なぜだよ」

福田の顔色が変わった。

「なぜだと思います?」

「原子力村の利権にしばられているからか」

「まあ、それもあるということにしておきましょう」

「ほかになにが」

福田は黙った。

「どうなんだよ」

杉原が言った。「エアーが原発で動いているからだろう」

中谷は、思わず福田の顔を見た。

「本当か」

「本当だったらどうしますか」福田が訊いた。

「はっきり言え、本当なのかよ」中谷は叫んだ。

福田はうなずいた。

11

「期待に添えなくて申し訳ありませんが」光村が言った。「うちではそんなとてつもない発電はとうてい無理です」

コーヒーマシンが電子音を立てドリップが終わったことを知らせた。中谷は席を立ってカップを四つマシンの横に並べた。三人の事業主は慌てて立ち上がり、カラフの把手を掴んで自分でサーブした。

深夜、誰もいないまほろばのカフェに集められたエネルギー関連事業者三名は、これだけの電力を供給して欲しいと相談され、その数字がとてつもないものだったので、光村がまず現実を語ったわけである。

しかし、まほろばが関連する発電事業体の中で実際的にスイッチ出来そうな自然エネルギーは太陽光しかなかった。だから、光村が白旗を揚げたとしたら前途は多難どころか、行き止まり状態になってしまう。中谷は粘った。

「俺も無茶を言っていることはわかってるんだ。じゃあ、今すぐってことじゃなくて考えてもらえるかな、これだけの電力を供給できるスケジュールのイメージを聞かせて欲しい」

「それはいまのところ不可能ではないとしか申し上げられません」少し不平らしく光村が言った。

「てことは可能なんだな」

「ソーラーパネルを増設すれば可能だと思います。もっとも、この特別自治区全体に隅々まで敷きつめても全然足りないんですが」

中谷はため息をついた。そして、風力の方はどんな具合だと喜多島の方を向いた。

「デンマークから招聘したスタッフもこの海は難儀だと手を焼いておりまして」と喜多島は言葉を濁しながら悔しさをにじませた。

確かに、喜多島はプレゼンの時点で、洋上風力発電は金と時間がかかるので、すぐに結果を求めるのは控えて欲しい、そのかわり完成した暁には相当な電力を供給する自信があると表明していたから、中谷もこれまでなにも言わなかった。しかし、大出力が期待される超大型機の開発は予想以上に手間どっていた。

中谷は地熱発電を手がけている地家の方を向いた。

「地熱の方はまだまだこれからだものな」

「ええ、すみません」と地家は頭を下げた。

日本は火山地帯で、このエネルギーをもらわない手はないのだが、と同時にそのような場所はしばしば国立公園に指定されていたり、温泉が出たりすることが多く、そう簡単には手がつけられないのが現状だった。光村が口を挟んだ。

「正直申し上げて、今のところこんな大きな電力を安定的に供給できるエネルギー源は原子力だけです」

光村はその口調に不満を露わにした。自分がやってきたビジネスに難癖をつけられたと思っているのかも知れない。

「やっぱりそういうことになるのかよ」中谷は苦笑した。

「でも、どうしてそんな巨大な電力が必要なんですか」

喜多島は落ち着いて尋ねた。

必要なんだとしか言えない、と中谷は弁明した。そしてそこは突っ込まないでくれと笑ってみたが、その口元がゆがんでいるのが自分でもわかった。

「自然エネルギーを効果的にうまくミックスしながら使うとともに、これからは電気をじゃんじゃん使う時代からシフトして、省エネについても真剣に取り組まないといけないと思うんです」

光村の意見はしごくまっとうだったが、いまの中谷にはうるさかった。

「だめだ」中谷はぴしゃりと言った。「電気はじゃんじゃん使わなきゃ駄目なんだ」

それは宣言に近いような調子だった。三人は顔を見合わせ、地家がどうしてですかと訊く役を引き受けた。

「でないと動かないんだ。電気で金を生んでいるんだ。もし電力が途切れたら、お前らに出している金も作れなくなる。そうなったら風力も地熱も太陽光も水素も開発をストップするしかなくなるぞ」

この一言で、三人はそれ以上追及する気を完全に挫かれ、黙った。

冷え冷えとした沈黙が中谷を冷静にした。いきなり呼びつけられて、無理難題を突きつけられ、皆目見当のつかない理由を言われたあげくの果てに、でないと事業のサポートを止めると威嚇される。これは確かにあんまりな話である。

中谷は三人を解放した。彼らが退出する際に、今日のことは手前勝手な要求をとりあえずぶつけてみただけのことで、こちらの意に添えないからといって貸しはがしする銀行のような態度は取らないよ、と言い添えると、やはりそのことは気になっていたのか、三人はほっとしたような表情になった。

ひとりになった中谷は、そのままカフェに残りぼんやりしていた。エアーが原発でしか動かないというジレンマに苛まれた身体は鉛のように重かった。秋の虫が鳴いているのを聞くこともなく聞いていると、入口のドアが開いた。杉原は自分のコーヒーを注いだ後、カラフを手にやってきて、空になった中谷のカップを満たした。

「福田はどうしてる」

「さっき帰ったよ」

杉原は椅子を引いて腰をかけた。

「駅までの足は？」

「江崎君に送らせた」

「そうか、泊まって行けといったのに、ほったらかして悪かったな」

中谷はコーヒーを飲んだ。今日何杯目になるのかもうわからなかった。

しばらくふたりは虫の声を聞いていた。

なあ、と中谷が口を開いた。「エアーって作っちゃいけなかったんじゃないか」

「そう思うか」

その口調に反論の調子はなかった。ただ、こちらを査定しているような、そしてそれを楽しんでさえいるようなところがあった。

「エアーを動かしている原発があした事故を起こしたらどうなる」中谷は言った。

「それは大変だな」

「あっさり言うな」

「じゃあ、賭けるか」

「賭け？」

「あした事故を起こさない方に私は命を賭けてもいい。君は事故が起きる方に賭けるかい」

「詭弁(きべん)だろ、それは」

「どこが」

「くだらない賭けに巻き込むなってことだ。そういう賭けそのものを俺は排除したいんだ」

「その通りだ」杉原はうなずいた。「しかし、そんな賭けをぜんぶチャラにして、この世の中が回るか考えてみてくれ」

「回したいんだよ」

「いずれな。だから、風力も、地熱も、太陽光発電もバイオマスも水素発電も開発を急がせたほうがいい。そのためにできることは、どんどん金をつぎこんでやることくらいじゃないか」

「けれど、その金はエアーが作り出しているんだろ」中谷は蚊の鳴くような声で言った。

「そういうことだ、もうエアーは停められないよ。カンロは今のところまだリアルマネーの後ろ盾で動いている。莫大なリアルマネーを作るにはエアーしかない」

中谷はため息をついた。

「悩みたいだけ悩めばいいさ」そう言い残して杉原は出て行った。

ドアを開くと、会議室にいた三人がおもむろにこちらを見た。

「まあ、座りたまえ」

最も年配の男が自分の向かいの席を勧めた。失礼しますと言って岸見伶羅はおずおずと座った。

今日は土曜日、もう時刻は夜の十一時近い。放送局では土曜日の出勤など不思議でもなんでもなく、日付が変わらないうちは宵の口なのだが、こんな重役が休日のこんな時刻に社にいるのはどういうわけだろう。

「へんなことを訊くようですが、実際、まほろばの中谷氏とはどの程度親しいのですか」

こう言ったのは専務取締役だった。質問の意図がわからず岸見は口を閉ざした。

「お前のファンだって言うのはどの程度なんだ」同席している三浦が翻訳した。

「それは、どうして」

「もう一度インタビューの素材を全部見なおしたんだよ。『血戦、お笑いバトル』のお前が好きだって言ってるじゃないか」三浦が言った。

そうか、と岸見は納得した。

「連絡は取れますか」と専務が聞いた。

「と言いますと」

「携帯の番号とかは知らないのか」三浦が具体的に問いただした。

「ええ、最初の取材で内容確認のために連絡したいことがあるかもしれません、と言ったら教えてくれました」

「かけてみろ」

有無を言わさないような調子だった。

「取材したいと言うんだ」

三浦はじっとこっちを見ている。岸見はためらった。

「でも、あの頃といまとでは状況が」

「だからこそ、その番号が貴重なんだ」

「いまここで、ですか」

まさかとは思ったが一応確認した。すると、専務の横にいた相談役が口を開いた。

「なんとか取材の約束を取ってください。先方が岸見さんを憎からず思っていることも大いに利用してください。岸見さんが頼りです。お願いします」

相談役にこうまで言われれば、岸見に逆らう術はなかった。彼女はスマートフォンを取りだした。

液晶画面の光が、灯を落としたばかりの部屋を薄暗く浮かび上がらせた。部屋に戻ってそそくさとベッドに潜り込んでいた中谷は、発光するスマートフォンをサイドテーブルから取り上げた。もしもし、と澄んだ声がした。「岸見です」と言われる前にわかった。

「お元気ですか」

「あんまり」

「そんなことないでしょ。大躍進じゃないですか」

「色々とあるんだよ」

TBCの会議室では相談役と専務が、電話の通じていることを確認して、めくばせした。

三浦がメモを岸見の眼の前に置いた。『スピーカーフォンにしろ』とあった。

「なんですか色々って、聞かせてくださいよ」

「それは無理だね」

中谷の声が卓上のスマートフォンから聞こえた。三人の男たちが音を立てないように注意しながら、頭を寄せてきた。

「都合の悪いところはボカせばいいじゃないですか」その声にかすかに媚態を塗り込め

ながら岸見は言った。

「じゃあ、なにも話せないな」

専務がプッシュしろという仕草をした。

「それでも結構です」

「いいんだ」その声には呆れたような笑いが含まれていた。

「話していると気が晴れることもありますよ」

甘い声を出しながら、濡れ場の芝居をすぐ間近で見られているような不快を感じた。

「福島まで来てもらえるの」

岸見が三浦を見た。出張には上司の許可が必要だ。三浦より先に専務がうなずいた。

「もちろん参ります」

「来週の火曜日だと急かな」

専務がまたうなずいた。

「大丈夫です」

「遅い夕方になるけど」

専務は指をくるくると回した。

「問題ありません」

「じゃあ、六時に」

「六時ですね。わかりました」

岸見は電話を切り、静かに息を吐いた。

「よくやった」と相談役が言った。

「カメラは後藤さんでいいでしょうか」

岸見は事務的な調子の中に憤懣を糊塗して言った。

「ひとりで行ったほうがいいな」と三浦が言った。

お墨付きの出張なのになぜカメラがつかないのか、岸見は耳を疑ったが、重役ふたりはこの言葉にうなずいている。

「カメラは一番小型のやつを持っていけ。いまは小型でも十分性能がいいので大丈夫だ」

「わかりました」と岸見は言った。

ああ、それから、その格好はちょっとまずいなと、モノトーンの地味なブラウスとジーンズ姿を見て三浦が言った。

「スカートで行くといい。女子アナ時代の服はまだ入るのか」

「五キロ太ったから無理です」岸見は嘘を言った。

「経費で落としてかまわないので買いなさい」

専務が横から言って立ち上がった。そして、三浦にあとはよろしく頼んだよと念を押すように言った。相談役が専務の横に並んだ。

「一応、総務省の森さんには私の方から一報入れておきます」

「そうですね、お願いします」

そんな受け答えを残してふたりは出て行った。

総務省だって？ こんな時間に呼び出された部屋に局のトップクラスがふたりもいて、さらに総務省という物騒な名前が出た。一体なにが起こっているのだろうか？

いいか岸見、と三浦が注意を促した。岸見が三浦を見た。

「これからうちはまほろばのバッシング態勢に入る」


あけて月曜日、夕方、福田は経産省の堺と外務省の西村と一緒に庁舎近くのとんかつ屋の座敷に上がり、定食を食べながら情報交換をした。その後三人とも各省に戻り、執務に当たるのである。

「とにかく、スケジュールがなかなか来なくて大変だ」と外務省の西村がキャベツにソースをかけながら愚痴をこぼした。

西村はこのところアメリカ大統領来日の件で忙殺されている。日本は、我が国の領海や接続水域に次々と公用船や漁船を侵入させてくる中国、歴史認識問題がくすぶり続ける韓国、そして台頭する東南アジア諸国の脅威の中で、いまいちど日米関係が強固なものであることを確認する必要があった。

「しかし、なんとか国賓で受けてもらってよかったじゃないか」堺がヒレカツをほおばりながら言った。

「スケジュールっていうのは」福田が訊いた。

「二泊三日の最終日のスケジュールがまだごたごたしてるんだ。アメリカ大使館をせっついてるんだが、待ってくれの一点張りなんだよ」

「じゃあ待つしかないだろ。相手はアメリカ合衆国大統領だ」と福田は言った。

ところで、まほろばの話なんだが、と堺が口を切った。

「総務省の長谷川から聞いたところによると、各局にそれとなく話がいったらしい」

来たかと思いながら福田は味噌汁の椀に口をつけた。

「どうやら民放各社にバッシングするよう匂わせたみたいだ」堺が続けた。

「ああ、それはありうるな。俺、最近首相のスケジュールはずっと追ってるんだけれど、先週の夜は順番に民放各局の社長と飯食ってるよ。地ならしだろう」と西村が言った。

まほろば叩きだけが目的ではないとは思うが、現政府がマスコミに睨みをきかせていることは確かだった。ここのところ政府筋が、ここぞというときには、ジャーナリズムに対して鋭い牽制球を投げることが目立つ。しかも、困ったことに各社は素直に反応し、申し合わせたように箝口令を敷くのである。雑誌やミニコミまでにはその影響は及んではいないが、首相は「新聞とテレビだけ押さえればいい。あとはいくら騒いでくれてもかまわない。立て看板の文句と同じだ」と放言しているそうだ。

「白石日銀総裁もカンロについては規制を視野に入れて検討するという声明を出すようだ」福田が言った。

二人の箸が止まった。

「まじかよ」堺が言った。

「ああ、まだ検討中だが」

「大丈夫かな、俺たち」

「堺は別に知らんふりしてればいいさ」

「田川はどうだ」西村が言った。「勾留されているときに、留置場に面会に行ってるぞ。続柄のところになんて書いたんだろう」

「友人だよな、いちばん考えられるのは」堺の声は不安の色を帯びていた。反政府分子と連れ立っていると認定されたら官僚としての居場所はない。

まあ、そんなに神経質になることもないだろう、と福田はとんかつにかぶりついた。もっとも、そういう事態にいたったら真っ先に矢面に立たされるのは自分にちがいないだろうが、と思いながら。

翌日の火曜日、福田は定刻前に事務を切り上げ、庁舎を出ると、近くのカフェに入ってコーヒーを三十分かけてゆっくり飲みながら、店内に流れるジャズピアノを聴いていた。

突然、福田はカップをダストボックスに放り込んで、東京駅に向かった。そして、特急券を買って下りに乗り込んだ。胸中にふたつ対案があった。ひとつはカンロ制度を廃止、もうひとつはある種の懐柔策だった。これらによって政府の警戒はいくぶん緩和されるだろうと福田は踏んでいた。

また、政府にしてもまほろばと対決姿勢を貫いて、エアーをシャットダウンされるという危険は犯したくないはずである。まほろばの活動を有効活用する方が得策だ。まほろばの側に立っても、エアー停止は自らの血流を止めることに等しいので、そんな飛び道具はもう使えない。だとしたら、このふたつの案は手打ちとして十分に考慮に値すると福田は思った。しかし、胸中は複雑だった。行政に従事する人間として、政府の攻撃を予報し、対処に備えよと忠告することは、密告と取られかねない行為であった。

さて、その約一時間前の便で、岸見伶羅も福島に向かっていた。小型カメラと録音機材が入ったバッグを頭上の棚に置き、膝頭を出した足を組んで、窓に頭をもたれさせ、うとうとまどろみながら太平洋沿岸を北へ運ばれていた。

女子アナ時代はスタイリストが番組用の衣装を用意してくれた。それらはもちろん収録後に返却するのであるが、特に気にいったものを何点か買い取らせてもらったことがあり、その中でもっとも落ち着いた品のいい組み合わせがこの日のコスチュームとなった。ときどき、通路を行く男たちがかすかにただよう色香に惑わされ、窓辺の岸見に視線を送ったが、昨夜からの取材の準備で疲れ果てていた岸見は、それには気がつくことなく仮睡（かすい）していた。

実はこの日、さらにもう一便早い特急で福島に向かっていた人物がいたのであるが、それはあとでわかる。

岸見はいわき駅からタクシーに乗った。上司の三浦からそうしていいと言われていた。特別自治区のまほろば本部までと行き先を告げると、かなりの走行距離になるので、運転手は喜んだ。岸見が降りるときに、名刺を渡され、帰路もよろしければ呼んでくださいと言われた。特別自治区へはタクシーは行きたがらないという噂（うわさ）はもう過去のものだな、と岸見は認識を改めた。

せんだっての説明会ではマスコミ陣の本部施設内への立ち入りが許されなかったので、中に足を踏み入れるのはここにはじめて来たとき以来となった。エントランスに立つと、あのとき感じたがらんとわびしい雰囲気はもうどこにもなかった。

受付で予約番号を入力した。以前とは比べものにならないほど警備も厳重になっている。靴脱ぎ場のすぐ横には待合スペースが出来ていて、岸見はそこにおかれた椅子に腰掛け、施設内の往来を眺めた。行き交う人数は多く、施設内は静かながらもどこかエネルギッシュなムードに満ちていた。

岸見のいるところからそのまま、打ち合わせ用のテーブルと椅子が並ぶ共同のミーティングスペースが続いて、その何カ所かで打ち合わせが行われていた。一番手前のグループは発電事業の関係者らしく、一基でいくら出せるのか、何ワットで何円まで実現できるのかなどのやりとりが聞こえた。

こうして前へ前へと自分を駆り立てている人たちが、少し手綱をゆるめて逃げ込めるような寿司屋や映像試写室なども設えてあることは、備え付けの什器から抜き取ったリーフレットでわかった。この案内をめくっていると、お待たせしてすみません、とスタッフが降りてきた。

岸見は応接間に通され、中谷はいましばらくかかるので、あと少々ここでお待ちくださいと言われた。広く切り取られた窓から、夕暮れの里山が見えた。岸見はバッグから小型カメラと小さな三脚、それとワイヤレスマイク、受信機、レコーダーを取り出し、各機材に電源を入れて動作を確認し始めた。

エアーの駆動電源が原子力であることを知った中谷はうつろな心を抱えながらも、特別自治区で人が暮らし活動している限り、やるべきことはやらねばならないと思い定め

た。この日は、午前中から新スタッフ選定の面接に谷口を助手に据えて取りかかってい
た。

特別自治区の活動が活性化し、それにともないまほろばの知名度もあがり、経済活動
も活況を呈しているということ、そしてなによりイノベーションの気風に強く動機づけ
られ、応募者は募集のたびに増え、大手企業が喜んで採用するような人材までもが面接
に訪れていた。

が、そんな彼らも、給与の全額がカンロで支払われることについては不安を表明する
ものが多かった。そこが、まほろばの第一期スタッフ、谷口、江崎、大楽らとの違いで
あった。この三名はそのようなことにほとんど頓着しなかった。スタート間もない時期
にまほろばにやってきた彼らは、船に乗り込むような気持ちでいたんだと中谷は推察し
た。食事と寝床がまず確保されて、自分が自由に使える金がいくらかあれば、そのほか
のことに関して無関心なのは、中谷に似ていた。

本気でここでイノベーションを興そう、そういう動きに身を投じようと思う人間なの
か、もう少しおとなしく単にイノベーションの空気の中に身を浸したいという程度でい
るのか、前者のように振る舞っているが実は後者なのか、またはその逆なのか、自身は
前者だと信じてそう表明しているが、実はあっさり後者に変貌するものか、中谷はその
見極めだけに神経を集中した。

また、面接受験者の中にははっきりと三十パーセントだけでも、給与を円で支給してくれないかという者もいた。職員の給与については、これまで職員からも円とカンロの両建てでの支払いができないかと相談があり、中谷自身はかまわないという所見を述べたことがあったが、日頃はほぼすべて中谷にまかせるという方針をとっている杉原が、断固としてこれを拒絶した。

「そうですか、それではカンロでのお支払いでかまいません」と受験者は承知した。

中谷は、対面して受けとった印象と手元の文字資料（たいていは感動的な履歴が並んでいる）とを照らし合わせて、無理矢理にでも採点をひねりだし、そのグレードを評点欄に記入した。かならずそうしてくれと谷口から言われていたのである。

ありがとうございます。それでは採否の結果は追ってお知らせいたしますのでと谷口が言うと、受験者もていねいに頭を垂れて退室した。

「いかがですか」谷口は聞いた。

「いいと思うけれどな」中谷は言った。

「ペイマスターは結構評価が甘いですよね」

「しょうがないだろう、みんな俺よりも優秀なんだから。あとは谷口が選定すればいいさ」と中谷は言った。

疲れましたか、と谷口が聞いた。疲れていないわけはなかったが、大丈夫だと言った。

「TBCの岸見さんをさきほど第三応接室に案内しましたと、大楽が連絡してきました」

「そうか、このあとそれがあったな」中谷は思い出して麦茶を飲んだ。

「じゃあ、最後のひとりです。やっちゃいましょう」

谷口はそう言って部屋の隅に控えているスタッフに通すよう合図して、中谷の眼の前に文字資料を置いた。

ドアが開いた。最後の受験者が入ってきた。ネイビーブルーのスーツを着ていた。ジャケットの襟元から覗く開襟シャツの白とのコントラストが鮮やかだった。

「よろしくお願いします」と受験者は頭を下げた。中谷も、どうもと言った。

「市川みどりさんは、以前は国土交通省に勤務されてました」

「申し訳なかった」

中谷の口からは正直な感情が溢れ出た。

「いい経験になりました」市川は笑いもせずに言った。

谷口が怪訝な顔をして中谷を見た。

「オシャレ企業で女磨いてるんじゃなかったの?」

「なんでしょうか、それは」

「そう言ってたよ」

「私がそんなことを言いましたか」

「はい」

「酔っ払っていたのでしょうね。オシャレ企業なんて、ものすごく恥ずかしい熟語だと思います」市川はまだ真顔である。

お知り合いですか、と谷口が額を寄せて訊いた。中谷はうなずいた。ではペイマスターの方から質問されますかと谷口が遠慮しようとしたのを、いや、いつもとおなじでいいと押しとどめた。

「では、私の方からいくつか質問させていただきます」と谷口は市川に顔を向けた。「志望動機とまほろばでご自身がやりたいことを聞かせていただけますか」

「志望動機は、新しい日本を作りたいと思ったからです」市川は言った。「復旧して復興する二段階のステップアップは無理だということは明白です。復旧、つまり元に戻して、その現状をキープすることはもう難しい。これは震災後、時が経つにつれて、否応なくわかってしまいました。元には戻せないものがある、そんな状況下で、高齢者をケアしつつ、若い人にチャンスを与え、新しい日本を作っていく可能性をまほろばに感じ志望しました」

「ありがとうございます」谷口は言った。「それでは、もしまほろばに参加するとして、具体的にどのような仕事を志望されますか」

「三つありますす。すべてやりがいのある仕事ですが、三つを同時にこなすことは不可能です。ですが、一応すべて述べさせていただいてもよろしいでしょうか」

どうぞ、と谷口が言った。

「ひとつは、特別自治区での法整備です。経済活動が活発になり、その影響が特別自治区以外にも及ぶようになると、システムが複雑になり、法による支配が必要になってくると思います。私は法学部出身で、国土交通省に勤務していた経験もあり、最適な法体系を整備する仕事に従事できればと思っています」

なるほどと谷口はうなずいている。

「もうひとつは、まほろばの特徴である地域生産・地域消費を重んじながらも、ここで開発されたイノベーションを海外に紹介し発展させる仕事です。特に、アジア・BRICs諸国とのネットワークのなかで効率的な実用化・産業化に取り組めればと思います」

なるほど、では三つ目はと谷口が訊いた時、ノックの音がして、江崎が入ってきた。

「すみません、財務省の福田さんが来ておられます。大事なお話があるとのことです」

中谷は思わず市川の顔を見た。市川の表情は変わらなかった。福田の名前を聞いて市川になんの感情も生じないわけがないから、その無表情はなにかを訴えているように中谷は感じた。

少しお急ぎのようなのですが、とりあえず応接間にお通ししておきます、という江崎を制して、「いや、俺たちの部屋に案内してくれ」と中谷は言った。

そして、スマートフォンを取り上げて、福田をそちらに案内させるとマスターズルームにいる杉原に伝えた。この部屋の扉を解錠する鍵は杉原か中谷の人差し指だけだ。そして食事や書物を運ばせる以外、杉原は自分から扉を開けることはなかった。

「ちょっと、部屋に戻る」と中谷は谷口に言った。

「わかりました。で、どうしましょう。市川さんにはここで少し待っていただきますか」と谷口が確認した。

「それとも私にまかせてもらえますか」と訊いた。

「いや、市川さんは僕と一緒に来てください」と中谷は言った。

谷口は一瞬考えて「と言いますと」と訊いた。

「採用です。行きましょう」と中谷は立ち上がった。そして、残りのスタッフの選定は谷口に一任すると言い置いて、市川を連れて部屋を出た。

三階に上がり廊下を進みながら、半歩後ろを歩いている市川に「三つ目はなんなの」と聞いた。

市川が合点がいかない顔をしていたので、「ここでやりたいことだよ」と中谷は振り返った。

「ペイマスターの秘書兼アドバイザーです」

それもいいな、と中谷はセンサーに右手人差し指を乗せた。

「どれでも好きなものを選んでください」

そう言ってマスターズルームの扉を開けた。


応接セットで杉原と向かい合っていた福田は、市川を見て素直に驚いた表情になった。

「うちの新しいスタッフだ。たった今採用した」と中谷は紹介した。

「市川です」女は相変わらず澄ましている。

「ああ、よろしくお願いします」と男はへどもどしている。

杉原が立ち上がり、パートナーの杉原ですと市川に挨拶して、ソファーを勧め、自分は台所に向かった。

「で、緊急の話てのは？」

福田に向かい合って中谷が座り、市川はその隣に腰を下ろした。

「実は、言いにくいことなんですが、政府が本腰を入れてまほろばをつぶしにかかることになりそうです」と福田が言った。

「いま聞いてたんだがね、僕らはやっぱり嫌われているらしいよ」

杉原が台所から戻ってきて、中谷と市川の前に麦茶のグラスを置き、そして福田の隣に座った。

「けれどこれはおふたりだけの問題ではありません。新しい日本の可能性をつぶすことはあってはならない。しかも、その動機にはつまらない政治家の意地が多分に含まれています」

「変わりましたね、福田さん」市川が口元に薄い笑みを漂わせて言った。

「なにが?」

「官房長官に対する評価」

福田は肯定も否定もしなかった。

「で、政府はどんな手を使うつもりなんだ」と中谷は言った。

「たぶんカンロでの決済を認めている企業や事業所、病院などに立ち入り調査が入ります」

「理由は」

「別にありません」

「別にって、大体、どこが調査に入るっていうんだ」

「おそらくその事業所がいちばん嫌がる省庁です。通常の取引先だと国税庁や金融庁、病院には厚生労働省、食品を扱っているところは総務省などが、とりあえず立ち入り検査して、帳簿や書類をひっくり返して問題を見つけ出すでしょう」

「なんの問題だよ」

「なんでもいいんです。どこだって叩けばある程度ホコリがでますから。そして、出たら大騒ぎして問題化してしまうんです」

「ありえますね」と市川が言った。

「あとは、カンロに大きな課税ができないか検討に入ってます。それから」

「まだあるのかよ」中谷はうんざりした。

「これは仲間の長谷川からの情報ですが、財団法人まほろばをカルト宗教法人のような扱いで報道してもらえないかと、各テレビ局に総務省の方から相談を持ちかけています」

「なんだよ、局がそんな相談においそれと応じるわけないだろう」

「それは甘いと思います」市川が言った。「放送局は免許事業です。その免許を出しているのが総務省です。NHKにいたっては予算の決定権を総務省が握っています。そう簡単には断れません」

「でも、俺、これから局の取材受けるんだけど」

「どこですか」市川が訊いた。

「TBC」

中谷の携帯が鳴った。大楽からだった。第三応接室にTBCの岸見さんをお通ししています、とスケジュールをリマインドしてきた。中谷はもう少し待ってもらえと言って、切った。

さて、対策を考えないとなと杉原は言ったが、その声には別段深刻な響きはなかった。

「これは一案ですが、思い切って敵の懐に飛び込むのはどうでしょうか」と福田が言った。

「具体的には」杉原が尋ねた。

「まず、つぶされる前に自主的にカンロ制を廃止します。いま流通している総量をいったん全部円にしてしまう」

「それは受け入れられない」杉原はきっぱり言った。

「どうしても、でしょうか」

「ああ、他に案はありませんか」杉原が言った。

「もうひとつは、もっと直截な手です。官房長官に政治献金します。実は、あらゆる局面で鍵を握っているのが官房長官です。財務大臣まで兼任しています。たまたま前の大臣が急死して、経験者ということもあっての任命だったのですが、このふたつを兼任することは非常にまれです。また、このふたつを掌握しているというのは相当なパワーを持っていることを意味します。しかし、そこはやはり政治家ですから、自分の支援をしてくれる団体にそう無茶なことは出来ない。特にあの人は献金してくれた支援者には非常に義理堅い」

「どのくらい」と中谷が聞いた。

「ここはひとつ、思い切って」

福田は両手を広げた。みんなが黙っていたので「十億円です」と解説した。

杉原は笑った。その笑いが含むところを他の三人は図りかねた。

「でかい示談金だな、そりゃ」中谷は自分の感覚で言った。

「そうでしょうか」横で声が上がった。「そのくらいの額だと、かえってつけあがる気がします」と市川が言った。

中谷が驚いていると、斜め向かいで杉原がだろうなとうなずいた。中谷は市川を見つめ、その先を話すように合図した。

「私は十億円という額は小さすぎると思います」

「少ないって言うの」中谷は驚いた。

「どのくらいならいいと言うんだ」思わず福田が問いただす。

「ゼロがふたつ足りません」

おいおい、と福田が言った。一方、その隣の杉原は楽しそうである。

市川が麦茶を一口飲んでグラスを置いた。

「私のアイディアを申し上げます。戦略を根本的に方向転換します」

岸見はいまいちど腕時計を見た。少し待たせすぎではないかと思った。窓の外はもうとっぷりと暮れている。都心での生活が長くなり、いつのまにか岸見は辺地に夜が訪れると、急に心細くなるようになっていた。待つのはかまわないが、どこかで手違いが起きて、自分がここにいることが中谷に伝わっていないのは困る。そのまま忘れられて外出でもされて会えないということになると最悪だ。

岸見は立ち上がって、部屋を出た。誰かに声をかけ、「あの、ここでこのままお待ちしていていいんでしょうか」などと確認したかったのだが、廊下はしんとして誰もいない。いましばらくこのまま待つしかないと諦め、部屋に戻ろうとしたら、ドアが開かない。いったん退室したときにオートロックがかかってしまったらしい。

嘘でしょ、とガチャガチャやったが、開くわけもなく、それでも他に思いつく妙案もないので、そのままガチャガチャを続けていたら、「岸見さん」と呼ばれた。

中谷が立っていた。

「どうかしましたか」

「あ、いえ、お手洗いに行こうとしたら、扉がロックされて」

説明が面倒なので嘘をついた。

「ああ、そうか」中谷は人差し指で解錠してドアを半開きにして「じゃあ、行ってきて、ここで待っているから」と立っている。

「いえ、もういいんです」

「我慢すると身体に悪いよ」

「いいんです」

　岸見は中谷の背中をほとんど突き飛ばすように押して、自分も部屋に戻った。

「遅れてすみません」ソファーで向かい合うと中谷はまず詫びた。「ちょっと突発的な事案で振り回されちゃって」

「いえ、こちらこそ、急な取材を引き受けていただいて」岸見は、三脚の上のカメラを向かいに座っている中谷に向けた。「取材はいまは一切断っているとか」

「馬鹿がバレるからね」中谷は笑った。

「そんなこと」と言いながら、岸見はファインダーを覗いて画角を調整した。

「でも、岸見さんは特別だよ。立ち上げのときにただひとり取材してくれた人だから」

「ええ、ここに来たときなんとなくですが可能性を感じてました」

「え、そうなの、そんな風には見えなかったけどなあ」

「見えませんでした？」

「うん、半信半疑って感じだったよ」

実は、半信半疑以下だった。

「でも、それでよく今回の取材を承諾してくれましたね」

「まあ、ファンだし」

「恐縮です」と岸見はカメラに触れて、「回してもいいですか」と聞いた。

中谷がうなずき、岸見は録画ボタンを押したが、その直後、段取りを間違えたことに気がついた。ワイヤレスのピンマイクを中谷に取り付けてなかったのだ。

「あ、これ、つけていただきます」

岸見はピンマイクを持って中谷の足元に跪き、中谷の襟元に差そうとした。普段やり慣れてない作業なので、少々手間取った。

岸見の顔が中谷の胸に近づき、その髪が中谷の頬に触れた。中谷は岸見の髪の匂いをかいだ。

「綺麗なお洋服ね」

トレイに乗せたコーヒーを台所から運んできた市川は、カップをテーブルに置いて腰掛け、中谷の胸に頬を寄せてピンマイクを取り付けている自分と同じ年格好の女を見た。応接室に取り付けたカメラがマスターズルームの液晶パネルに映像を送ってきているのである。

向かいの杉原はコーヒーカップを手に取り、こんなことさせてすみませんと詫びた。

「いえ、私が飲みたかったので」そう言う市川の視線は液晶パネルに注がれたままだ。三名はコーヒーを飲みながら、これから始まるインタビューの模様を見物している。

ピンマイクの装着が終わり、岸見が自分の席に戻った。

「声をもらっていいですか」イヤフォンを耳に入れて岸見が言った。

あーあー、こんにちはと発した中谷の声はマスターズルームのスピーカーからも聞こえた。クリアーな音質だった。

オーケーですと岸見が言って、中谷はスーツの前のボタンを留めた。

「では、はじめます」

岸見は咳払いをして背筋を伸ばし腹式呼吸で発声した。

「財団法人まほろばを立ち上げてからこれまで実験的とも言えるさまざまな事業に投資されて来ましたが、今の率直なお気持ちをお聞かせ下さい」

なんか固いね、と中谷が笑った。

「貴重なインタビューですので」と岸見は少し困ったような笑いを浮かべた。

「率直な気持ちかあ、めんどくさいなあって感じかな」

「たとえばどういうことについて？」

中谷は足を組んで姿勢を楽にした。

「まあ、カンロを使うことに対してだって意味のない妨害があるからさ」

マスターズルームの福田は苦笑さえできなかった。

「そのカンロですが、財団がいったん円に換金する手間を払ってまでどうしてカンロを使うんですか」

「岸見さんって、経済に詳しい？」

「そんなには」

「学部どこだっけ」

「英文です」

「じゃあ、説明してもわかんないかもよ。俺もようやくわかってきたってとこだもん」

「中谷さんの発案じゃないんですか」

「もちろん、ちがうよ。俺にはそんな脳みそはない」

「では、だれが」

「おっさん、俺の相棒だ」

「どんな方なんですか」

「めちゃ頭いい」

「経歴は」

「さあ。俺もよく知らないんだ。哲学とか言語学とかをやってたらしいけど」

また煙に巻こうとしているな、と岸見は思った。しかし、今回は引き下がらなかった。

「仕組みはわからないかもしれませんが、目的くらい説明してもらってもいいですか。つまり、カンロを使ってなにを目指しているんでしょうか」

そうだね、と中谷はうなずいた。「カンロの目的のひとつは、信用創造をなくすことだ。つまり借金によって経済規模を拡大することをやめる。これはわかる？」

「あ、ああ」

「ここはまだ序盤なので、正直に言ってくれないと困るんだけど」

「あ、いえ、わかるようなわからないような……」

「つまり……」

「わかりません」岸見は認めた。

「だよね」と中谷は笑った。

こんな屈辱的なインタビュアーがいるだろうか。また編集でなんとかこの間抜けぶりをカバーしてもらわないといけないと岸見は口惜(くや)しがった。

「ざっくり言うと、いまの経済は基本的には借金で回っている。借金することによって経済規模がデカくなり、それを回すってのが金融経済ってやつだ。だからどんどんでかくなる。でかくならなかったら終わりだ。進まなければ死んでしまうサメみたいなもんだ。で、これは結局、バブルを産む。はじけないバブルがあればいいけれど、必ずはじける。極端に言うと資本主義ってネズミ講なんだよな、わかる？」

「ああ、はい」岸見はまたちょっとだけ嘘をついた。

「これに歯止めをかけるツールがカンロだ。俺たちはカンロで投資している。貸し付けじゃない。投資の条件は、投資したカンロをきちんと使うことだ。だから、貸しはがしは起きない。カンロは実体経済の通貨なんだ。あと、マネーの流れをきちんと把握するにはカンロはとても便利だ。カンロは情報だ。だからネット上でだれもが総量を把握できるようになってる。そして、ペイマスターの俺はどこでだれがなににカンロを使ったのかまですべて見ることができる」

「すべての情報をペイマスターだけに可視化させる意味はなんでしょうか」

「カンロを正しく使っているのかを見ているぞってメッセージを今は発信する必要があってね、だからそうしているんだが、実際は見ちゃいないよ。見ているのは総量だけだ」

「チェックしていないんですか」

「ああ、見られてるって意識があればいいんだ。でも気が向いたら見るかもしれないけど」

「どっちなんですか」

「まあいいじゃないか、どっちでも」と中谷は笑った。

「古風なやり方ですね」とコーヒーを飲みながらマスターズルームの市川が言った。

杉原はうなずいた。「そのうちもっと自由にしようと思う」

「中谷さんは経済学部出身なんですか」岸見が言った。

「俺？　俺は高卒だよ」

うっかりしたと岸見は内心舌打ちした。「ごめんなさい忘れてました」

中谷はにやにや笑いながら、

「忘れてたのは、この世に高卒ってものが棲息していることでしょ」と言った。

マスターズルームでは、高学歴の三人が声を上げて笑った。

これが生放送でなくて本当によかった、と岸見は安堵した。ここは確実にはさみを入れてもらおう。いや、先に自分がカットしてしまわなければ。

「ところで、これまでに投資した事業の進捗状況はいかがでしょうか」

「うまくいっているものもあるし、いっていないものもある。そこはこまかくチェックしていない。俺が首を突っ込まなくても、大抵向こうから、予定よりも遅れそうですとか、こういう成果が上がりましたとか知らせてくる。でも、基本的にうちは性急には結果を求めないという条件で出しているから、今は気にしていない」

「これからどんな事業に投資していきたいとお考えですか。やっぱりエネルギーですか」

「すべてのイノベーションです。今はエネルギーと廃炉が目立っているけれど。でも、面白いと思ったらなんでも出しますよ」と言ったあと、中谷は少し考えこう付け足した。

「福島を、日本を、世界を刷新してよりよいものにする可能性のあるビジネスを求めています」

「そのイメージは製造業ですか、サービス産業ですか?」

「さあねえ、それはどっちでもいいと思うんだ」

「製造業でなにかつくってみたいものとかないのでしょうか」

「つくってみたいもの、か」中谷は復唱して考え込んだ。

「例えば、太陽光発電で飛ぶ電気飛行機とか」

思いつきを口にした直後に、駄目だ駄目だここもカットだ、これじゃまるで中学生のインタビュージャないかと岸見は心の中で歯ぎしりした。しかし、ふと見ると中谷は頰に手を当ててなにか考え込んでいるようだった。

突然、中谷が立ち上がった。岸見は顎をあげ上目づかいに中谷を見上げた。

「あの、すみません」愚問に呆れられたのかと思った岸見は慌てて取り繕おうとした。ちょっと待っててと言った中谷の表情はどこかうつろだった。すぐ戻るからと言い置いて、驚いている岸見をあとに残して出て行った。

またやってしまったかと岸見は泣きたい気持ちになった。

ドアが開き、入ってきた中谷が立ったまま杉原に詰め寄った。

「あんたに作って欲しいものがある」

「なんだろうか」

「なるべく急いで欲しい、あんたなら出来ると思うんだ。実は――」

中谷の唇に市川が指を当てた。

瓜実顔(うりざね)が中谷にそっと近づくと、今度は市川の髪が中谷の頬をくすぐった。この間に、彼女は中谷の胸からピンマイクを摘み上げた。そして、ネイビーブルーのスーツのポケットから白いハンカチを取り出して包むと、ポケットの中にしまい込んで、部屋の隅に移動した。

「もう大丈夫だと思います」市川は小声で言った。

確かにこの時、岸見がしているイヤホンからの音像は急にぼやけてしまい、耳に入れ直してみても具体的にイメージできる音声はなにも聞こえてこなくなっていた。

「エアーを改造して消費電力を下げて欲しい」中谷は言った。

「なるほど」と杉原はうなずいた。

「そもそもどうしてそんなに馬鹿みたいに電力を食うんだ」

「それだけ計算しているからだよ」

「とにかくおれたちが出す自然エネルギーでまかなえるまでにダウンサイジングしてく

れ」

「いまは、無理だ」

「将来は可能なんだな」

「おい、蒸気で動くコンピューターを作れって言ってるわけじゃないんだぜ」

「だから約束は出来ない」

「そこはいま議論することじゃないと思います」と福田が割って入った。「やむを得ない処置としてやっていることをいますぐ自然エネルギーに切り替えろという発想はあまりにも性急すぎる。現状維持で技術革新を促進する方が賢明です」

「その意見は聞いたよ」中谷は杉原を見つめたまま言った。「ただ、一刻も早いほうがいいだろう。あんたが作れないなら、作れる奴を募集するぜ」

杉原が笑った。「わかった。じゃあ、これを渡しておこう」

杉原はテーブルの上に置いてあったタブレット端末を操作した。ほどなく、中谷のポケットのスマホがメールの着信音を鳴らした。

「なんだ、これ」メールの添付書類を開いて、中谷が言った。

「エアーのスペックだ。誰でもいいからそれを見せて、同じものを作れないか聞いてみればいい。もしできるのなら私のエアーはお役御免だ」

中谷はわかったとうなずき、部屋を出た。

いきなり扉が開いて中谷が戻ってきたので、岸見は背もたれに預けていた上体を慌てておこし、居住まいを正した。

中谷は向かいに腰を下ろし、急に中座してごめんなさいと詫びた。

「どうかしましたか」

「うん、岸見さんに言われて作りたいものを思いついたんで、忘れないうちにスタッフに知らせに行ったんだ」

「なんですか、それは」

岸見は猛烈に気になり、中谷の胸元からピンマイクが消えているのに気が付かなかった。

「うーん、新しいコンピューターだね、言ってみれば」

中谷の答えはずいぶんと曖昧である。

「へえ、どんな風に新しいのでしょう」

「速い、高い、安全って感じ」

「新しいウェアラブル端末とか」

「ちょっとちがうけれど」

「認知症防止に、脳に埋め込むＩＣチップが開発されるかもしれないって聞いたことがあるんですけれど。あっ、だから最後は〝安全〟ですか」

いきおいこんで発した質問に、それも面白いね、と言ったきり中谷は黙ってしまった。ちがうんですかと聞いたが、返事はない。間抜けな質問をしてしまったと思い、岸見は妙な圧迫を感じた。どこかぼんやりしてなにかを考えているように見えた中谷がふと、岸見に視線を戻して、「食事まだだよね、一緒にどうですか」と言った。そして腕時計をちらりと見ると、岸見の返事を待たずに行きましょうと立ち上がった。

前に一度カレーライスを食べた食堂はビュッフェ形式の立派なカフェテリアに変貌していた。すべてが無料で提供される料理や飲み物は、ＴＢＣの社員食堂よりもずっと良質だった。岸見は、ピラフとサラダとフルーツケーキを取って中谷の向かいに座った。

「デザートまであるので驚きでした」

「ここを出ると、近所に食べられるところがないからね、一応なんでも揃えてくれって言ってる」

中谷のトレイにはあんかけ焼きそばと焼売（シューマイ）、紙パックの野菜ジュースが載っていた。

「さっきの質問ですが」岸見が言った。

「なんだっけ」

「作ってみたいものってなにかあるんですか」

中谷は焼きそばを箸で持ち上げながら考えて、

「本当はなにも作りたくない」と小さな声でつぶやいた。

岸見は驚いた。「そうなんですか」

「なにかを作るってのはなんか恐ろしいよ、俺は神様じゃないんだから」

岸見は言葉の意味を図りかねた。

「でも、中谷さんたちはカンロを作り、動かしてるじゃないですか」

「そうなんだよな」ぼそりと中谷は言った。

「本当は作るべきじゃなかったって思ってるんですか」

「そうは言ってない」

「でもそう思ってる」

「どうかな」

「少しは思ってる」

「わかんない。でも、そういう気がどうしてもするんだ。あの日以来」

「あの日って」

「ここを地震と津波が襲った日だよ」中谷は岸見と目を合わせることなく言った。

「どういう関連があるんですか」

「俺は信じてるんだと思う」

「なにを」

「大きなものを、人間を超えるものを」

中谷はちらと岸見を見た。相手はスプーンを手にしたまま、き、ょ、と、ん、としている。中谷も焼きそばをすすりながら、なに大げさなこと言ってるんだ俺は、とおかしくなった。

しかし、ここに彼自身と人間全体を見つめる彼のまなざしを特徴付けるな、に、か、があった。自分たちの生が自分たちを超えた大きなものと絶えずかすかに交信しているような感覚、自分が見て感じる現象のむこうになにかが息づいているような思いである。

お邪魔します、と声がした。濃紺のスーツを着た若い女が中谷の隣にトレイを置いた。

「よろしいでしょうか」市川はすでに座ってから岸見に一応確認した。

どうぞと岸見は言うしかなかった。しかし、あきらかに取材の邪魔である。

「いいですね、ここ」カフェテリアを見渡して市川は言った。

彼女のトレイにはローストビーフが載っている。

「福田は」中谷が市川に訊いた。

「帰りました」

「またか。なんでいつもぷいって帰っちゃうんだよ」

「忙しくなるからでしょう。これから大変です。福田さんのチームに頑張ってもらわないと」

「おっさんはどうしてる」

「自室に引き取られました。しばらく、マスターズルームにも出てこないで、自室で仕事をされるとのことでした」

「ふーん、無能呼ばわりされたと思って、むくれたかな」

岸見は蚊帳の外に置かれた格好になった。それを気にした中谷が声をかけた。

「紹介するよ。こちらは岸見さん、TBCのディレクター。こちらは市川。さっき面接して、今日からうちのスタッフになりました」

ふたりはよろしくお願いしますと頭をさげ、岸見の方はバッグから名刺を取り出して市川に渡した。

「岸見さんは会社の車で来たの」中谷が訊いた。

「いえ」と岸見は首を振った。「今日はタクシーです」

「市川さんは」

「バスです」

「今日はどうする、もうバスはないよ、泊まっていくなら部屋を用意させるけど」

元は帰還困難区域だったこのエリアにも、バス会社との交渉によって路線を一部復旧してもらっているのだが、もともと少なかった運行本数がいまでは半分になっている。

ニューカマーのひとりがダイヤグラムを見て「これは時刻表じゃなくて地獄表だ」とからかったほど、バスはなかなか来ないんだ、と笑い話のような実話を披露したが、あまりウケなかった。

「でも、引っ越しの準備もあるのでなんとか帰りたいんですけれど」と市川は言った。

「じゃあ、うちのスタッフに送らせるよ。岸見さんも一緒にどうぞ」

ちょうど都合よく大楽が食堂に入ってきたので、中谷は近くに呼んで市川を紹介し、あとでふたりをいわき駅まで誰かに送らせるように指示した。

「大楽はこれからメシか」

「はい」

「俺はこのあとなんかあったっけ」

「一時間後に、例の増便の件です。江崎と間宮さん、それに光村さんを第一会議室に呼んでます」大楽はスマホのカレンダー・アプリを確認して言った。

了解して、まあ、ゆっくり食ってくれと中谷が言うと、大楽は頭を下げて、食品が並ぶカウンターに向かった。

次のミーティングは地元のバス会社の買収の件についてである。中谷の目には、地元のバス会社はまほろばから提示された好条件に甘んじているだけの怠け者に映った。そんな不満を募らせ、中谷は買収を真剣に考えはじめていた。買収した上で増資して、自治区内の便を増やし、ここに太陽光で蓄電した電気バスを走らせようという計画であった。さらにこれを間宮の観光業とも結びつけられないかというのが中谷の狙いである。汚れた電気でエアーを駆動して産んだ金を使い、きれいな電気でバスを走らせるというのは、あまりにも小さなキレイゴトのように中谷には思われたが、この矛盾した構造を割り切って受け止め、小さな改革を前進させることがとりあえずは最適解だと信じる心構えも固まりつつあった。そして、この割り切りを非難する者はだれもいなかった。しかし、同時に、この矛盾から目を背け、そのように自分を励ましていることを、中谷は知っていた。

岸見と市川はまほろばのスタッフが運転する車に乗っていわき駅に向かった。後部座席の女ふたりは言葉を交わすことなく暗い窓の外を見ていた。ドライバーも余計な口を挟まなかった。

ふたりは同じ上りの便に乗った。

別々に求めた指定席券は、たまたま通路を挟んで隣同士になった。これだと会話を交わなくてもさほど不自然ではないだろうと岸見はほっとした。そっと窺(うかが)うと、市川は本を広げていた。洋書だった。ドイツ語のようである。学生の時に第二外国語として履修したもののタイトルを見てもわからない。スマートフォンの検索エンジンでカンニングするとき『職業としての政治』だとわかった。マックス・ウェーバーという社会学者によるものらしい。こんな立派なものを隣で読まれたら、バッグの中の『サブカル系映画女子日誌』は開きにくいではないか。岸見はスマホをしまって寝ることにした。

東京駅に着いたのは九時頃だった。このままなんの挨拶もなく別れるのも失礼だと思い、岸見は改札を出たところで、市川に向き合った。

「いろいろとありがとうございました」

今日採用されたばかりだということだったが、とりあえず取材対象の一員であるのでこういう挨拶になった。

「とんでもない、こちらこそ」市川も調子を合わせた。

ほっとして、じゃあこれでと先に行こうとした岸見を市川が呼び止めた。

「どう、よかったら少し飲んでいかない」

その言葉つきは、同世代の同性を誘う飾り気のない親しさに染められていたが、と同時に、拒否しがたいような威圧感もかすかに含んでいた。しかし、岸見にとっても、市川の存在は気になるところだった。今日採用されたばかりにしては、組織のトップである中谷との会話はフランクすぎるように思えたし、ふたりは旧知の仲のように見えた。

取材の素材をもう少し拾いたいと欲張る岸見にとっては抗い難い提案だった。

「この辺はよく知らないのだけれど」と市川は歩き出した。「適当なお店があったら入っちゃいましょうか」こちらが誘いを承知したかのように、市川はもう先を行っている。

少し迷ったが、岸見はその背中を追いかけた。

見当をつけて入ったバーにいたのは中年男性ばかりで、若く美しい女のふたり連れは人目を引いた。ふたりは目立たないように店の隅の止まり木に座ってカウンターに肘をつき、岸見はモヒートを市川はスコッチのダブルをロックで頼んだ。

「日頃も飲むんですか」と岸見は訊いた。

「飲んべえです。死に急いでいるような飲み方をしているって言われたことがあります」市川は自嘲気味に笑った。

「誰に」

「元カレです」

緑のミントが入った透明なロングカクテルと琥珀(こはく)色の蒸留酒が運ばれてきた。「とりあえずお疲れ様でした」と市川が言って、ふたりはグラスを合わせた。

まほろばに来る前の職歴をさりげなく尋ねてみた。国交省だと聞いて、あんなドイツ語の本を読むくらいだからキャリア組にちがいない、と岸見は決めつけた。

「で、どう、取材はうまくいった?」

岸見はマドラーでモヒートの中のミントをかき混ぜながら、

「まだなんとも。社に戻って整理してみないと……」と濁した。

まほろばバッシング路線は上からの命令だったが、それをここで話すわけにはいかない。しかし、その方向で役立ちそうなものは今日の短い取材では見当たらなかった。

「そうね」市川は同意した。「じっくり考えたほうがいいわ」

そして、スコッチを口に含むと、ゆっくり飲み下してからまた口を開いた。

「こきおろすにしても、もう少し様子を見てからにしたらどうかしら」

その口ぶりは取材の方針を見透かしているかのようだった。しかし、冷静に考えて、局の極秘事項がそう簡単に漏れているはずがない。昨今の風評からそう推定したのだろうか。

「非難や苦情なんかが寄せられていたりするんですか」岸見はさりげなく訊いてみた。

市川は首を振った。岸見はグラスの中のミントの葉をマドラーでグサグサ押して、この女が言う「様子を見ろ」というその内容を推し量ろうとした。

市川はスコッチを飲み干して、カウンターに空のグラスを突き出すと「同じものを」と言った。

「でも、これからじゃないかしら」

「えっ」

「非難や苦情なんかは」

ああ、と合点がいって、岸見は訊いた。

「それは何か思い当たることがあってのことですか」

「特には無いけど、探せばなにかあるでしょ。そっちの方向に空気をいったん作ってしまえば後は簡単だから」

岸見は黙った。あまりにも見事な推察なのでぞっとした。

市川の方は、この若いジャーナリストが身構えているのは察していたが、その警戒心を解く術を見つけられないでいた。ふと思い出して、スーツのポケットからハンカチを取り出し、カウンターの上で広げた。最後の一辺をつまみ上げると、その下からピンマイクが出てきた。

「お返しするわ」と言いながら、これは諸刃の剣だなと市川は思った。

底気味悪くこれを見た岸見は黙って回収すると、とりあえず自分のハンカチにくるんでポケットにしまった。そして、やはりこの女はなにかを知っているのだと思った。それは確信に近かった。

「今日はこのまま帰るの」と市川が訊いた。

「いえ、機材を返して、動画を取り込むのでいったん社に戻ります」

ひょっとしてこの謎めいた女はこれからどこかに誘おうとしているのではないかと岸見は身を固くした。

「もし、オフィスに戻って素材を整理しても、これだっていうネタをあぶり出せなかったとしたらね」

市川はこの先どう言葉を尽くそうかと思い巡らせた。カウンターに新しいグラスが置かれた。市川はひとくち飲んで言った。

「両論併記ってこういうときに便利よね、官僚時代はよく嫌み言われたけど」

岸見はうなずくだけにした。

このあと市川は当たり障りのない方向に話頭を向けた。帰宅は夜遅いのか、休みは取れているのか。岸見も国土交通省時代の職場の男女比率などを聞いた。手元のグラスが空になると、ふたりは店を出て、別々のタクシーに乗ってそれぞれ夜の街に消えて行った。


翌日の小昼(こひる)に市川みどりが部屋で洗濯をしていると、まほろばのスタッフから電話があり、引っ越し代等の支度金をお渡ししたいので、カンロシステムのアプリをダウンロードしてアカウントを知らせてくださいと言ってきた。すでにインストール済みだったので、アカウント名とナンバーを伝えた。

次に聞かれたのは、福島での住まいについてだった。まほろば本部の中に部屋を用意しますか、それとも近所に借家しての通勤を希望しますかと聞かれたので、本部に住まわせてもらいたいと言った。今住んでいる部屋の平米数はどのくらいですかと尋ねられたので、だいたい四十平米くらいだと答えると、それで十分足りているのかと確認された。実は本の置き場に困っていると言ったら、六十平米の2DKに別途書庫を用意できますがそれでよろしいでしょうか、これ以上になると一軒家を借りてもらうしかなく、どちらにしても家賃はまほろばが負担するので、ここで決めてもらえませんかと言うので、本部の中に部屋を取ってくれと返事した。

次に引っ越し業者はこちらで指定させてもらいたいのですが不都合はありませんかと訊かれて、べつにまだどこと決めているわけでもないからまったくかまわないと伝えたら、カンロ決済を受け付ける業者を下見に行かせます。ちなみに今日の都合はどうですか、ペイマスターがなるべく早く福島に腰を落ち着けて欲しいと言っているのでと持ちかけられ、これも了解して電話を切った。

途端に、電子音が鳴った。スマホの中の〝お財布〟を覗いてみると、百万カンロが振り込まれていた。

その頃、岸見伶羅は部内ミーティングに出席していた。昨日の取材の報告を簡単にすませると、三浦が訊いた。

「なんかこうカルト宗教っぽい匂いとかしなかった？」

「そこまでは感じませんでした」

「多少はしたのか」

「いや、わかりません」

「カンロを使う目的についての説明はどんなものだった」

「それについては、経済に強い並河さんに録画を見てもらいました」

じゃあ並河、と三浦にコメントを促され、でっぷりした男はう一んと唸って眼鏡のブリッジを押さえた。

「一応、筋はとおってますが、過激ではありますね」

「危険だと言えるか」

「銀行にとっては危険ですよ。きちんと融資しないで株と国債ばかり買って金利で儲けて、中小や零細には貸しはがししたりしてるって実態がバレちゃいますから」

「それだと、バッシングする矛先が変わっちゃうじゃないか」

三浦は呆れ、その場にいた部員たちは笑った。

「あとは資金の不透明性ですよね。そんなに金があるはずがないんですが、不渡りは出してない。中谷がどこでそんな金を作ったのかは謎ですよね」

それは、まほろばについてよく取り沙汰されることを繰り返しているにすぎなかった。

原発で働いていた人間が辞めて、工事現場を転々としていたが突如大金を摑んでカンロという金をばらまき出す。この過程が闇に包まれていて、マスコミはそこをなんとか掘り返そうとしているのだが、何も出てこないのである。

「その中谷の周辺はどうだ」

若いスタッフが手を挙げた。

「おおむね、好意的なんですが、地元の人間の中には、出資を頼みに行って断られていたり、急にクビになったりした者もいて、地元に冷たいじゃないかという声もちらほらありました。たとえば、黒井和彦という男は、彼は中谷の中学の同級生らしいんですが、解雇されたことに対してかなり恨みがましいことを言っています」

「解雇の理由は？」三浦が聞いた。

「サマーライトロックフェスティバルのステージで中谷が襲われた事件がありましたね」

皆は当然その事件を覚えていた。

「その時の警備に当たっていたのが黒井たちです。適切にガードできなかったのが解雇の理由だと言うことなんですが、それに対して彼らは納得できないと言っています」

「なるほど、あの状況でかすり傷で済んだんだから解雇されるのは不当だよな」と三浦が言った。

「それが、あの窮地から中谷を救ったのは、一般の観客だそうです。黒井たちは反応できず、警備員としての能力を問われて契約を解かれたと聞きました」

えー、それじゃあ、しょうがないんじゃないのと誰かが言った。

「金でもめてるのか」眉間にしわを寄せて三浦が言った。

「いや、そうじゃなくて、黒井に言わせれば、冷たいと」

「冷たい」

「ええ、仲間を解雇するなんてあり得ない」

「それは説得力ないな。他にないか」

「似たものだと、卑怯者（ひきょうもの）だという声もありますが」

うーんと三浦は唸った。「いちおう聞こうか」

「中谷は事故後一年程で原発の作業員を辞めているんですが、これを敵前逃亡じゃないかと悪口を言う者もいました」

「それは元の同僚がそう言ったのか」

「いえ、ネットのかきこみです」

「ばかやろ」

一同、失笑した。

「いちおう日本には職業選択の自由ってものがあるからな」と三浦がぼやいた。

じゃあ、却下されるのを覚悟で言っちゃいますが、と前置きして別のスタッフが言った。「不平等じゃないかという意見がありました」

「というのは」

「まほろばは、旧住民の帰宅を支援しています。それは非常に手厚いもので、ある意味セーフティネットの役割を果たしているんですね。一方で、ニューカマーは、斬新な事業計画によって投資を受けて、特別自治区に入ってくる。彼らも、事業計画に対する責任は負いますが、豊富な資金を得ることになります。最近は外国籍の人間も投資を受けているようです。で、三番目に、たいしたアイディアもないけれど、特別自治区に住みたい人間もいて、こういう者たちにまほろばは門戸を閉ざしているんじゃないかって批判があるんです」

「それはどう考えても批判じゃなくてやっかみですね」と女性スタッフが言った。

「まあ、そうなんですが、こういう不満を言う人は旧住民がうらやましいみたいです。たまたまここに住んでいたおかげで、日本で一番手厚い福利厚生が受けられる。これをネットでは〝原発の補助金漬けからカンロ漬けへ〟って呼んでます」

三浦は頭をかいた。「まあ、カンロ漬けってのは使えるかも知れないな」

「あと、カンロを使って危険ドラッグの売買をしているという噂があるので、そこを突くという手もあります」

「実態はわかりませんが、マネーロンダリングに使おうと思えば使えますね。かなり目減りしますが」
「そうだな、近いうちに日銀が規制に乗り出すという話もあるので、しょうがないから
その辺からいくか」
三浦がなんとなくバッシングの方向を決めたときだった。
「あの、あくまでも念のためなんですが」と岸見が言った。「二種類作るのはどうでし
ょうか」
三浦は怪訝な顔をして岸見を見た。「なにを」
「いまのところ、まほろばの実態は不明です。そしていまこの時点では、大犯罪の噂も
聞こえてきておりません。こうやってほじくり返してみても、出てくるのはこの程度で
す。むしろ、福島の沿岸部でまほろばがカンロで投資を始めたところには確実に人が戻
り始め、産業が活発になってきています。これはむしろ評価されるべきことではないか
と個人的には思っています。総務省にどのような思惑があるのかわかりませんが、すく
なくとも彼らをポジティブにとらえたバージョンも用意しておくべきじゃないでしょう
か。他局がネガティブキャンペーンをはるのならば、すくなくとも我々は土壇場でちゃ
っかり掌を返せるような準備だけはしておくべきでは、と」
皆、黙り込んだ。筋が通っていると誰もが思った。そんな沈黙だった。しかし、報道
の方針が上から来ている以上、おいそれとこれに賛成して、とばっちりを食らうのはつ

まらない。そんな沈黙でもあった。

「一応、専務に相談する」と三浦が言った。

「ぜひ」

「よし、じゃあ、次はアメリカ大統領の来日ネタ行こうか、田端」

田端はメモを取り上げた。「はい、まだ完全なスケジュールは出ていないのですが、韓国側からのオファーの一泊をなんとか阻止して、三泊四日の日程は確定したそうです」

「おお、がんばったな」と三浦が言った。

「政府としては宮廷晩餐会の他に、居酒屋での夕食、トヨタの自動運転車の試乗をオファーしているようですが、大統領の方でもリクエストがあるらしく、確定していません。政治部の連中から聞いた話だと、大統領は来日中に、アメリカ大使館での打ち合わせ、ならびに滞日アメリカ人の事業家との面会などの予定も入れたいらしく、外務省は大使館から最終的なスケジュールがくるのを待っているそうです」

数日が経った。

外務省の一室でファックス機が英文の受信紙を数枚吐き出した。出勤してきたばかりの西村竜馬がこれを拾い上げ、自分の机に持っていき、缶コーヒーを飲みながら眺めた。

読み始めたとき、彼の表情には一日の勤務を始める前の朝の穏やかさがまだうっすら残っていたが、見る間にこわばりだした。西村はもう一度頭から読んだ。そして、その用紙を持って部屋を出た。

長い廊下を足速に歩いた。エレベーターで上階に登り、とある個室をノックし、名前を告げて扉を開けた。西村が入っていった部屋には、「外務事務次官室」というプレートが掲げられてあった。

しばらくして、扉が開き、用紙を手に西村が出てきた。室内に一礼するとまた来た道を引き返す。エレベーターで下降し、自分の机に戻ると、受話器を取り上げ、番号を押した。相手はすぐに出た。西村はハローと言った。続けて出る言葉も英語だった。

「ハロー、こちら日本外務省の西村です。さきほどファックスでいただいた大統領の来日スケジュールについて、質問させていただきたい。そうです。ここにあるスケジュールに間違いないかどうかを確認させてください」

その日の夕刻、総理大臣と与党議員らが集まって定例の勉強会が開かれた。議員たちが会議用のテーブルを囲み、その四角い輪から外れて、テーマに関連する省庁の官僚たちも窓際に置かれたパイプ椅子に座っていた。

オリンピックについての事務処理の報告と財政問題の現状、ロシアとの共同開発の進展状況を確認した後、司会を務める若手議員がこう言った。

「仮想通貨カンロについては、明日午後三時に、日銀総裁から『規制のありかたを検討する必要があると考える』という声明を出していただくことになっています」

すみません、とひとりの官僚が声を上げた。「その件ですが、一応お耳に入れておきたいことがございます」

若手議員は怪訝な顔をした。「ええと、まずは所属とお名前をお願いします」

「失礼しました。私、外務省の西村です。最後にご報告しようと思いここに参ったのですが、多少関連がございますので、このタイミングで発言させていただければと」

一同は黙って西村を見た。

「今朝、アメリカ大使館から大統領来日のスケジュールについて連絡がありました」

「おう、ようやく出たか」と外務大臣がつぶやいた。

「その三日目のスケジュールなんですが、福島の特別自治区の財団法人まほろばと関連事業所のいくつかを視察するとありました」

皆が黙ったままなので西村が付け加えた。

「その日は夕食も福島で摂るらしいです」

「誰と」外務大臣が訊いた。

「まほろばの中谷代表とです。場所はまほろば本部の食堂で」

「なぜ」と言ったのは総理だった。

「アメリカ大使館の説明によると、中谷は大統領の友人であると」

「友人……馬鹿言うな」官房長官の飯塚が声を荒らげた。

「はい、そう思って、大使館に再三確認したところ、同じ返事が返ってきました」

会議室がしんとなった。

「ともかく、今回、日本政府は国賓としてアメリカ大統領を招待しています。その大統領が友人と呼ぶ人間に対して、このタイミングでわれわれが警告を発するということになると」

「それはできないでしょう」総理が飯塚を見て言った。

すみませんと声がした。窓際のパイプ椅子に座っていた別の官僚が手を挙げていた。

「総務省の長谷川です」

「なにか?」

「一応、ここでこういうことを言うのもなんですが、間に合わなくなるとまずいと思いまして、やってきました」

「なんだ、はっきり言え」飯塚がいらついた声を出した。

「はい、では、単刀直入に申します。テレビ各局にまほろばと中谷のネガティブキャンペーンをプッシュしていますが、これはどうしましょうか」

飯塚が怒鳴った。「すぐにやめさせろ！」

　岸見は、経済学者、政治学者、社会学者、評論家の中からまほろばの活動に対して警戒を促している識者たちと、逆に共感を表明している人物をピックアップし、次々に面会して、まほろばで撮ったインタビューの映像素材を見せた上で、コメントを収録した。

　結局、三浦は上に確認を取ることなく、二バージョンの編集を岸見に許した。肯定バージョンはお蔵入りにして、否定バージョンを放送してしまえばなんの実害もない、逆にそのくらいの自由も認めてやらないと、一応まほろばの窓口となっている岸見がむくれてしまう恐れがあり、それも面倒だと三浦が判断したからにすぎない、そう岸見は想像した。このことは、二バージョン作るのでひとり助手が欲しいと届け出たときにあっさり拒否されたことでも察しがついた。結局、ひとつバージョンが増えたことによって大変な激務となった。三日家に帰れず、三度の食事を社内食堂で取り、社内のシャワーを浴び、着替えを社屋ビル一階のファストファッション店で間にあわせ、仮眠室で寝た。折り返し地点を回ると、さすがに疲れ果て、十五分ほどソファーに横になってうとうとしていたら、急に肩を揺すられた。

「おい岸見、大変だ。起きろ」

「なんでしょうか」

寝入り端を起こされ、息が詰まり胸が苦しかった。

「予定が変わった。作業を中断して、すぐに肯定バージョンを編集しろ」

「どういう意味ですか」岸見はソファーに身を起こして頭を垂れたまま言った。

「わからん。上からのお達しだ」三浦の声には混乱と動揺といらだちが混じっていた。

「とにかく、否定バージョンはなしだ」

否定バージョンはなしだ、と岸見はぼんやり復唱した。

「そうだ、肯定バージョンをすぐに編集しろ」

「なぜですか」

「だから俺に訊くな。さっき編成局長が血相変えて飛んできた」

「どの方面からのプレッシャーですか」

「総務省だそうだ」

バッシングしろと要請したのもたしか総務省じゃなかったか。そこが掌を返すとこちらも報道の内容を翻すのでは、われわれは政府の出先機関と一緒だとぼんやりした頭で考えていたが、ここでそれを三浦に言っても、組織の下にいる人間の気軽さしか伝わらないと思って、やめた。

「すぐに肯定バージョンに取りかかってなんとか間に合わせろ」

岸見はのっそりと立ち上がり、編集デスクに座って操作した。

「肯定バージョンなら、いまあげたところです」

モニター画面に『まほろば　イノベーションにかける未来』という文字が浮かび上がった。

「十五分です。確認お願いします」

三浦が呆れた。「お前、先に肯定バージョンから編集したのかよ」

「ウォーミングアップに」岸見はバッグを取って立ち上がった。「その方がやりやすかったので」

「どこへ」

「化粧落として仮眠します。三日間、家に帰ってないので」と言い残して岸見は編集室のドアを押した。

廊下に出た岸見は、バッグを振り回すようにして肩にかけ、深夜の廊下を化粧室に向かって歩いて行った。そして小さくガッツポーズをした。

まほろばの内部も動きが慌ただしくなってきた。市川みどりがやってきてペイマスター補佐となり、参謀として事実上ナンバーツーの地位を得た。組織に入ったばかりの市川が上の位についたことについて、谷口や江崎や大楽は、やっかむことはなかったが、いぶかしくは思ったようだった。いちおう確認した方がいいと思うので、と谷口がマスターズルームにやってきたとき最後にこう切り出した。

「市川さんとペイマスターとは個人的にもあれですか」

谷口は言いよどんだが、

「つまり、個人的にもきわめて親しい仲ですかという質問なんですが」と聞いた。

あー、と中谷は得心した声を上げた。

「失礼な質問だとは思うのですが」

「だといいんだけどな」中谷は笑った。

違うんですか、と谷口は意外そうな表情になった。

「残念ながら」

そうですかとうなずきつつも谷口はまだ納得がいかないようだった。

「そろそろ谷口に話しておくが、アメリカ大統領が来るんだ」

「ええ、もちろん知ってます」

「日本にじゃなくて、ここ、まほろばにだよ」

谷口の顔色が変わった。

「詳しくは言えないが、その仕掛けを作ったのが市川さんだ」

「そうなんですか。それはすごいな」と谷口は素直に恐れ入っている。

「どうだ。正直なところ、やりにくいか」

谷口はあわてて首を振った。「いえ、そんなことは。いや、本当にそういうつもりで言ったのではなくて、単なる確認なので」

「あっそ。じゃあ、いまのところは、違うとしか答えられないな。市川さん、好みだけどね。ついでにお前から今つきあってる人はいないのかって訊いといてよ」

「勘弁してください。そんなこと訊けません」

中谷は笑って、まあ、お前は真面目だからな、とあっさり諦めた。

「あの、こんなこと訊くのもなんですが、それに訊きたくもないんですが」と谷口は言った。

「でも訊くんだろ」

「ええ、ちょっと心配なんで」

「じゃあ、言っちゃえよ」

「ペイマスターは性欲の処理はどうしてるんですか」

中谷はにやりと笑って、よくぞ訊いてくれたとうなずいた。

「このあいだ、遊んでこようと思ってこっそり街へ降りたんだ」

「あ、そうなんですか」

「でも、やめた。幸い指は怪我してないからな、そっちでやってるよ」と中谷は笑った。

谷口は笑わなかった。「でも、どうしてですか」

「まあ、ソープから出てくるのを写真とかビデオに撮られたら、まほろばの看板に傷がつくだろ」

「まあ、そうですね」

「でも、もうちょっと別の思いもないではないんだな」

「どういうことでしょう」

「俺は普通の人よりもでかい金を扱っている。金は今の世の中ではなによりも万能に近いと思われている、少なくともそんなフシはある。そもそも金がなかったら俺なんかに誰も見向きもしないだろう」

谷口は黙っている。ここでうなずいたら失礼にあたるが、否定もできないからだろう。

「一方で、俺はもう金で買えるものの限界も知った気がする。金で買うセックスなんてのも、悪いもんじゃないが、それほどのものでもないんだよ」

「そうなんですかね」

「けれど、現実には、金がこの世の中を規定してるんだよな。世界のすみずみまで科学が説明し、気持ちよさげなものをどんどん作って、それに大量の金がつぎ込まれてる」

「でも、それは我々まほろばもやっていることですよ」

中谷はうなずいた。「そうなんだ。でも、それだけだと、基本的には原発と同じだ。

つまり科学と金で回っているシステムだ。そこに俺たちもいやおうなしに巻き込まれている。ただ、俺たちの生が金と科学とでガチガチに決定づけられているってのはどうなんだろうか。俺はいやだな。金と科学の上になにかもっと大きなものが必要なんじゃないかって思うわけなんだ」

谷口がかすかに顔をしかめた。

「わかってるよ、俺がなにかの宗教にかぶれだしたんじゃないかって心配してるんだろ」

谷口はまた黙っている。

「実は聖書はときどき読む。杉原のおっさんがくれたんだ。でも、俺がキリスト教徒かというと、そうじゃないと思うな」

「そうなんですか」

「お前なんかむしろこういう格式のあるものだったら安心するんじゃないか」

「まあ、そうかもしれません」

谷口は苦笑しつつも素直に認めた。

「ヨーロッパ二千年の伝統と信頼ってやつだよな。でも、俺が科学や経済の支配が及ばない、ごくわずかな余白の部分で感じているのは、もっとあいまいで言葉にならない感覚的なものなんだ」

はあ、と谷口は首をかしげた。

「じっさい、俺たちはある〝お告げ〟に従って金を得て、それを配分している」

「え、それは本当ですか」

エアーの存在は組織内の人間には話していなかった。実際に金があり、それが使える間は、組織内の人間はその出自について詮索しないという杉原の予測はほぼ当たった。

「まあ、ある種の比喩だ」

ああ、と谷口は安堵したような表情になった。

「なんにせよ、俺はその神様から金を受け取って、しかるべきところに撒くのが使命だ。金を摑んだ俺の手に金が残っちゃいけない。ただし、ペイマスターの俺だけが金を摑んで撒くことが出来る」

「どうしてですか」

「それは俺にはわからない。たぶん選ばれたんだ。だから、俺にはあまり自由ってものはないんだよ」

こう言いつつもわからないことが多かった。神様と言ってしまったが、エアーはまぎれもなく杉原のおっさんが創ったものだ。神が人間を創った、神様から人間が生まれただとわかりやすいが、人間が創ったとなるとそれは怪物じゃないだろうか。とすれば、それは原発とどう違うんだろうか。そう考えると、エアーを動かせるのはいまのところ原発だけだという事実がやはりものすごく気がかりである。

本来なら、杉原を捕まえてこのあたりを追及したいところだが、省エネのエアーを作れと詰め寄ったあの日以来、姿を見ていない。

あの、と谷口に声をかけられ、中谷は我に返った。

「大統領がここに来るって話は本当ですか」

「ああ、もうすぐ正式に発表になる。大統領も食堂で飯食うから、いつもよりも、もうちょっとよさげな食材を用意しておくようにおばちゃんに言っておいて」

「そんな、ちょっとじゃ駄目ですよ」

「その辺はまかせるけどな。ただ、遠方からいい肉取り寄せたりするんじゃないぞ。大統領にもここでとれたものを食ってもらうから」

「わかりました」

「明後日、警察と米軍が下見に来る。安全確認のためだ」

「はい」

今度は、中谷のほうから気になっていたことを逆に訊いてみた。

「それから、杉原のおっさん見かけなかったか」

「いえ、もともと僕らはほとんどお目にかかったこともないので。いらっしゃらないんですか」

「うん、市川には少し前に留守にするからって言ったらしいんだが。もう結構日にちが経つからさ」

「いつのことですか」

「一週間になる」

　福田と市川の前で、中谷が激しく言い募ったことが原因なのだろうかと思ったが、そんなことでむくれて姿を消すというのは杉原には似合わない。もともと神出鬼没の怪人のような人だから、気晴らしにどこかに出かけたのだと中谷は思うことにした。

　しかし、中谷は杉原と二度とこの世で相見(あいまみ)えることはなかった。


　かっては校庭だったまほろば本部の中庭に、新調したスーツを着た中谷は、傍らに市川みどりを従えて立っていた。少し離れて、谷口、江崎、大楽らが控え、その周辺には大勢の私服の警察官が耳に白いイヤホンを突っ込んでずらりと並んでいる。この中に一ノ瀬もいた。

　そしてこの警察の監視のもと、岸見伶羅たちマスコミがカメラとマイクを校庭の中央に向けていた。

　校舎だった屋上にも警備隊が配備されていた。ふとひとりの隊員が南西の空を見上げた。

かすかに空が鳴っている。機影が見えた。空の底を叩く音がしてやがてそれはヘリコプターの姿を鮮明にし、そして下降を開始した。白い腹と着陸灯が点滅するのが見えた。中庭の砂を容赦なく巻き上げヘリは着陸した。

警察に促されて、中谷は前に出た。後部キャビンの人影がシートベルトをはずしているのが見えた。

ドアが開き、アメリカ人特有の満面の笑みをたたえながらアメリカ合衆国大統領が降りてきた。

中谷はさらに前に出て迎え、握手をした。がっしりとした大きな手だった。ヘリのエンジンが切られ、静けさが訪れたとき、マスコミが向けているマイクに届くことも期待しつつ、市川に訳してもらった英語を中谷はゆっくりと大きな声で言った。

「大統領、ようこそ福島へ。絶望から希望へ向けての出発点にようこそ」

それは観光地化計画を進める間宮のブログから引用し、中谷がアレンジしたものだった。大統領は、「おお」と驚き感心したような表情を見せて深くうなずいた。それが儀礼的なものであるのかどうかは詮索しないことにして、中谷は握った手を力強く振った、背後で激しくシャッターが切られる音を聞きながら。

まほろば本部前でマイクを握っている岸見伶羅がＴＢＣの夕刻のニュースに映し出さ

れていた。

「大統領は午後三時二十分頃、米軍のヘリコプターでここまほろば本部の中庭に到着いたしまして、まほろばの代表・中谷祐喜ペイマスターと固い握手を交わしました。その後、約二十分ほど中谷氏の案内で施設内を視察され、除染作業用のロボットの試作機などを見学した後、日本政府が用意した公用車で、特別自治区の様子を見て回り、まほろば本部で早めの夕食を中谷氏と共にしました。そして、午後六時頃、中庭から東京に向かって飛び立ちました」

「大統領は中谷氏の特別自治区での活動に対してなにか言及されましたか」

画面が二分割され、左のブロックから、東京のスタジオにいるニュースキャスターが訊いた。

「はい。大統領は、まほろばの一連の取り組みに対して、非常に勇敢な行為であり、友好国の大統領として、また友人として、精一杯のエールを贈りたいとコメントしました」

「そうですか。夕食はまほろばの食堂で召しあがったとか」

「はい、大統領が好物だということで、今日は特別に取り寄せた福島産のビーフステーキがふるまわれました」

画面が切り替わり、大統領がまほろばの食堂でステーキをほおばってうなずいている映像が流れた。

「福島産の牛肉の味については大統領はなにか言っておられましたか」

「アメリカの肉もおいしいが、福島の肉も信じられないおいしさだと言ったそうです」

そりゃまずいとは言えないだろ、と副調整室の三浦が笑った。

〈日本の構造改革はひょっとしたらいまこの福島特別自治区でおこなわれているのかもしれません。——財団法人まほろばの前から岸見伶羅がお送りしました〉

おいおい、そこまで言うなと三浦はモニターの中の岸見に意見した。

岸見がいる右側の画面が払われ、画面全体がスタジオのキャスターを真ん中に捉えた構図になった。

「ますます、まほろばの謎が深まりましたね」とキャスターが隣のコメンテーターに言った。

「そうですね」とコメンテーターはなにを言おうか悩んでいるようだったが「大統領は中谷氏に『是非アメリカにおいでください、エアーでお越しくだされば、エアーはご用意しますよ』とジョークも交えて言ったそうです」

「それはどういう意味ですか」

「by air のエアーは『飛行機で』という意味ですね。用意するAIRはアーティスト・イン・レジデンス（Artist In Residence）、芸術家をひとつの地域に一定期間滞在させ、創作活動させる制度の頭文字を取ったものです。たぶん、単純な洒落だと思いますが」

この大統領のジョークに、エアーの存在を知っている首脳部は慌てた。おそらくなんらかのきっかけでアメリカはエアーの存在を知った。そして、中谷にアメリカ市民権を与え、エアーを自分たちのものにしようとしているにちがいないと戦慄を覚えたのである。

早い段階からエシュロンなど通信傍受システムを隠然と使用してきたアメリカならエアーを歓迎することは大いに考えられる。ひょっとしたら、大統領は単にジョークを飛ばしたかったのかもしれないが、エアー強奪の可能性は考慮に入れざるを得なかった。

巨大な液晶パネルで夜のニュース番組を見ていた中谷がリモコンを取り上げて番組を消すと、画面は、ヨーロッパの田園地帯を捉えたライブカメラの映像に切り替わった。

「市川さんのおかげだよ」

「じゃあ、ビール飲んでもいいですか」と市川は言った。

「何本でもどうぞ。冷蔵庫に冷えてるのがある」

市川は台所に行って二本缶ビールを取ってきて、一本を中谷に渡した。ふたりはプルリングを引いてビールを飲んだ。市川はごくごくと飲んで、フーッと息を吐き出した。

「日本人がアメリカ大統領に政治献金できるとは知らなかった」中谷が言った。

「直接は無理なんですが、ある団体を通せば不可能ではありません。レターも効きましたね」

政治資金管理団体を通して巨額の政治資金を献金すると同時に、中谷の名義で市川が大統領宛に手紙を書いた。大統領を支持していること、ならびに可能ならば来日の折にはまほろばに来て復興の様子を見ていただきたい。さらに、自分はリタイアした後、芸術を勉強したいと思っており、アメリカで学びたいのでアーティスト・イン・レジデンスつまりエアーの制度を適用してもらえないかという内容が綴られていた。エアー（飛行機）で飛んでいってエアー（Artist In Residence）になりたいという語呂合わせを不自然なほど繰り返して添えた。もし大統領が来日し、お会いできるチャンスがあれば、この便宜を図ってもらえるかどうかの返事もいただきたいということも。二兆円の政治献金の見返りとしてはお安いご用というべきものだった。しかし、その裏にあるものこそが本来の狙いだったので、その下心を知らない大統領が果たしてこちらの意図に調子を合わせてくれるかどうかは賭けだった。

「おっさんにも見せたかったよな。ここんとこ、姿を見ないんだけど、どこへ行ったんだろうな」

中谷は満足そうにビールを呷（あお）った。

市川がふと真顔になった。「けれど、これで脱原発は難しくなったかも知れません」

「どうして」

「原発はアメリカの核の世界戦略からうまれたわけだから」

「だから」

「だから、脱原発を一気に促進することは対米追従をやめるということにもなります」

「やめればいいじゃないか」

「やめられるかな」

市川は首をかしげた。そして、彼女はその女らしい姿態に似合わない容赦ない言葉を連ねた。

「今回私たちが打ったのは、政府の安全保障と同じ手です。金を払うかわりにアメリカに守ってもらう。対米追従そのものですよ」

世界の複雑さに中谷は沈黙を強いられた。

「せっかくの乾杯のビールがまずくなっちゃいましたね」と市川は言った。

でも私は飲むけどと言って立った。

「俺も飲む」中谷は台所に向かう市川の背中に言った。

「この案を出すときに、言っておいたほうがよかったかしら」二本を手に戻ってきた市川が言った。

「いや、それしかなかったろ。やっぱり同じことをしてたと思うよ」

「それが一番合理的な選択だったと思います」市川は言った。

「合理的か。じゃあ、俺も多少は頭がよくなったかな」と中谷は苦笑した。

「原発そのものはいまから思えば非合理だったけれど、非合理なものを選択することが合理的だった時代もあった。でも今は、新しい合理性を探さなければならない。急がなければならないけれど、無茶をしてもいけない気がします」

頭のいい綺麗な女にビールを飲みながらこんなこと言われたらもうどうしようもないな、と中谷はしょんぼりした。

市川さん、と中谷は呼びかけた。缶の縁を唇につけながら、市川は瞳を中谷に向けた。

「これからはまほろばの顔として前面に出て欲しい」

「私が」

「ああ、その方がいいと思うんだ」

「つとまるかしら」

「考えておいて、徐々にでいいから」と中谷は言った。

市川は黙って飲んでいた。

「助手も必要だよな」中谷が訊いた。

市川はやはり黙って飲んでいたが、しばらくしてから、つけてもらえるのならと言った。

そしてしばらく飲んでいたが、市川は立ちあがった。そして、失礼しますと言った。

「顔紅くないですよね」市川が確認した。

「まったく」

「マスターズルームからお酒飲んで出てきたところ誰かに見られたらまずいですね。調子に乗ってすみません」

市川は空き缶をゴミ箱に入れて出口に向かうとき、グランドキャニオンかしらと言った。その視線を追うと、液晶パネルの映像が赤土の雄大な荒野を映し出している。杉原がこの星のあちこちに置いたカメラは各地からランダムに美しい風景を送って来てくれていた。

「失礼します。おやすみなさい」

中谷もおやすみと言い、市川は出て行った。

中谷はオーディオセットをつけてみた。たまたまプレイヤーに入っていたディスクが回り、静かなクラシックが流れて来た。ああ、おっさんがよく聴いていた曲だなと中谷は思った。たしかベートーヴェンのピアノトリオで『幽霊』という曲の第二楽章だ。

こうして落ち着いて耳を傾けていると、ピアノとヴァイオリンとチェロの三つの楽器が奏でる旋律が綺麗に分離して聞こえる。そして、分離しつつも溶け合って響くのがわかった。その分離と交わりのふたつを同時に聞きながら耳を喜ばせつつ、椅子に腰掛けて残りのビールを飲み、液晶パネルに映った雄大な風景を見ながら眼を慰めていた。

その瞳がかすかな異物を捉えた。それは液晶画面の片隅に小さく映り込んだ見なれた背中だった。

中谷は身を乗り出した。肩が引かれ、男がこちらを向いた。杉原だった。杉原がグランドキャニオンの頂に座っている。

中谷は立ち上がった。

高解像度カメラで捉えた画面は拡大してもどこまでも鮮明だ。杉原は笑っていた。

「おっさん、なんで、そんなところにいるんだ」中谷は思わず呼びかけた。

杉原の唇が動いた。中谷は慌ててピアノトリオを消した。杉原はなにか喋っている。しかし、聞こえない。音声のラインは来ていないようだ。

「な、なんだって」中谷は画面に呼びかけた。「おい、なんて言ってる？」

杉原はまた背中を向けてしまった。それを合図としたかのように、画面は溶解し、代わって南国の美しい海岸線が浮かび出た。

おい、と中谷は叫んだが、椰子の木は黙ってその葉を風に揺らせているだけだ。

三年が過ぎた。

まほろばの事業は各事業所の収支決算におかまいなしに拡大していた。

二年前に、カンロの投資を受けた事業所を、特別自治区外であっても、被災地になら置くことを許可した。これによって、カンロの経済圏は宮城県、岩手県で加速し、日本海側へも伸びていった。

さらについ数ヵ月前、中谷は日本の地方の過疎化の指標を作るように市川に指示を出し、その過疎度が高い地域で起業するのであれば、自治区外なおかつ被災地外でも、起業を認める方針を出した。もちろん投資はカンロで行うので、日本全国にカンロ経済圏が点在し、そこから染み出すように広がっていくことが予想された。

そして先月、海外でカンロを扱う一号店がタイのバンコクに現れた。さらに数週間前にフィリピンのマニラに同様の店が出現した。もっともその流通量はごくごくわずかではあるが。

一年半前に、高床式農法による新しい農業を地元民と一緒に開拓している武藤が、地元の農家の孫娘で、東京からUターンして問宮の観光事業のスタッフとして働いている今泉恵美（いまいずみえみ）と見合い結婚した。

ふたりは福島第一原子力発電所からほどちかい場所に家を建てた。まほろばには旧住民と新住民が混在していたが、こうして結婚する例はあまり多くなかった。そして、まもなく妻の恵美が懐妊した。恵美は自宅で出産した。女の子だった。夫婦は中谷に名付け親になってくれないかと頼みに来た。中谷はその子に明日香と名付けた。

特別自治区内で発癌した三名の高齢者は皆死んだ。三名とも特別自治区内の病院や自宅で息を引き取った。この間にさらに癌を患う者が自治区内で相次いだ。日本全国の平均値と比較してみると、特別自治区の癌発生率は微かに上回っていた。この差について、放射線との因果関係を疑うべきだと主張する者と、上にわずかに振れているだけで同一の範囲内として捉えるべきだと言い張る者との間で、激しい応酬があった。そして議論は平行線のままに終わった。

この夏には、大型台風が直撃し、発電力を欲張って超大型にした洋上風力発電の主軸が建設途中で倒壊した。喜多島は申し訳ありませんと手をついて謝ったが、洋上風力発電へのさらなる増資が決定された。

廃炉作業はなかなか進まなかった。最先端の科学技術をもってしても、格納容器近くの作業は困難を極めていた。そんな中、日本各地でいくつか原子力発電所の再稼働が発表された。

一方、杉原から連絡はまったくなかった。携帯に電話をかけてみたがすでに解約されているようだった。しかし、まほろばの口座の金はときどき、ヨーロッパを行ったり来たりしてさらに増えてもどってきて、円とドルとユーロで保管されていたから、それが、杉原がどこかで生きていて、さらにまほろばのことを忘れていない証拠となった。

まほろばへの取材の依頼は相変わらず頻繁に来たが、個別取材には一切応えなかった。まほろばの意思は中谷の名前でテキストにてオフィシャルウェブサイトに掲載された。また、ビジネスプラン募集のテレビCFには市川が登場して、まほろばの方針を伝えた。そして公式発表の席には市川が現れることが多くなっていった。

マスコミは聡明で美しい市川を取材対象として好み、追いかけ回していたが、徒労に終わった。自宅に押しかけようにもそこは厳重なセキュリティシステムで守られたまほろば本部の中なのであった。

そうやって、取材をシャットアウトしていると、勝手なことを書かれ始めた。中谷との仲をかんぐる記事も出た。

「まあ、しかたないですよ」市川はそういうときは笑っていた。

こんなこともあった。

市川のスマートフォンが鳴って相手を確認しないで出たら、聞き覚えのある懐かしい声がした。

「もしもし。どう？　元気にしているの」

「あ、はい、先生こそお元気ですか」

「元気でなきゃやっていけないわよ、この商売は」

園田聖子の声には相変わらず張りがあった。そして、いろいろあるけれどどね、と付け

「あのね、あの時のこと謝らなきゃなとずっと思ってたのよ」と付け加えた。

いえそんな、とかえって市川の方が恐縮した。

実際に市川が小細工をして園田議員を騙したことは確かだった。園田のおかげで、特別自治区の制定に向けて事態が前に進んだことも事実であった。

他愛のない雑談のあと、ねえ市川さんとおもむろに園田が言った。

「政治家になる気はないの」

寝耳に水だった。市川は本音を言った。「考えたこともありません」

「じゃあ、考えてみてよ。無所属で、うちの党の推薦もらって。どうかな」

おそらく園田はエアーのことを知らされてない、市川はそう確信した。そして、園田が少し気の毒になった。

「ここでの仕事が山積みなので、その方向はとても考えられません」

市川はそう言った後、お声をかけていただいてとてもうれしいのですが、と付け加えた。

じゃあしょうがないな、同志になれると思ったんだけれどと園田は言った。

「がんばってね、応援してるから」

そう言って園田は電話を切った。

今回のまほろばの投資事業説明会は、まほろば本部では出席者や関係者、そしてマスコミを収容しきれずに、県内の大ホールを借り切って行われた。

場内が暗くなり、まもなくの開始を告げるアナウンスが流れると、ステージの前にスクリーンが降りてきて、会場後方から光が投射された。そこに映し出されたのは――、
極度に乾燥した広大な砂丘。

続いて、飢餓で苦しむアフリカの人たち。

おごそかで切迫感のある音楽。

最後に「祈るだけでは足りない。計画せよ。私たちに払わせよ」というコピーがせり出した。

拍手が起こる。

緞帳のようにスクリーンが上がり、照明が点灯し舞台を照らし出すと、そこにはヘッドセットをつけた市川が立っていた。

「みなさま、まほろばの第十回投資計画の発表会にようこそお越しくださいました」

演説台はなく、市川はステージの上を大きく使い、ゆっくりと歩きながら話した。欧米の企業説明会のスタイルである。

「さて、今回私たちは、サハラ砂漠の緑化、ならびにアフリカの飢餓を救うための八つの事業プランに投資していくことを決定しました。投資金額は、総額で七兆カンロで

す」

TBCのニュース番組「報道ナイト23」でも当然このニュースは取り上げられた。

「本日、一般財団法人まほろばが、サハラ砂漠の緑化、アフリカの飢餓救済のための事業プランに積極的に投資していくことを発表しました。投資金額は、総額で約七兆カンロ、つまり七兆円にのぼるということなんですが、財源の不透明さが話題に上る中でのこのような発表、伊勢佐木さんはどのようにお聞きになられましたか。正直、この金額には驚いたのですが」

キャスターの古田が隣にいる解説委員に言った。

「私も自分の耳を疑いましたね」

伊勢佐木解説委員の歯切れは悪かった。

「ただ、これまでの投資によって、実際に事業が進展している訳ですね」

そう言って古田は相手の出方をさぐろうとしていた。

「そうです。まほろば自体は組織的には中小企業程度の人数しかいません。基本的にまほろばは金を出すことしかしていない。その出し方が破天荒で、基本的には友愛に満ちあふれていて、大変結構なんですが、心配ではありますね」

キャスターの古田は深くうなずいた。

「まあ、言えるのはこの辺までだろうな」

副調整室でチーフプロデューサーの道下が隣の岸見に言った。コメンテーターの伊勢佐木はまほろばの活動には常日頃から警戒を促す発言をしていた。その理由のひとつが財源の不透明性である。伊勢佐木は雑誌などでは中国からの資金の流入を示唆するようなことを書いていた。けれど、そんな大して根拠のないことを番組で口走られたら国際問題になりかねないので、その発言は謹んでくれと、本番前の打ち合わせで伝えてあるんだ、と道下はわざわざそんなことを話してくれた。

三浦君に聞いたんだけど、と道下は少しあらたまった。彼は岸見からまほろばの話を訊きたがり、よくこのスタジオに呼んでくれた。ディレクターとして引き抜こうという腹があるのかも知れないと岸見は思った。実際そういう噂も岸見の耳に入っている。花形番組「報道ナイト23」への異動は悪い話ではなかった。

「まほろばのペイマスター補佐の市川と会ったことがあるんだって」

「ええ、一度だけですが、二度目の取材に行ったときに、彼女がちょうどまほろばの面接を受けに来ていたんです。それで東京への帰りの電車が一緒になって」

「飲んだこともあるって聞いたよ」

「はい、その帰りに東京駅近くのバーで」

「こんど23のスタジオに出てくれないか」

この出演依頼は思いがけなくもなかった。中谷に唯一接触したことのあるマスコミ関係者は岸見しかおらず、さらに現在まほろばの顔となっているペイマスター補佐の市川みどりについても同様だった。

市川に関しては、国交省でつきあいのあった者からの聞き取りで、酒豪だということがわかり、プライベートな写真も何枚かマスコミに流れ、それがいまもネット上に散布されている。

しかし、まほろばに入ってからの市川についてはなんの情報も入手できていない。東大の同級生でマスコミ関係に進んだ者も少なからずいたのだが、彼らですら接触できなかったので、番組としてはどんな情報でも欲しいところなのだ。

「大したことは話しておりませんが」

岸見はそう言いつつ、彼女から両論併記という貴重なヒントをもらったあの夜を思い出していた。

「三浦君にはまた上を通じて僕から頼んでおくから」道下はスタジオ内の様子をモニターで眺めながら言った。

〈今回の投資発表会にはペイマスターの中谷さんが姿を現さなかったようですが、これについてはどうご覧になってますか〉

〈その辺も気になるところです。最近は声明を発表するのはもっぱら市川ペイマスター

補佐が行っているわけですね。これは分業ととらえるべきなのか、ひょっとすると実権が彼女に移っているのかもしれません〉

まったく無内容なコメントだったが、横で道下はふんふんとうなずいてまた岸見を見た。

「じゃあ、頼むよ」

岸見は軽く頭を下げた。

番組終了後、スマートフォンを取り出して、中谷にかけてみた。不通だった。

いつまでもまほろばのネタに頼ってばかりはいられない、と岸見は思った。大したことを知っているわけでもないのに、いつのまにか局内では、まほろばのスペシャリストだと位置づけられている。そして、そのことが彼女の希少価値を産み、社内でのポジションを底上げしていた。

しかし、これはバブルだと岸見は思った。二度にわたるまほろばとの接触とレポートについては自分の実績にしてもいいとは思ったものの、実際自分がまほろばについて語れることは、どこか心情的には応援したいという気持ちを横に置けば、先ほどのコメンテーターと同じように恐ろしいほどからっぽなのだ。このバブルがはじけないうちに、テレビマンとしてちゃんと成長しなくてはと焦る気持ちを抑えて、社を後にした。

そして、まもなく、ものの見事にバブルははじけるのである。

12

その頃、中谷は、揺れる裸火を見ながら、地面に尻をつけてレトルトのカレーライスを食べていた。

火はなめらかに自由に揺れて、ちらちらと火の粉を空に舞いあげ、その上には満天の星が瞬いていた。

まだ紅葉には早い季節だったが、確実に大気は固く冷たく引き締まっていた。中谷は県内の神山に入り野営をしていた。三日ほど山の中で過ごしてから下山するつもりだった。

目的というほどのものはなかった。ここらでいちど外の空気に身体を曝してみたくなったのだ。まほろばの施設は山と平地の間、いわゆる山里にあるのだが、そこから街に降りてハメをはずすというわけにはもういかない。護衛のものを連れて歩くのはいやだ。じゃあ、もっと上に登ってみようと思い立ったわけである。

海外に行くということも考えたが、パスポートの期限が切れていた。空港まで出て、そこからさらに飛行機に乗るのも億劫(おっくう)だ。ともかく、中谷は山中を選択した。消去法の末に残ったアイディアだったが、ごく自然に選んだ結果のように感じられた。

山の空気は壁で囲まれた部屋とはまるでちがっていた。木々や葉や土から漂う霊気が登山ウエアを通して肩や背中に伝わってきた。鳴き始めていた秋の虫の細い声が、爆(は)ぜて崩れる薪の音と混じり合った。炎の光が届かない闇の向こうになにかがうずくまっている気がした。

カレーライスを平らげてから、アルコールバーナーにコッヘルをかけて湯を沸かし、コーヒーをドリップして淹(い)れた。琺瑯(ほうろう)のカップは熱が伝わりすぎて口をなかなかつけられなかった。息を吹きかけてさましながら、中谷はゆっくりコーヒーを飲んだ。

そして星を見た。

やはり秋のはじめに、まほろばがスタートしたばかりで本部の中がまだ閑散としていた頃、杉原が提案し、真夜中の校庭で焚き火をしたことがあった。その時、星月夜(ほしづきよ)を仰いだ中谷は、そう短くはなかった都会暮らしから帰還したような、それでいてまだ旅の途中のような気分でいた。

それにしても、この満天の星の煌めきの多くは、はるか昔に放たれた光が長い旅の果てにようやく自分の瞳に到達したものだと小学校の理科の授業で教わって以来、中谷は夜空を見上げると、気が遠くなるほどの宇宙の大きさと悲しいくらいの自分の小ささに叫びだしたくなる感傷に誘われる。そんなことを中谷は缶ビール片手に杉原に話した。するると、杉原がそこに新しい科学的事実を付け加えた。

「けれど、そんな宇宙も無限大じゃない、果てがあるんだ」

「ふーん。どうしてそんなことがわかる」

「現代宇宙物理学のとりあえずの解答だ」

中谷は宇宙の果てや宇宙の始まりという言葉を聞くたびに、「果て」の外や「始まり」の前を想像し、その想像がうまく結晶しないのでいつももどかしい思いがする。

「むかし、地球に火がなかったとき」と杉原はまたおもむろに口を開いた。「ひとりの女が、天から火を取ってこいとオオワシとムクドリを空へ送った。『おまえら二羽で天へ行け、火を取ってここへ戻ってくるのだ』二羽の鳥は空へ舞い上がった」

杉原はそばにあった枝を使って薪を少し動かした。火の粉が勢いを増して舞った。

「オオワシが火を取って、地球に向かった。途中で、今度はムクドリが持つ番になった。ムクドリが火を首の後ろに背負った。その時、風が吹きつけて、ムクドリの毛を焼き焦がしてしまった。ムクドリが小さく、オオワシが大きいのはこのためだ」

中谷は笑った。

「二羽の鳥は火を運んできてくれた。もしもワシとムクドリがいなかったら、僕らは焼き芋を焼くことすらできない」

なるほど、と中谷は笑った。そして、「じゃあ、山で見つけたら、手を合わせておこう」とまぜっ返した。

さて、と杉原が言った。「どっちがいい。現代宇宙物理学による宇宙の果ての説明と二羽の鳥が運んできた火の起源とどっちが好きかね」

「質問の意味がよくわかんないんだけど」

「どっちが確からしいと思う？」

「そりゃ、確からしいのは現代物理学だろう」

「なぜそう思う」

「そりゃ、あんたの言葉を借りりゃあ合理的だからさ。合理的じゃない科学ってのもおかしいだろ」

「それはそうだ」と杉原はうなずいた。

中谷はコーヒーを飲み干すと、テントにもぐり込んで仰臥（ぎょうが）し天幕を見上げた。あのとき杉原が賛成したのは、合理を選択したことに対してなのか、それとも科学が合理的であるという一点のみになのかを考えた。しかし、結論は出なかった。そこで、最初の質問に戻った。現代物理学と火の起源の民話、どちらが好きかはすぐに決まった。中谷は少し満足して、目をつむった。

　突き上げるような鈍い衝撃を背中に感じた気がして、中谷は目を覚ました。寝袋を脱いでテントの外へ出てみると、夜はうっすらと明けて、朝霧が立ちこめる朝が山中に訪れようとしていた。なにごともないおだやかな一日の始まりのように思われた。近くを流れている谷川のほとりに降りていき、顔を洗った。遠い山の稜線に目を向けて、タオルを頬に当てていると、天空をゆっくりと旋回している鳥の影が見えた。

　野営場所に戻る山道でも小鳥がしきりに鳴くのを聞いた。足を止め、声のする方に視線を投げると、高い梢ですばしっこそうに身体を動かしている小鳥がさかんに歌っていた。あれはムクドリだろうか。この星に火を運んできた鳥なのか。しかし、中谷はムクドリがどんな鳥なのか、どういう声で鳴くのか知らなかった。

　野営の場所に戻ると、携帯食とコーヒーで朝食をすませ、テントを畳んで出発した。山に入り、山中をやみくもに歩いて三日が経っていた。修験者のように無心にというわけにはいかなかった。考えは靄のように湧いてきた。それは、一時も形をとどめることなく、また別の思いになり、心の中に浮かぶ言葉の連なりは刻一刻と様変わりしていく。しかし、歩いているうちに、そんな心も次第に落ち着き、徐々に澄んでいった。しかし、もうそろそろ下山しなければいけない。

下っていく途中で空がとどろきだした。見上げると遠くの空に浮かんでいるのはオオワシではなかった。それはヘリコプターだった。それは一機、また一機と現れ、越冬のために飛び去る渡り鳥のように同じ方向に向かって小さくなっていった。中谷は胸騒ぎを覚えた。

登山口に出ると、蕎麦処に入ってリュックを降ろし腰掛けた。蕎麦をすっていると、配膳をする中年の女性が厨房の中の同僚とカウンター越しに声をひそめて話しているのが聞こえてきた。

——大丈夫かしら。

——大丈夫じゃなくても大丈夫って言いかねないから。

——でも、なんにも知らされないんじゃ、それもあんまりよね。

中谷は箸をとめた。そして、スマートフォンを取りだして電源を入れた。

とたんに電話が鳴った。市川からだった。

中谷はタクシーを呼んでもらい、まほろばに急行した。正門では市川が立って待っていた。

「マスターズルームに行こう」

料金を払い降車した中谷が先を歩き出した。

「着替えなくてもいいですか」

追いついて市川が訊いた。

「いや、いい。三日間、風呂に入ってないから臭うかもしれないけれど」

マスターズルームに飛び込んですぐに液晶パネルをつけた。

ライブカメラの映像がスイスのマッターホルンの映像を送ってきた。中谷はすぐにテレビ放送に切り替えた。そこには、黒煙を噴き上げている福島第二原発があった。

「放射能漏れは――」

「いまのところないそうです」市川が答えた。

中谷は安堵（あんど）のため息をついて、登山服のままソファーに身を沈めた。

「原子炉への直撃は免れたようです。政府の発表を信じるのなら、ですが」

「エアーは？」

「停止したままです」

「復旧の目処（めど）について、なにか福田から報告は来てる？」

市川は首を振った。

「信じられない」

中谷はそうつぶやいて、液晶パネルを見ていた。そしてまた信じられない、とつぶやいた。

ありえないことが起こった。それは、まったくもってありえないことだった。しかし、この感触はどこかで覚えがあった。たしか、杉原とホテル暮らしをしていたときに課題図書として読まされたものの中にこのフィーリングを的確に言い当てる言葉があったような気がした。しかし、それがどうしても思い出せなかった。

「今回のようなことは通常想定できるものなんですか……」

古田は隣に座っている初老のゲストコメンテーターに訊いた。

「正直にいいますと」と言って考え込んだコメンテーターの横に〈日本地球惑星物理学研究所　三河毅〉とテロップが出た。

「たしかに宇宙には星と星との間にこのような固体物質が多く飛んでいます。それが地球に落ちてくるということは、さほど不思議ではありません。しかし、こういう固体物質は分厚い大気の中を落下する間にたいていは燃え尽きて気化してしまうんですね」三河は解説した。

「それは、僕も小学生のときによく聞いたことなんですが」キャスターの古田がうなずいた。

「しかし、今回は巨大であったために、大気圏を通過してしまった、さらに空中で爆発もせずに地上に到達した。これはおそらく、浅い角度で大気圏に入ったんだと思われます」

「ただ、浅すぎると大気の壁にはじき飛ばされてしまうとも聞いたんですが」古田が科学少年だったころの知識を披露した。

「そうなんです。ですから我々科学者の感覚から言うとまず起こりえないんです」

「絶対にありえないことがなぜ起こったのでしょうか」

「我々は絶対にありえないという言葉は使いません。確かにこれほどまでに巨大な隕石が大気圏を突き破って地球上に落下し、さらに原子力発電所に激突するというのは、絶対にありえないに非常に近いとは言えますが」

なるほど、と古田はうなずいた。「仰る通りですね。私などは、実際に起こってしまった現実を前に、なにを言っていいのかよくわからないというのが正直な気持ちですが」

古田は沈痛な表情を作ってからカメラに向き直った。

「繰り返します。今朝未明、推定直径十七メートル、質量二十トンの巨大隕石が落下し、福島第二原子力発電所の一号機の建屋の一部を破壊しました。さいわい格納容器は無事でバックアップ電源も作動し現在も冷却作業が行われております。周辺の大気から毎時〇・五μシーベルトの放射線が検出されておりますが、環境省の発表によりますと、これは落下した隕石の宇宙線によるものだと推定され、健康には直ちに影響はないとのことです。次のニュースです」

「はい、恵子ちゃんいくよ」副調整室のディレクターがインカムに話した。

サブキャスターの麻丘恵子に画面が切り替わった。

「次のニュースです。さいわいにも、大惨事には至らなかった福島第二原子力発電所ですが、実は一号機が稼働していたのではないかという疑惑も広がっており、事態は混沌(こんとん)を深めています。今後の原子力発電事業の意義が問われることは間違いありません」


その頃、福田は財務省のデスクから経済産業省の堺と電話で話していた。

「これでまた振り出しだよ」堺は言った。

「いま、動いているのは一機もないんだな」

「ない。来週、九州で一機稼働する予定だったんだが、それも延期だ」

「推進派の動きは」

ここのところ、経産省の中で原発推進派の動きが活発になっているということを堺から聞いていた。CO_2排出量削減という錦の御旗(みはた)を、地元からの要請が高まっていることを追い風にはためかせて勢力を盛り返し、一基また一基と再稼働させていたのだが。

「ここで無理矢理進めると、むしろ目的から遠ざかると判断しているみたいだ」

都合よく風化しかかっていた事故の記憶が、隕石落下によってまた鮮明に甦(よみがえ)ったので、ここはいったん冷却期間を設けた方がいいと判断したようだ。

「なるほど」

「あれはどうなっている」堺が聞いた。

電話口でエアーと口にすることもメールでそう書くこともメンバー間では禁止だった。

「駄目だな。ほかからの電力で起動しようとしているんだが、まったく歯が立たない」

その時、内線のランプが点滅した。またかけると堺に言って福田は内線に出た。

「ちょっと来てくれ」

就任したばかりの事務次官の声がした。その一言だけを残して電話は切れた。話中音が流れる受話器を戻して福田は部屋を出た。はじめてエアーとカンロの一部始終を福田から聞かされたとき、事務次官は不信を露わにした。新たに就任した財務大臣も懸念を打ち明けた。そして、エアーが停止したいまとなっては、福田に喜ばしい知らせなぞあるはずはなかった。階段を使って上階に上りながら、さて、どのへんに左遷されるかなと暗い想像をめぐらせた。

中谷と市川はまず現在の財政状況を確認しなければならなかった。エアーが停まったとなれば、当然、日銀から振り込まれている配当金はゼロになる。これは血流が停止することに等しい。つまり、内部留保を使ってなんとかしのぎつつ、エアーの再起動を待つしかない。

資金のハンドリングはすべて杉原が行っていた。杉原はいつも「使いたいだけ使えばいい」と言っていた。金がないからよしてくれと言われたことはなかった。杉原が気にかけていたのは「必ずカンロを使わせる」「投資した金はとことん使わせる、留保させない」ということだけだった。

組織のランニングコスト、セーフティネットとして自治区に交付しなければならない金、そして、すでにカンロで配布している全額、さらにこれから資金提供を約束している分を計算し、それを裏付けできるだけの国際通貨がいつまで持つのかを計算しなければならなかった。

なさけないことに、こういう知的作業については中谷はお手上げだった。けれど、まほろばの財務状況の詳細を知る権限を持つ者は、杉原がいない今となっては中谷しかいなかった。中谷は自分のタブレット端末で、会計ソフトを開いて市川に渡した。そして、彼女のためにコーヒーを淹れた。

「本当はこういうのは福田さんならお手のものなんだけど」

そう言いながらも市川はパソコンを使い、一時間ほどで計算を終えた。

あと一年。それが市川がはじき出したタイムリミットだった。だとしたら、まほろばの活動を終結させる発表もただちに準備しなければならないだろう。

いまもっている金を金融テクニックを使って増やせないだろうか、と中谷は考えた。それができるのは杉原だけだ。たしかホテルで再会したときに、小手先で金を増やすことについての違和感を、肉体労働の充実を引き合いに、杉原に打ち明けたことがあった。その時自分は正しいことを言っているつもりでいた。貧すれば鈍する、だな。中谷は苦笑した。しかし、いまはすがるような思いで、杉原を呼び戻したかった。

「まったく、どこに行ってるんだよ、おっさんは」と中谷はソファーに身を投げた。

テレビの報道番組はスポーツコーナーを終えて、麻丘恵子が最後のニュースを読み始めた。

〈哲学者チサト・ゴールド氏が昨日未明、アメリカコロラド州のホテルで亡くなりました。七十六歳でした。死因は肝臓癌でした〉

寝そべっていた中谷は飛び起きた。

杉原がいた。

〈チサト・ゴールド氏は、哲学・数学・言語学における最先端の研究で知られ、コンピューターサイエンスの世界でも傑出した存在で、二〇一四年にノーベル賞を受賞しました。しかし、この受賞の直後から消息が摑めずにいたそうです〉

テレビの中の杉原はきちんとスーツを着て、研究室の黒板になにやら数式のようなものを書いていた。ある動画では、大学の教壇に立って講義をしていた。演台を前に受賞の言葉を述べているものもあった。これほどまでの人間がなぜ、工事現場でネコをひっくりかえして小突かれていたりしたのか、という疑問が再び育った。

〈チサト・ゴールド氏は日系一世横山徹さんの長男・横山知聡として一九四六年アメリカのツールレイクにあった日系人収容所で生まれました〉

「そんな歳で、現場でツルハシ持ってたのかよ」中谷は呆れた。

「十四歳のときに実の両親を亡くしますが、資産家ジョエル・ゴールド氏のもとに引き取られます」

放送終了後に市川がネットから集めた情報を整理してくれた。

「このゴールド氏は元はリトアニアの資産家です。第二次世界大戦中に強制収容所送りになりかけるんですが、日本人外交官の杉原千畝が発給したビザによってアメリカに亡命しました」

「杉原千畝って」

「日本の外交官です。第二次世界大戦中にユダヤ人にビザを発給することによって、亡命を援助し、多くの命を救いました」

なるほど、と中谷はうなずいた。

「そして、このゴールド氏は自分の命を救ってくれた日本人杉原千畝ひいては日本に対して強い愛情を持ちました。ジョエル・ゴールド氏は、聡明な知聡を経済的に援助し、のちに正式に養子にします。その後チサト・ゴールドはハーバード大学に進学し数学を専攻、後に哲学と言語学を学ぶ。あとは報道にあったとおりです」

「それで杉原って名乗ってたのか」

市川がそういえばと言って立ち上がり、小包を片手に戻って来た。

「さっきこれが届いてました」

中谷宛で、差出人はOSSANとなっていた。

「アメリカのボストンからですね」市川が言った。

小包を開けるとディスクが入っていた。中谷はプレイヤーのトレイにそれを載せて吸い込ませ、再生ボタンを押した。

グランド・キャニオンが現れた。

やはり画面の隅に杉原の後ろ姿が見えた。その背中にカメラが寄っていき、そして杉原が振り向いた。このあいだ見た映像と同じだった。杉原の唇が動いた。今度はそこから言葉が放たれた。

「不合理なことも時には不合理でないことがある、そう答えることも出来る」杉原の声は明るかった。

「なんでだよ」

「なぜなら、起こりそうもないのに起こるということも起こりそうなことだから」

中谷は思わず笑った。「なんだ、そりゃ」

「そうアリストテレスは言った」と杉原は付け加えた。

そうだった。確かホテルであてがわれた課題図書の中に『詩学(しがく)』があった、と中谷は思い出した。

「おっさんはどう思ってるんだよ」

中谷は画面に向かって語りかけた。

「合理的なものは、どこかで間違う。この世界はすべてが論理で解ける、もっと言えば数学で記述できるという人がいる」

「まさかね」中谷が言った。

「間違いではない」

「そうなのかよ」中谷は驚いた。

「しかし、論理や数学などはすべて言葉だ。言葉はしょせんこの世界の比喩に過ぎない」

「ひゆ」

「そして、言語で表現したい欲求を抑えきれないほど、世界は美しく、愛するに値するんだ」

杉原はそう言うとまた背中を見せた。

そこで映像が途切れた。

「おいおい、それで終わりかよ」

そう中谷が言い終わらないうちに画面は暗くなっていた。

「くそ、金の増やし方でも残しておいてくれると思ったのによ」

中谷は愚痴をこぼしたが、その一方で胸の中に不思議な満足が育つのを感じた。


三日後、中谷は谷口、江崎、大楽らを集め、市川も交えて、まほろばを解散することを打ち明けた。これ以上の資金調達が不可能になったという、嘘ではないがあいまいな理由を言うにとどめ、それ以上のことを聞かれても一切答えなかった。

当然、三名の部下は反発した。

「しかし、ここでやめてしまったら、我々が当初の目標として掲げていたイノベーションの前線から撤退することになりますよね」谷口はめずらしく気色ばんだ。

「まったくその通りだ」中谷はうなずいて、これを認めた。

「特に洋上風力発電は大きな可能性を秘めているのに、まだ一ワットも発電していません。ここで投資をとめてしまったら、成果としてはゼロです。というか、今後のこの事業の発展について悪影響が出ると思うんですが」普段はおとなしい大楽も異を唱えた。

「それは申し訳ないと思っている」

「でも、どうして、そんなに突如として資金が枯渇したんですか」角度を変え、江崎も質問してきた。

中谷はただこう言うしかなかった。「それは言えないんだ」

三人は不満そうだった。

ここで市川が割って入った。

「けれど、成果がゼロだというのはちがうと思います」

「というのは」大楽の表情に不機嫌な色が浮かんだ。

「結果にはまだつながっていないけれど、これまでの投資によって行えた活動でさまざまな成果はあったはずです。その成果を結果につなげる努力は今後もできないはずはありません」

「それは言葉の遊びだと思いますね」大楽が反論した。「十階建てのビルを建てるときに、二階まで作ってあとは知らんというのと同じじゃないですか。こういうのをはしごを外すというんですよ」

「それこそ比喩を使って事実が見えなくなっていると思います。洋上風力発電についてはすでに一回目と三回目で十分な投資がされてました。それが台風でつまずいたのは残念ですが、これについては事業者の計画が甘かったとも言えます。さらに私たちはそれを補塡する追投資も行っています。現時点でも少なくとも建設計画を縮小すれば、海底ケーブルも引けるはずです」

市川には事前に、たとえ三人が怒りや不満を露わにしても制止しないで言わせておいてくれと釘を刺しておいたのだが。

「まあ、確かにゼロというのは言い過ぎかも知れませんが」

大楽はやはり不満そうだった。が、それ以上言い募ることもしなかったので、この場はこれで収まった。しかし、市川と三名の参謀との間にあった亀裂は露わになった。好調時には覆い隠されている弱点が、不調の時に露呈する。

「確かに、今回の投資を約束したものについても規模を縮小してもらわなくてはならない。それについては、俺が頭を下げる。とにかく、職員の給料の他はほぼ使い切る。出し切れるだけ出し切れ」

「一部を別名義でどこかに移すという方法はとらないんですか」と谷口が言った。「また復活するにしても、それなりに資金も必要ですし」

「必要ない、全部つぎ込んで終わりにしよう」中谷は言った。「それから、みんなが優秀だったおかげで俺は本当に助かったよ。まほろばでの活動が君らの今後の人生の肥やしになってくれるといいと思っている」

そう言いながら、中谷はまほろばにいたことが彼らの今後の人生でマイナス材料にならないだろうかと心配もした。派手に立ち回った後に転ぶと、世間は冷たいものだというのは原発で働いたことのある中谷は知っていたからだ。

「ペイマスターはどうされますか」大楽が聞いた。

「そうだな、肉体労働者にでももどるか……」

まもなく、第一アドは民放各局にまほろばのスポット広告枠を買った。それはダイナミックな映像で構成されたこれまでの動画とは異なり、極めて地味なものだった。その中でまほろばは半年後にすべての事業活動を中止すると発表した。同じ動画が大手動画投稿サイトでも流され、まほろばがその活動を停止することは、またたく間に世間に伝わった。

そして、冬が来た。とてつもなく寒い冬だった。

ここ数年、地球温暖化の影響で、夏に北極海の海氷が溶けて気圧が変化し、その結果強い寒気が押し出され、日本の冬が今までになく寒くなっているという説をラジオの気象予報士が喋っていた。

それを聞きながら、中谷はマスターズルームで残務処理に当たっていた。

終焉（しゅうえん）の時に向けて業務に励んでいる真っ最中に、彼は一通のエアメールを受け取った。市川にその英文を読んでもらうと、チサト・ゴールドつまり杉原を〝偲（しの）ぶ会〟への出席を促すものだとわかった。日本でのゴールドさんのことを話してもらえればうれしいとそこに添えられていた。

今のまほろばの状況を考えれば、日本を離れることは心苦しく感じられたが、中谷は急いでパスポートを申請し直し、慌ただしく日本を発って、北太平洋を渡った。

生前の杉原を知る人間に会いたかった。自分の周辺には杉原の知人というべき人物は誰もいなかったから、杉原と親交を結び、杉原から影響を受け取ったさまざまな人から発せられる彼についての言葉は杉原のカケラのようなものに中谷には感じられた。そのカケラを拾い集めて、もう一度杉原を甦らせ、会ってみたいという誘惑には抗い難いものがあった。とくに、杉原がそのずば抜けた知性でいったいなにを考えていたのかを知る人間に会ってみたかった。

問題は中谷が英語がからきし駄目だということだった。できれば市川に同行してもらいたかった。しかし、処理しなければならない案件が山積みになっているさなかに、市川とふたり連れで海外に出るというのは、あまりよくないアイディアのように思われた。なんとかなると思い定めて、中谷は約十二時間のフライトの間はぐっすり眠った。おかげでデンバーの国際空港に着陸したときも時差ぼけはほとんどなかった。

到着ゲートをくぐると、YUKI NAKATANIというサインボードを持った男が出迎えた。

「長旅でお疲れでしょう」

意外なことに、この男はなかなか達者な日本語を話した。中谷は大丈夫だと答えた。古ぼけたピックアップトラックのステアリングを握るイーライという男は北米先住民の顔立ちをしていた。

「どこで日本語を」と中谷は訊いた。

「ゴールド先生に教わりました」

そういえば杉原は日系二世とは思えないほどの完璧な日本語を喋った。そこら辺の日本人よりも豊かな語彙の持ち主だった。天才というのはそういうものなのだろうか。

「どうして日本語を学ぼうと思ったんですか」

いま、外国人が学ぶアジアの言語はなにはともあれ北京語である。

「日本のアニメが好きなんです。とくに妖怪が出てくるやつが」イーライは真顔で言った。そして、ゴールド先生も妖怪が好きでしたよ、と付け加えた。

なるほどと中谷はうなずいた。

「日本で先生はどんな生活をされていたのかみんなが興味を持っています。ぜひお話しください。私が一生懸命通訳します」

そう言われて中谷は窓から広大なコロラド州の原野に目をやった。果たして自分におっさんの何を語ることが出来るのだろうか、と中谷は自分をいぶかしんだ。

やがて車はつづら折りの道を上り始めた。突然、杉の木立の中からヘラジカが現れて中谷を驚かせたりした。

ピックアップトラックは山の麓（ふもと）にある小さな街の教会の前に停まった。礼拝堂に連なって木造の集会所があった。参集した人たちはみな平服だったので、中谷は自分の似合わないスーツが居心地悪かった。ピザと杉原が好きだった寿司（すし）がテーブルに置かれていたが、日本茶はなくコーラの缶が並んでいた。

コーラ片手にひとりで寿司をつまんでいると、前方にあるマイクの前に立って誰かが喋り始めた。ひと言も中谷はわからない。通訳してくれるはずのイーライはなぜかそばにいなかった。

男は喋り終えると、前の方に座しているひとりを手招いた。男が進み出た。そしてマイクの前に立ってなにかぽつりぽつり話し始めた。皆はピザや寿司をつまみながらうなずいて聞いていた。聞き取れない英語のスピーチにミスター・ゴールドという固有名詞がなんどか混じった。男が喋り終える頃になって、イーライが戻ってきた。

すみません、馬が明日お産をするのですと謝った。中谷はその言い訳が気に入った。

案の定、前方の男は杉原との思い出を語っていたようだ。さて、この語り部がマイクの前から離れると、さきほどの男がまた戻ってきた。司会進行を務めているらしい。そして、次に紹介されたのは五十歳くらいの婦人だった。

彼女が語るところによると、チサト・ゴールドはとても聡明で愛にあふれた立派な人物であった。聡明なのは中谷もよく知っていたが、どう立派なのかはわからない。なにせ国を脅すようなことをしていたのだからと中谷は内心苦笑した。愛があふれていたということについてはもう少し詳しく聞きたいと思った。しかし、彼女の口からは具体的なエピソードは披露されなかった。

婦人が引っ込むとまた別の男が前に出て喋り始めた。この男は山岳を専門とする写真家で、チサト・ゴールド氏から援助を得て写真集を出したことを感謝の言葉を交えながら語った。

イーライも前に出て話した。この時イーライは、中谷のために適当なところで区切りをつけて、その都度日本語に通訳しながら話した。

先住民の自分にゴールドさんは自分たちが語り継いでいた民話を色々と教えてくれました。その博識ぶりは驚くべきものでした。日本の民話もロシアの民話も教えてくれましたとイーライは言った。自分も火の起源の民話を杉原から聞いたことを思い出した。あれはどこの民話なのだろうか？

こうしていろんな人物が前に進み出て、チサト・ゴールドつまり杉原との思い出を語り継いだ。皆が聡明だったと繰り返し讃えた。

イーライの通訳で皆の話を聞いていると、中谷の知らない杉原の輪郭がほんの少し鮮明になってきた。杉原は自然を愛した。とくに山が好きで、学界から距離をとり、山が美しいこの地にひとりで静かに暮らしていたらしい。また、敬虔なクリスチャンであった。彼は神はいないという証明をしてみせたと聞くが、その学説とはうらはらに彼は神を信じていたのですと言う者がいた。杉原の研究の内容はよくわからないのだがと言い訳しつつの力説だったのであるが。

そういえばと中谷はもう一度周りを見渡した。ここで杉原の知性を賛美する人たちの風貌は、杉原が名を馳せた学界の住人ではなさそうである。おそらく杉原とここで生活を共にした隣人たちなのだろう。

ある大男が杉原に叱られたというエピソードを披露し、これが中谷の興味を引いた。思えば、自分は杉原が怒ったところを見たことがなかった。この大男は便利屋である。ある日、雨樋を直しに杉原の家を訪ねた。杉原はリビングでテレビを見ていた。そこには黒煙を噴き上げて瓦解するツインタワーの映像が映っていた。二〇〇一年のアメリカ同時多発テロ事件の直後だったのである。その映像を見て、彼が異教徒に向けて激しい憎悪の言葉を口にしたとき、杉原はもっと想像力を使わないと人間として駄目になる、よく生きたいと思うのなら想像力を鍛えるべきだと言った。その表情はとても厳しかった。

感心して聞いていると、司会の男がユーキ・ナカタニと言った。イーライがさあ行きましょうと先に立ちあがった。

「少しずつ話してください。私が訳していきます。ただ、学問に関する難しい話は通訳できないかも知れません」

それは大丈夫だと笑って、中谷はコーラで喉を潤してから席を立った。

「私は中谷祐喜です。日本から来ました。今日ここで皆さんと一緒にゴールドさんのことをお話出来るのをとてもうれしく思います。また、みなさんが知っているゴールドさんをもらって日本に持ち帰り、日本から持って来た彼を置いて帰れればいいなと思っています」

イーライが訳し終えると、何人かがうなずくのが見えた。

「けれど実を言うと、私はゴールドさんのことについてなにを喋ればいいのかわからないままやって来てしまいました。私としてはミスター・ゴールドと呼ぶと、当人のことを語っている実感が湧かないので、ここでは、私が彼に呼びかけるときに使っていた〝おっさん〟という日本語を使わせてもらいます。おっさんはたぶんダディという英語をもっとくだけたものにした呼び方だと思います」

イーライが訳し終えると、会場は穏やかな笑い声で満たされた。

「おっさんとは三つの場所で一緒に暮らしました。最初は建築現場の日雇い労働者が寝泊まりする簡易宿泊施設です。広間に二十人くらいがマットレスを敷いて寝ているようなところでした」

会場から驚きのため息が漏れた。

「おっさんとはよく日本式のチェスをして遊びました。大抵僕が勝って得意になってましたが、おっさんはわざと負けていたのだと知ってあとでがっかりしました」

今度は笑い声が漏れた。

「次は東京の高級ホテルで暮らしました。おっさんには本を読むように言われ、ひたすら本を読んで暮らしました。それまでの人生で読んだ分量よりも多くの本を読んだ気がします。おっさんとはよくホテルの寿司屋で寿司を食べました。赤いツナがおっさんの好物でした。三番目はフクシマの山腹にある廃校になったジュニアハイスクールの校舎を改造してそこで暮らしました。ここではよくラーメンをつくって食べました」

皆、ピザや寿司に手を伸ばすのを忘れて中谷の話に傾聴していた。イーライは中谷がおっさんと発語したところは英訳せずにそのままおっさんという愛称を使っていた。

「なぜおっさんは俺と一緒に暮らすことにしたのかはわかりません。その理由を知りたくて、知る手がかりを摑めればと思って僕はここにやってきたのです」

会場にいる数人がうなずいているのが見えた。

「一緒に暮らしているときにおっさんは時々僕に言いました。――君はなにがしたいのだ、と。僕は答えられませんでした。でも、もっとわからないのは、そう僕に問いかけたおっさんが一体なにをしたかったのかということなのです。人生の最後に日本にやって来て、建築現場で汗とほこりにまみれて働き、俺のようななんの取り柄もない人間と一緒に行動した目的はなんだったのだろうかと考えるのです。その答えを求めて僕はやってきたのですが、僕はまだよくわかっていません。これからずっとその答えを探して生きて行くことになるだろうと思います。またそれに値するクエスチョンだと思っているのです」そう言って中谷がマイクを離れると、拍手が起きた。

そしてしばらく、この場は思い思いの歓談の時間となった。皆がそこかしこでおっさんのことを語っているらしかったが、英語が出来ない中谷はその輪に入っていく勇気がなかった。イーライはなぜかまた姿を消していた。時々、思い出したように参加者がコーラを片手にやってきて中谷に声を掛けた。お前の話はよかった、また来てくれというようなことを言っているらしかった。なにか訊きたげな者もいたが、中谷が英語をさっぱり解さないことがわかると、肩を叩いて去って行った。

中谷は時計を見た。最終便に乗り込むためには、そろそろ空港に出発する頃合いだ。イーライが送ってくれることになっていた。首を回して会場を見たが彼の姿はなかった。まずいなと思っていると、ようやく戸口に姿を現した。後ろに誰か男を連れている。その男はスーツを着ていた。

「ゴールドさんの甥御さんのアロンさんです」とイーライが紹介した。

アロンは握手を求めてきた。遅れて申し訳ないと言った。どうしても君に会う必要があると感じてボストンからやってきたのだが、離陸が遅れて今になってしまったのだと釈明し、腰を下ろした。

中谷はアロンに興味を持った。しかし、申し訳ないが日本に大変な分量の仕事を放置したままやってきたので、そろそろ空港に向かわなければならないと伝えた。

「それなら今から空港に一緒に行こう」とアロンは言った。「その車の中で話そう」

「私はアロン・ゴールド。私の父はチサトの弟だ。もちろん血のつながりはないが」

真ん中の席に座っているアロンが言い、ステアリングを握っているイーライが通訳した。

「チサトは私の伯父であると共に尊敬する学者でもあった。ちなみに私は宇宙物理学の研究者だ」

そう訳し終えたあとイーライが訴えるように英語でなにか言い、アロンが少しなだめるような調子でこれに答えた。これを見て窓際に座っている中谷はどうしたんだと聞いた。

「いや、あまり難しい話は通訳できないと言ったんです。そしたらチサトの研究には触れなければならないけれど、とても簡単な言葉にしてくれるそうです」とイーライが言った。

「姿を消す少し前に、チサトはある数式を見つけたと私に言った。いや、まもなくその数式を見つけるだろうと直感的に悟ったという方がより正確だが」

「どんな数式なんですか」イーライに悪いと思いながらも中谷は訊いた。

「それは私たちが〝神の数式〟と呼んでいるものだ」

神の数式、と中谷は復唱した。

「万物の法則ともいうが、この世界のあらゆるものを計算する数式だと思ってくれ」

思ってくれと言われてもどう思えばいいのかわからないと中谷は言おうとしたが、やめておいた。

「完璧に近い数式はかってニュートンもアインシュタインも発見していた。けれど、それぞれにウィークポイントを持っていた。すべてを説明できるようにみえて、角度を変えると、説明できない部分が見えてくる。いろんな科学者が完璧さを求めて、数式を探し続けていた」

よくわからないままにそういうものとして中谷は理解するように努めた。おそらくこれがエアーを動かしているプログラムにつながっているのだろうと解釈した。

「しかし、チサトは発見した数式について論文を発表することはしなかった」

「なぜ」と中谷は当然するべき質問をした。

「それはわからない」アロンは首を振った。「しかし、これは私の勝手な想像だが、それが後世に与える影響を彼は考えたのではないかと思う」

「危険だということでしょうか」

かもしれないとアロンはうなずいた。

「けれど、科学者は自分が発見したり発明したりするものを、世間に公表しないで胸にしまっておくということができるものなのですか」

イーライが訳し終えると、アロンはゆっくりと重みを込めて言葉を発した。〝ベリー〟という英語が二度繰り返された。

「とても難しい」とステアリングを握っているイーライがあっさりと訳した。

「普通では考えられない。しかし、その発見が普通じゃないのだとしたら別かも知れない」

杉原の発見が普通じゃないだろうということは中谷にも察しがついた。人類に利便や恩恵をもたらすどころではない、もちろん、そういうものが生まれる可能性も充分に秘めているが、なにか人間というものの存在を根底から覆すような禍々（まがまが）しいものを発見したのではないか。ひょっとしたら、それは杉原が追い求めて見つけたのではなく、ふいに発見してしまったものではなかっただろうか。

「急に姿を消して数年経ったあと」アロンがまた口を開いた。「彼は私の研究室にひょっこり姿を現した。どうしていたんだと言うと、日本に行ってきたとだけ言った。それはありそうなことだ。彼の両親の故郷だからね」

訳し終わったあと、ゴールドさんは日本が好きでした、震災のときは大変心配していました、とイーライが自分の注釈を加えた。

「日本はどうだったと聞いたら、これでなんとか死ぬ準備ができたと言った。それでその時に伯父さんが癌に冒されていることを知らされた」

薄明がうっすらと残る空に舞っている小さいものが見えた。粉雪だった。

イーライはピックアップトラックのヘッドライトを点灯した。黄色い光の輪の中で粉雪が踊った。雪片は瞬く間に闇に消え、またほかの雪片がその代わりとして現れた。光の中に現れては消えてゆく雪の薄片のひとつひとつが自分たち人間のように思われた。哀れさといとおしさが籠もったまなざしで中谷はそれらが踊るのを見つめた。

「彼が死んだときに連絡するリストを託された。その中にあなたの名前があった」

「なにか言づてなどはありましたか」

「ディスクを一枚預かった。私はそれをボストンからフクシマの住所に送ったんだが、届いたかね」

届きましたと中谷は言った。

「プライベートなものだと思って見ていないが、よかったら内容を教えてもらえないかな」アロンは中谷の顔を見た。

「合理的なものは間違うとおっさんは言っていました」

ゴウリテキとイーライが顔をしかめたので中谷はリーズナブルだと英語を教えた。日本を発つ前にこの言葉が妙に気になって電子辞書を引いて来たのだ。

「伯父さんらしいな」

中谷はうなずいた。

「人生を賭けてリーズンを追究して、最後に究極のそいつを発見し、さらにそれを否定するようなことを言うなんて」アロンはため息をついた。

「日本についてはなにか言っていましたか」逆に中谷が聞いた。

「具体的なことはなにも。ただ、馬鹿な美しさがあったと言ってたな」

〝馬鹿な美しさ〟の部分の英語を中谷は聞き返した。その発音を聞いてカタカナに直し、搭乗券を収めた封筒の余白にボールペンで書きとめた。

「今日は学界の人たちは誰も来ていないのですか」中谷は聞いた。

「伯父さんは晩年はまったく学界に連絡を取らなくなった。しかし、学界としては、そう簡単に放っておけるような人物でもないから、私が連絡係を務めていた。彼は死ぬ前に友人のリストを私に残した。そのリストには学者はひとりもいなかったよ。一行目に君の名前があった」

あたりはもう真っ暗だった。ヘッドライトの灯だけが狭い山道を照らしていた。

「科学者たちの多くから彼が晩年に発見したと噂が立っていた数式のことを訊かれた。私は知らなかったのでそう答えた。知っていても教えなかっただろうが」

「どうして」

「研究成果を盗んで自分のものにして発表される可能性がある。それに、発表したくないという本人の意思を尊重することにした」

中谷はうなずいた。

「ただ、君には会ってみたかった。それでこの土地の有志が発起して、偲ぶ会を開くと言い出したときに、君にも招待状を送るように手配したんだ。来てくれるとはあまり期待してなかったんだがね」

「僕も数式のことはなにも聞いていません」先回りをするように中谷は言った。

アロンはうなずいて「では、伯父さんとはどんな話を」と聞いた。

「資本主義をリセットしてフェアな世の中にすべきだと言っていました。そういうシステムを作るべきだと」

アロンは黙り込んだ。そして長いため息を漏らした。

中谷を乗せたピックアップトラックはデンバーの空港についた。ふたりが保安検査場まで見送った。別れる前に、アロンはなにか困ったことがあったら出来ることは何でもするからと言って手を握った。中谷はそれが本心からのものであると信じることが出来た。

中谷は最終便で日本に発った。機内の窓からアメリカ西部の山並みを眼下に見下ろして、土産はやはり謎になってしまったなと中谷は思った。それも悪くないと思ってまた眠りに落ちた。

まほろばに戻り、市川から留守中の報告を受けた。さいわいにも別段変わったことは起こっていなかった。中谷は、デンバー空港の売店で求めた熊の木彫りを「もうなに買っていいかわからなかった、ごめん」と言い訳しつつ土産に渡した。市川は苦笑しつつ「別に謝らなくても」と受け取った。

そう言えばと中谷は、搭乗券の横に書き付けたカタカナを市川に見せた。おっさんが日本で発見したという〝馬鹿な美しさ〟を意味する英語は中谷の耳にはシリーバチュウと聞こえた。その文字列を見つめていた市川は、すぐに合点がいったようにうなずいた。

「多分、silly virtue ですね。そうだなあ、私だったら――」と少し考え、「〝愚かな徳〟とでも訳すかな」そう言って、机に置いていた熊に向かって「だよね」と同意を求めた。

三月に入っても寒の戻りになんども驚かされ、ようやく穏やかになった気候にほっとしたのは四月の下旬くらいで、例年になく桜の開花も遅かった。

そして、この春に鬼塚は定年を迎え、警視庁を退官した。

勤務最後の日はなにもすることがなく、鬼塚は署内のあちこちに顔を出し、お世話になりましたと挨拶して回った。位の上の順から挨拶をするのが習わしだったから、野々宮のところにやってきたのは夕刻だった。

「よお、煙たいのがひとりいなくなるんで、せいせいするだろ」

鬼塚は野々宮の背中をどやしつけた。

この憎まれ口にはつきあわず、長いことお疲れ様でした、と野々宮は神妙に頭を下げた。

「よせよ。そうかしこまるな」鬼塚は照れた。「どうだ、今夜空いてるか」

「今日ですか」

「一杯つきあわないか」

手で猪口を呷る年寄りらしい仕草で鬼塚は誘った。

鬼塚は退職祝いにもらった花をテーブルに置いて、居酒屋の主人に声をかけた。

「娘さんはどうしてるよ」

「あれは結婚しました」

「へえ、じゃあ今はひとりでやってるのか。そりゃ大変だろう」

「オリンピック以降は客足もぱたっと遠のいたんで」

主人はビールとコップをテーブルに置いた。そういえばと店内を見渡すと、客は自分たちふたりきりである。注文を終えると、そうか当てが外れたな、と鬼塚は残念がった。

「娘さんに、これ受け取ってもらおうと思ったんだけどなあ。おとっつぁん、よかったら店に飾ってくれないか」

鬼塚は花束を店の主人に突きだした。そうですか、では折角ですからと主人は引き取った。店に来るまでの道中、照れくさいなとしきりにこぼし、家に持って帰っても枯らしてしまうだけなのにと花をもてあましていた元刑事は、妻を乳癌で七年前に亡くして独り暮らしであった。

どれどれまだあるかな、と言って鬼塚は店の壁に貼られた手書きの品書きを見た。煙草の煙で茶色く変色した「アサリバター」の横に数式が殴り書きされていた。

「あったあった」鬼塚は喜んだ。

「これが例の数式ですかね」野々宮も見つめた。

「俺にわかるわけがないだろう」鬼塚は苦笑した。

つまらんことを言ったなと野々宮は自分が歯がゆかった。

「まあ、いまとなってはどうでもいいが」そう鬼塚はうそぶいて、煙草に火をつけた。

隕石が落下した直後に警視庁にチサト・ゴールドというアメリカ人から新国立競技場爆破事件の犯行声明が届いた。奇しくも、特別捜査本部の看板が外された翌日だった。犯行声明文に続いて、世間には一切発表されていない、起爆スイッチ解除のパスワードと、そのパスワードを導き出す暗号の解析プログラムの詳細について記載があった。科研が検証し、まったく正しいものだとわかった。暗証番号や解析プログラムの件は世間には一切発表していなかったので、この声明文を出した者が犯人である確率は非常に高いと結論づけた。

しかし、その時、犯人の高名な学者はもう死んでいた。この犯行に対処するにあたって、出来レースを仕組んだという公表できない弱みが政府側にはあった。さらに、ノーベル賞受賞者の外国人つまりその国にとっての英雄を犯人だと名指しするのは、すべてをつまびらかにすることが最低限必須となることが予想された。オリンピックを無事終えたということも合わせて、総合的に判断し、結局上層部の判断で、このことは発表せずということになり、事件は迷宮入りとなった。

「はい、枝豆と冷や奴」

主人がカウンターに小皿を置いた。

野々宮を制して鬼塚が席を立って、皿を取りに行った。

「ところで、おとっつぁん、本当はお嬢さんに訊けるといいと思ってきたんだが」

鬼塚がカウンター越しに主人に声をかけると、主人はいぶかしげな表情で鬼塚を見た。

「俺たちが追いかけてた工事現場の若いやつがいただろう」

「これはこれは。あんときの刑事さんでしたね、気がつかなかったや」

主人はいまようやく思い出したようだった。

「そいつとよくここで飲んでいた年配の男ってのは、この人に似てたかな」

鬼塚は主人にチサト・ゴールドつまり杉原の写真を見せた。

「ていうか、この人だね」主人は断定した。

主人に礼を言い戻ってきた鬼塚に野々宮がビールを注いだ。

「真相がわかってよかったですね。犯人（ホシ）はあげられなかったけれど」

「真相なんてわからずじまいだよ」鬼塚はため息をついた。「一体全体、なんの目的でこんなことやったんだ」

鬼塚は瓶を取り上げ野々宮のコップにも注いだ。

「あんな立派な御仁が、まもなく死のうってときに自分の名誉を傷つけるようなマネをするかね。しかも、あんな飯場に寝泊まりして……」

答えられるはずもないので、野々宮は飲んだ。

「動機がわからないとなると事件が解決した気にならないんだよ」

「それはそうでしょうけど」

「しかし、まあ、定年退職前に無罪の若造をぶち込まないですんだのはよかったな」

そう言って鬼塚はコップを捧げた。お疲れ様でしたと野々宮はグラスを合わせ、

「それは俺もそう思います」

「けどな、俺は今でも大局的に見りゃあ、締め上げて自白とるってのが、いちばん確実で理にかなったやり方だとは思ってるぞ」

野々宮は迷った。今日退職した大先輩にわざわざ反駁（はんばく）を加えるのはためらわれた。気分よく送り出してやるのが道理のように思われる。

しかし、単に職場での仕事の進め方についての指南ならば、そうですかと笑って聞き流せばいいのだろうが、これは国柄に及ぶことだと言ってよかった。そして鬼塚の流儀はこの国では今も主流であり、そこに大きな病巣が潜んでいると野々宮は考えている。それに口を閉ざしたままでいては、どうしようもなく自分が駄目になっていくような気がした。

ふと前を見ると、鬼塚が枝豆をつまみながら笑っていた。

「お前はすぐに顔にでるな」

野々宮は驚いた。

「刑事（デカ）でよかったな、犯人だったら、やりましたって顔に書いてあるようなもんだぞ」

野々宮が言い返す言葉を探しているうちに、鬼塚がまた口を開いた。

「まあいいさ、これからはお前のやり方でやれや」

はい、と野々宮は小さな声で言った。

「やれるもんならな」付け加えて鬼塚はまた笑った。

店の主人が料理を運んで来て、はいご注文以上です、と言って皿を置いて戻るとカウンターの向こうの丸椅子に腰を下ろした。そして、リモコンを手に取ると、壁にかけたテレビをつけた。

夜のニュースが流れた。

〈一般財団法人まほろばが今月末をもって一切の業務を終了することを宣言しました。先日、投資計画を停止すると発表した矢先のことなので、関係者はショックを隠せない模様です〉

「沙羅双樹の花の色というが、早いねえ、栄えるのも滅びるのも」

主人はそうつぶやいた。

プラスチックの容器からサラダを口に運びながら、岸見は報道ナイト23を見ていた。

〈こうなってみると、どだい無理のある投資だったということがわかりますね〉

元からまほろばには否定的だった伊勢佐木が水を得た魚のように活き活きと喋ってい

た。

いきつけの蕎麦屋の味が落ちたとぶつくさ言いながら三浦がオフィスに戻ってきた。残業のため腹をこしらえてきたらしかった。三浦は岸見を見つけると寄ってきた。そして、隣に立って、評論家のまほろば批判を眺めていたが、CMに入ったときに口を開いた。

「これからは本腰入れて叩くことになった」

岸見は黙ってレタスの青い葉を嚙んでいた。

「お前もやりにくいだろうが、割り切ってやらないと、居場所がなくなるぞ」

三浦はそう言い残して、自分の席に戻って行った。

岸見は黙って濡れた葉を嚙んだ。青酸っぱい蔬菜が粘り気のない液体となって嚥下されていくとき、岸見は苦い感情もまた飲み下した。

プラスチックの容器とフォークをゴミ箱に放り込んでデスクに戻ってほおづえを突いた。

明日の土曜日は久しぶりに休めそうだったので、福島に行ってみようか。

ふと、市川みどりのことを思い出した。気持ちのいい飲みっぷりだった。もう一度会ってみたいと思った。あの時の市川は、岸見がまほろばをこきおろすための素材集めに福島にやってきたことをお見通しだった。すくなくともそう見えた。と同時に、彼女は別の選択肢を示唆した。それは予言のようだった。そして予言は、思いがけない形となって、現実となった。

けれどそんな市川も、今回のことが想定内であったはずはない。

できれば、もう一度ふたりで飲んでみたい。もちろん、中谷にも会ってみたかった。ためしにふらりと会いに行ってみるのはどうだろうか。そして、面会を重ねるうちに、相手の胸の中を少しずつ聞き出していけないものかと思った。それはとてもいい考えのように岸見には思われた。

深夜、ほぼすべての事業者が引き払い、静まりかえったまほろばの敷地に乗用車が一台停まった。

東京からはるばる運転してきたレンタカーから降りて、福田は四肢を伸ばした。そして、エントランスを飾っていたまほろばのエンブレムが降ろされ、地面に転がっているのを見た。

終わったんだな、と思った。

中に入ると、もうがらんとして薄暗く、人気（ひとけ）はなかった。前の訪問で、杉原が指紋認証の登録をしてくれていた。人差し指を指紋リーダーに当てると、カチャリと湿っぽい金属音がして、解錠された。中に入ると、暗い廊下にぼんやりと光を漏らしている部屋があった。ぼさぼさした話し声も聞こえる。足は自然とそちらに向いた。

テーブルと椅子だけが残された食堂で、中谷は市川とエスプレッソを飲んでいた。

すべてを清算したわけではなかったが、とりあえず市川の今後も考えて、あまりここに留め置くわけにもいかないと中谷は考えていた。

「市川さん」

「……はい」

「ごめんな、二度も失業させちゃって」

「いえ、謝ってもらっても困りますから」市川は言った。「それよりも昨日、ユーロでスイスから振り込みがありましたね、あれはどうしましょうか」

たぶんその金は、生前の杉原がヨーロッパに送った金が肥え太って戻ってきたものらしかった。それは奇しくも、あのレースで手にした金額と同額だった。

部屋の外で靴音が聞こえた。それは廊下に反響しながら近づいてきた。福田が現れた。

「おお、よくきたな」中谷はできるだけ明るい声を出した。

福田ががらんとした食堂を見渡しながら聞いた。「ここは」

「明日、撤退しようと思ってたんだけれど、いろいろと残っててね」中谷は苦笑した。

「もう荷物は送っちゃいましたけど、もう少しいましょうか」市川が言った。

本音を言えばそうしてもらえるとありがたかったが、福田の前でその言葉に甘えるのは憚られた。

「夕飯は」中谷が福田に聞いた。

「いや、まだです」福田は言った。

「じゃあ、俺の部屋でなにか食べよう。ゆっくりしていけるんだろ」

「ええ、もう急いで戻って報告する必要もないので」

「じゃあ、泊まって行けよ。部屋だけは余っているから」

　そうします、と福田は言った。

　マスターズルームに戻ったが、生憎と冷蔵庫の中には卵とバターがあるだけだった。

「参ったな。インスタントラーメンくらいしか出来ないや」

「それで充分です」福田が言った。

「ごめんな。それにしてもゆっくり泊まっていける日にラーメン食わされるなんて、ついてないな。ま、卵だけはいれてやれるよ」

　中谷は冷蔵庫から卵を三つ取り出して、鍋に水を張った。

「やりますよ」市川が言った。

「あ、いいよ、ラーメンだけは得意なんだ」

　それでも市川は丼を出したり、コップに水をくんでテーブルに持っていったりした。

そして三人でラーメンを食べた。静かな部屋にラーメンをすする音がやけに大きく聞こえた。

「やめていいのか、財務省」中谷が福田に訊いた。

「まあ、もういられないっていうのが実状ですけど」

「これからは」

「大学で財政学を教えないかって話をもらいました」

「さすがだな、東大出は」

「そちらは」福田が逆に訊いた。

「さあ、俺はなにもできないからな」中谷は麺をすすった。

市川がふと箸をとめて、言った。

「でも、なにも出来ない人を、あの人がペイマスターにするわけがないと思うんです」

「そりゃおっさんの気まぐれだろ」

「そうかしら」

「馬鹿からかって楽しみたかったんだよ」

「私はやっぱり積極的に中谷さんを選んだんだと思います」

中谷は苦笑して首を振った。

「俺もそう思ったことがあったから、よけいにこの体たらくがつらいんだよ。選ばれたのになにもできなかったって思うとさ」

言葉が途切れ、また麺をすする音だけになった。

突然、巨大な液晶パネルがついた。その画面に、大きな文字が出た。

Restart

三人は不思議そうにパネルを見た。

Restartが闇に吸い込まれ、入れ替わるように、別の文字が浮上した。

AIR 3.0

そして、それがまた黒に溶解していくと、映画のエンドクレジットのように、英文字がローリングし始めた。

英語が出来ない中谷が慌てた。

「な、なんだって」

「これはエアー3.0である」市川が翻訳し始めた。

「まじかよ」

「エアー３．０は特殊なＰ２Ｐのシステムを使い、無数のコンピューターとつながり、その演算能力と連繋（れんけい）し、極めて小さな消費電力でエアー２．０以上の演算機能を持つ最新型のコンピューターである」

福田は思わず箸を落とした。市川は訳し続けた。

「このコンピューターの演算は他者との交わりを通じて実現される。世界の中で責任を担うこと、他者に応答し続けることの中にしか、我々の本来的なライフはないのである」

文字のスクロールが終わった。

以上です、と市川が言った。

突然、画面が明るくなった。

グランド・キャニオンの夕日を浴びて杉原が立っていた。

杉原が口を開いた。

「エアー３．０は計算可能性のある領域をすべて計算してしまう」

「ありがてえ、日本語だ」中谷は笑った。

福田が真顔で唇に人差し指を当てた。

「それは世界の隅々までを記号で覆ってしまう。つまり、エアー３．０が起動したあとには愛やロマンの居場所はない。しかし、だからこそ、愚かで不合理で愛を信じる中谷祐喜に私の遺産としてこれを残そうと思う。世界には計算不可能な愛の領域があることを信じて」

黄昏（たそがれ）時の光を浴びて、杉原は微笑んでいた。

そして、ゆっくりと漆黒の闇の中に沈んでいった。

三人とも、言葉を発しなかった。

ふと市川が立ちあがり、冷蔵庫からビールを持って戻ってきた。そして、プルリングを引くと一口飲んで言った。

「失業はいちどですみそうね」

本作品はフィクションです。
登場する人物、団体は、実在のものとは、いかなるかかわりもありません。

〈主要参考文献〉

『福島第一原発観光地化計画』　東浩紀編　ゲンロン
『いちえふ 福島第一原子力発電所労働記』①②　竜田一人　講談社
『はじめての福島学』　開沼博　イースト・プレス
『スティグリッツ入門経済学 第4版』
　ジョセフ・E・スティグリッツ　カール・E・ウォルシュ
　藪下史郎他訳　東洋経済新報社
『代表的日本人』　内村鑑三　鈴木範久訳　岩波書店
『火の起原の神話』　J・G・フレーザー　青江舜二郎訳　角川書店
『洋上風力発電―次世代エネルギーの切り札―』
　岩本晃一　日刊工業新聞社

解説

三橋 曉

空気を読む、という表現がある。周囲やその場所の雰囲気から状況を察し、自分のとるべき態度を決めることを、そう言うようだ。決して新しい言葉ではないと思うが、空気を読めないことを〝KY〟と略して、お笑いの世界などで、主にネガティブな意味で使われたり、時代のキーワード扱いされるようになったのも、そう遠い昔のことではない。われわれ日本人は、とりわけ空気に支配されやすい国民であるともいわれる。

タイトルにある「エアー」は、さらにもっと広い場におけるもので、その規模はというと、あてはまる言葉はグローバルだろう。すなわち、世界全体を左右する大きな空気のことである。

物語は、二十一世紀の東京オリンピックを目前に控えて、時間との競争で工事が進められる新国立競技場の建設現場から始まる。この巨大なスタジアムで日雇いの労働に身をやつす中谷は、周囲からおっさんと呼ばれ、ひとり場違いな男のことが、前から気にかかっていた。品の良さや時折顔を出す教養が、彼の恵まれた過去を彷彿(ほうふつ)とさせながら、落ちぶれた様子をまったく窺わせないことが不思議でしょうがなかったのだ。

人の良さにつけこむように、現場に出入りする競馬のノミ屋も、おっさんをカモにしていた。買わされるのは、来そうもない大穴ばかりだったが、ある時、相手のいいなりに買った馬で、五千万円の払い戻しが転がりこむ。前日に仕事をクビになり、それを中谷に託して、おっさんは姿を消していた。胴元の暴力団から身を隠すように、新宿のシティホテルにチェックインした中谷に、まるで計ったかのように外線から電話がかかってくる。聞こえてきたのは、穏やかで聞き覚えのある、あのおっさんの声だった。

今、手にされている『エアー2.0』は、二〇一五年九月、小学館から書き下ろしで刊行された。榎本憲男には、『見えないほどの遠くの空を』（二〇一一年三月小学館文庫刊）が既にあり、本作は作者にとって二冊目の長編小説ということになる。

物語の序盤、工事現場を訪ねてきた刑事に、東京に来てから何年か？と訊かれた主人公が、「あのあと、一年くらいでこっちに来たから、かれこれ七年になるかな」と返す場面がある。〝あの〟こととは、二〇一一年三月十一日、東北地方の太平洋岸に甚大な被害をもたらした東日本大震災のことである。小説の中の現在とは二度目の東京五輪開催が迫る二〇一九年であり、この『エアー2.0』は近未来小説であることがわかる。

オリンピック景気が期待したほど盛り上がらないまま、産業構造は依然として旧態依然、イノベーションの革新もないまま、弱者である国民と中小企業がそのツケを払わされている。ややもすると、パラレルワールドか虚構のディストピアを描いたものかと錯覚しそうだが、そのひとつひとつに読者も思いあたるところがあるに違いない。悲しいことに本作の冒頭に描かれるこの絶望的ともいうべき閉塞感は、今の日本が抱える現状と見事に重なりあう。すなわち、この小説は、われわれ日本人が暮らすこの国の、ごく近い将来の物語だと思っていいだろう。

　ノミ屋から大金をせしめたレースは、実は仕組まれたものだった。建設中の競技場の基礎部分に遠隔操作可能なプラスチック爆弾が埋め込まれ、それを物理的に解除するには、工事期間を大幅に延長するしかない。そういう状況を作っておいて、犯人は建設中の競技場を爆破すると脅し、オリンピック開催を人質にとって、奇妙な要求を出してきた。その内容は、なんと中央競馬会（JRA）を巻き込んでの八百長レースだった。

　ホテルで老人と再会した中谷は、目の前の人物が単に強運の持ち主だったわけではなく、国家を強請り（ゆす）、まんまと五千万円を巻き上げた犯罪者だと知って驚愕（きょうがく）するが、相手は雲をつかむような話を始める。人は誰でも自由に生きたいと思っているが、生来の愚かさがそれを妨げる（さまた）。ならば、正しい選択をし、しかもそれを自分で選んだ気分にしてくれるシステムがあればいい。そういう美しいシステムを一緒に作ってみないか、という詐欺さながらの誘いを老人は中谷に持ちかけた。ほどなく、その美しいシステムとは、彼が開発したマシンのことだったとがわかる。

世をすねた元原発作業員が謎めいた老人と出会い、爆弾騒動、ギャンブルでの一攫千金、暴力団からの逃走と、次々事件に見舞われながら、一台の巨大コンピュータの存在にたどり着く。警察も動き、国家をも揺るがす事態を招く展開も含めて、優に長編小説一冊分の情報量だが、ここまでは、実はプロローグに過ぎない。物語は、ようやくここから始まる。

その起点となる〝エアー〟と呼ばれるマシンは、地方都市ほぼ一つ分の電力を消費するコンピュータで、市場を左右する人間の感情を解析し、完璧な市場予測を行う。マシンは、市場に漂う空気を読み、計算することから、そう名付けられたのだ。

経済というと、大上段に構えた学問のイメージがあり、難しいものだと敬遠しがちだが、〝エアー〟をめぐる経済原理の明快さは、そんな先入観を、いともあっさりとうっちゃってみせる。現実の市場を決定するのは人間の感情だが、それは空気に支配され、合理的とは言い難い。経済学はそこを見誤り、現実から乖離してしまった。その齟齬を修復するには、人間の感情を記号化する演算プログラムが必要だ。老人からの受け売りとはいえ、経済学の音痴と思しき主人公のプレゼンは、実に理路整然としている。

シンプルかつ強靱ともいえるこの理論構築は、その著作が作中にも登場する、先鋭的な経済理論を唱えるアメリカの経済学者ジョゼフ・E・スティグリッツからの影響もあるのだろうが、灯台もと暗しともいうべき、意外な方向から物事の本質をつく作者の着想には、ただひたすら脱帽あるのみ。果たして、〝エアー〟というブラックボックスは、日本にとって、いや世界にとって、神からの贈り物か、それとも開けてはならないパンドラの箱なのか？　しかし、勝負の札〝エアー〟を晒した作者は、読者の予想もつかない方向へと物語の舵をとる。

主人公中谷祐喜の飄々として人懐っこいが、骨のある人間性は、サスペンスフルな展開とともに本作の抜群なリーダビリティを担うひとつだが、最初は曖昧だった彼の役割が徐々に浮かび上がるにつれて、本作のメインテーマと呼応し合う骨太の物語もその輪郭を明らかにしていく。すなわち、被災地の復興の物語である。

ご存じのように、東日本大震災に端を発する福島第一原子力発電所の事故は、周辺地区の人体と環境に甚大な被害をもたらした。経済産業省では、放射線量が未だ高いレベルにある地域を帰還困難区域と指定し、立ち入り等を厳しく制限している。本稿を書いている二〇一六年八月現在もそれは七つの市町村にまたがり、老人と中谷は、この空洞化した土地に、人を呼び戻すための壮大なプランを具体化していく。

突如襲ってきた未曾有の災害に対し、官民の区別なく、人間たちが叡智を結集するという物語の骨組みは、この夏日本中を席巻した怪獣映画にも影響を与えたのではと思わせるが、震災後の山積みとなった課題に冷静かつ誠実に向き合い、単なる反原発や現政権批判を越えて、創造と希望の物語として読者に語りかけるところに本作の誇るべき独自性がある。老人と中谷の親子の絆を思わせる結びつき、福田や市川ら若き官僚たち、さらには鬼塚や野々宮の警察官をも巻き込んでの群像劇も十分に読み応えがある。

中谷が設立した財団の呼びかけに応じ、農業やエネルギー、はては芸術の分野に至るまで、さまざまな方面からの提案が、同時進行で具体化されていく面白さにも、胸のすく思いがするが、帰還困難区域を経済自由区とし、電子マネーを独自の通貨とすることをめぐって、日本政府との間で繰り広げられる駆け引きは、経済だけでなく、政治、行政の分野にも跨(また)がっていく。これら被災地復興をめぐる展開は、これはもう国家建設の物語だと言いたくなるほどダイナミックだ。

資本主義の終焉が迫っていると囁かれて久しいが、そのあとに何が待ち受けているのかは神のみぞ知るで、それが見えない漠然とした不安感が、世界中を覆っている。そんなもやもやとした、空気を打ち払う何かを、世界は求めているに違いない。そして、もしフィクションがそこに一石を投じることが出来るとすれば、資本主義をやり直しという形で解体、再構築してみせる本作こそ、その可能性を秘めた一冊といえるのではないか。今回の文庫化を機会に、多くの読者に手を取っていただきたい所以(ゆえん)である。

（みつはしあきら／書評家）

本書のプロフィール

本書は、二〇一五年九月に小学館より刊行された同名の単行本を加筆、改稿して文庫化したものです。

小学館文庫

エアー2.0

著者　榎本憲男（えのもとのりお）

二〇一六年十月十一日　初版第一刷発行
二〇二四年十二月三日　第九刷発行

発行人　庄野　樹
発行所　株式会社　小学館
〒一〇一-八〇〇一
東京都千代田区一ツ橋二-三-一
電話　編集〇三-三二三〇-五九五九
販売〇三-五二八一-三五五五
印刷所――大日本印刷株式会社

ISBN978-4-09-406345-5